W0031872

Gillian Bradshaw
Der Falke des Lichts

Gillian Bradshaw

DER FALKE DES LICHTS

Roman

Deutsch von Ilka Paradis

Marion von Schröder Verlag
in der Econ-Gruppe

Der Titel der bei Simon & Schuster, New York, 1980
erschienenen Originalausgabe lautet: HAWK OF MAY

Sonderausgabe 1993

Deutsch von Ilka Paradis

Gesetzt aus der Garamond der Fa. Hell
Satz: Dörlemann-Satz, Lemförde
Gesamtherstellung: Bercker Grafischer Betrieb GmbH, Kevelaer
Printed in Germany
ISBN 3-547-71497-4

1

Als mein Vater die Nachricht vom Tod des Pendragon erhielt, spielte ich gerade mit meinen Booten am Meer.

Ich war damals elf Jahre alt, und als Krieger war ich genauso schlecht wie jeder andere Junge im Reich meines Vaters auf den Innsi Erc, den Orkneyinseln. Da ich auch ein schlechter Jäger war, hatte ich mit den anderen wenig gemeinsam, die mit mir im Haus der Knaben wohnten und ausgebildet wurden. Noch weniger gemeinsam hatte ich mit meinem älteren Bruder Agravain, denn er war der Anführer der anderen Jungen, die mir das Leben schwermachten – fast so schwer, wie es mir die Pläne machten, die mein Vater für mich hatte. Vor all diesen Kriegern und zukünftigen Kriegern zog ich mich manchmal zu meinem jüngeren Bruder zurück, aber noch viel öfter ging ich zu meiner geheimen Stelle, die ich am Meer hatte.

Sie lag etwa einen Stundenritt südlich von Dun Fionn, der Festung meines Vaters. Ein kleiner Bach stürzte die Klippe hinab, die unsere Insel im Westen begrenzt, und das Wasser schneidet eine Rinne in den Fels. Unten, aufgehalten durch einen Grat aus härterem Gestein, bildet der Bach einen tiefen Teich hinter dem kiesigen Strand; von dort fließt das Wasser zum Ozean ab. Überhängende Klippen machen die Stelle von oben unsichtbar, und so hat niemand außer mir selbst jemals davon gewußt. Und weil es mir dort so sehr gefiel, nahm ich die Stelle für mich in Besitz. Ich gab ihr einen Namen – Llyn Gwalch, »Der Bach des Falken« –, und ich war dort weltenweit entfernt von Dun Fionn und den Orkneys, und es war alles viel, viel besser. Manchmal nahm ich meine Harfe hierher mit, und dann sang ich zu den Wellen, die an den Strand schlugen, bei Flut in den Teich flossen und bei Ebbe auf dem Kies zischten. Manchmal baute ich Festungen aus Kies und Schlamm, und dann plante ich Schlachten auf dem Bach, als ob er ein großer Fluß sei und die Grenze zwischen mächtigen Königreichen. Ich kam mir wie ein großer Krieger vor, erfahren in allen Arten des Kampfes, bewundert von Agravain und meinem Vater und besungen in jeder Königshalle der westlichen Reiche. Mein Lieblingsspiel aber bestand darin, Schiffe zu bauen. Die ließ ich dann von dem dunklen Teich hinaus in das wilde, graue Meer segeln. Ich schickte meine Schiffe nach Westen: nach Erin, von wo mein Vater vor Jahren hergesegelt war, und über Erin hinaus zu der geheimnisvollen Insel, von der die Druiden und Poeten sagen, daß sie westlich des Sonnenuntergangs liegt. Die Insel ist unsichtbar für alle, bis auf wenige Sterbliche, und dort leben die Sidhe in ewiger Glückseligkeit.

Ich liebte Llyn Gwalch sehr, und ich hütete die Stelle eifersüchtig vor allen Eindringlingen aus der Welt da draußen. Nur meinem jüngeren Bruder Medraut hatte ich von ihrer Existenz erzählt, und das auch erst, nachdem ich ihn hatte schwören lassen, mein Geheimnis zu bewahren. Als ich nun das Klacken eines Steines vom Pfad über mir hörte, ließ ich schnell die Karacke stehen, an der ich gerade baute, und kletterte die Rinne hinauf. Ich hatte mein Pferd oben angebunden zurückgelassen, und ich wollte nicht, daß jemand auf der Suche nach mir hinuntergestiegen kam.

»Gawain?« Die Stimme, die von der Klippe herunterschallte, gehörte Agravain.

»Ich komme!« rief ich und kletterte schneller.

»Es ist auch besser, du beeilst dich«, meinte Agravain. Er klang zornig. »Vater wartet auf uns. Er hat mich geschickt, um dich zu suchen.«

Ich erreichte die Spitze der Klippe, schüttelte mir das Haar aus den Augen und starrte Agravain an. »Was will er denn?« Mir gefiel das nicht. Mein Vater wartete nicht gern, und wenn ich zurück nach Dun Fionn kam, dann würde er sicher wütend sein.

»Was er will, das geht dich nichts an.« Agravain war richtig zornig. Er war es leid, dauernd nach mir zu suchen, und wahrscheinlich fürchtete er, daß er etwas vom Zorn meines Vaters abbekommen könnte. »Bei der Sonne und dem Wind, kannst du dich nicht beeilen?«

»Ich beeil' mich ja.« Ich war schon dabei, mein Pferd loszubinden, als ich das sagte.

»Gib mir keine Widerworte! Für dich wird es sowieso schlimm genug werden. Wir sind spät dran, und Vater sieht es sicher nicht gern, wenn du so vor dem Gast erscheinst. Du siehst furchtbar aus.«

»Gast?« Ich wollte aufsitzen, aber ich blieb stehen. »Ist es ein Barde oder ein Krieger? Woher kommt er?«

»Aus Britannien. Ich weiß nicht, aus welchem Königreich. Vater hat mich nach dir geschickt, sobald er mit dem Mann gesprochen hatte. Es ist gut, daß Diuran dich gesehen hat. Sonst wäre ich jetzt immer noch dabei, nach dir zu suchen.« Agravain stieß sein Roß heftig mit den Fersen an und galoppierte über die Klippen. »Komm schon, du kleiner Feigling!«

Ich schwang mich auf mein Pferd und folgte ihm, und ich überhörte die allzu bekannte Beleidigung. Ich war also offenbar tatsächlich ein Feigling. Denn wenn das nicht der Fall gewesen wäre, dann hätte ich die Beleidigung nicht überhören dürfen. Ich hätte mit Agravain gerauft, obwohl ich dabei immer verlor. Aber anschließend waren wir dann jedesmal wieder Freunde. Nach einem Kampf war Agravain immer freundlich.

Ein Gast, aus Britannien, und dann die dringende Aufforderung zu erscheinen. Der Brite mußte eine wichtige Botschaft gebracht haben. Mein Vater hatte zwar viele Spione in Britannien, die ihm regelmäßig berichteten – aber die schickten ihre Nachrichten indirekt und kamen nie selbst nach Dun Fionn. Ein Bote aus Britannien – das bedeutete einen großen Sieg über die Sachsen oder eine Niederlage oder den Tod eines wichtigen Königs. Irgend etwas, das mein Vater ausnutzen konnte, um seinen Einfluß im Süden zu verstärken. Aber die Sachsen hatten erst vor einem Jahr gegen einen jungen Feldherrn des Pendragon eine Niederlage erlitten, also konnte es das nicht sein. War also ein König gestorben, und wollte mein Vater einen Kuhhandel mit seinem Nachfolger abschließen? Einen Handel, bei dem Agravain und ich irgendeinen Teil erfüllen konnten? Ich drängte mein Pferd schneller vorwärts und überholte Agravain im Galopp. Ich war jetzt aufgeregt und fühlte mich elend. Mein Vater machte immer Pläne für mich, aber ich erfüllte nur wenige von ihnen. Der Seewind trocknete das Salz in meinem Haar, und die Hufe meines Pferdes bildeten das Echo zum Donnern der Brandung. Es war besser, an die Brandung zu denken als an meinen Vater. Sicher war es gut, die Begegnung schnell hinter sich zu bringen – so schnell wie möglich. Wenigstens, so dachte ich, während ich eine gute Seite an der ganzen Sache suchte, hat Agravain mich nicht gefragt, was ich am Llyn Gwalch zu suchen gehabt hatte.

Der Gedanke an meinen Bruder ließ mich erschreckt zurückschauen. Er war gut hundert Schritt hinter mir und kämpfte sich mit seinem Pferd über den holprigen Pfad. Er machte ein wütendes Gesicht. Es gab zwei Dinge, die ich besser konnte als er: reiten und Harfe spielen. Agravain vergaß das gern, und da er mir im Kampf unendlich weit überlegen war, versuchte ich auch immer, ihn nicht daran zu erinnern. Und jetzt hatte ich das doch getan. Ein schmerzliches Gefühl wallte in mir auf, denn ich wußte, später würde er unter einem Vorwand Streit mit mir suchen. Ich zügelte mein Pferd und ließ es traben.

Agravain kam an mir vorbei, ohne etwas zu sagen, und ritt, ebenfalls im Trab, vor mir her. Das war typisch Agravain. Er wollte der erste sein, und er war es auch fast immer. Der Erstgeborene, die erste Wahl zum Nachfolger meines Vaters als König, der erste unter den Knaben der Insel, die zu Kriegern ausgebildet wurden. Mein Vater war stolz auf ihn und konnte ihm nie lange böse bleiben. Ich starrte den Rücken meines Bruders an und wünschte mir, daß ich so sein könnte wie er.

Schweigend ritten wir nach Dun Fionn.

Die Festung ist aus sehr hellem Stein erbaut, von dem sie

auch ihren Namen hat: »Weiße Festung«. Sie ist noch neu – sie wurde im Jahr von Agravains Geburt vollendet, drei Jahre vor meiner Geburt. Aber schon jetzt war sie so berühmt und mächtig wie die anderen, älteren Festungen, Temair oder Emhain Macha in Erin oder Camlann und Din Eidyn in Britannien. Sie steht auf dem höchsten Punkt der Klippe und schaut auf die See hinaus, und sie ist von einem Wall, einem Graben und ihren dicken, hohen Mauern umgeben. Zwei Tortürme, den Türmen alter römischer Festungen nachgebaut, flankieren das einzige nach Westen gewandte Tor. Die Burg hat mein Vater selbst entworfen, und die Macht und der Ruhm waren ihr durch unzählige Intrigen und Manöver, sowohl politischer als auch militärischer Natur, zuteil geworden. All diese Pläne waren unfehlbar erfolgreich gewesen. Meine Mutter war die Quelle der Intrigen, und mein Vater, König Lot Mac Cormac von den Innsi Erc, war derjenige gewesen, der die Pläne ausgeführt hatte. Er hatte sich damit zu einem der mächtigsten Könige in Britannien und Erin gemacht. Während Agravain und ich in den Torbogen einritten, fragte ich mich wieder nervös, was mein Vater wohl von mir wollte.

Wir ließen unsere Pferde im Stall zurück und eilten hinüber zum Gemach meines Vaters hinter der Festhalle. Das Zimmer war klein und einfach, und staubiges Sonnenlicht filterte durch das Loch herein, das zwischen Dach und Mauer für den Rauch gelassen war. Mein Vater wartete offenbar schon eine Weile. Der Bote mußte das Zimmer schon vor geraumer Zeit verlassen haben, und die Luft hatte die stille Spannung eines unterbrochenen Gespräches. Meine Mutter saß auf dem Bett und studierte eine Landkarte. Ein Becher mit Wein aus einem Land im Süden stand auf dem Lampentisch neben ihr. Noch ein Becher – Lots Becher – lag daneben auf der Seite. Als wir eintraten, hörte mein Vater auf im Raum hin- und herzugehen und schaute uns an. Meine Mutter blickte auf, konzentrierte sich dann wieder auf ihre Karte. Die Luft zitterte vor Erwartung: Mein Vater war zornig.

Er war kein großer Mann, aber er war unmißverständlich

der König. Er strahlte Arroganz und Befehlsgewalt aus. Sein dichtes blondes Haar und sein Bart standen ihm vom Kopf ab, als ob die Energie seines mageren Körpers sie dazu zwänge. Seine blauen Augen konnten jeden verbrennen, der ihm widersprach. Meine Vorfahren kommen aus Ulster, und man sagt, daß Lugh von der langen Hand, der Sonnengott, viele Söhne in der Ahnenreihe meines Vaters hatte. Alle, die längere Zeit mit Lot sprachen, waren anschließend mindestens halbwegs überzeugt davon. Mein Vater übersah Agravain und starrte mich an. »Wo warst du in den letzten beiden Stunden?«

Als ich mühsam nach Worten suchte, antwortete Agravain: »Er war unten am Meer; er hat Austern gesammelt oder so etwas. Ich habe ihn einen guten Stundenritt von hier gefunden.«

Lot starrte mich noch wilder an. »Warum bist du nicht hiergeblieben und hast Speerwerfen geübt? Du könntest Übung wirklich brauchen.«

Wie das in Gegenwart meines Vaters immer geschah, so waren mir auch jetzt all meine Worte in der Kehle vertrocknet, und ich blickte unglücklich auf den Fußboden.

Lot schnaubte: »Aus dir wird nie ein Krieger, aber du könntest wenigstens versuchen, genug zu lernen, daß du deinen Clan nicht entehrst.«

Ich fand noch immer nichts zu sagen, und ich konnte auch seinem Blick nicht begegnen. Er ballte wütend die Fäuste. Dann zuckte er müde die Achseln, drehte sich um und begann, wieder im Zimmer umherzugehen. »Genug davon. Kann einer von euch erraten, warum ich euch gerufen habe?«

»Du hast eine Botschaft aus Britannien bekommen«, antwortete Agravain schnell und eifrig. »Was ist dort geschehen? Haben die Sachsen jemanden besiegt, und wollen die Könige jetzt deine Hilfe?«

Meine Mutter Morgas blickte von ihrer Landkarte auf und lächelte, und ihr Blick ruhte einen Augenblick auf mir. Mein Herz tat einen Sprung. »Hast du nichts zu sagen, Gawain?« Ihre Stimme war tief, weich und wunderschön. Auch sie selbst war schön: hochgewachsen, dunkel, wo Lot blond war, und ihre Augen waren schwärzer als die See um Mitternacht. Jedem, der sie nur anschaute, raubte sie den Atem, und sie zog Blicke auf sich, wie ein Strudel das Wasser anzieht. Sie war die legitime Tochter König Uthers, des Königs über die Könige. Und man hatte sie Lot zur Ehe gegeben, als sie dreizehn war. Sie war das Siegel desselben Paktes gewesen, gegen den sie seit damals dauernd gearbeitet hatte. Sie haßte ihren Vater Uther von ganzer Seele. Und ich betete sie an.

Lot hielt inne, sah zu ihr hinüber und bemerkte, daß sie sich beim Anblick der Landkarte für irgend etwas entschieden hatte. Er nickte in sich hinein und schaute dann wieder mich an.

»Es ist . . . es ist ein wichtiger König gestorben, nicht wahr?« fragte ich, während ich meinen Mut in beide Hände nahm. »Ist es Vortipor?«

Mein Vater warf mir einen überraschten Blick zu. Dann lächelte er. »In der Tat. Es ist ein König tot. Aber nicht Vortipor von Dyfed.« Mein Vater Lot ging zum Bett hinüber, stellte sich hin und schaute die Karte an. Er fuhr mit seinem Finger über Dyfed und folgte dann der Linie des Saefern-Flusses hinauf durch Powys. Dann zog sein Finger die Linie der Küste von Elmet und Ebrauc bis nach Rheged hinauf und fuhr wieder hinunter, die Ostgrenze von Britannien entlang. Morgas' Augen glühten von einem tiefen, dunklen Feuer, voller Triumph und stiller Freude. Da wußte ich, wer gestorben war und was meine Eltern planten. Es gab nur einen einzigen König, dessen Tod meiner Mutter solche Freude bringen konnte.

»Uther, der Pendragon von Britannien, liegt tot in Camlann«, sagte Morgas ganz leise. »Der König über die Könige ist tot, und er starb an einer Krankheit.« Ihr Lächeln war weicher als die Schneeflocken, die aus einer schwarzen Winternacht herniederfallen.

Agravain stand schweigend einen Augenblick da. Dann keuchte er verwundert: »Uther!«

Lot lachte, warf den Kopf zurück und schlug die Hände zusammen. »Uther ist tot. Und ich hatte schon gedacht, der Sohn der alten Mähre hätte noch viele Jahre in sich!«

Ich schaute Morgas an. Das Gerücht hielt sie für eine Zauberin, überall in Britannien. Ich fragte mich, ob Uther wohl gelitten hatte und wie lange seine Krankheit gedauert haben mochte. Wenn meine Mutter ... nein, wie konnte jemand auf den Orkneys einen Menschen in Dumnonia töten ... Ich war froh, daß der Mann, den sie haßte, gestorben war.

»... das ist nicht alles«, sagte mein Vater gerade, »es gibt auch Streit darüber, wer ihm folgen soll.«

Darüber redeten natürlich alle. Ich hatte es oft genug selbst gehört. Uther besaß keinen männlichen Erben, nur viele Bastarde. In Britannien würde es einen Bürgerkrieg geben, wie vor dreißig Jahren, beim Tod des Vortiger. Mein Vater, der drei von den Männern, die jetzt in Britannien regierten, zu Königen gemacht hatte, bekam jetzt die Chance, auch einmal den König über die Könige zu bestimmen.

Lot fuhr fort. Er sprach jetzt von seinen eigenen Plänen und ging dabei im Zimmer hin und her. Der Staub wirbelte im Sonnenstrahl. »... Docmail von Gwynedd hat im Rat Anspruch auf die Stellung des Königs über die Könige erhoben. Er sagte, die Könige von Gwynedd müßten Hohe Könige werden, weil sie von dem römischen Hohen König Maximus abstammen. Aber Gwlgawd von Gododdin sprach ihm das Recht ab ... Docmail hat also einen Pakt mit Dyfed und Powys geschlossen, und er hat Botschaften an Gwlgawd gesandt, in denen er ihm befiehlt, seinen Anspruch auf die Stellung des Pendragon aufzugeben. Gwlgawd hat Angst, und er will sich jetzt selbst verbünden. Er hat Boten an Caradoc von Ebrauc gesandt ... und an mich.« Lot lächelte noch einmal triumphierend, und dann blieb er beim Bett stehen und schaute auf die Karte. »Caradoc mag sich verbünden oder nicht, ganz wie es ihm paßt. Ich meinerseits werde es tun. Mit meinen Männern und der Heeresmacht von Gwlgawd können wir Docmail ins Meer werfen. Und Gwlgawd ... der wird leicht zu beherrschen sein.« Er wandte sich ruckartig von der Karte ab und begann wieder hin- und herzugehen. Seine Augen flammten, seine Fäuste waren geballt, während er Könige und Königreiche gegeneinander abwägte, Bündnisse und Feindschaften.

»Wenn wir mit unserer Streitmacht im Norden ankommen, um uns Gwlgawd anzuschließen, dann wird Strathclyde sich wahrscheinlich mit Docmail verbünden, und Urien von Rheged erhebt vielleicht selbst Anspruch auf die Stellung des Pendragon – ein Krieger, der zu fürchten ist, dieser Urien. Aber er ist mein Schwager und muß versuchen, zu verhandeln, ehe er den Krieg erklärt. Wir können Verhandlungen anspinnen . . .«

»Sei vorsichtig«, schnappte Morgas. »Dadurch lockern sich die Pakte, und man kann sich auf einen Verbündeten in Britannien niemals verlassen. Ehe dieser Krieg zu Ende ist, werden noch andere auftauchen, die den Titel beanspruchen, und viele Königreiche haben sich noch nicht erklärt.«

Lot nickte, ohne seine Schritte zu unterbrechen. »Natürlich. Und wir müssen die Könige so weit wie möglich voneinander trennen und dafür sorgen, daß wir die Beute gleichmäßig mit all unseren Verbündeten teilen. Diuran kann dabei helfen, auch Aidan. Und dann brauchen wir Zeit, und zwischendurch müssen wir bei Blutfehden auch ein Auge zudrücken.« Er verstummte und überlegte sich, wie man die Blutfehden unter Kontrolle halten konnte. Am Ende würde er doch Morgas fragen, und sie würde ihm sagen, was sie sich schon vor langer Zeit ausgedacht hatte, und es würde alles gutgehen.

Ich fühlte mich sehr nervös, und ich schaffte es zu stammeln: »W-was ist mit Artus?«

Lot schaute mich kaum an, aber Morgas warf mir einen scharfen Blick zu. Artus war Uthers Feldherr gewesen, und wenn die Hälfte der Geschichten stimmte, die man sich erzählte, dann folgte ihm das Heer des Hohen Königs, mit oder ohne Uther. Artus besaß Macht, obwohl er nur einer von Uthers Bastarden war, ein Mann ohne Clan. Er selbst konnte keinen Anspruch auf die Stellung des Pendragon erheben, aber mit Sicherheit besaß er Einfluß genug, jemand anderen zum Hohen König zu machen.

»Artus?« Lot zuckte die Achseln; er dachte noch immer an die Blutfehden. »Der wird niemanden unterstützen. Er wird weiterhin gegen die Sachsen kämpfen, mit dem königlichen Heer – oder soviel davon, wie er unterhalten kann.«

»Sei vorsichtig«, warnte Morgas scharf. »Artus ist gefährlich. Er ist der beste Feldherr in Britannien, und wenn man ihn provoziert, dann bleibt er nicht neutral.«

»Oh, hab keine Furcht.« Lot klang noch immer lässig. »Ich werde mich sehr vor deinem kostbaren Halbbruder in acht nehmen. Ich habe ihn befehlen sehen.«

»Ich auch.« Ihre Stimme war weich, aber Lot blieb stehen und begegnete sekundenlang ihrem Blick. Er schwieg und schaute meine Mutter an. Einen Augenblick schien es, als ob das Sonnenlicht verblaßte, als ob der Staub gefroren in der Luft hinge und sich hinter der Welt ein Abgrund öffnete. Ich zitterte. Ich kannte das dunkle Licht in Morgas' Augen. Haß – die schwarze Flut, in der Uther versunken war, die seine Freunde zu Feinden gemacht hatte, die Aufruhr, Verfall und fremde Invasionen gebracht hatte, bis endlich – vielleicht – der Abgrund Uther verschlungen hatte . . . Und jetzt wandte sich Morgas' Haß Artus zu. Ich fragte mich noch einmal, wie Uther wohl gestorben war.

Agravain rührte sich leise. Er hatte während des Gesprächs still dagestanden, und seine Augen glühten vor Aufregung. Er wußte, daß er mit seinem fünfzehnten Geburtstag, nächsten Monat, alt genug war, um auf den Kriegszug mitgenommen zu werden. Jetzt, in der Stille, brach es aus ihm heraus: »Komme ich mit?«

Mein Vater erinnerte sich wieder an uns, fuhr herum und grinste noch einmal. Er ging durchs Zimmer zu meinem Bruder hinüber und schlug ihm auf die Schulter. »Natürlich. Warum, glaubst du, habe ich dich gerufen? Wir ziehen nächsten Monat, im März. Ich gebe Diuran die Hälfte des Heeres und die Hilfstruppen von den Hebriden, und ich übertrage ihm die Verantwortung für dich. Paß gut auf, und er wird dir zeigen, wie man Truppen führt.«

Agravain überhörte den Hinweis auf zukünftige Feldherrenkünste und stürzte sich auf die Frage, die ihn in Aufregung versetzt hatte. »Darf ich in der Schlacht mitkämpfen?«

Lot grinste noch breiter, legte seine Hand auf Agravains

Schulter. »So voller Eifer? Du sollst nicht kämpfen, bis ich sicher bin, daß du auch weißt, wie. Aber niemand lernt das Kriegshandwerk, indem er Speere auf Zielscheiben wirft. Du wirst eine Schlacht erleben.«

Agravain packte Lots Hand und küßte sie. Er flammte vor Freude. »Ich danke dir, Vater!«

Lot warf die Arme um seinen erstgeborenen Sohn, preßte ihn rauh, schüttelte ihn und lachte. »Gut so. Morgen wirst du deine Waffen empfangen, schon in der Frühe. Du und die anderen, die volljährig sind. Geh und sag Orlamh, er soll dich auf die Zeremonie vorbereiten.«

Agravain verließ das Zimmer und ging zu Orlamh, dem obersten Druiden meines Vaters. Er sprang fast bei jedem Schritt vor Freude. Ich drehte mich um und wollte ihm folgen, aber mein Vater sagte: »Gawain, warte!«

Es schien mir, als ob der Raum zu einer Falle zusammenschrumpfte. Ich drehte mich um und wartete.

Als Agravain gegangen war, ging Lot zum Lampentisch, nahm seinen Becher auf und goß etwas Wein hinein. Das Sonnenlicht traf die Flüssigkeit und ließ sie in einem tiefen Feuerrot erglänzen. Mein Vater setzte sich auf das Bett und starrte mich an. Er schätzte mich in Gedanken ab. Diesen Blick hatte ich schon oft genug gespürt, aber dennoch trat ich unruhig von einem Fuß auf den anderen und vermied es, ihm in die Augen zu sehen. Mein Vater seufzte.

»Nun?« fragte er.

»Was?« Ich schaute die Bettdecke an.

Die Stimme meines Vaters fuhr fort: »Dein Bruder ist sehr aufgeregt, und er ist ganz wild darauf, sich zu bewähren und Ehre für sich und für unseren Clan zu gewinnen. Was ist mit dir?«

»Ich bin nicht alt genug für den Kampf«, sagte ich nervös. »Ich habe noch immer mindestens zwei weitere Jahre im Haus der Knaben. Und jeder weiß, daß ich ein schlechter Krieger bin.« Ich schaute Lot schüchtern an.

Die Winkel seines Mundes zogen sich abwärts. »Ja, jeder weiß das.« Er trank ein wenig von dem Wein. Das Sonnenlicht fing sich auf seinem goldenen Halsreif und auf der Fibel, glitzerte auf seinem Haar und ließ ihn noch mehr wie Lugh den Sonnengott aussehen. Er schaute zu meiner Mutter hinüber. »Ich verstehe es nur nicht.«

Ich wurde zornig. Etwas anderes, das auch jeder wußte, war die Tatsache, daß mein jüngerer Bruder Medraut nicht Lots Sohn war, wenn auch niemand wußte, wessen Sohn er war. Lot hatte den Verdacht, daß es mit mir ähnlich stand. Allerdings gleiche ich auch meinem Vater nicht wie Agravain. Aber ich ähnele meiner Mutter genug, um mit dieser Ähnlichkeit ein anderes Erbe zu verbergen. Ich bezweifelte zwar selbst manchmal, daß ich Lots Sohn war, aber ich hatte es nicht gern, wenn Lot das tat.

Er sah meinen Zorn. »Ach, was ist jetzt?«

Ich fürchtete mich wieder, und zwang mich, ruhig zu bleiben. »Nichts.«

Lot seufzte tief und rieb sich die Stirn. »Ich gehe nächsten Monat fort. Ich ziehe in einen Krieg, und das bedeutet, daß ich vielleicht nicht zurückkehre. Ich glaube nicht, daß ich diesmal sterben werde, aber man muß vorbereitet sein. Und deshalb, da ich andere Dinge zu bedenken habe, ehe ich gehe, deshalb will ich wissen« – er ließ die Hand sinken und starrte mich wild an, und seine heißen Augen waren voller Energie und Arroganz und harter Helligkeit – »deshalb will ich jetzt wissen, Gawain, was aus dir werden soll.«

Wie gelähmt suchte ich mühsam nach einer Antwort. Endlich sagte ich einfach: »Ich weiß es nicht.« Ich begegnete seinem Blick.

Er knallte wieder die Faust auf den Lampentisch und fluchte leise. »Beim Wind, bei den Hunden der Hölle, du weißt es nicht! Ich will dir was sagen: Ich weiß es auch nicht. Aber ich mache mir Gedanken. Du bist Mitglied eines königlichen Clans, Sohn eines Königs und der Tochter eines Hohen Königs. Ich bin Feldherr, deine Mutter plant Feldzüge. Und was kannst du, außer reiten und Lieder auf der Harfe spielen? Oh, ganz sicher, es ist ehrenhaft, ein Barde zu sein – aber nicht für die Söhne von Königen. Und jetzt ziehen wir in den Krieg, Agravain und der Clan und ich. Wenn Agravain fällt, oder wenn sich unser Verbündeter Gwlgawd als Verräter herausstellt, weißt du dann, was aus dir werden soll?«

»König könnte ich nicht sein!« sagte ich erschrocken. »Du kannst jeden wählen, jeden aus unserem Clan, zu deinem Nachfolger. Diuran oder Aidan oder irgendeinen, und alle wären besser geeignet als ich.«

»Aber sie sind nicht meine Söhne. Ich will, daß einer meiner Söhne nach mir König wird.« Lot starrte mich immer noch an. »Aber dich würde ich nicht wählen.«

»Das könntest du auch nicht«, sagte ich.

»Und das macht dich noch nicht einmal zornig?« fragte mein Vater verbittert.

»Warum sollte es? Ich will nicht König werden.«

»Was willst du dann sein?«

Ich senkte den Blick wieder. »Ich weiß es nicht.«

Lot stand auf. Er machte eine hastige Bewegung. »Aber du mußt es wissen! Du mußt mir sagen, was aus dir werden wird, während ich im Krieg bin!«

Ich schüttelte den Kopf. Verzweiflung löste mir die Zunge. »Es tut mir leid, mein Vater. Ich weiß es nicht. Nur ... kein König, kein Barde, kein ... ich weiß es nicht. Ich will etwas, etwas anderes. Ich weiß nicht, was es ist. Ich kann kein guter Krieger sein. Dazu bin ich nicht begabt. Aber eines Tages ... Nichts ist jetzt wichtig genug, aber manchmal habe ich Träume, und ... einmal träumte mir von einem Schwert, das brannte. Es war viel Rot darum, und die Sonne und das Meer ...« Ich verlor mich in meinen Gedanken – versuchte, das, was mich bewegte, beim Namen zu nennen. »Ich kann es noch nicht verstehen. Aber es ist wichtig, daß ich darauf warte, denn es ist wichtiger, dafür zu kämpfen als für irgend etwas anderes – nur, ich verstehe nicht, was es ist ...« Ich brach müde ab, begegnete wieder dem Blick meines Vaters und schaute weg.

Lot wartete auf mehr. Dann begriff er, daß nichts mehr kam, und schüttelte den Kopf. »Ich verstehe dich nicht. Du sprichst wie ein Druide; du tust so, als ob du prophezeist. Willst du ein Druide werden? Ich dachte, das wolltest du nicht. Was dann?«

»Ich weiß es nicht«, sagte ich elend. Ich starrte auf den Fußboden. Ich spürte, daß sein Blick immer noch auf mich geheftet war, aber ich schaute nicht wieder auf. Nach kurzer Zeit rauschten die Binsen auf dem Fußboden, während er zurück zum Bett ging.

»Nun, genau das habe ich erwartet.« Seine Stimme war kalt und energisch. »Du weißt noch nicht einmal, wovon du redest, und du kannst nicht kämpfen. Du läufst weg, anstatt deinen Standpunkt zu vertreten. Agravain und deine Lehrer sagen, daß du Angst hast. Du hast Angst. Du bist ein Feigling. So nennen sie dich im Haus der Knaben. Das habe ich gehört. Einen ohne Ehre.«

Ich biß mir auf die Lippen, um das wütende Gebrüll zurückzubeißen, das mir in der Kehle aufstieg. Meine Ehre machte mir schon etwas aus, aber ich sah sie nicht so, wie andere sie betrachteten. Vielleicht, dachte ich, ist es nicht das gleiche.

»Bleib also hier in Dun Fionn«, meinte Lot. »Geh und spiel deine Harfe und reite deine Pferde. Und jetzt verschwinde.«

Ich drehte mich um und wollte gehen, aber gerade, als ich die Tür erreicht hatte, spürte ich den Blick meiner Mutter auf mir und schaute zurück. Ich begriff plötzlich, daß sie mich beobachtet hatte, seit ich angefangen hatte, von meinen Träumen zu sprechen. Ihre Augen waren dunkler als die Nacht und schöner als die Sterne. Als sie meinem Blick begegnete, lächelte sie, ein langsames, geheimes, wundervolles Lächeln, das mir allein gehörte.

Als ich den Raum verließ, wurde meine elende Stimmung wieder besser. Ich spürte, wie der Blick meiner Mutter mir nach draußen folgte. Und obwohl ich sie anbetete, obwohl ich ihr Lächeln und den Zorn meines Vaters gegeneinander aufwiegen und zufrieden sein konnte, fragte ich mich noch einmal, wie ihr Vater Uther wohl gestorben war, und ein unruhiges Gefühl blieb.

2

Mein Vater ließ den Ruf an alle Könige der Orkneys ergehen. Er ließ ihnen sagen, sie sollten ihre Heere sammeln – Männer, Schiffe und Vorräte – und nach Dun Fionn kommen. Langsam zogen sie herbei, hochgewachsene Männer in buntgefärbten Umhängen, Krieger, glitzernd vor Schmuck, mit ihren scharfen Wurfspeeren, deren lange Spitzen glänzten. Die kurzen Wurfspeere trugen sie in Köchern, und die Schwerter blitzten an den Schwertgehängen. Sie hatten die gekälkten Schilde, die oft in leuchtenden Farben bemalt oder lackiert waren, über die Schulter geworfen. Die Könige und die besten Krieger trugen Kettenhemden, die aus Nordbritannien oder Gallien importiert waren und wie Fischschuppen glänzten. Mindere Männer trugen Lederwämser, die mit Metall benäht waren. Die Krieger brachten ihre Kampfhunde mit, große graue Bestien, deren Halsbänder von Silber leuchteten, und Falken saßen auf den Schultern der Könige, plusterten ihre scharfkantigen Federn auf und starrten mit strahlenden Augen um sich. Sie alle kamen und lagerten um Dun Fionn – von jeder Insel, die meinem Vater untertan war, und weitere von den Pikten und aus Dalriada im Süden wie auch die Männer unseres eigenen Stammes. Alles zusammen waren mehr als tausend Krieger gekommen und etwa dreitausend andere Männer. Wenn man von Dun Fionn nach Südosten ging, konnte man ihre Schiffe sehen, Reihe über Reihe große, zwanzigrudrige Karacken, deren Segel an die Masten gerefft waren. Auf diesen Schiffen herrschte ein dauerndes Kommen und Gehen; man ging, um Proviant einzuladen oder Botschaften von Dun Fionn an unsere Verbündeten in Gododdin auszusenden, und man kam mit dem Proviant und mit Nachrichten und mit noch mehr Männern. Um und in Dun Fionn selbst herrschte ein gewaltiges Durcheinander, während mein Vater organisierte und plante und vorbereitete. Meine Mutter war immer an seiner Seite. Er mußte nicht nur diesen riesigen Kriegshaufen mit Nahrung versorgen, sondern auch dauernd Streit zwischen den verschiedenen Unterkönigen schlichten, Blutfehden zwischen rivalisierenden Clans verhindern und Einzelheiten des Vertrages mit Gwlgawd, dem König von Gododdin, ausmachen. Ich sah meinen Vater selten und auch Morgas nicht oft.

Ich hielt mich immer am Rand und schaute zu und wunderte mich. Es war das erstemal, daß ich sah, wie mein Vater seine Macht ausübte, und die gewaltige Streitmacht vor meinen Augen erstaunte mich. Jetzt begriff ich, daß man so viele Männer ohne einen Krieg nicht lange an einem Ort ernähren konnte. Die Kosten waren gewaltig. Aber die hellen Farben, der Glanz, das Glitzern der Waffen, die laute, lachende Zuversicht der Krieger und ihre herzliche Kameradschaft – das alles beeindruckte mich ungeheuer und füllte mich mit einer vagen Sehnsucht, die ich, so gut ich konnte, unterdrückte. Ich war kein Krieger, den ein großer Herr sich in seinem Heer wünschen konnte. Und dennoch, und dennoch, und dennoch . . .

Es war wundervoll. Manchmal wünschte ich mir wild, wie jeder andere Junge auf der Insel, daß ich mitdurfte, um Ehre und Ruhm für mich selbst, meinen Clan und meinen Herrn zu erstreiten.

Agravain hatte überhaupt keine Zweifel, daß er sich im Krieg gut schlagen würde. Er empfing seine Waffen mit den anderen Vierzehn- und Fünfzehnjährigen und stolzierte umher und gab öfter und lautstärker an als alle anderen. Er suchte Streit mit mir, noch öfter als gewöhnlich, und er war so angespannt, daß sein Temperament schon bei der geringsten Kleinigkeit mit ihm durchging.

Mitte März segelte die Armee nach Gododdin. Man wollte unter Segel oder Rudern um die Südküste des Piktenlandes herumfahren und dann dem Landeinschnitt folgen, der Manau

Gododdin halbiert. Die Schiffe sollten in der Nähe der königlichen Festung von Gododdin, Din Eidyn, auf den Strand gezogen werden, und man wollte dort ein festes Lager errichten. Mein Vater hatte Briefe an verschiedene Könige ausgesandt, auch an die, welche mit Docmail von Gwynedd, dem Rivalen unseres Verbündeten im Kampf um die Hohe Königschaft, paktiert hatten. Daraufhin schwankte jetzt ein Mitglied dieses Paktes, Vortipor von Dyfed, in seinem Bündnis. Es sah so aus, als ob er Docmail jeden Augenblick im Stich lassen könne. Aber es war unsicher, ob Vortipor sich dann meinem Vater anschließen oder selbst Anspruch auf die Stellung des Pendragon erheben würde. Vortipor war gerissener als ein Fuchs, und man konnte ihm nicht mehr trauen als einer Viper. Ihn als Verbündeten zu haben, war fast noch schwerer zu ertragen als seine Feindschaft. Fast, denn Dyfed ist ein starkes, reiches Land, und die Männer dort haben ihre Art zu kämpfen von den Römern gelernt. Vortipor selbst hat den Titel »Protektor« für sich behalten, um Britannien an die Tage zu erinnern, als seine Provinz noch die ganze Insel vor den irischen Räubern geschützt hatte. Vortipor selbst war von irischer Abstammung, aber seine Lebensweise war ebenso römisch wie seine Art zu kämpfen, und er hatte Unterstützung, zuviel Unterstützung, um übersehen zu werden. Mein Vater und meine Mutter hatten stundenlang beraten, welchen Kurs er wohl einschlagen würde.

Vom Haus der Knaben her konnte ich bis spät in die Nacht das Licht aus meines Vaters Zimmer erkennen. Es war seltsam, dieses Zimmer schließlich dunkel zu sehen, als die Armee abreiste und in Dun Fionn nur eine Wache zurückgelassen wurde. Aller Glanz, alles Licht schien verschwunden zu sein, zusammen mit der Armee, und nur ein paar gelbe Flecken im Rasen blieben zurück, und die schwarzen Stellen, wo die Lagerfeuer gebrannt hatten.

Dennoch, von mir aus gesehen, kam jetzt eine sehr angenehme Zeit. Ohne Agravain oder meinen Vater hatte ich mehr Freiheit als je zuvor in meinem Leben. Im Haus der Knaben war die Ausbildung an den Waffen weniger streng, und der

Ehrgeiz der Jungen war weniger stark. Es gab keine Älteren mehr, die uns herumstießen, und keine Feste mehr bis spät in die Nacht für die Männer, die mit uns übten, bis uns alles weh tat oder bis wir uns wegen des nächsten Tages stritten. Die meisten Knaben nutzten die freie Zeit, um Hurley zu spielen. Gelegentlich machte ich mit, aber ich war ein schlechter Spieler und verbrachte mehr Zeit am Llyn Gwalch oder auf Ritten über die Insel.

Die Orkneys waren sehr schöne Inseln und von sanftem Klima, trotz ihres britischen Namens »Ynysoedd Erch«: die schrecklichen Inseln. Das Klima ist mild, und es wechselt nur wenig während des Jahres. Im Winter ist es in Dun Fionn wärmer als in Camlann tief im Süden. Das Land zieht sich in niedrigen, steinigen Hügeln dahin, die mit kurzem Gras und Heidekraut bedeckt sind. Eine gute Weide für Schafe und Vieh, und ein gutes Leben für die Bauern. Die weite graue See, voller Fische, schlägt seit Ewigkeiten an die Küsten, die steil und felsig sind – besonders im Westen meiner Heimatinseln –, und Seevögel aller Arten nisten in den Klippen. Das Donnern der See ist allgegenwärtig in Dun Fionn, so sehr, daß es ein Geräusch wird wie das Schlagen des eigenen Herzens. Niemand nimmt mehr Notiz davon. Die Sturmvögel schreien an den Felswänden, und die Möwen stoßen ihre hellen, traurigen Laute über den graugrünen Wellen aus, und sie rufen einander zu, über die schimmernden weißen Schwingen. Der Klang ihrer Stimmen scheint mir manchmal fast so schön wie die Lieder der Lerchen im Binnenland, die an sonnigen Tagen Musik vom Himmel tropfen lassen wie Honig aus einer Wabe. Man sagt, daß das Land, in dem man lebt, wenn man jung ist, Teil von einem selber wird. Ich glaube das, denn noch heute bringen mich die See und der trauernde Schrei der Möwen zurück nach Llyn Gwalch im Nebel, wo die Tauperlen vom Heidekraut tropfen.

Der Frühling war auf den Inseln diesmal besonders schön.

Manchmal ritt ich mit meinem jüngeren Bruder Medraut an der Seite aus, und ich teilte mit ihm all meine Gedanken und erzählte ihm Geschichten. Er hielt mich für einen besseren Geschichtenerzähler als den Barden meines Vaters, Orlamh. Das kam nur daher, weil Medraut an den Stil der Barden nicht gewöhnt war, aber mich freute es trotzdem.

Medraut war damals sieben, und er war ein wunderschönes Kind. Wer immer sein Vater war, mit Sicherheit mußte er edel gewesen sein. Medraut hatte blondes Haar, heller als Lot, und große, graue Augen. Seine Haut ähnelte der Haut meiner Mutter und sein Gesicht dem seines unbekannten Vaters. Aber dem Temperament nach stand er Lot näher. Er wollte Krieger werden, und er zweifelte keinen Augenblick daran, daß er auch einer sein würde. Seine Lieblingsgeschichte war die von CuChulainn, dem Held von Ulster. Medraut war sehr tapfer, er hatte absolut keine Angst vor großen Pferden und Waffen und Stieren und solchen Dingen, die die meisten Kinder fürchten. Einmal, als wir die Klippe hinabkletterten, um Möweneier zu suchen, glitt er ab und hing nur an den Händen an einem schmalen Grat, bis ich kommen und ihm helfen konnte. Als ich ihn fragte, ob er denn keine Angst gehabt hätte – und ich zitterte vor Angst –, da starrte er mich überrascht an und antwortete: Nein, warum hätte er denn Angst haben sollen? Er hätte doch gewußt, sagte er, daß ich ihn retten würde. Medraut war nicht nur tapfer – und großzügig wie ein Hoher König und raubtierhaft wie eine Wildkatze; die Eigenschaften eines großen Kriegers –, sondern er liebte und bewunderte mich auch. Ich konnte nicht verstehen, wie beides zusammenpassen konnte, aber ich akzeptierte es voller Freude. Er war frühreif, aber er war erst sieben, und das ist zu jung, um Träume ernst zu nehmen.

Manchmal übte ich auch mit meinen Waffen, anstatt am Llyn Gwalch zu spielen oder mit Medraut über die Insel zu reiten. Der Anblick des riesigen Heerhaufens hatte irgend etwas in mir bewegt, und ich strebte danach, mich in der Kunst des Krieges zu verbessern. Zu meiner Überraschung entdeckte ich, daß es auch wirklich besser ging, und nicht nur deshalb, weil ich mehr übte. Jetzt, ohne daß Agravain bei jedem Speerwurf neben mir stand und ohne daß seine Freunde und unsere Vettern mich neckten, wenn ich mit Speer oder Schwert hantierte, jetzt konnte ich gerader und kräftiger werfen oder zustoßen.

Das Wichtigste aber, was mir begegnete, nachdem die Armee abgezogen war, hing mit keinem dieser Dinge zusammen. Morgas lehrte mich lesen.

Sie kam eines Nachmittags herauf, als ich im Hof hinter dem Haus der Knaben Speere nach einer Strohscheibe warf. Einen Augenblick starrte ich noch auf das Ziel, den Speer in der Hand, und im nächsten Moment spürte ich ihren Blick auf meinem Rücken und drehte mich um.

Sie stand an der Ecke des Hauses, dunkel und bleich im Gold der Nachmittagssonne. Sie trug ein Kleid aus dunkelroter Wolle, das mit einem goldenen Gürtel in der Taille eng zusammengezogen war, und der tiefe Ausschnitt enthüllte die Linie ihres weißen Halses. Sie trug eine Brosche aus Gold, die mit Granaten besetzt war, goldene Armringe und Gold in dem schwarzen Haar, das alles Licht zu trinken schien. Ich ließ den Speer fallen und starrte sie an. In diesem Augenblick schien sie mir keine Sterbliche mehr zu sein, sondern eine von den Sidhe.

Dann überquerte sie den Hof, lächelte, und der Bann war gebrochen.

»Gawain!« sagte sie. »In den letzten Monaten habe ich wenig von dir gesehen, mein Falke. So beschäftigt war ich mit den Plänen für deines Vaters Krieg.«

Ich fuhr zusammen, als sie mich Falke nannte, obwohl mein Name in ihrer Sprache, der Sprache der Briten, »Maienfalke« bedeutet. Dieser Name ist so kriegerisch – »Falke«, das war ein gängiger poetischer Ausdruck für Krieger –, daß ich immer versuchte, seine Bedeutung zu vergessen. Wenn meine Mutter aber diesen Namen für mich benutzte, dann liebte ich ihn und sie.

»Mutter«, stammelte ich, »ich . . .«

»Hast du mich vermißt?« fragte sie mich. »Ich dich auch, mein Falke.«

Das konnte nicht wahr sein, soviel wußte ich. Meine Mutter

hatte mich unmittelbar, nachdem sie mich geboren hatte, einer Amme übergeben, und seit damals hatte sie kein großes Interesse an mir gezeigt. Aber ich glaubte ihr, weil sie es sagte, und ich wollte es auch glauben.

»Ja, ich habe dich vermißt«, sagte ich zu ihr.

Sie lächelte wieder, es war ihr tiefes, geheimnisvolles Lächeln. »Nun, wir werden ein wenig miteinander reden müssen, nicht wahr? Ich sehe, du entsprichst dem Wunsch deines Vaters, und du übst mit deinen Waffen.« Sie musterte das Bündel Wurfspeere neben mir – ich hatte sie gerade aus der Zielscheibe oder aus dem Boden um die Zielscheibe herausgezogen, und nichts verriet, wie gut ich zielen konnte. »Willst du mir zeigen, wie du wirfst?«

Ich nahm den Speer auf, den ich hatte fallen lassen, schaute sie an und wandte mich dann der Zielscheibe zu. Ich war entschlossen zu treffen. Vielleicht traf der Speer wegen dieser Entschlossenheit so gut, leicht links vom Zentrum. Er durchschlug das Stroh völlig. Morgas hob in überraschter Freude die Augenbrauen. Ich nahm einen weiteren Speer auf und warf ihn auf das Ziel, diesmal ein wenig schlechter. Dann warf ich die anderen fünf in schneller Folge. Nur einer fehlte, und einer traf die Mitte. Ich wandte mich meiner Mutter wieder zu und strahlte.

Sie lächelte mich an. »So, es scheint, daß du doch nicht so ein schlechter Krieger bist, wie Lot glaubt. Wenn auch nicht ganz so glänzend wie Agravain. Gut gemacht, mein Falke.«

Ich hatte den Wunsch zu singen. Ich schaute zu Boden und murmelte: »Du bringst mir Glück. Wenn du da bist, dann muß ich einfach alles gut machen, Mutter.«

Sie lachte. »Ach! Du kannst also auch mit Worten umgehen, ja? Ich glaube, wir sollten etwas Zeit zusammen verbringen, Gawain.«

Ich schluckte und nickte. Meine Mutter war die weiseste und schönste Frau aller Inseln von Britannien und Erin. Die Erlaubnis zu haben, seine Zeit in ihrer Nähe zu verbringen, das war ein Geschenk der Götter.

»Hör also zu«, sagte sie. »Ich habe mit Orlamh gesprochen. Er sagt, du bist ein sehr guter Harfespieler, so gut wie viele richtige Barden. Aber du bist mehr an den Geschichten und den süßen Klängen interessiert als an dem Wissen, das damit zusammenhängt. Würdest du gern lernen, wie man liest?«

Mein Mund klappte auf. Lesen, das war die seltenste aller Fähigkeiten auf den Orkneys. Die Druiden hatten ihre Ogham-Schrift, aber sie lehrten sie niemandem, außer ihren Novizen. Und sie verboten ihre Benutzung außer zum Zweck der Aufzeichnung von Gedächtnisstützen, und sie sagten: Was ein Mann auswendig lernt, das hat er für immer, was er aber niederschreibt, das kann er leicht verlieren. Lesen lernen, das bedeutete Latein lernen, und diese Sprache wurde noch immer in Teilen des südlichen Britanniens gesprochen. Als geschriebene Sprache wurde Latein von Erin bis Konstantinopel benutzt. Ich glaube, auf den ganzen Orkneys konnte nur meine Mutter lesen. Diese Fähigkeit ist häufig genug in Britannien, und jetzt auch in Erin – in den Klöstern dort. Aber auf den Orkneys wurde sie als eine Art Magie betrachtet. Und jetzt bot mir meine Mutter an, diese Macht mit ihr zu teilen!

»Nun?« fragte Morgas.

»Ich . . . ja, ja, sehr gern!« würgte ich heraus.

Morgas schenkte mir ein zufriedenes Lächeln, ein Lächeln fast, so dachte ich einen Augenblick, des Triumphes. Sie nickte. »Wenn du deine Waffenübung beendet hast, gebe ich dir deine erste Lektion. Komm zu meinem Zimmer.«

»Ich komme jetzt . . .«

Sie schüttelte den Kopf. »Komm, wenn du damit fertig bist. Triff das Ziel fünfzigmal für mich. Das Latein kann warten.«

Ich beeilte mich mit den Speeren, bis mir klar wurde, daß hastiges Werfen mir nicht half, das Ziel zu treffen. Endlich hatte ich meine fünfzig Treffer. Ich rannte zum Haus der Knaben, ließ die Speere in ihre Ecke fallen – denn man hätte mich geschlagen, wenn ich sie im Hof dem Rost zum Fraß hätte liegenlassen – und lief, so schnell ich konnte, zum Zimmer meiner Mutter.

Die erste Lektion war einfach, obwohl sie mir schwer schien. Morgas erklärte mir, was ein Alphabet ist, sagte mir die Buchstaben und ihren Klang mehrere Male vor und befahl mir, die Formen der Buchstaben auswendig zu lernen. Nach der Waffenübung am nächsten Tag sollte ich wiederkommen.

Ich rannte zu Medraut und erzählte ihm davon. Ich zeigte ihm die Buchstabenformen, sagte ihm, was Morgas über meine Fähigkeiten mit den Waffen gemeint hatte und sprang vor Freude im ganzen Stall herum.

Der Rest des Sommers war wunderbar. Ich fuhr mit meinen Lektionen in Latein fort, lernte die Sprache und das Lesen und Schreiben gleichzeitig. Bei meinen Waffenübungen besserte ich mich so sehr, daß ich den anderen Jungen gewachsen war und nicht länger die Zielscheibe für jeden Witz darstellte. Mein zwölfter Geburtstag kam im späten Mai, und ich begann davon zu träumen, daß ich vierzehn wäre und fähig, Waffen aufzunehmen. Es war ein Traum, bei dem es jetzt Hoffnung und Erfüllung gab. Ich konnte ein Krieger werden, im Heer meines Vaters, und er würde erfreut sein. Aber der Krieg schien unglaublich weit entfernt von den langsam vergehenden Sommertagen mit ihren langen, grünen Dämmerungen und den kurzen Nächten, in denen die Sterne wie silberne Schildnieten am sanften Himmel standen. Meine Mutter dagegen horchte angespannt auf die Berichte aus Britannien, und sie schickte Botschaften an Lot und gab ihm Rat.

Es war nicht so leicht, wie mein Vater es geplant hatte. Schon am Anfang wurden mein Vater und unser Verbündeter durch einen plötzlichen Angriff von Urien, dem König von Rheged, überrascht. Lot hatte damit gerechnet, daß die Ehebande Urien noch einen Monat oder zwei zurückhielten, und obwohl der britische König besiegt und gezwungen wurde, sich zurückzuziehen, mußten mein Vater und Gwlgawd ihre Pläne, Gwynedd zu plündern, sofort aufgeben. Uriens Niederlage machte die Situation auch auf andere Weise verworren, denn Vortipor von Dyfed war genügend davon beeindruckt, um sich selbst zum Verbündeten von Gododdin und den Orkneys zu erklären. Er begann Powys, seinen Nachbarn, zu plündern, während March ap Meirchiawn von Strathclyde es schaffte, Uriens Unterstützung bei der Durchsetzung seines eigenen Anspruchs auf die Stellung des Pendragon zu gewinnen. Da überlegte Vortipor es sich anders. Auch er wollte König über die Könige werden. Er suchte Bündnisse und griff Gwynedd an. Er wurde aber besiegt, und mein Vater und sein Verbündeter nutzten die Situation aus, um Gwynedd ihrerseits anzugreifen. Sie errangen einen Sieg und gewaltige Beute, aber als sie von diesem Feldzug zurückkehrten, trafen sie auf Urien und March und ihre Verbündeten. Es wurde eine große Schlacht.

Erst zwei Wochen später hörten wir, selbst bei guten Winden und schnellen Schiffen, davon. Gwlgawd, unser Verbündeter, war tot. Sein Sohn Mynyddog aber war sein Nachfolger und erneuerte das Bündnis. Dennoch hatten unsere Feinde letzten Endes gesiegt, und die Armee war durch Britannien nach Din Eidyn geflüchtet und hatte ihre Ausrüstung und die Beute aus Gwynedd zurückgelassen. Mein Vater schickte so viele Schiffe zurück, wie er bemannen konnte, und bat um Nachschub. Meine Mutter fand ihn, eilig und rücksichtslos. Sie schickte ihn mit einem Rat nach Süden. Damals glaubte ich, sie mache sich Sorgen um Lot und Agravain und die anderen, aber jetzt glaube ich, sie war zornig. Sie war zornig auf Lot, weil er die Schlacht verloren hatte, und noch zorniger über die Verzögerung ihrer Pläne.

Der Rest des Sommers verging in fruchtlosen Streitereien und Verdächtigungen unter den Königen von Britannien. March und Urien Rheged, die sich erst kürzlich verbündet hatten, kehrten zu ihrem gewohnteren Widerwillen gegeneinander zurück, und Urien erhob seinerseits Anspruch auf den Thron des Hohen Königs. Das führte zu noch mehr Streiten und noch mehr Intrigen. Dann war Erntezeit, und die großen Armeen, die von den Königen ausgehoben worden waren, lösten sich auf. Die Männer gingen nach Hause zu ihren Bauernhöfen und ließen nur die Könige und die Krieger des Königs zurück. Und noch immer geschah nichts. Weil jeder König Angst hatte zu plündern und nicht wußte, wo seine Feinde waren. Im Süden und Osten wurden die Sachsen immer rastloser und begannen, ihre Nachbarn zu überfallen. Nur das alte königliche Heer, das noch immer vom Halbbruder meiner Mutter, Artus, angeführt wurde, verhinderte eine Invasion.

Gegen Ende Oktober verzweifelte Lot endlich. Er glaubte nicht, daß es noch einmal ernsthaft mit dem Krieg begänne, und die Armee kam über den Winter heim.

Jeder König nahm seine Kämpfer heim auf die eigene Insel. Sie ließen sich wie müde Falken in ihren Hügelfestungen nieder und seufzten vor Erleichterung, daß für dieses Jahr alles vorbei war und daß sie Zeit hatten, ihre Kraft zurückzugewinnen und ihre Wunden zu pflegen.

Als Lot mit seinem Heerhaufen zurückkehrte, bot er nicht mehr den glänzenden Anblick wie zuvor. Es war ein schlechter Krieg gewesen, ein unsicherer, nervenzerfetzender Krieg, und sie waren müde. Ihre Schilde waren zerhackt, die leuchtenden Farben abgesprungen, die Speere hatten Scharten, und die schmutzigen bunten Umhänge waren zerrissen. Viele Männer trugen Wunden. Wenn erst einmal der Frühling wieder gekommen war, dann allerdings würden sie diese zerhackten Schilde hochwerfen zum Beweis dafür, wie tapfer sie gekämpft hatten. Sie würden sich einander ihre Narben zeigen, sie würden die Speere polieren, und sie würden wild darauf sein, wieder loszuziehen. Aber als sie jetzt nach Dun Fionn kamen, als sie so stumpfsinnig durch den strömenden Regen stapften, da schien es unmöglich, als ob sie je wieder prahlen könnten.

Morgas, Medraut und ich standen am Tor und sahen zu, wie der Kriegshaufen herankam. Morgas trug ein dunkles, gestreiftes Kleid, und an ihrem dunklen Umhang steckte eine Silberfibel. Sie trug den Regen im Haar wie Juwelen. Lot, der an der Spitze des Heeres ritt, richtete sich auf, um sie besser sehen zu können, und zwang sein Pferd zum Galoppieren. Vor ihr sprang er eilig ab und riß sie in die Arme. Er vergrub sein Gesicht an ihrem Hals und sagte ihren Namen in einem rauhen

Flüstern. Ich sah ihr Gesicht über seiner Schulter, und der stille, kalte Widerwillen in ihren Augen war gemischt mit einem seltsamen Stolz auf ihre Macht.

»Willkommen zu Hause, Mylord«, murmelte sie und machte sich los. »Wir sind froh, Euch unverletzt wiederzusehen.«

Lot nickte, murmelte etwas in sich hinein und schaute zur Halle und zu seinen Kammern hinüber. »Und wo ist Agravain, mein Sohn?« fragte Morgas leise.

Lot nahm sich zusammen, zog einen Arm von ihrer Hüfte zurück und wandte sich dem Heer zu, das sich jetzt durch das Tor in den Hof ergoß. Sie redeten und lachten vor Freude über ihre Heimkehr. »Agravain!« rief Lot.

Ein blonder Kopf zuckte hoch, und Agravain ritt zu Lot herüber. Er war jetzt ein wenig älter, ein wenig größer, viel schmutziger und Lot viel ähnlicher. Aber ich erkannte sofort, daß er sich nicht sehr verändert hatte. Er glitt von seinem Pferd und lächelte breit, erfreut darüber, wieder dazusein.

»Ich grüße dich, Mutter«, sagte er.

»Tausendmal willkommen«, antwortete Morgas. »Heute nacht wird es ein Fest für euch beide geben . . . Aber jetzt werdet ihr ruhen wollen. Schlafen, Mylord.« Sie lächelte Lot an.

Mein Vater grinste, nahm ihren Arm und eilte mit ihr davon.

Agravain sah sie gehen, und da drehte er sich zu Medraut und mir um. »Nun«, sagte er und grinste dann breit. »Bei der Sonne und dem Wind, es ist gut, euch wiederzusehen!« Er nahm uns beide fest in den Arm. »Was für ein Sommer!«

»Ich kann dir Ale besorgen, wenn du mit uns in die Halle kommen willst, zum Erzählen«, schlug ich vor. Ich war froh, trotz allem, ich war sehr froh, daß er wieder zu Hause war.

»Eine herrliche Idee!« sagte Agravain. »Besonders das Ale.«

Er schaute Medraut an und fuhr ihm durch das Haar. »Gawain, ich schwöre, dein Bruder ist mehrere Zoll gewachsen, seit ich ihn zum letztenmal gesehen habe. Selbst du bist gewachsen.«

»Du auch.«

»Ja?« fragte er entzückt. »Das ist ja wunderbar! Wenn ich

groß genug bin, dann gibt Vater mir ein Kettenhemd. Er hat es versprochen.«

Wir gingen hinüber zur Festhalle, und ich besorgte ihm etwas Ale. Ich fragte ihn über den Krieg aus. Er platzte ja fast vor Eifer, es irgendeinem zu erzählen, und erzählte uns anderthalb Stunden lang.

Es sah so aus, als ob er eigentlich nicht als Krieger gekämpft hatte, sondern mitten im Kriegshaufen geritten wäre und nur in der großen Schlacht einmal Speere auf den Feind geschleudert hätte.

»Ich glaube, ein Speer hat vielleicht jemanden getroffen«, sagte Agravain hoffnungsvoll. »Aber natürlich konnten wir nicht zurück, um nachzusehen, ob das auch stimmte. Wir sind ja kaum lebendig davongekommen!«

Sein Benehmen hatte sich seit damals, als er losgezogen war, etwas verändert. Seine Energie, die immer im Überfluß vorhanden gewesen war, hatte jetzt ein Ventil gefunden. Er genoß es, Krieger zu sein. Er hatte die Sprache und die Eigentümlichkeiten der älteren Kämpfer angenommen, damit er in die Gesellschaft paßte. Aber tief innen, das spürte ich, war er noch genau der gleiche.

Er war überglücklich, daß er wieder zurück war. Die letzten Monate des Krieges waren besonders unangenehm gewesen. Eine größere Blutfehde hatte fast zwischen zweien von Lots Unterkönigen begonnen, und irgendwann einmal hatte sogar Krieg mit Gododdin gedroht, als die Heerhaufen versucht hatten, ihre Spannung dadurch loszuwerden, daß sie sich über die Fremden lustig machten.

Nachdem Agravain sich ausgesprochen hatte, gähnte er und entschloß sich, schlafen zu gehen. Er blieb in der Halle, um sich auszuruhen, da er ja offiziell ein Krieger war, und ich sah ihn erst spät am nächsten Tag wieder.

Nachdem Lot sich mit seinen Männern wieder in Dun Fionn eingelebt hatte, begann er auf den Krieg des nächsten Jahres hinzuarbeiten. Es würden offenbar Kämpfe werden, die mehrere Jahre dauerten, und solch ein Unternehmen war teuer.

Die Beute, die in diesem Sommer gemacht worden war, würde noch nicht einmal ausreichen, um die Kämpfe zu bezahlen, in denen sie gewonnen worden war, geschweige denn für neue Waffen. Und die Ernte war schlecht gewesen. Mein Vater erhöhte den Tribut, soviel er sich getraute, und das Volk murrte. Seit neunzehn Jahren hatte es keinen Krieg dieses Ausmaßes mehr gegeben, und sie waren nicht daran gewöhnt.

Kurze Zeit versuchte Agravain, unserem Vater zu helfen, aber dann fand er Staatsgeschäfte langweilig und wandte sich wieder seinen Waffen zu. Er ritt aus, oder er machte Jagdausflüge. Ich war nicht überrascht. Agravain mußte Taten sehen, schnell und vorzugsweise mit Gewalt verbunden. Er brauchte das, einfach um sich beschäftigt zu halten. Staatsgeschäfte dagegen bieten Übung für den Verstand, das Organisationstalent, die Überlegungsgabe und das Fingerspitzengefühl, und direkte Aktionen gab es selten. Mein Vater war gerissener als ein Fuchs, und er genoß den komplizierten Prozeß, durch den er seine Unterkönige immer wieder zum Gehorsam verpflichtete und sie dazu brachte, ihm Tribut zu zahlen. Er liebte es, durch Klugheit ihre Kriege und Blutfehden zu verhüten, während er gleichzeitig ihre Gunst behielt und daher seine eigene Stellung. Agravain verstand die zarten, empfindlichen Strukturen von Lots »Spiel« nicht, es ermüdete ihn schnell, und er rannte dann hinaus und suchte Unterhaltung. Er ging jagen, aber mich vergaß er nicht.

Ein paar Wochen, nachdem das Heer zurückgekehrt war, gegen Ende November, kam er in den Hof des Hauses der Knaben, während ich mit meinen Waffen übte. Ich arbeitete wieder mit den Wurfspeeren. Es ist schwieriger, einen Speer beim Laufen gerade zu werfen, als ein Schwert zu beherrschen, aber es ist wichtig, auch das zu können. Deshalb verbrachte ich den größten Teil meiner Übungszeit damit, Speere auf eine Strohscheibe zu schleudern, manchmal darauf zulaufend, manchmal stehend. Diesmal stand ich.

Agravain trat hinter mir heran und sah mir zu, während ich dreimal das Ziel anwarf. Alle drei Speere trafen, einer sogar in der Mitte. Agravain runzelte die Stirn. »Du hast diesen Sommer hier geübt, nicht wahr?«

Ich drehte mich zu ihm um, errötete ein wenig vor Stolz. Vor meinem Vater und meinem Bruder hatte ich meine neuen Fähigkeiten noch nicht gezeigt, aber ich freute mich schon darauf. Ich nickte. »Ja, eine Stunde am Tag mit den Wurfspeeren und eine Stunde mit dem Langspeer oder Schwert und Schild, und zwar über die Übungszeit hinaus. Ich bin jetzt besser als früher.«

Agravain nickte, machte dann ein finsteres Gesicht. »Du bist besser, und das ist gut. Aber wenn du versuchen solltest, so in der Schlacht zu werfen, dann wirst du durchbohrt . . .«

»Durrough sagt, es schadet nichts, wenn man so steht, und er ist der Ausbilder . . .«

»Er erwartet auch nicht viel von dir. Stell deinen linken Fuß weiter zurück, und nimm den rechten Arm dichter an den Körper. Du mußt ja einen Schild halten, weißt du!«

»Aber . . .«

»Ach, bei der Sonne, warum widersprichst du denn? Ich versuche doch nur, dir zu helfen.« Er grinste.

Tat er das wirklich? Das Grinsen verschwand, während ich ihn weiterhin anstarrte, und er runzelte wieder die Stirn. Er ballte die Fäuste, er streckte die Hände wieder aus, war rastlos. Ich nahm die Stellung ein, die er vorgeschlagen hatte, und schleuderte nervös den Speer. Ich verfehlte das Ziel.

Er schüttelte den Kopf. »Bei der Sonne und dem Wind, so doch nicht! Halt den Speer gerade, sonst soll die Morrigan dich holen – nicht, daß eine Kriegsgöttin etwa jemanden haben wollte, der so schlecht wirft!«

Ich verzog das Gesicht, warf noch einen Speer. Auch er verfehlte das Ziel.

Agravain schnaubte. »Du kannst einfach nicht sehen, was ich meine. Hier, ich zeig es dir mal.« Er bückte sich, nahm meine anderen Speere auf und schleuderte sie. Alle drei trafen das Ziel sauber und in der Mitte. »So geht das. Und jetzt versuchst du's.«

Wir gingen und holten die Speere. Ich stellte mich hin, und Agravain korrigierte meine Stellung. »Versuch's noch einmal«, sagte er mir.

Ich schaute den Speer in meiner Hand an. Er war schwer, sein Schaft war aus Holz von den dunklen Hügeln des Piktenlandes. Die Spitze bestand aus stumpfglänzendem Eisen. Der Speer in meiner Hand wog plötzlich schwer.

»Los, Gawain«, sagte Agravain ungeduldig. »Du sagtest, du wärest jetzt besser. Zeig es mir! Oder hast du wieder Angst vor deinem eigenen Speer? Mit einem Falken hast du aber wirklich wenig gemeinsam.«

Morgas nannte mich noch immer »mein Falke«. Maienfalke. Es war so ein schöner, kriegerischer Name. Es war ein Name, den ich mir selbst wünschte.

Ich warf den Speer, und er flog schief. Agravain schnaufte und schlug sich auf die Schenkel. »Du hast vielleicht gelernt, besser zu werfen, wenn du wie ein pflügender Bauer dastehst, aber du solltest lernen, den Speer zu schleudern, wenn du wie ein Krieger stehst. Natürlich nur, wenn du einer sein willst. Oder willst du ein Barde werden? Druide? Zureiter?«

»Nein«, flüsterte ich. »Agravain . . .«

»Ich wette, du verbringst noch immer den größten Teil des Tages auf dem Rücken eines Pferdes«, fuhr er fort, als ob er mich überhaupt nicht bemerkte. »Aber das hat keinen Sinn. Pferde sind Luxus, und nicht mehr. Der wirkliche Kampf wird immer zu Fuß ausgefochten. Pferde sind wie goldene Fibeln und schöne Kleider, ausgezeichnet dazu geeignet, wenn ein Krieger anderen zeigen will, wie reich und wichtig er ist. Aber im wirklichen Krieg, da sind sie entbehrlich. Dafür muß man Speere anständig schleudern können. Versuch's noch einmal.«

»Agravain . . .«, wiederholte ich, während ich meinen ganzen Mut zusammennahm.

»Was ist denn jetzt los! Hast du Angst zu werfen? Hör auf, dich so blöd anzustellen.«

Ich fühlte mich auch blöd. Ich umklammerte verzweifelt den Speer. Ich würde ihn werfen, während ich so stand, wie ich es eingeübt hatte. Es war nicht die normale Haltung, aber verwundbarer war ich dadurch auch nicht. Ich stellte meinen linken Fuß nach vorn, ließ meinen linken Arm sinken. Ich bin wirklich gut, sagte ich mir. Auf diese Weise kann ich das Ziel treffen. Jetzt muß ich es. Ich muß.

Ich warf und verfehlte.

Agravain nickte vernünftig. »Wirst du's jetzt mal versuchen, wie ich es dir gezeigt habe? Wenn du ein Mann sein willst, und ein Krieger, dann mußt du auf . . .«

»Hör auf!« schrie ich wütend.

Agravain hielt erstaunt inne.

»Du hilfst mir ja nicht. Du versuchst mir überhaupt nicht zu helfen, wenn du das vielleicht auch glaubst . . .«

»Ich versuche doch, dir zu helfen. Willst du mich etwa einen Lügner nennen?«

»Nein! Aber ich will deine Hilfe nicht. Wenn ich schon kein Krieger bin, dann laß mich auf meine Art versagen, und belästige mich nicht mit richtigen und falschen Methoden. Wenn ich kein Krieger bin, dann werde ich vielleicht ein Barde oder ein Druide. Mutter lehrt mich lesen, so daß ich . . .«

»Sie macht was?« wollte Agravain wissen. Er war völlig verblüfft.

»Sie lehrt mich lesen. Sie hat es schon den ganzen Sommer getan, als ihr fort wart . . .«

»Willst du ein Zauberer werden?« Agravains Augen flammten, und sein helles Haar glitzerte wie die Sonne.

»Nein . . . ich will nur lesen können . . .« Ich war verwirrt.

Er schlug mich ins Gesicht. So fest, daß ich rückwärts stolperte. Sein Gesicht war rot vor Zorn. »Du willst besser sein als wir! Morgas ist eine Hexe, jeder weiß das. Und du willst von ihr lernen, weil du so ein schlechter Krieger bist. Ein Wort in der Finsternis, anstatt ein Schwert im Sonnenlicht. Das ist es, was du willst. Macht, die Macht, die nur für Feiglinge ist, für Verräter und Männer ohne Clan, und Weiber, und Mörder . . .«

»Agravain! Es ist nicht wahr! Nur . . .«

»Hör auf, mich anzulügen!«

Ich raffte mich vom Boden wieder auf, starrte meinen Bruder an. Ich spürte, wie eine blinde Wut in mir aufstieg, so kalt wie Eis, so kalt wie Morgas' Augen. »Ich bin kein Lügner«, sagte ich und hörte, wie meine Stimme kalt und ruhig war, als ob sie jemand anderem gehörte. »Ich entehre meinen Clan nicht.«

Er lachte über mich. »Du entehrst andauernd deinen Clan. Ist es nicht Unehre, daß der eigene Sohn des Königs keinen Speer gerade werfen kann? Daß er noch nicht einmal einen Spatzen töten kann, wenn er jagt? Daß das einzige, was er kann, im Reiten und Harfespielen besteht – im Harfespielen! Daß du die Zauberei erlernen willst und Bannflüche, so daß du nicht kämpfen mußt . . .«

»Das ist nicht wahr!« schrie ich.

»Willst du jetzt einen Lügner aus mir machen?« brüllte Agravain und schlug nach mir.

Es war gut, daß ich nicht in der Nähe meiner Speere stand, denn wenn das der Fall gewesen wäre, dann hätte ich bestimmt einen benutzt. Ich sprang auf meinen Bruder los mit einer Wut, die ihn überraschte, und ich schlug zu, so fest ich konnte. Ich spürte eine tödliche Kälte, ich war erfüllt von einer schwarzen See. Meine Faust traf Agravain ins Gesicht, traf wieder. Er grunzte vor Schmerz, und ein Schauder der Erregung überlief mich. Ich wollte ihm weh tun, allen, die mich verletzten, die Morgas verletzten, die Medraut verletzten und die einer Welt angehörten, in die ich nicht eindringen konnte. Ich wollte weh tun, weh tun und nochmals weh tun.

Agravain warf mich ab und wehrte sich kalt, ruhig und noch nicht einmal sonderlich aufgeregt. Ich begriff, daß er seine eigenen Anschuldigungen selbst nicht geglaubt hatte, sondern daß er nur zornig darüber geworden war, weil ich etwas tat, was er nicht konnte . . . Ich stolperte und flog ins Gras. Agravain trat mich, sprang auf mich und befahl mir aufzugeben.

Ich dachte an Morgas' Augen, an Medrauts bewundernden Blick. Ich dachte an meinen Vater, der lächelte, und ich bildete mir ein, daß er mich lobte. Ich dachte an Krieger, strahlende Waffen und schnelle Kampfhunde. Ich versuchte, weiterzukämpfen. Agravain wurde wütend und schlug härter zu. Ich kratzte ihn, er fluchte.

»Du nennst dich Falke, aber du kämpfst wie ein Weib! Wie eine Hexe! Gib auf, du kleiner Bastard – du bist nicht mein wirklicher Bruder . . .«

Ich versuchte noch immer zu kämpfen, und er tat mir noch schlimmer weh. Die schwarze Welle verebbte ein wenig und nahm die wahnsinnige Kraft mit, die sie mir verliehen hatte. Ich war kein Krieger, das wußte ich. Kein wirklicher Krieger. Gegen Agravain konnte ich nicht kämpfen. Ich war sowieso nicht sein wirklicher Bruder, und ich hatte keinen echten Anspruch auf die Ehre unseres Clans. Das mußten er und Lot wenigstens annehmen . . . Ich wurde schlaff.

»Gibst du auf?« fragte Agravain. Er keuchte.

Ich fühlte mich krank. Ich hatte keine Wahl. Wenn ich nicht aufgab, dann würde er mich nur weiterschlagen, mir Schimpfwörter an den Kopf schleudern und über mich lachen.

»Ich gebe auf.«

Agravain erhob sich, klopfte sich den Staub ab. Zwei blaue Flecken begannen sich in seinem Gesicht zu zeigen, aber sonst trug er keine Schrammen. Ich rollte auf die andere Seite, stützte mich auf Hände und Füße und starrte die fest zusammengestampfte Erde unter dem Gras auf dem Übungshof an. Sie war noch feucht vom Winterregen. Ich war damit beschmiert, und mit Blut.

»Denk dran, kleiner Bruder«, sagte Agravain. »Und vergiß das mit dem Lesen. Versuch zu lernen, wie man einen Speer gerade wirft und auf die richtige Weise. Vielleicht wird dann eines Tages doch ein Krieger aus dir. Ich bin gewillt, dies alles zu vergessen und morgen zu kommen und dir weiterzuhelfen.«

Ich hörte seine Schritte verschwinden. Er ging voller Zuversicht. Ein Krieger, mein Bruder, der sonnenstrahlende Prinz, der Erstgeborene eines goldenen Kriegerkönigs. Aber ich erinnerte mich an Morgas, die dunkler und schöner war als irgend etwas anderes auf der Erde. Morgas, die Lots Schicksal in ihren schlanken weißen Händen hielt. Morgas, die haßte. Haß. Mir wurde klar, daß die schwarze Welle mich noch nicht verlassen hatte, sondern daß sie sich nur tief in meinem Innersten zusammengerollt hatte und wartete. Es war Haß, starker Haß. Ich war der Sohn meiner Mutter.

Morgas wußte es, als sie mich sah. Ehe ich zu ihr gegangen war, hatte ich mich ein wenig gereinigt, aber es war deutlich, daß ich gekämpft hatte, und man brauchte nicht lange zu raten, mit wem. Sie sah, als ich in ihr Zimmer trat, daß ich bereit war, und sie lächelte ein langsames, triumphierendes Lächeln.

Zuerst sagte sie nichts davon. Sie schenkte mir ein wenig von dem Wein aus ihrem privaten Keller ein, befahl mir, mich aufs Bett zu setzen, und sprach sanft und mitfühlend mit mir. Sie fragte, was passiert sei, und ich erzählte ihr von meinem Streit mit Agravain.

»Er sagte, du wärst eine Hexe«, erzählte ich ihr. »Er hat mich beschuldigt, daß ich meine Feinde mit Flüchen und Magie in der Dunkelheit des Mondes bekämpfen will und nicht mit ehrlichem Stahl.«

»Und du wolltest das nicht«, sagte sie.

»So ist es. Ich wollte nur . . . ein Krieger sein. Ich wollte unserem Clan Ehre bringen, Vater Freude machen . . . selbst Agravain. Und Diuran und den anderen Kriegern, einfach allen. Ich wollte, daß sie mich nicht für wertlos halten. Ich wollte . . .« Ich stellte fest, daß meine Kehle zusammengeschnürt war und daß sie plötzlich schmerzte, weil all meine Wünsche vergebens waren. Ich nippte von dem Wein, rollte ihn im Mund herum und schluckte. Der Geschmack war herb. Es war roter Wein. In den Schatten von Morgas' Zimmer war er so dunkel wie Blut und hatte nicht das rubinfarbene Feuer wie an dem Tag, als ich von Lot hörte, daß der Pendragon tot war.

»Ich will diese Dinge nicht mehr«, sagte ich. »Ich bin kein Krieger.«

»Du bist nicht von ihrer Art«, sagte Morgas. Sie setzte sich dicht neben mich. Sie und das Zimmer, beide rochen nach Moschus, nach tiefen Geheimnissen. Die Pupillen ihrer Augen hatten sich geweitet und tranken das Licht des Zimmers in ihre süße Dunkelheit.

Ich nippte wieder von dem Wein. Er war stärker als das Ale, an das ich gewöhnt war. Er war gut.

»Aber ich will sie bekämpfen«, sagte ich. »Mit Kenntnissen. Mit Dingen, die sie nicht verstehen, weil sie Angst haben, sie anzuschauen. Ich will ihnen zeigen, wer ich wirklich bin.«

»So?«

»Ist es wahr, daß du eine Hexe bist?«

»Und wenn ich es wäre?« Ihre Stimme war weich, weicher als Eulenfedern in der Dunkelheit.

»Wenn du es wärst, dann würde ich dich bitten, mich zu lehren . . . solche Dinge.«

Sie lächelte wieder, ein geheimes Lächeln nur für uns beide. »Es gibt viele Arten von Macht in der Welt, Gawain«, sagte sie. »Viele Mächte. Sie können genutzt werden, aber jede Macht hat ihre eigenen Gefahren. Ja, die Gefahren mancher Mächte sind so groß, mein Falke, daß du sie nicht verstehen könntest. Dennoch, der Lohn ist ebenfalls groß. Je größer die Macht, desto größer der Lohn.« Sie umklammerte plötzlich meine Hand. Ihr Griff war so kalt wie der Winter, so stark wie harter Stahl. »Großer Lohn, mein Frühlingsfalke. Ich habe mit gewissen Dingen bezahlt . . .« Sie lachte. »Und es wird mehr kommen, mehr zu bezahlen sein. Aber mein ist die größte Macht. Ich werde . . . Unsterblichkeit erlangen. Kein Lebender kann es mir jetzt in der Magie gleichtun. Ich habe Macht, mein Sohn! Ich habe sehr große Macht. Ich habe mit den Anführern der wilden Jagd gesprochen, mit dem Herrn von Iffern, mit den Kelpies des tiefen Meeres und mit den Dämonen, die in fernen, finsteren Tiefen der Unterwelt leben. Ich bin größer als sie. Ich bin eine Königin, Gawain, Königin eines Reiches, das Lot nur ahnt und vor dem er sich fürchtet. Und ich habe dich beobachtet, mein Falke. Es ist Macht in dir und Kraft. Jetzt endlich bist du gekommen und hast mich gebeten, dich zu lehren. Du wirst Lehren empfangen.«

Ich verspürte Angst, aber mir fiel Agravains Verachtung wieder ein, und ich schob die Angst beiseite. Morgas sprach davon, der Dunkelheit zu dienen, aber was war das schon? Sie sprach auch davon, die Dunkelheit, die Finsternis zu beherrschen.

»Dann zeig es mir«, sagte ich, und meine Stimme war genauso leise wie ihre.

»Nicht so schnell! Du vergißt, daß ich auch von Gefahren sprach. Ich will dich lehren, Gawain, aber es wird lange dauern, ehe du die Macht beherrschst, die du suchst. Dennoch wirst du es lernen. Oh, du wirst es lernen, mein Falke, mein Sohn . . .« Sie nahm ein Messer aus einer verborgenen Scheide und machte sich einen Schnitt am Handgelenk. Dann hielt sie den Arm so, daß das Blut in den Weinbecher floß. Sie reichte mir das Messer, und ohne daß sie etwas sagen mußte, tat ich das gleiche.

Morgas nahm den Becher und trank daraus. Sie senkte ihn wieder, und der rote Wein und das rote Blut waren dunkel um ihren Mund. Sie reichte mir den Becher.

Er war schwer in meinen Händen, feines Kupfer, überzogen mit Gold. Er war kalt, fein gearbeitet und wunderschön. Ich dachte an die Wintersonne draußen, an Agravain, an den Haß der Krieger. Eine Sekunde lang kam mir der Gedanke an den Gwalch und an die weite Reinheit der grauen See. Nein, dachte ich. Das ist eine Lüge. Ich hob den Becher langsam und trank ihn aus. Der Wein war dick, süß und dunkel – dunkler als das tiefste Herz der Mitternacht.

3

Danach war irgendwie alles anders. Meine Mutter lehrte mich nichts außer Latein, Agravain »half« mir bei meinen Waffenübungen, und ich akzeptierte grimmig seine Hilfe. Ich quälte mich mit dem rauhen Holz und dem schweren Metall, das in seinen Händen so leicht und blitzend aussah. Ich ritt über die Insel, ich übte meinen eigenen Kampfstil, manchmal auf dem Pferd. Agravain stritt mit mir darüber, er sagte, es wäre besser, wenn ich auf ihn hörte – das Leben schien sich irgendwie wieder dem eigenen normalen Muster anzupassen. Aber der Unterschied war da, ein Schatten, der all die wohlbekannten Dinge fremd erscheinen ließ. Ich hatte einen Pakt geschlossen, und ich war daran gebunden. Ein Samenkorn war gepflanzt worden, und ich wartete manchmal wach in meinem Bett in der Nacht, wenn der sanfte, schlafende Atem der anderen Knaben um mich in der Dunkelheit zu hören war – wartete darauf, daß eine Pflanze wuchs und irgendeine phantastische, schwarze Blüte entfaltete.

Agravain bemerkte nichts. Er schlug mich weniger hart, wenn wir kämpften, aber das kam nur daher, weil ich mich nicht so hart wehrte. Ich hatte nicht länger den Wunsch, eine Ehre zu verteidigen, die ich nicht verstand. Ehre, die gehörte in Lots Welt, in Agravains Welt. Meine Welt bot für solche Dinge keinen Raum mehr.

Medraut allerdings bemerkte es fast sofort. Immer öfter erwischte ich ihn, wenn er mich mit verwirrten Augen mitten in einem Gespräch oder einem Spiel anstarrte. Irgendwann würde er mir die Frage wohl einmal offen stellen, nahm ich an, und ich fragte mich, was ich ihm wohl antworten würde.

An Medrauts achtem Geburtstag schenkte Lot ihm ein Pferd seiner eigenen Wahl aus den königlichen Ställen. Ich ging mit meinem Bruder, um ihm bei seiner Wahl zu helfen. Als Lot das Geschenk beschrieb, war Medraut sehr aufgeregt gewesen, aber auf dem Gang zu den Ställen wurde er plötzlich wieder nüchtern. Zusammen schauten wir die Pferde an – sie waren alle von der kleinen, zottigen Art, die auf den nördlichen Inseln zu Hause sind –, und wir diskutierten die Fähigkeiten jedes einzelnen Tieres. Medraut hörte sich mein Pferdegerede in seiner ernsten Art an, und dann, ganz plötzlich, als ich die Beine eines Tieres prüfte, fragte er mich: »Was ist denn nur, Gawain?«

Ich fuhr zusammen und schaute von dem Pferd auf. Ich drehte mich auf den Knien um, um Medraut ansehen zu können. »Nichts, wenigstens nicht mit seinen Beinen. Aber es hat überhaupt keinen Widerrist . . .«

»Nein, nein, ich meine nicht das Pferd. Hast du irgend etwas?«

»Ich? Nein. Wie kommst du denn darauf?«

Er stand da und schaute mich im kalten, staubigen Sonnenlicht des Stalls an. Seine Kleidung hatte einen matten Ton, und seine grauen Augen waren weit aufgerissen und sorgenvoll. Das Licht glänzte blaß auf seinem Haar, es war das einzig Helle an diesem Ort. Er sah verwundbar aus und sehr unschuldig.

»Du bist in letzter Zeit so komisch gewesen«, sagte mein Bruder nervös. »Du gehst fort . . .«

Ich lächelte. »Na, ich bin immer gern geritten. Und jetzt, wo du dein eigenes Pferd hast, kannst du öfter mit mir kommen.«

»Das meine ich nicht.« Medrauts Stimme war scharf. »Den ganzen Sommer bist du dagewesen. Du warst hier, bei uns allen. Früher bist du auch schon mit Agravain und Lot weggewesen, aber in diesem Sommer warst du hier. Und jetzt . . .« Medraut biß sich auf die Lippe und wandte den Blick von mir ab. »Jetzt bist du fort. Ich kann nicht mehr mit dir reden. Du ziehst dich sogar vor mir zurück.«

»Ich verstehe dich nicht«, meinte ich, obwohl ich in Wirklichkeit genau wußte, was er meinte.

»Du hattest Streit mit Agravain«, sagte Medraut unglücklich.

Ich schaute weg und zuckte die Achseln.

»Und danach ist irgend etwas passiert. Danach hast du dich vor uns allen zurückgezogen.«

An einigen dieser Tage hatte ich gespürt, daß ich die Welt aus großer Entfernung unter der Maske her beobachtete, die einmal mein Gesicht gewesen war. Ich war weggegangen . . .

»Und du bist auch nicht mehr am Llyn Gwalch gewesen.«

Ich dachte an Llyn Gwalch. An den Tang, der auf den Felsen glänzte, an die Tautropfen und das Seewasser auf den moosbewachsenen Felsblöcken. Solche Orte haben kein Gewicht in der Welt, sagte ich mir. Man muß in der Welt leben, die wirklich ist. »Das war ein kindisches Spiel«, sagte ich. »Ich bin jetzt dafür zu alt.«

»Aber was ist passiert?« Medraut überquerte den Platz, der uns trennte, und ergriff mich am Arm. »Du mußt es mir sagen!«

»Warum?« Ich starrte ihn an, genauso hochmütig wie der Falke in meinem Namen.

Er schaute mich einen langen Augenblick an, dann legte er die Arme um mich und begrub sein Gesicht an meiner Schulter. Es tat weh. Ich verdiente das nicht.

»Ich bin zu Morgas gegangen und hab' sie gebeten, mich die Zauberei zu lehren«, flüsterte ich.

Er hob den Kopf von meiner Schulter. Seine Augen waren weit aufgerissen, und er verstummte. Ich legte den Arm um seine Schulter, und wir waren still.

»Warum?« fragte er endlich.

»Weil ich nie ein Krieger sein kann.«

Er dachte eine Weile nach. »Ich frage mich . . . glaubst du, ich könnte die Zauberei auch lernen?« fragte er schließlich.

Ich spürte den Schock so körperlich, als ob mich jemand in den Magen getreten hätte. Nicht Medraut. Nicht der junge

Krieger, das Kind des Lichts, das alles war, was ich mir immer zu sein wünschte. Stolz, ohne arrogant zu sein, wild, ohne grausam zu sein. Sonnenlicht, ohne die sengende Hitze von Lot und Agravain. Er konnte mir nicht in die Niederlage, in die Dunkelheit folgen. Er durfte Morgas nicht zu nahe kommen. Ich dachte an ihre lichttrinkenden Augen.

»Nein!« sagte ich.

»Warum nicht?«

»Das ist nichts für dich. Es ist ganz falsch, mein Herz.«

»Aber Mutter ist eine Zauberin, und du wirst ein Zauberer sein. Warum sollte nicht auch ich etwas davon wissen?«

»Morgas ist Morgas. Ich bin nur ich selbst. Und du bist Medraut.«

»Warum könnte ich es nicht lernen? Ich bin klug genug dazu . . .«

»Darum geht es ja nicht! Es ist falsch.«

»Irrt sich meine Mutter dann? Oder du?«

Ich hielt mitten in meiner Antwort inne. Medraut hatte mich immer bewundert und mir vertraut. Und dennoch . . .

»Es ist falsch für dich. Du kannst ein Krieger sein und im Sonnenlicht kämpfen. Ich kann das nicht und auch Mutter nicht. Deshalb gehen wir einen anderen Pfad.«

Er bot mir noch weitere Argumente, aber ich redete dagegen, hart und schnell. Schließlich ließ er das Thema fallen, wurde wieder fröhlich und wählte zu seinem Pferd einen Grauen mit weißer Mähne und weißem Schweif. Er nannte ihn Liath Macha, »Grau der Schlacht«, nach CuChulainns Pferd. Er war glücklich.

Der Frühling kam langsam, kaum merklich nach dem milden Winter der Orkneys. Aber die Tage wurden langsam wärmer, der Himmel war gelegentlich blau, und die gewaltigen, kalten grauen Seenebel rollten weniger häufig von Westen herein.

Agravain und ich hatten noch einen weiteren Streit über meine Angewohnheit, mit den Waffen auf dem Pferd zu üben. Lot allerdings, der zufällig in der Nähe war, um sich nach dem

Grund für unseren Zwist zu erkundigen, schaute gedankenvoll drein.

»Vielleicht machst du einen Fehler, wenn du Gawain dafür strafst«, sagte er Agravain. »Es stimmt zwar, daß wir meistens zu Fuß kämpfen, und es ist einem Krieger nicht sehr von Nutzen, wenn er auf dem Pferderücken wie ein Fahrender auf der Kirmes herumspringen kann, wie du das nanntest. Aber Artus, der Feldherr, hat allen seinen Männern beigebracht, wie man vom Pferd aus kämpft, und sie sagen, seine Siege über die Sachsen kommen von der Kraft seiner Reiterei. Laß Gawain in Ruhe.«

Agravain runzelte ungemütlich die Stirn. Er mochte den Gedanken nicht, daß die Kriegskunst sich änderte, und er mochte es noch weniger, wenn man ihm erzählte, daß er sich irrte. Den Vorwand für einen weiteren Streit fand er später an diesem Tag. Aber danach ließ er mich – wenn auch nicht völlig, so doch mehr – in Ruhe, und manchmal beobachtete er mich mit finsterem Gesicht. Ich glaube, selbst er begann zu bemerken, daß ich mich verändert hatte, und es verwirrte ihn.

Ungefähr um diese Zeit hatte Morgas auch angefangen, mich zu lehren, wie sie das versprochen hatte. Nicht die wichtigen Dinge, die Beschwörungen und die dunklen Wandsprüche. Aber die Grundlagen: die Eigenschaften des Universums, das am Rande und innerhalb unserer eigenen Welt existiert. Ich kenne nicht alle Gesetze, die es regieren, und Morgas kannte sie auch nicht. Aber etwas davon lernte ich, und viele Dinge, die ich vorher nicht gesehen hatte, wurden mir jetzt offenbar.

Nachdem Medraut sich an die Veränderung in mir gewöhnt hatte, standen wir einander wieder so nah wie je zuvor, vielleicht noch näher. Aber manchmal warf er mir abschätzende Blicke zu, die ich nicht mochte. Dennoch nahm ich ihn auf meinen Ritten über die Insel mit, erzählte ihm mehr und mehr Geschichten und spielte die Harfe für ihn. Ich konnte mittlerweile sehr schön singen. Jeder Barde machte es natürlich viel besser, aber ich habe irgendwo ein bißchen Talent dafür. Ich kümmerte mich jetzt nicht mehr darum, daß mein Vater es als schändlich betrachtete, daß ich meine Zeit mit Harfespielen verbrachte. Es kümmerte mich überhaupt nicht mehr, was irgend jemand schändlich fand.

Der April kam, ein strahlender Monat, und mein Vater war noch immer nicht nach Britannien gezogen. Der Krieg fing verspätet an. All die Pakte, die im Winter so mühsam geschlossen worden waren, fielen im Frühling wieder auseinander, und die britischen Könige beeilten sich, neue aufzubauen. Mehrere Blutfehden hatten neu angefangen, und ein paar von den alten waren wieder eröffnet worden, und Kämpfe waren zwischen zwei von unseren Feinden ausgebrochen, die früher feste Verbündete gewesen waren. Der Krieg war aus einem Streit über Beutevieh entstanden.

Den ganzen Sommer zog er sich hin, ohne daß irgend etwas klarer wurde, und Lot bereitete sich auf seinen Eintritt in die Kämpfe vor, schäumte und wartete darauf, daß man ihn rief. Agravain, der jetzt sechzehn Jahre alt war und sich für einen Mann hielt, polierte seine Waffen und hoffte.

Anfang August entschlossen sich Gwynedds alter Feind Dyfed und unser einziger treugebliebener Verbündeter Gododdin, Gwynedd anzugreifen. Es war eine vernünftige Idee, aber sie kam zu einem falschen Zeitpunkt, und unsere Verbündeten taten endlich den lange erwarteten Schritt, meinen Vater zu Hilfe zu rufen. Es war fast Erntezeit, und mein Vater wußte, er konnte seine Armee nicht ausheben. Aber er rief seine Unterkönige und deren Krieger und segelte bei Nacht an Dalriada vorbei, um Strathclyde anzugreifen und von dort zu seinen Verbündeten weiterzuziehen.

Morgas jubelte bei der Abreise ihres Mannes. Wenn er fort war, dann beherrschte sie die Orkneys absolut, und sie liebte die Macht. Sie verbrachte wenig Zeit mit mir. Dafür gab es zwei Gründe. Der erste war einfach der, daß es jetzt, im Gegensatz zum vergangenen Sommer, sehr viel für sie zu tun gab. Die meisten Männer blieben auf den Orkneys, um die Ernte einzubringen, und von der Ernte mußte sie zusehen, daß der

Tribut an den König abgezogen, gesammelt und eingelagert wurde. Aber der wichtigere Grund war wahrscheinlich der, daß sie mich jetzt nicht mehr zu sich ziehen mußte. Ich war in die Falle gegangen. Und sie glaubte nicht, daß ich noch entkommen konnte.

Die Zauberei hatte mir kein Glück gebracht, wie ich gedacht hatte. Sie gab mir etwas Geheimes und einen geheimen Grund zum Stolz, ja. Aber ich war nie ganz sicher, ob das, was ich fühlte, Stolz oder Scham war. Die Bürde war schwer. Ich konnte Dinge sehen, die niemand anders sah, und sie machten mir Angst. Manchmal hörte ich das Bellen der Hunde des Yffern über mir, der Hunde, die die Seelen der Verdammten in die Hölle jagen. Manchmal hörte ich auch den klaren Silberton des Jagdhorns. Ich grübelte über seine Bedeutung, und es bedeutete immer Tod. Ich begriff mehr und mehr, daß ich sterben würde, und ich hatte Angst davor. Morgas, meine Mutter, hatte auch Angst, aber sie hatte etwas getan, um den Jäger von sich abzuhalten, etwas, das sie nicht erklären wollte. Das gab ihr Sicherheit. Ich beneidete sie. Ich versuchte, mehr zu lernen, aber ich erreichte nur, daß meine Angst tiefer wurde und daß mein Herz beladen war, bis es in die schwarze See sank, die mich jetzt manchmal erfüllte. Ich glaubte auch nicht, daß ich noch entkommen konnte. Und ich wollte es auch nicht. Es gab ja nichts, wohin ich gehen konnte.

Es war ein harter Winter. Gewöhnlich schneit es auf den Orkneys nicht, aber diesen Winter gab es Schnee. In Nordbritannien, wohin sich der Krieg jetzt zurückgezogen hatte, umklammerte die Kälte die Berge mit brutaler Hand und warf große Schneewehen und Barrieren in den Pfad jedes Heerhaufens, der hart genug war, um sich durchzuwühlen. Gewöhnlich erlaubten es die meisten Könige ihren Kriegshaufen, den Winter über zu ruhen, und die meisten der Krieger zerstreuten sich, gingen heim, und sie sammelten sich erst wieder, wenn die ersten Knospen sprangen. Aber in diesem Winter war es anders.

Im Osten waren die Sachsen rastlos. Sie waren keineswegs

neutral gewesen, sondern sie hatten sich leidenschaftlich am Planen und Politisieren beteiligt, und sie schlugen aus den Kämpfen jeden Vorteil, den sie erreichen konnten. Sie machten kleine Überfälle, die zu größeren wurden, und drangen immer weiter und weiter über die Grenzen vor, die mit Blut im letzten Krieg festgelegt worden waren. Artus, der Feldherr des alten Pendragon, versuchte, sie abzuwehren. Aber er war ein Mann ohne Clan und verließ sich auf Constantius, den König von Dumnonia, wenn es um Unterstützung ging. Constantius hatte sowohl für seinen eigenen Heerbann als auch für Artus' Armee zu zahlen, und er hatte nicht genug übrig, um die ganze königliche Armee zu unterhalten, für die schließlich auch einmal ganz Britannien Steuern gezahlt hatte, als es noch einen Hohen König gab. Viele Krieger folgten Artus, weil sie ihn vorzogen, und sie gaben viel von dem Reichtum auf, den ein guter Krieger zu erwarten hat. Aber es waren noch immer nicht genug, um auch nur einen Teil der Grenze zu schützen.

Die Sachsen sind ein wildes Volk – jung, kraftvoll, völlig barbarisch und überfließend vor brutaler Energie. Sie scheinen allerdings die Fähigkeit zu haben, Frieden untereinander zu halten, was britische Könige nie gelernt haben. Einige der sächsischen Reiche waren offiziell dem Hohen König der Briten tributpflichtig, da sie ja von den Römern unter den letzten Kaisern zu Kolonisten gemacht worden waren und man sie eingeschworen hatte, das Reich zu schützen. Aber sie sind immer landhungrig, denn ihre Zahl wächst mehr und mehr, weil andere Sachsen über das Meer kommen, und die neueren Königreiche erkennen die uralten Eide nicht an. Nur die Kraft des Hohen Königs und seiner Armee hält sie davon ab, Britannien völlig zu überrennen. Wie Wölfe um einen kranken Hirsch beobachteten sie jetzt die britischen Könige, die ihren Krieg ausfochten.

Wir fürchteten die Sachsen auf den Orkneys nicht, und wir mußten uns auch keine Sorgen wegen der anderen Bedrohung machen, die Britannien zu fürchten hatte, den Scoten. Sie kommen von Erin, in ihren langen Kriegsschiffen, und plündern die westlichen Küsten von Britannien. Es gab keinen Frieden zwischen den Scoten und den Orkneys – mein Vater hatte Erin verlassen, weil er mit den Königen der Scoten in Streit geraten war –, aber die Räuber hatten keine Lust, die lange Reise zu unseren Inseln zu wagen, wo sie doch nur die Klippen und Mauern von Dun Fionn erwarteten.

Es gab kein Raubschiff, das so tollkühn war, die irische See im Winter zu bestehen, aber die Sachsen und hauptsächlich der Winter selbst machten die britischen Könige vorsichtig. Sie waren im höchsten Grade ungewillt, ihre Festungen zu verlassen. Nur mein Vater, dem zu Hause keine Feinde drohten, war frei zu reisen. Unser Heerbann durchzog Britannien in der Länge und in der Breite, gewann reiche Beute und versorgte sich mit den Gütern der Feinde.

Medraut redete immerfort vom Krieg, aber noch öfter redete er davon, wie Morgas regierte. Sie beherrschte das Land auf eine Art, die den Griff meines Vaters leicht erscheinen ließ. Medraut – wie ich selbst – war voller Bewunderung für Morgas und voller Angst vor ihr.

In diesem Winter übte sie auch Magie in ihrem Zimmer aus. Gewöhnlich war sie allein, aber manchmal ließ sie sich zusehen. Was immer sie tat, es kräftigte sie. Jeden Tag schien sie mir schöner zu werden. Sie ging mit nackten Armen hinaus in die Kälte, und ihr langer dunkler Umhang flatterte um ihre Schultern, befestigt mit einer Brosche, in der Steine glänzten, so rot wie Blut. Kein Blut war allerdings unter ihrer weißen Haut zu sehen, und der Blick ihrer Augen war weicher als die Dunkelheit. Jedes Zimmer, das sie betrat, schien dämmrig zu werden, und andere wirkten neben ihr schwach und unwirklich.

Medraut hatte noch immer nichts über das Zaubernlernen gesagt, aber ich spürte, daß er oft darüber nachdachte. Es gab Lücken in unserer Verbundenheit, wo er mich beobachtete, wo er nachdachte und mich vielleicht beneidete, wo er sich vielleicht fragte, was ich wohl gesehen hatte, wenn ich in der leeren Luft herumfuhr. Aber solche Zeiten dauerten nicht lange, und dann kam er mir wieder nach und fragte mich aus oder erzählte mir, was er dachte. Oft ritten wir zusammen auf unseren Pferden aus, donnerten in vollem Galopp in die niedrigen Hügel hinaus, so daß die Schafe vor uns davonstoben und wir Dampfwolken hinter uns herzogen. Manchmal hielten wir auch an, um Schneebälle zu werfen. Wenn ich mit Medraut zusammen war, dann war ich fast glücklich.

In diesem Winter feierte er seinen neunten Geburtstag und siedelte in das Haus der Knaben über, um seinen Unterricht an den Waffen zu beginnen. Unter den Jungen seines Alters tat er sich hervor, wie ich das erwartet hatte. Er war schnell, geschickt, intelligent, und er lernte rasch. Im Reiten war er soviel besser als die anderen, daß er sogar von seinen Lehrern nichts mehr lernen konnte. Nur an Fähigkeiten im Komponieren für die Harfe mangelte es ihm, aber das glich er mit der Geschwindigkeit aus, in der er ein Lied lernen konnte und mit seiner Leidenschaft für die Musik. Jetzt, wo wir zusammen im Haus der Knaben waren, verbrachten wir den größten Teil des Tages miteinander. Wir teilten alles und stritten uns nie.

Als Morgas mich wegen Medraut ausfragte, stellte ich fest, daß ich ihren Fragen aus dem Weg ging. Sie war wunderschön, sie schien mir vollkommen zu sein, sie beherrschte die Finsternis – aber ich wollte nicht, daß Medraut ihr folgte.

Im März kehrten Lot und der Kriegshaufen zurück, aber nur kurz. Ich sah Agravain, und ich erschrak über die Veränderung in ihm. Er hatte sein Wachstum jetzt vollendet – er war fast achtzehn –, und er wirkte völlig wie ein junger Krieger, und er war Lot ähnlicher als je zuvor. Er war hochgewachsen, und sein goldenes Haar, das ihm bis auf die Schultern fiel, glänzte in der Sonne. Der ganze Kriegshaufen befand sich in großartiger Kondition. Obwohl die Kämpfe im Winter schwierig gewesen waren – die Beute war reich gewesen, und sie hatten auch Zeit gehabt, sich auszuruhen. Mein Bruder hob sich von allen anderen ab. Er trug einen schönen, hellfarbenen Umhang und Juwelen, die er den Männern Gwynedds und Strathclydes abgewonnen hatte. Er hatte sein Kettenhemd, und seine Waffen glänzten. Er ritt hinter unserem Vater durch die Tore von Dun Fionn. Er saß auf einem stolzen Pferd und trug die Standarte. Die Leute von Dun Fionn und die Clansmänner, die aus der umliegenden Gegend zum Zuschauen hergekommen waren, stießen Hochrufe aus, als sie ihren König und seinen Sohn zusammen sahen, so großartig wirkten sie. Agravain grinste und hob die Standarte, die Krieger lachten und stießen wie ein Mann den Kriegsschrei aus, und die Leute jubelten noch lauter.

Agravain freute sich, zu Hause zu sein und Medraut und mich wiederzusehen. Er erzählte uns vom Krieg, von der langen Reihe sorgfältig geplanter und erfolgreich durchgeführter Überfälle, erzählte uns davon, wie er in einem Grenzscharmützel in Strathclyde seinen ersten Mann getötet hatte, wie er in ganz Britannien herumgereist und einmal sogar, in Gododdin, gegen eine sächsische Räuberbande gekämpft hatte. Er war das geworden, was ihm bestimmt gewesen war: ein Kriegerprinz, ein zukünftiger König der Orkneys. Meine paar kleinen Talente nahm er mir nicht länger übel, sondern er akzeptierte meine neugelernten Fähigkeiten mit gutmütigem Lachen und ein bißchen Lob. Er war froh, mich zu sehen, er war eifrig darauf bedacht, freundlich zu sein. Er war zuversichtlich, und Kleinlichkeit hatte er nicht mehr nötig. Medraut war sehr beeindruckt, und während Agravain redete, hielt er Agravains großen Speer und streichelte den abgenutzten Schaft. Ich hörte zu, aber hauptsächlich beobachtete ich Agravain. Schöner, der Sonne entstiegener Held, der nichts von Morgas' »größter Macht« kannte, von der Kraft, die in der Finsternis liegt. Ich beneidete ihn.

Er blieb nicht lange. Nachdem Lot die Zustände auf den Inseln überprüft und weitere Krieger gesammelt hatte, reiste er wieder ab. Der Krieg lief gut. Die jungen Männer waren ganz wild darauf, in die Schlacht zurückzukehren.

Im Mai, als ich mein vierzehntes Jahr vollendet und das Haus der Knaben verlassen hatte, schien die Situation in Britannien endlich deutliche Formen anzunehmen. Mein Vater stand fest in unserer alten Verbindung mit Gododdin und

Dyfed; Powys und Brycheiniog bildeten eine unsichere und Ebrauc eine deutliche Opposition – es waren die mittleren Königreiche von Britannien, die alle einen romanisierten, antisächsischen König haben wollten. Endlich gab es noch Gwynedd, den ersten, der Anspruch auf das Amt des Hohen Königs erhob, in einer zittrigen Verbindung mit Rheged und Strathclyde – das war die antiirische, antirömische Partei. Neutral waren das Königreich der östlichen Angeln, ein sächsisches Königreich, das im Winter sowohl an Dyfed als auch an Gwynedd Boten geschickt hatte, und Dumnonia, das am meisten romanisch durchsetzte britische Königreich. Es sah so aus, als ob ein paar gutgeführte Schlachten den Krieg entscheiden könnten.

Aber im Juni waren alle Pläne weggefegt.

Die Sachsen, wie ich schon sagte, gaben keine Ruhe. Diejenigen, die am längsten hier angesiedelt waren, führten die größten Raubzüge durch und töteten, plünderten und entführten Männer, Frauen und Kinder. Aber hauptsächlich rissen sie Land an sich. Sie brauchten es. Da die Grenzen offen waren, hatte es weitere Sachsen nach Britannien gezogen: Verwandte, Sippenmitglieder, Stammesgenossen, neue Familien, die durch die Aussicht auf besseres Land hergelockt wurden. Auch einzelne Männer, die die Sehnsucht nach Krieg und Abenteuer nach Britannien zog. Sie alle wollten Land, um es zu bebauen, zu besitzen, um ihre niedrigen, rauchgeschwärzten Dörfer zu bauen. Viel vom besten Acker besaßen sie schon. Das alte Land der Cantii, die sanften Hügel und Wälder um das alte Herz und die Hauptstadt von Britannien. Das Land, das einmal dem uralten Stamm der Iceni gehört hatte. Die ältesten sächsischen Königreiche, Deira und Bernicia. All diese Länder gehörten ihnen, und es war nicht genug. Offiziell unterstanden sie dem Hohen König von Britannien, dem Nachfolger der Hohen Könige von Rom. Sie hatten ihm den gleichen Eid geschworen, den die britischen Könige schworen. Aber sie hatten nie daran gedacht, ihn zu halten.

Und dann, im Juni, landete tatsächlich eine große Streitmacht von Sachsen an der südwestlichen, der »sächsischen«

Küste. Sie nahmen das römische Kastell Anderida, sie verbündeten sich mit den südlichen Sachsen und schwenkten ins östliche Dumnonia. Sie zerstörten alles, was ihnen in den Weg kam. Ihr Anführer war ein Mann namens Cerdic, und es hieß, er sei ein König, dem die Männer bis zu den Toren der Hölle folgten. Sie folgten ihm allerdings bis nach Dumnonia. Und was Cerdic und sein Stamm begonnen hatte, wurde von den anderen sächsischen Stämmen fortgeführt. Zuerst kamen die südlichen Sachsen, dann die Stämme der Angeln, der Jüten, der Franken, der Friesen und Schwaben und überschwemmten die benachbarten britischen Königreiche, nicht nur, um zu plündern, sondern auch, um dort zu siedeln.

Trotz dieser beunruhigenden Vorgänge wandten die Briten ihre Aufmerksamkeit nicht darauf, die Sachsen zu bekämpfen. Der Bürgerkrieg hatte jetzt an Gewicht gewonnen. Auch Blutfehden spielten mit, und es ging um Ehre und viel uralten Haß. Ein Mann läßt nicht plötzlich einen alten Haß für einen neuen fallen. Die Sachsen waren schon besiegt worden, und sie konnten auch noch einmal besiegt werden. Deshalb wurde der Bürgerkrieg fortgesetzt, und die Sachsen durften sich Teile der östlichen Marschen nehmen, während Cerdic begann, ein Königreich zu schmieden. Die westlichen Länder, wie zum Beispiel Gwynedd, das nicht an sächsisches Gebiet grenzte, freuten sich darüber, daß die britischen Feinde in Schwierigkeiten waren. Alle waren sich darüber einig, daß Dumnonia sowieso zu groß war, fast genauso groß wie eine der alten Provinzen. Es war gut, daß hauptsächlich das einzige neutrale Königreich unter der Invasion leiden sollte. Mein Vater ärgerte sich über die Sachsen und über diesen Cerdic. Aber er war überzeugt davon, daß er nach dem Krieg in der Lage sein würde, den Sachsen etwas von dem Land zu geben, das sie wollten, und daß man Cerdic, nachdem er Ehre und ein Königreich errungen hatte, bequem ermorden lassen konnte – denn es ist nicht sicher, große Führer unter den Feinden am Leben zu lassen. Und dann würde Britannien, wenn auch leicht in der Größe beschnitten, von Dun Fionn aus regiert werden.

So hätte der Krieg mit einer leichten Verlagerung weitergeführt werden können, wenn durch die Invasion nicht ein weiterer Anwärter auf das Amt des Hohen Königs aufgetaucht wäre.

Uthers Feldherr war Herr Artus gewesen, seit dieser einundzwanzig war. Uther hätte viele andere für diese Stellung auswählen können, nicht nur diesen einen von seinen vielen illegitimen Söhnen. Artus war fünfundzwanzig, als Cerdic einfiel, und er hatte die Sachsen während des ganzen Bürgerkrieges bekämpft. Nur von Dumnonia, einem einzigen von all den britischen Königreichen, war er unterstützt worden. Alle erkannten an, daß er ein brillanter Feldherr war, der intelligenteste und erfolgreichste seit Ambrosius Aurelianus, dem ersten Hohen König, nachdem die Legionen abgezogen waren. Und dennoch, niemand hatte erwartet, daß Artus in dem Kampf Partei ergreifen würde oder daß er in der Tat etwas anderes tun würde, als Sachsen zu bekämpfen. Aber als er sah, daß die Sachsen auf breiter Front einfielen, und als ihm klar wurde, daß die Briten ihren Bürgerkrieg nicht fallenlassen würden, um ihren gemeinsamen Feind zu bekämpfen – er dachte halb wie ein Römer, wenn es um solche Dinge ging –, da wurde er offenbar »provoziert«, etwas, vor dem meine Mutter gewarnt hatte.

Er ritt mit dem königlichen Heerbann nach Camlann, der königlichen Festung, und ließ seine einsame Stellung gegen die Sachsen, die sowieso massiv in der Überzahl waren, im Stich. In Camlann traf er Constantius, den König von Dumnonia, und dort erklärte er sich selbst zum Hohen König, zum Augustus, zum Pendragon von Britannien.

Das brachte die Könige von Britannien gründlicher durcheinander als Cerdics Invasion. Aber Artus ap Uther ließ ihnen nicht viel Zeit für ihre Protestschreie über Bastarde, die den Thron an sich rissen. Er hub die größte Armee aus, die er zusammenbekommen konnte, und griff zuerst Brycheiniog und dann Dyfed an. Er nahm die königlichen Festungen ein, nachdem er zuerst die Kriegshaufen unterworfen und zerstreut hatte. Und jedesmal besiegte er Streitkräfte, die größer als seine eigenen waren. Die Könige beider Länder waren gezwungen, ihm den dreifachen Eid der Gefolgschaft zu leisten, und sie mußten Artus auch mit Vorräten versorgen. Nachdem das erledigt war, marschierte er weiter, um Gwynedd zu erobern.

Docmail, der König von Gwynedd, schwor Artus nie die Treue. Stolz nahm er Gift in seiner eigenen Festung Caer Segeint, drei Stunden, bevor Artus dort auf den Fersen von Docmails besiegtem Heer erschien. Docmail verfluchte Uthers Bastard. Sein Sohn, Maelgwen, der nur ein Jahr älter war als ich, war von Docmail selbst zu seinem Nachfolger bestimmt worden. Und Maelgwen schwor Artus ohne Protest die Treue.

Es war noch nicht Juli, und kein anderer König hatte eine Chance bekommen, sich auf einen Kampf gegen den Mann vorzubereiten, der Anspruch auf die Stellung des Pendragon erhob. Artus handelte schnell. Als Docmail allerdings gestorben war, stellte der neue Bewerber auf den Thron fest, daß alle Stämme in Britannien sich gegen ihn vereint hatten; als erster Urien of Rheged, und zusammen mit unseren Verbündeten mein Vater. Der einfache Grund für diese plötzliche Einigkeit war der, daß es so aussah, als ob Artus gewinnen könnte.

Aber der neue Pakt traf Artus nicht unvorbereitet. Man entdeckte, daß Artus, bevor er Anspruch auf den Titel erhob, selbst ein Bündnis mit einem König in Kleinbritannien geschlossen hatte. Kleinbritannien, das ist Gallien, ein reiches, mächtiges Land. Zuerst war es eine Kolonie gewesen unter dem Hohen König Maximus, als Rom noch stand. Dann wurde es größer, als die Legionen sich zurückzogen und als Männer, die durch die Sachsen ihr Land verloren hatten, dorthin zurückfuhren, weil sie nirgendwohin konnten. Als Artus sein Bündnis schloß, da verteidigte sich Kleinbritannien nicht gegen die Sachsen oder die Goten oder die Hunnen, und zwischen den beiden Söhnen des alten Königs braute sich ein Krieg zusammen, weil niemand wußte, wer Nachfolger würde. Der Zwist hatte das Stadium des Krieges noch nicht erreicht, aber er würde unvermeidlich sein, wenn der alte König erst einmal tot war. Bran, der jüngere Bruder, hatte einmal Seite an Seite mit Artus gekämpft, und die Chance, jetzt mit ihm ein Bündnis einzugehen, nahm er begierig an. Er segelte mit seinem Heer, einer großen Armee, von Gallien herüber, landete in Caer Uisc in Dumnonia und vereinigte sich mit Artus vor Caer Segeint, ein paar Tage, bevor die Festung fiel. Von dort eilte er augenblicklich nach Dinas Powys, der Festung, die Artus nehmen wollte, ehe die anderen Könige ihre Streitkräfte gegen ihn vereinigen konnten. In Powys gab es einen kurzen, wilden Kampf, und Artus war wieder siegreich. Er ritt im Triumph in die Festung ein, akzeptierte die Gefolgschaft von Rhydderch Hael von Powys und zerstreute Rhydderchs Heer.

Die anderen britischen Könige schafften es endlich, sich zu vereinigen. Aber es kam keineswegs eine einzige Armee zustande, und sie waren auch keineswegs bereit, vereint zu kämpfen. Nur, ihre Streitkräfte waren sehr groß. Gwlgawd, der König von Gododdin, war dabei und der König von Elmet, und Caradoc, der König von Ebrauc, und March, der Besitzer der Schiffe von Strathclyde, und Urien von Rheged, genannt der Löwe von Britannien – und mein Vater, Lot von den Orkneys, der stärkste König von Kaledonien, der Abkömmling der Sonne.

Artus hatte die königliche Heerschar des Uther, die ihm während der vergangenen beiden Jahre des Bürgerkrieges treu gefolgt war, und er hatte seine Verbündeten Constantius, den König von Dumnonia, und Bran von Kleinbritannien, zusammen mit den eingeschworenen und zur Neutralität gezwungenen Königen von Gwynedd, Dyfed, Brycheiniog und Powys.

Die Geschichte der Schlacht zwischen diesen beiden Armeen wird oft erzählt und noch öfter gesungen in den Hallen aller Könige von Britannien, Erin und der sächsischen Länder. Auf den Orkneys hörten wir sie schon zwei Wochen bevor Lot selbst mit seinem Kriegshaufen zurückkehrte.

Es war Ende Juli, an einem heißem Tag, und die Luft war schwer genug, daß man sie mit dem Messer schneiden konnte.

Der Bote kam vom Hafen heraufgeritten, an der Ostküste entlang. Er war zu erhitzt und zu müde, um schneller als Trab zu reiten. Morgas empfing den Mann in ihren Gemächern, bot ihm den obligatorischen Becher Wein an und fragte ihn ungeduldig nach den Neuigkeiten aus. Ich saß auf dem Bett und sah zu.

Der Bote trank gierig den Wein, nachdem er ihn zur Hälfte mit Wasser verdünnt hatte. Seine Kleider waren fleckig und staubig und schweißdurchweicht. Er war aus einer Armee meines Vaters, aber er stammte nicht aus der Sippe, wie die Hälfte des Kriegshaufens. Er war ein Mann aus Dalriada, den die Großzügigkeit und der Ruhm meines Vaters angezogen hatte. Seine Name war Connall.

Er begann seine Geschichte damit, daß er uns erzählte, was der letzte Bote gesagt hatte. Artus, begierig auf die Schlacht, war mit seinen Männern nach Norden und Westen geritten, und die Armeen der Könige von Britannien seien aus verschiedenen Richtungen herangezogen, um ihm zu begegnen. Morgas nickte ungeduldig, und der Bote erzählte eilig weiter. Die Armeen hatten sich am Oberlauf des Flusses Saefern getroffen, an einem seiner Nebenflüsse, dem Dubhglas. Dort ist hügeliges Gelände, und Artus hatte Zeit genug, um seine Armee sorgfältig zu plazieren.

Morgas runzelte die Stirn. Dem Zustand, in dem der Bote war, konnte man entnehmen, daß es irgendwie eine Niederlage gegeben hatte, und mehr und mehr stieg in Morgas der Verdacht auf, daß es eine schwere gewesen war. Artus war berühmt als Feldherr.

»Es war vor ungefähr drei Wochen«, fuhr Connall fort. »Wir standen herum, und sie standen herum und warteten auf den Kampf. Es war heiß – es stank vor Hitze. Wir standen da in unseren Lederwämsern und unseren Kettenhemden, und wir schwitzten und warteten darauf, daß Artus sich endlich entschloß, was er tun wollte. Wir konnten die Standarten von Bran und Constantius sehen, die sich unten im Tal zeigten, aber Artus' Standarte sahen wir nicht. Wir verfluchten den faulen Bastard dafür, daß er uns warten ließ, aber er war der große Feind, und wir hatten keine Wahl.

Am Vormittag kam jemand herauf, der die Standarte mit dem roten Drachen trug, und der Feind jubelte. Wir wurden sehr wütend. Es war eine Unverschämtheit, daß er sich selbst zum Hohen König erklärte und die Standarte des Pendragon benutzte, der ohne Clan. Lot befahl uns anzugreifen, und wir waren auch bereit. Wir stießen den Kriegsschrei laut und gellend aus und rannten sie an. All die anderen Könige im Tal – denn wir waren alle im Tal, weil die Hügel zu steil zum Kämpfen waren . . .«

»Narr!« schnappte Morgas. Connall starrte sie unsicher an. »Was für eine Idiotie, sich so in die Falle locken zu lassen von einem . . . Fahr fort.«

Connall begriff, daß sie Lot gemeint hatte und nicht ihn selbst, und er erzählte weiter. »Jedenfalls griffen wir an. Sie lieferten uns einen guten Kampf. Sie sind stark hinter ihrem Schilderwall, diese Männer aus Kleinbritannien. Aber von uns waren mehr da, und wir sind auch keine Schwächlinge . . .«

»Ich sagte: Fahr fort!« warf Morgas leidenschaftlich ein. Ihre dunklen Augen wurden schmal, als sie den Boten anschaute. Connall schluckte, wandte den Blick ab und erzählte weiter.

»Artus' Streitkräfte zogen sich langsam zurück. Wir drängten ihnen nach, ins Tal hinab. Es war ein harter Kampf. Aber ungefähr um die Mittagszeit begann ihre Kraft nachzulassen – wenigstens schien das so –, und wir verdoppelten unseren Angriff. Ihr Schilderwall stürzte nach innen ein, und sie begannen zu rennen, so schnell sie konnten.

Wir jubelten so laut, wie es unsere restliche Kraft erlaubte – und das war nicht sehr viel, denn wir waren jetzt geschwächt durch die Schlacht in der schrecklichen Hitze – und dann rannten wir ihnen nach.« Connalls Gesicht strahlte ein wenig auf, während er sich an die Begeisterung des Augenblicks erinnerte, und dann beschattete sich seine Miene plötzlich. »Und dann brachte Artus seine Reiter nach vorn.«

Morgas stöhnte, warf ihr Weinglas weg. »Von den Hügeln.«

»Von den Hügeln. Sie kamen herunter, so schnell . . . auf ihren Pferden. Man reitet nicht auf Pferden in die Schlacht, nicht gegen Speerwerfer. Man kann sie nicht so schnell aufspießen, wie sie . . . nun, es macht nichts mehr. Sie ritten ihre Pferde ins Tal hinab, schleuderten ihre Wurfspeere, durchbrachen den Schilderwall, noch ehe sie ihn erreicht hatten – er war sowieso schon an den Flanken aufgebrochen, durch unsere Hast, dem Rest der Armee zu folgen. Und dann waren sie unter uns, auf diesen Pferden, sie ritten uns nieder, sie stachen mit Speeren, sie schlugen mit Schwertern. Wir hatten all unsere Wurfspeere schon lange verschossen, und wir wußten nicht, wie wir uns gegen sie wehren sollten. Wir konnten auch unseren Schilderwall nicht mehr neu bilden, denn sie waren ja schon dahinter. Artus war selbst bei ihnen – er hatte einen anderen mit seiner Standarte geschickt –, und er lachte und brüllte den Kriegsschrei der Hohen Könige. Die Männer von Kleinbritannien und Dumnonia, die vor uns geflohen waren, nahmen den Schrei auf und stürzten auf uns zurück. Wir konnten sie nicht halten, denn die Reiter brachen unseren Schilderwall, und die Pferde zertrampelten uns. Unsere Streitmacht brach zusammen. Lot schrie uns immer wieder zu, die Stellung zu halten, sich um ihn zu gruppieren, aber wir konnten es nicht. Wir konnten nicht. Wir rannten fort. Unser Schilderwall war zerbrochen, und wir warfen unsere Schilde fort, um schneller laufen zu können. Lot stand, edle Dame, und er weinte vor Zorn, und dein Sohn war bei ihm. Einige von uns erinnerten sich an unsere Eide und an den Schutz, den Lot uns in seiner Halle geboten hatte, und wir kehrten zurück, um unsere Ehre zu wahren. Wir versuchten, uns langsam zurückzuziehen, und ein paar andere stießen zu uns oder kamen zurück – aber wir konnten uns nicht halten, nicht einmal kurze Zeit. Unsere Schilde wurden in Stücke gehackt, und wir zogen uns zurück über die Leichen unserer Kameraden, die auf der Flucht getötet worden waren. Lot sagte – ich war bei ihm –: ›Dann will ich also sterben, während ich kämpfe.‹«

Morgas lachte rauh. »Sterben! Ich wünschte, du wärst gestorben. Aber Artus wünschte deinen Tod nicht, Lot von den Orkneys. Er wünschte keinen Krieg mehr mit den Orkneyinseln.«

Connall nickte elend. »Constantius kam herauf mit seiner Armee, und er gebot uns, aufzugeben. Ich . . . ich . . .«

»Und ihr habt aufgegeben!« schrie Morgas. Ihr Gesicht war rot vor Zorn. »Ihr habt euch unterworfen und den dreifachen Eid geschworen, niemals wieder gegen Artus zu kämpfen oder gegen jene, die Artus unterstützen!«

Connall ließ den Kopf sinken. »So ist es. Wir hatten keine Wahl. Es hieß entweder aufgeben oder sterben. Und Artus sollte schließlich nicht unser König werden.«

Morgas stöhnte, als ob sie Schmerzen hätte, und bedeckte das Gesicht mit den Händen.

Connall zögerte, dann fuhr er fort: »Der Rest des Kriegshaufens war mit den Armeen der Könige von Britannien geflohen, und wir wurden mit ihnen gefangen. Man trieb sie wie Vieh das Tal hinauf, in den Dubhglas. Es hatte Regen gegeben, und der Fluß war hoch. Er ist dort auch schnell, und wir konnten ihn nicht überqueren, nicht in dieser Hast. Sie kapitulierten, sie kapitulierten alle – Artus hatte Befehl gegeben, daß niemand die Könige töten solle –, und sie schworen den dreifachen Eid der Gefolgschaft vor Artus. Am nächsten Tag gab er sich selbst irgendeinen römischen Titel und sagte, es würde eine Ratsversammlung in Camlann geben. Aber Lot sagte er, er solle uns mitnehmen und nach Hause gehen, oder er wolle unsere Schiffe verbrennen und uns töten lassen. Deinen Sohn aber behält er, edle Dame, als Geisel. Er sah, daß Lot Agravain liebte.

Also zogen wir uns mit großer Geschwindigkeit nach Gododdin zurück. Ich ritt voraus, edle Dame, um dir diese Nachricht zu bringen . . .«

»Artus Pendragon«, flüsterte Morgas, ohne sich zu bewegen. Ihre Augen waren auf etwas geheftet, das unendlich fern war. Ich zitterte, denn ich wußte, der Haß, den sie auf Uther gehabt hatte, war jetzt in doppeltem Maß auf Artus übertragen worden, auf Uthers Sohn. »Artorius, Insularis draco, Augustus, Imperator britanniarum. Das ist sein römischer Titel, Mann. Artus, Pendragon, Hoher König von Britannien. Artus . . .« Morgas ließ die Hände sinken, starrte dann Connall an, schaute dann durch ihn hindurch. Ihr Gesicht war von solch einem Zorn, solch einem Haß verzerrt, der über jede Begriffe ging. Haß war ein schwarzes Feuer in ihren Augen, so tief wie der innere, schwarze Ozean, den ich schon kannte und der sie geschluckt hatte. »Artus!« schrie sie. »Artus! Oh, diese Schlacht gehört dir, Bruder, aber der Krieg ist noch nicht vorbei, das schwöre ich, Morgas, rechtliche, legitime Tochter eines Hohen Königs! Tod, Tod über dich, Tod über deinen Samen, daß er sich über dich erheben soll, durch all deine neuen Götter, dein Reich und deine Zaubereien. Tod und ewige Qual! Sei jetzt sicher mit deiner neuen Macht, deinem neuen Ruhm, du, den Uther liebte. Aber mein Fluch wird dich finden und dir die Verdammnis bringen, für ewig. Ich schwöre den Eid meines Volkes, und möge die Erde mich verschlingen, möge der Himmel auf mich fallen, möge die See mich überfluten, wenn du nicht stirbst von der Hand deines Sohnes!«

Morgas war aufgestanden und hatte die Hände gehoben. Mir schien es so, als ob Finsternis wie ein Schein um sie her flammte, und sie war schöner, als je eine sterbliche Frau es gewesen ist. Ich war geblendet von ihrer Dunkelheit und ihrer Schönheit, und ich huldigte ihr in Schrecken, von ganzem Herzen. Connall, der so entsetzt wie ich war, zuckte zusammen und war unfähig, ein Gebet zu murmeln. Er starrte sie mit aufgerissenen Augen an. Als die letzten Silben des bindenden, dreifachen Fluches in die zitternde Luft fielen, erinnerte sie sich wieder an Connall und wandte sich wieder zu ihm um. Sie war wütend darüber, daß er ihren Zorn gesehen hatte, sie war wütend wie eine Göttin. Aber sie lachte. Ihre Beherrschung war wieder da, und sie verschleierte ihren Zorn, aber sie verbarg ihn nicht.

»So, du glaubst also, daß ich schrecklich bin«, sagte sie. »Du weißt nicht, wie schrecklich, Mann. Connall von den Dalriadas. Soll ich es dir zeigen?«

Er drückte sich von ihr weg, zur Tür hinüber. Morgas' Hände hoben sich wieder, und sie webte ihren Bann. Meine Augen sahen es, als die schwarze Kraft zusammenkam, wie Fäden auf einem Webstuhl, in einem seltsamen Muster.

»Meine Kraft zeigt sich nicht in einer glänzenden Armee wie Lots Kraft oder Artus'«, flüsterte sie. »Sie ist fein, unmerklich, sie wirkt in der Dunkelheit, an den Orten, die ihr nicht seht, verborgen in der Furcht eures eigenen Inneren. Kein Mensch ist frei von mir. Kein Mann, noch nicht einmal Artus. Und sicher du auch nicht, Mann aus Dalriada . . . Soll ich es dir zeigen, Connall?«

Er schüttelte den Kopf und leckte sich über die Lippen. Sein Rücken preßte sich flach gegen die Tür, er hatte die Finger auf dem Holz ausgespreizt. Die lederne Riegelschlinge war nicht befestigt, aber Connall war genauso unfähig die Tür zu öffnen, als ob sie mit stählernen Ketten verschlossen gewesen wäre. Morgas trat an ihn heran, und neben ihr wirkte er so bleich und unwirklich wie ein Geist.

»Nicht, große Königin«, nurmelte er.

»Willst du die Macht deiner Königin nicht kennen?«

Er schüttelte den Kopf. Er schauderte.

Morgas trat zurück und entspannte ihre Hände. Die Dunkelheit, die sich um sie her gelagert hatte, verwehte in die Luft. Die Kälte des Raumes verschwand plötzlich. Ich bemerkte, daß noch immer Juli war.

»Erwähne nichts von dem, was ich gesagt habe, niemandem gegenüber«, sagte Morgas. »Dann wirst du die Macht nie spüren. Verlaß uns.«

Connall fummelte herum, fand den Türriegel und floh. Gerade während er den Raum verließ, berührte mich sein Blick, und seine Augen weiteten sich ein wenig.

Als die Tür sich schloß, als Morgas sich wieder auf das Bett sinken ließ und zu lachen begann, da begriff ich, daß auch ich dabei war, mir den Ruf eines Zauberers zu erwerben.

4

Die Armee kehrte heim, jeder König zu seiner eigenen Insel. Auch Lot und sein Heerbann kehrten nach Dun Fionn zurück.

Als sie ankamen, ritten wir zum Hafen hinab, und wir fanden sie noch immer bei der Arbeit, die Kriegskaracken an Land zu bringen. Sie zogen die langen, rundlichen Schiffe auf den Strand und sicherten sie. Wir hatten Pferde mitgebracht, und als sie mit den Schiffen fertig waren, ritt Lot mit uns und seinen Kriegern zur Festung zurück.

Er war sehr müde, das war offensichtlich. Seine strahlende Energie war schwächer geworden, und sein Haar zeigte die ersten, frühen Streifen von Grau, es hatte ein wenig von seinem Glanz verloren. Seine Augen waren blutunterlaufen, und darunter lagen dunkle Ringe, und Furchen der Bitterkeit krümmten sich um seinen Mund. Er war sehr still.

Auch ich war still; ich ritt hinten und beobachtete meinen Vater. Es kam mir unglaublich vor, unwirklich, daß er besiegt worden war. Und es schien unglaublich, daß Agravain jetzt eine Geisel war. Ich fragte mich, wie es wohl für ihn wäre, so ganz allein im Hofstaat des Artus. Geiseln wurden nie schlecht behandelt – mein Vater hatte eine Geisel von jedem seiner Unterkönige, und sie kämpften alle in seiner Armee und besaßen viele der Rechte, die die anderen Krieger hatten –, aber schon die Tatsache, daß er eine Geisel war, mußte für Agravain vernichtend sein. Ich konnte ihn geradezu vor mir sehen, wie er auf die Fremden einschlug, die ihn umringt hatten und ihn wegen seines Vaters und seiner Niederlage verspotteten; ich konnte ihn sehen, wie er sich verzweifelt bemühte, sein schlechtes Britisch zu verbessern, elend, allein in einem fremden Land . . .

Für den Verlust Agravains war ich kein Ersatz, auch das war offensichtlich. Lot schaute mich an, dann Morgas, dann seine eigenen Hände. Er tat das immer und immer wieder, und jedesmal krümmte sich sein Mund im Schmerz. Eine Zeitlang verspürte ich den Wunsch, zu helfen. Ich wollte wieder versuchen, wie ich es vorher versucht hatte, so zu sein, wie Lot mich wünschte. Aber dann redete ich es mir aus, zusammen mit meinem Mitleid um Agravain. Ich war meiner Mutter Sohn. Ich hatte jetzt das Haus der Knaben verlassen, und aus mir war kein Krieger geworden, und ich war sicher auch kein Abkömmling des Lichts. Lot und Agravain hatten mir Unrecht getan.

Auch Morgas war still, aber ihr Schweigen war das Schweigen des Zorns. Sie war wütend auf Lot, weil er besiegt worden war, und sie zeigte ihm ihre Verachtung ohne Worte. Sie zeigte ihm, was sie von seiner Kraft hielt und von seinem Wert und seiner Männlichkeit. Ich sah zu, wie Lots Hände sich um die Zügel seines Pferdes krampften und sich wieder lösten, während er ihren steifen Rücken anstarrte.

Der Heerhaufen war in schlechter Verfassung. Nicht allzu viele waren verloren oder verletzt, denn im großen und ganzen waren ihre Kämpfe erfolgreich gewesen, bis sie Artus begegneten. Aber sie hatten all ihre Beute, all ihre besten Stücke an Artus' Männer verloren, und sie waren mit mangelhaften Vorräten und in Gewaltmärschen nach Gododdin zurückgekehrt. Es sah so aus, als ob der neue Pendragon hungrig nach Reichtum und Vorräten war. Er würde sie auch brauchen, um ein großes Heer zu unterhalten, und er würde mit Sicherheit ein großes Heer brauchen, wenn er Britannien gegen die Sachsen verteidigen wollte. Aber jetzt würden wir auf den Orkneys für Artus' Krieg bezahlen müssen. Und für unseren Lebensunterhalt mußten wir uns auf die nächste Ernte allein verlassen. Als wir Dun Fionn erreichten, stellten wir die Pferde schweigend im Stall unter, und schweigend gingen die Männer zur Ruhe. In dieser Nacht gab es ein trübseliges Gelage, und die Krieger brüteten über ihrem Essen, und Lot saß grimmig wie der Tod am hohen Tisch und starrte hinüber zu der Tür, die aus der Halle in Morgas' Zimmer führte. Orlamh, der oberste Barde meines Vaters, sang mit unsicherer Stimme, und die Lieder fielen flach in die abgestandene Luft.

Die Männer tranken sehr viel. Ich merkte das, denn ich schenkte den Met ein. Auch mein Vater trank viel. Die Betrunkenheit glänzte in seinen Augen, und er schaute sich in der Halle um. Er sah mich, und sein Blick fixierte sich auf mich. Er knallte seinen Becher auf den Tisch.

»Gawain!« Es war das erstemal, daß er mich direkt angesprochen hatte, seit seiner Rückkehr. Und daß er mich ansprach, das kam sowieso selten genug vor.

Ich stellte die Kanne mit dem Met hin. »Ja, Vater?«

»Ja, Vater«, wiederholte Lot bitter. »Agravain . . . nun, Agravain ist eine Geisel. Weißt du das?«

»Ja, Vater.«

»Natürlich. Du kannst lesen, schreiben, Latein sprechen, die Harfe spielen, wie ein Barde singen, Lieder schreiben, Pferde reiten – alle Pferde seien verflucht! – und Männer vom Pferderücken aufspießen, und du kannst andere Dinge. Welche anderen Dinge?«

Früher hatte er noch nicht einmal das Latein erwähnt. Ich trat unsicher auf den anderen Fuß. Alle Krieger beobachteten mich, schätzten mich ab.

»Sonst nichts, Vater.«

Lot starrte mich an. Die Krieger starrten mich an. Ich sah, daß mein Ruf sie in der Tat erreicht hatte. Ich starrte zurück, entschlossen, nicht auszuweichen.

»Du bist mit Sicherheit kein Krieger«, sagte mein Vater endlich. »Nun gut. Geh, nimm Orlamh die Harfe ab und spiel etwas, etwas Angenehmes. Ich bin seiner traurigen Klimperei müde.«

Orlamh seufzte und gab mir die Harfe. Ich nahm sie, setzte mich nieder und starrte die Seiten an. Ich war zornig, das war mir klar, aber Haß erfüllte mich nicht. Lot tat mir leid. Ich wurde noch wütender, aber er tat mir noch immer leid.

Was konnte ich singen? Irgend etwas, das ihn von Dun Fionn und von seiner Niederlage ablenkte.

Ich berührte die Seiten vorsichtig, zog die Melodie so sanft hervor, als ob sie ein Gewebe aus Glas wäre, und sang den Trauergesang der Deirdre, als sie Kaledonien verließ, als sie nach Erin ging, in ihren Tod.

Lieb hatt' ich das Land, das im Osten liegt,
Alba, das wonnige, voll von Wundern.
Niemals wär' ich gewillt, zu weichen,
Ginge ich mit dem Geliebten nicht.

Herrlich die Hügel, hoch ragt Dun Fidhga, Dun Fionn,
Felsen, von Festen gekrönt, von Falken umschwebt.
Schimmern sah ich der Seen Spiegel,
Meiner Heimat gehört mein Herz.

In der Halle war es sehr still, und die Krieger saßen ruhig da. Sie berührten die Methörner nicht, die neben ihren Händen standen. War es möglich, so fragte ich mich sehr überrascht, daß ich es schaffte? Nun, das Lied war sehr berühmt und bekannt. Ich sang weiter und versuchte, den strahlenden, unregelmäßigen Rhythmus einzufangen und die Sehnsucht, die darin lag.

Cuan's Wald, da weilten wir oft,
O weh, zu kurz war die Zeit;
Zu wenige Tage, du weißt es wie ich,
Die wir verbrachten am Strand von Alba.

Glenn Etive, dort erhob sich mein Haus,
Wundersam ist da der Wald.
Ein hüllt ihn früh der Sonne Strahl,
Wenn hinter Wolken der Tag erwacht.

Und so ging es durch alle Verse. Die letzte Strophe kam, die von dem Strand handelte, an dem Deirdre sich einschiffte:

Draighen's Strand erfüllt mich mit Stolz,
Wild wallen die Wogen.
Mein Land nicht wollte ich lassen,
Hielte mich nicht Noise's Hand.

Ich ließ die Töne anschwellen und brachte sie dann langsam zum Schweigen. Ich ließ die Saiten weinen, während ich an Deirdre dachte, eine wunderschöne Frau, die schon fünfhundert Jahre tot war und die in ihr Boot gestiegen und in ihren Untergang gesegelt war.

Als ich zu Ende gesungen hatte, war es in der Halle sehr still, aber es war eine andere Stille. Lot schaute mich einen Augenblick lang seltsam an, dann lachte er. Er war erfreut.

Ich saß da, starrte die Harfe an und konnte es nicht glauben.

»Das war gut«, sagte Lot. »Bei der Sonne! Vielleicht wird endlich doch noch etwas aus dir. Spiel noch etwas.«

»Ich . . . ich . . .«, sagte ich. »Ich bin müde. Bitte, ich will ruhen.«

Sein Lächeln verschwand wieder, aber er nickte. »Geh also und ruh dich aus.«

Ich stellte die Harfe nieder und ging. Sein Blick folgte mir auf dem ganzen Weg durch die Halle. Er war verwirrt.

Ich ruhte nicht. Ich lag auf meinem Bett und wälzte mich hin und her, und ich starrte einen Fleck aus Mondlicht an, der über den Fußboden kroch, die ganze Nacht. Ich hatte meinen Vater erfreut. Ein Barde zu sein, das war sehr ehrbar, und wenn man gut war, dann stand nur der König über einem. Ich hatte meinen Vater mehr erfreut als Orlamh, der gut war. Ich betrachtete das Mondlicht und dachte: »Jetzt bin ich schon zu weit den Pfad der Dunkelheit entlanggeschritten, um ihn noch zu verlassen.«

Und ich starrte auch den kalten, schwarzen Fleck im Meer an, und ich weinte innerlich, allein in der Dunkelheit.

Am nächsten Morgen fand ich heraus, daß Lot und Morgas in dieser Nacht auch nicht geschlafen hatten. Mein Vater hatte sich betrunken und war in den Raum meiner Mutter eingedrungen, um seine Rechte in Anspruch zu nehmen. Sie hatte versucht, ihn hinauszuwerfen, aber er hatte darauf bestanden, er sei ihr Mann und sie müsse ihm gehorchen. Die nächsten paar Tage trug Morgas ein hochgeschlossenes Gewand, um ihre blauen Flecken zu verbergen. Aber Lot war derjenige, der krank und erschöpft aussah, während Morgas still, mit ruhiger Befriedigung vor sich hinlächelte. Ich begriff plötzlich, daß sie, wenn mein Vater ihre Schönheit zu seinem Vergnügen benutzte, immer von ihm zehrte wie ein Schatten von einem starken Licht und daß sie ihm langsam die Kraft aussog. Sobald mir der Gedanke gekommen war, schob ich ihn beiseite, denn er gab mir ein beunruhigendes Gefühl.

Der August zog sich langsam dahin, und der September folgte. Ich tat all das, was ich vorher getan hatte – ich übte noch immer mit meinen Waffen, nahm meine Lektionen bei Morgas, ritt aus und spielte mit Medraut –, aber es war jetzt alles anders. Lot befahl, daß seine Leute die neuen Arten des Kämpfens vom Pferde aus erlernen sollten, die Kampfmethoden, die Artus gegen die Speerwerfer benutzt hatte. Plötzlich war ich der erste und nicht mehr der letzte, und das nicht nur unter meinen Altersgenossen, sondern auch unter den älteren Männern. Ich war vierzehn und begann zu wachsen, und ich kannte all die Kniffe, die die anderen für unnötig gehalten hatten. Ich wußte, wie man sich auf einem Pferd bewegt, wie man einen Speerwerfer auf dem Boden annimmt, ohne vom Pferd geschleudert zu werden, und wie man das Pferd dazu bringt, rückwärts und seitwärts zu gehen, wenn die Lücke zu schmal ist oder die Menschenmenge zu groß, um sie zu durchbrechen. Es waren Dinge, die nach Geschicklichkeit und Geschwindigkeit verlangten anstatt nach Kraft und Befehlen. Und deshalb waren sie neben den normalen Kampfmethoden vernachlässigt worden. Es waren die Geschicklichkeitsübungen, die ich allein gelernt hatte.

Wir empfingen auch Nachrichten von den Spionen meines Vaters in Britannien. Mein Vater hoffte noch immer, daß Artus in der Schlacht getötet würde, obwohl er nicht gewillt war, das Ereignis selbst zu arrangieren, wegen Agravain und wegen seines Eides. Aber das Glück hatte er nicht. Artus nahm Tribut von jedem König in Britannien, und selbst von der Kirche, die sie dort haben. Diese Kirche habe ich eigentlich nie so recht verstanden. Ganz Britannien, außer natürlich die sächsischen Länder, hatten den christlichen Glauben, da die Hohen Könige von Rom bestimmt hatten, so solle es sein. Dieser Glaube war mir als eine seltsame Verehrung geschildert worden, die sich um einen Gott drehte, der in Wirklichkeit ein Mensch war und der so getan hatte, als ob er gestorben sei, aber in Wirklichkeit nicht gestorben war. Wie auch immer. Jedenfalls war die Kirche sehr reich durch die Spenden ihrer Gefolgsleute und durch die Ländereien, die Priestern und Mönchen gehörten. Sie war auch mächtig, aber das kam mir nur natürlich vor. Noch vor fünfzig Jahren war der Ard Filidh, der oberste Druide, so mächtig wie jeder König gewesen. Jetzt natürlich ist auch Erin christlich, und vielleicht wird sogar der Rest des Westens christlich werden, wenn ich auch nicht sehe, wie die britische Kirche das fertigbringen will. Die britische Kirche war und ist noch immer hauptsächlich daran interessiert, den eigenen Reichtum und das eigene Ansehen in Britannien zu mehren. Fremde erkennt sie nicht an.

Trotz all dieser Dinge wurde erwartet, daß man der Kirche Geld gab und es ihr nicht wegnahm. Besonders von Artus hatte man erhofft, daß er großzügig sein würde. Er war berühmt als strenger Christ. Im Kloster in Tintagel war er von den gelehrten und friedliebenden Mönchen erzogen worden, die aus christlicher Nächstenliebe die Bastarde der Nachbargegenden betreuten, wenn sie verwaist oder unerwünscht waren. Man sagte, Artus hielte an seiner Erziehung fest, und es gingen die Gerüchte, daß er vor den Kämpfen, die er ausfocht, immer betete. Dadurch wollte er göttliche Hilfe gewinnen. Wie sie sagten, konnte das auch der Grund für all seine Siege sein. Die

Kirche war nur allzu eifrig bei der Hand gewesen, ihn als Pendragon anzuerkennen, trotz seines nur ungewissen Anspruchs auf die Macht.

Nachdem Artus aber erst einmal anerkannt war, verlangte er sofort von der Kirche einen Zehnten auf all ihre Besitztümer, anstatt sie voller Freude mit Geschenken zu überhäufen. Als die Priester und Äbte sich zornig weigerten und ihn tadelten, erklärte der neue Hohe König, so daß ganz Britannien es hören konnte, er würde gern mitmachen, wenn Britannien den Wunsch hätte, um Besitztümer zu kämpfen, die ihm rechtens gehörten. Die Äbte und Bischöfe zogen diesen Satz in Betracht, kamen zu dem Schluß, daß Artus es ernst meinte, und lieferten die Vorräte. Aber sie waren sehr wütend, und sie begannen, gegen ihn zu arbeiten.

Mein Vater hörte all diese Neuigkeiten und hoffte weiter. Als Artus etwas von seinem neuen Reichtum an Bran von Kleinbritannien abtrat und ihn nach Hause schickte, blieb Lot die ganze Nacht auf und diktierte Botschaften. Außerdem kam er jeden Tag, um nachzusehen, wie die Männer sich bei den neuen Kampfmethoden anstellten, und er übte sie auch selbst, bis er vor Schweiß troff. Er begann ein Intrigenspiel um die Herrschaft über die äußeren, nördlichen Hebriden, und er erneuerte eine alte Feindschaft mit Angus Mac Erc von Dalriada. Aber all diese Unternehmungen hatten etwas von ihrer strahlenden Leuchtkraft verloren. Mein Vater würde Britannien nicht mit Hilfe von Marionettenkönigen regieren. Denn Artus regierte Britannien schon.

Meine Mutter schmiedete auch Pläne. Im September, bei Neumond, töteten wir um Mitternacht ein schwarzes Lamm. Ich hielt seinen Kopf, während sie es mit einem steinernen Messer aufschnitt und die Innereien untersuchte, während das Tierchen noch zappelte und über uns blutete. Sie war wütend über das, was sie sah, aber sie erklärte mir nichts. Etwas später, am nächsten Tag, fragte ich sie, warum sie nicht einfach Artus vernichten könne, wie sie seinen Vater vernichtet hatte.

»So einfach ist das nicht«, sagte sie mir. »Er hat einen christlichen Gegenbann über mich ausgesprochen, und ich verstehe nicht, wie er wirkt. Hast du nicht bei dem Lamm gestern nacht gesehen, wie das Gekröse in Knoten verwebt war?«

Ich hatte gar nicht hinschauen wollen. Diese Dinge verursachten mir noch immer Übelkeit.

»Aber mach dir darum keine Sorgen«, sagte sie und begann zu lächeln. »Ich habe ihn verflucht, und der Fluch lebt, und er hat gelebt. Am Ende wird auch ihn die Finsternis verschlingen.«

Ich beobachtete diese Finsternis in ihren Augen, während sie befriedigt vor sich hinstarrte, und ein grausiger Respekt stieg in mir auf. Ich wußte, sie plante irgendeine andere Tat, und sie hatte das Lamm getötet, um zu sehen, wie es ausging. Sie war erfüllt von Anspannung, sie wartete. Aber als ich fragte, wollte sie mir nicht sagen, auf was sie wartete. Sie lächelte nur ihr sanftes, geheimnisvolles Lächeln.

Während der Oktober langsam dahinging und die großen Nebel von der See die Inseln wie eine Decke umhüllten, begann ich zu erraten, wann sie handeln würde, wenn ich auch nicht wußte, was sie vorhatte. Am Ende des Oktober steht eine Nacht, die Samhain heißt. Es ist ein Fest, eins von vier großen Festen – die anderen heißen Mittsommer, Lammas und Beltene –, und sie sind den Mächten der Erde und des Himmels geweiht. Samhain ist die Nacht, in der die Tore zwischen den Welten offenstehen. In dieser Nacht können die Toten zurückkriechen in jene Welt, die sie verlassen haben, und unter den Lebenden bei Tisch wird für sie gedeckt. Andere, noch dunklere Dinge kommen am Samhain-Fest über die Welten, und gewöhnlich spricht man nicht von ihnen. Noch andere Wesen können dann beschworen werden, durch Wunsch oder Ritus, und diese erwähnt man am allerwenigsten. Während das Ende des Oktobers heranrückte, wußte ich, auf was meine Mutter wartete.

Am Tag des Samhain-Festes ging ich in ihr Zimmer, um meine übliche Lektion zu nehmen. Aber den größten Teil des Tages taten wir nichts außer lesen. Morgas hatte ein römisches

Gedicht gekauft, das »Äneis« hieß. Sie hatte es von einem reisenden Händler um den Wert von zehn Kühen in Gold erworben. Morgas besaß siebzehn Bücher, die eine ungeheure Menge an Geld wert waren, und ich hatte sie alle gelesen. Die »Äneis« genoß ich mehr als die anderen, obwohl dieses Buch voll seltsamer Namen war und ich nur wenig davon verstand. Ich bedauerte, daß wir nur die ersten sechs Bände besaßen, die erste Hälfte des Gedichts, und die hatten wir schon fast zu Ende gebracht.

... sic orsa loqui vates: sate sanguine divum,
tros anchisiade, faciles descensus averni:
noctes adque dies partet artri ianuar ditis:
sed revocare gradum superasque et vadere at auras,
hoc opus, hic labor est.

Ich glättete die Seite und begann wieder zu übersetzen: »Daher spricht der ... Prophet?«

»Oder Poet«, murmelte Morgas. »Wie ein Ollamh.«

»Daher begann der Prophet zu sprechen: ›Du, der du entsprungen bist vom Blut der Götter, Troianer, Sohn des Anchises, leicht ist der Abstieg zum Avernus: Nacht und Tag ist das Tor zur schwarzen Welt geöffnet; doch deine Schritte zurückzuverfolgen und aufzusteigen zurück zum Licht, das ist Qual, das ist Mühsal ...« Ich hielt inne und schluckte plötzlich. »Avernus. Das ist Yffern? Die dunkle Anderwelt?«

Morgas nickte. Ihr Blick war kalt und belustigt. »Verängstigt dich das, mein Falke?«

Ich legte meine Hand über die Seite und schüttelte den Kopf. Aber der Kloß saß mir noch immer in der Kehle. Leicht ist der Abstieg, aber die Schritte zurückzuverfolgen ... Sie schaute mich immer noch an.

»Nun gut, genug für heute«, sagte sie. »Und was hältst denn du von Äneas, mein Falke?«

»Er ... er verläßt sich auf seine Mutter, die Göttin, und zwar in allem. Ich mag ihn eigentlich nicht. Nicht so sehr wie

CuChulainn oder Connall Cearnagh oder Noise Mac Usliu. Und dennoch ...«

»Ach, ist es denn etwas Übles, sich auf die Mutter zu verlassen?« sagte sie lachend. Und ich schaute sie an und spürte, wie mein Gesicht heiß wurde.

»Sie war weniger eine Göttin als du«, sagte ich.

»Das hast du schön gesagt! Äneas ist schwach, und auch seine Mutter ist schwach. Dennoch, die Römer betrachten dies als ihr größtes Gedicht. Sie waren keine Künstler. Sie konnten die Tiefe der Dinge nicht verstehen, die Leidenschaften der Seele. Sie haben ein starkes Reich auf dem Blut von Menschen aufgebaut, und sie bauten gute Straßen. Aber abgesehen davon ... Artus ist übrigens ein halber Römer.«

»Wirklich? Aber ich dachte, alle Römer wären schon vor langer Zeit gegangen.«

»Die Legionen sind gegangen. ›Verteidigt euch selbst‹, hat Honorius den Provinzen von Britannien befohlen. ›Denn wir können euch nicht länger verteidigen.‹ Aber die Römer ließen ihr Vermächtnis zurück, Männer, die gewillt waren, ein gefallenes Reich wiederaufzurichten. Im Süden denken noch viele wie Römer, auch Artus. Deshalb führt er die Britannier gegen die Sachsen: Es ist sein Wunsch, die letzte Feste des Reiches gegen die Barbaren zu halten, und eine Nation verteidigt sich gegen eine andere. Er sieht nicht, daß Britannien genausowenig eine Nation ist, wie die Sachsen eine sind. Es ist eine eigenartige Weise, die Dinge zu sehen, und sie hat viele Schwächen. Ich kenne sie. Ich habe Artus gesehen und kennengelernt.«

Sie wurde still, sie dachte nach, sie lächelte.

»Komm heute nacht hierher«, sagte sie mit leiser Stimme, nach langer Zeit. »Ich habe geplant, dir heute nacht deine Einführung in die wirkliche Macht zu geben. Es ist eine gute Nacht dafür. Ich will dafür sorgen, daß die Finsternis dich annimmt, mein Sohn, und du wirst sehen, warum ich so stark bin. Nach dieser Nacht besitzt du Macht, wie ich.«

Ich hörte es, nickte, verbeugte mich und verließ den Raum, ohne etwas zu sagen. Ich sattelte mein Pferd und machte einen langen Ausritt zum Meer. Ich konnte nicht in Dun Fionn bleiben, aber mit jedem Schritt, den mein Pferd machte, wuchs meine Angst, eine Angst vor etwas, das ich noch nicht kannte. Damals hatte ich schon tief in die Finsternis hineingeschaut, und sie machte mir angst. Ich wünschte mir, so zu sein wie meine Mutter, Macht zu haben und der Furcht zu entrinnen, aber ich fand, daß die Macht noch furchterregender war. Ich wußte nicht, was ich wollte, aber ich würde in der Nacht zu ihr gehen.

Mir wurde klar, daß ich den Pfad kannte, und ich stellte fest, daß ich nach Llyn Gwalch ritt. Nun, warum auch nicht?

Ich erreichte die Stelle, wo der Bach über den Rand der Klippen stürzte und den Kies mit klaren Fingern kämmte. An diesem Tag war ein leichter Nebel über dem Land, der all die sanften Hügel mit einem so weichen Grünton überzog, daß ich den Eindruck hatte, sie lösten sich im milden Himmelslicht auf. Die See trommelte an die Klippe, ein Geräusch, so beständig wie das meines Herzens. Mir war, als ob ich es noch nie gehört hätte.

Ich saß ab und legte meinem Pferd die Beinfessel an. Dann kletterte ich vorsichtig den Pfad hinunter.

Als ich den Strand mit seinem kleinen Teich erreicht hatte, kam mir alles kleiner vor, als ich es in der Erinnerung hatte, und ich begriff, wie lange es schon her war und wie sehr ich gewachsen sein mußte. Aber der Ort war noch immer wundervoll. Meine alten Träume hingen noch darüber und glühten schwach in meinem Innern, mit Farben, die strahlender waren als die Farben der Erde. Der Teich war unendlich tief, still und klar, und er war dunkel durch den vielfarbigen Kies, der gerundet auf seinem Boden lag. Die See krallte sich in den Strand, zischte auf den Steinen und seufzte aus. Ihr Geruch war salzig und stark, wild, unendlich und traurig. Eine Möwe flog über meinem Kopf dahin, sie flatterte und schwebte. Sie schrie ein einziges Mal, und andere Seevögel, die im Nebel verborgen waren, schrien zurück.

Ich ging hinüber zum Teich und kniete mich hin. Ich trank

daraus und studierte dann mein Spiegelbild. Ein Junge, der aussah wie vierzehn oder älter, starrte zurück. Dickes schwarzes Haar, zurückgehalten mit einem Stück abgenutztem Leder. Glatte Haut, noch immer dunkel vom Sommer, ein Gesicht, das in der Form des Knochenbaus leicht an Morgas' Gesicht erinnerte. Ein gedankenverlorenes Gesicht, dessen dunkle Augen meinen offen begegneten. Sie versuchten, in das verwirrte Gehirn zu schauen, das hinter ihnen lauerte. Es war so sehr dunkel darin.

Wer ist dieser Gawain? fragte ich mich. Ein Name, aber was liegt dahinter? Etwas, das über meine Begriffe ging.

Ich lehnte mich auf den Absätzen zurück und schaute zum grauen Himmel auf. Ich erinnerte mich an diese Träume, die ich gehabt hatte. Die Träume, in denen ich ein großer Krieger gewesen war und die Träume, die in der Nacht gekommen waren, das Schwert, das vom Licht flammte, zerfetzte Streifen glühender Farbe und über allem das Lied, das aus dem Nichts aufstieg wie der Klang einer Harfe, die anderswo an einem leeren Tag gespielt wird. Aber sie klingt süß genug, daß ein Mann sein Leben hinter sich läßt, um sie besser zu hören. Ich erinnerte mich daran, wie ich an diesem Ort mit Schiffen gespielt hatte, wie ich sie ausschickte, so weit hinaus in die offene See, und wie ich vom Land der ewig Jungen träumte, von Lughs Halle, mit ihren Wänden, die aus Gold und weißer Bronze gewoben waren, und mit ihrem Dach, das die Schwungfedern von Vögeln deckten. Die See schlug und seufzte an die Küste, und die Vögel kreischten. Ich fragte mich, was wohl geschehen war und wo die Finsternis begonnen hatte. Ich fühlte mich wie ein Mann, der zurück in seine Kindheit schaut, und ich fragte mich, ob man wirklich schon mit vierzehn ein Mann sein konnte und was ich wohl verloren hatte. Ich saß da und hörte den Möwen zu, und ich zog meinen Umhang um mich. Heute nacht würde es zu Ende sein. Heute würde es wahrhaftig zu Ende sein.

Die Nacht war voller Wind und gebrochenem Mondlicht, das in Fetzen durch die Wolken drang, die vor dem Mond trieben und weitergepeitscht wurden. Als ich von der Halle, wo ich jetzt die meiste Zeit schlief, den Hof überquerte und zu den Gemächern von Morgas der Königin ging, schaute ich hinauf auf das erschöpfte Gesicht dieses Mondes und dachte an die alten Gebete, die an ihn gerichtet werden. Juwel der Nacht, Brustjuwel des Himmels . . . wie viele, fragte ich mich, hatten schon in all den Jahren zum Gesicht der Mondgöttin aufgeschaut? Krieger, die in ihrem Licht Überfälle planten, Liebende, die sie anlächelten, Druiden und Magier, die sie anbeteten, Poeten, die Lieder auf sie dichteten, all diese Menschen mußte sie unzählige Male gesehen haben. Dennoch, sicher war es Zufall, ob sie schien oder nicht, und ich konnte keine Hilfe von ihr erwarten. Und vielleicht würde ich auch keine mehr wollen, wenn ich auf meinem Weg zurückkehrte.

Die Luft selbst schien zu vibrieren, als ich das Zimmer meiner Mutter betrat, so, als ob ein Schrei gerade verhallt sei. Der Türbolzen zitterte in meiner Hand wie etwas Lebendiges. Es lag eine Kraft in der Luft, soviel dunkle Gewalt, daß es schwer wurde zu atmen.

Meine Mutter hatte den Raum schon vorbereitet. Der Fußboden war nackt, und die Wandbehänge waren angehoben, so daß kein Licht eindringen konnte. Sie hatte auf dem Fußboden durch die Mitte des Zimmers eine Rinne gezogen, und daneben hatte sie Muster aus weißer Gerste und Wasser gemalt und sie mit Kerzen umstellt. Jetzt stand sie in der Mitte des Raumes, in einem Gewand in Rot, so dunkel, daß es fast schwarz schien. Ihre nackten Arme waren blaß und stark und sahen kalt aus in dem unheimlichen Licht. Ihr Haar fiel um sie her, ein Strom aus leuchtender Dunkelheit, bis zu ihrer Taille. Sie war barfuß und trug keinen Gürtel, denn dies war die Zeit, Knoten zu lösen und keine zu binden. Sie machte ein Zeichen in der Luft, über der letzten Kerze.

Ich spürte, wie eine Schwäche in mir aufstieg, meinen Magen umklammerte, mit eisigen Händen. Meine Knie zitterten.

Dunkelheit durchdrang die Luft, dicht, erdrückend. Ich wollte aufschreien, diese Finsternis mit meinen Händen schlagen, weglaufen, nicht zurückschauen auf das, was vielleicht aus den Winkeln meines Innern hervordrang.

Ich schloß leise die Tür und blieb still stehen. Ich wartete, bis Morgas zu Ende war.

Sie setzte die letzte Kerze nieder und richtete sich auf. Sie war sehr groß, und die Dunkelheit hing um sie wie ein Mantel. Alle Kerzenflammen neigten sich ihr zu, wie Seetang in einem Strudel. Mehr als je zuvor wirkte sie auf mich nicht wie eine Erdgeborene, sondern eine Königin aus einem anderen Reich. Schrecken erfüllte mich, und ich liebte sie. Sie lächelte mich an, als sie mich sah. Es war ein Lächeln, das gedämpft wurde durch das Flackern der Flammen und durch die Dunkelheit, die sie um sich trug, aber es war dennoch ihr Lächeln, still, voller Geheimnisse, voller Triumph.

»Gut«, sagte sie. Ihre Stimme schien aus einer tiefen Leere zu kommen, sie war kälter als das Januareis. »Geh dort hinüber. Steh, sei still, warte und beobachte, was ich treibe.«

Ich gehorchte ihr.

Sie nahm einen Krug mit irgend etwas Rotem, Wein oder Blut, ich war nicht sicher, welches es war. Wenn es nicht Blut war, dann würde Blut dasein, ehe die Nacht zu Ende ging. Morgas goß die Flüssigkeit über dem Muster aus, das sie schon gezeichnet hatte, und sie murmelte seltsame Worte, die ich schon einzeln gehört hatte. Dann zerbrach sie den Krug und legte eine Hälfte an jedes Ende der Rinne. Sie wandte sich mir wieder zu.

»Konntest du dem folgen?«

Ich nickte, denn ich traute meiner Stimme nicht.

Sie lächelte wieder und wandte sich einem der Wandbehänge zu. Genau in diesem Augenblick öffnete sich die Tür.

In Schuld und Schrecken wirbelte ich herum. Ich erwartete, daß Lot mit zornigen Fragen oder mit Bewaffneten hereinbrach. Ich war bereit, gegen ihn zu kämpfen, und meine Hand lag auf dem Dolch in meinem Gürtel.

In der offenen Tür stand Medraut.

»Schließ die Tür«, befahl Morgas ruhig. »Stell dich dorthin, Gawain gegenüber.«

»Was . . .?« fragte ich. Wie konnte Medraut zufällig hier hereingekommen sein? Ich hatte doch so achtgegeben, ihm nichts zu sagen. »Medraut, geh. Jetzt sofort. Dies ist nichts für dich.«

Er schaute mich überrascht an, und dann fixierten sich seine großen, unschuldigen Augen mit wildem Eifer wieder auf das Muster. »Aber Mutter sagte, ich sollte kommen.«

Plötzlich fiel mir ein, daß Medraut aufgehört hatte, über Magie zu sprechen, plötzlich fiel mir seine unerklärte Abwesenheit bei den Waffenübungen auf und tausend andere kleine Dinge, die mir vorher unwichtig erschienen waren. Die Erkenntnis traf mich so hart, daß ich aufschrie. »Nein!«

Er starrte mich an. »Was meinst du damit? Morgas hat auch mich Latein und Zauberei gelehrt. Wir können jetzt alle zusammen lernen. Oh, ich weiß, du willst nicht, daß ich das tu, aber so wird es viel besser sein. Du kannst mir doch die Macht nicht so sehr neiden!«

»Nein!« wiederholte ich. »Das darfst du nicht tun. Du wirst dich selbst vernichten, Medraut. Die Finsternis wird in dein Gehirn kriechen und deine Seele fressen, bis sie alles gefressen hat, was dich ausmacht, dein Wesen. Dann bleibt nur noch eine leere Hülle. Geh, solange du kannst!«

Er errötete. Morgas stand da, das Seil des Wandbehanges in einer Hand, und beobachtete uns. Ihr Blick ruhte auf mir.

»Warum?« fragte mein Bruder. Er wurde wütend. »Du gibst mir nie einen echten Grund. Wenn dies alles so falsch ist, warum bist du dann auch hier? Nur deshalb, weil du nicht willst, daß ich lerne. Du willst mich kleinhalten, für immer, während du weise und mächtig wirst.«

»Medraut, das ist falsch. Es ist ein Irrtum, aber ich selbst bin ja ein Irrtum, und du bist es nicht. Deshalb darfst du es nicht lernen. Bitte, geh, um deiner eigenen Sicherheit willen.«

»Dies ist also ein Irrtum, und Mutter irrt sich auch? Das ist unmöglich. Mutter ist . . .« Sein Blick suchte und fand sie, und sein Zorn wurde zur Anbetung.

»Medraut, verschwinde von hier«, sagte ich noch einmal voller Verzweiflung, obwohl er mir nicht mehr zuhörte. »Heute nacht werden wir einen sehr starken, furchtbaren Zauber ausüben.«

»Deshalb bin ich gekommen«, sagte Medraut. »Auch ich habe gelernt, Gawain.« Und dann redete er in der Sprache der Zauberei. Die uralten Silben sprudelten aus seinem Mund wie das Jammern eines seltsamen Tieres, unzusammenhängend, unglaublich häßlich. Ich konnte es nicht ertragen, zuzuhören, und preßte die Hände über die Ohren. Ich starrte ihn an, und ich spürte, wie mir die Tränen in die Augen schossen.

»Es ist genug«, sagte Morgas. »Medraut wird bleiben.«

Ich schaute sie an, ich war bereit, protestierend aufzuschreien, aber ich konnte nichts sagen. Der Raum wurde kalt, schmerzhaft kalt und dunkel. Die Kerzenflammen schwammen vor meinen Augen, als ob sie meilenweit entfernt wären. Schluchzend kämpfte ich um Atem, in der schwarzen Flut, die mich ertrinken ließ.

Morgas riß den Wandbehang zurück.

Einer der Krieger meines Vaters lag dort, gebunden an Händen und Füßen. Ich hatte gewußt, daß Blut fließen würde. Die Augen des Mannes über seinem geknebelten Mund waren wild vor Angst, und sein Blick irrte im Raum umher, ohne an irgend etwas hängenzubleiben. Ich erkannte Connall von Dalriada.

Ich schrie auf. Ein übler Geschmack war in meinem Mund.

»Er ist zu Lot gegangen und hat ihm von meinem Schwur erzählt«, sagte Morgas. »Ich erfülle ein Versprechen. Wir werden mit ihm tun, wie wir mit dem Lamm im letzten Monat taten. Aber ein Mann ist für diese Dinge besser.« Sie lächelte wieder und schaute Connall an. »Zieht ihn in die Mitte.«

Medraut trat nach vorn. Ich stand da, ich starrte, mir war übel. Connalls Blick begegnete meinem. In seinen Augen lag das Wissen um einen schrecklichen Tod.

Ich schaute Medraut an und dachte an das, was er gesagt hatte. »Dies ist also ein Irrtum, und Mutter irrt sich . . .«

Zuletzt schaute ich zu Morgas hinüber, und zum erstenmal sah ich sie ohne Illusion. Eine Macht, gehüllt in menschliches Fleisch, eine Macht, die schon lange die Seele verzehrt hatte, von der sie gerufen worden war. Eine dunkle Macht, eine Königin der Finsternis. Sie hatte sich die Macht zum Diener für ihren Haß gerufen, und als sie sie beherrschte, da hatte sie auch seine Herrschaft willkommen geheißen. Und jeden Tag war Morgas mehr ein Teil dieser Macht geworden und weniger sie selbst. Es war eine Macht, die Leben und Hoffnung und Liebe trank wie Wein. Alt, über jede Begriffe, undenkbar böse, häßlich, trotz ihrer Schönheit, so stand das Wesen da und starrte mich mit einem schwarzen, unersättlichen Hunger an.

Ich schrie auf, und meine Hand hob sich, um sie abzuwehren, und ich sah, daß ich meinen Dolch gepackt hatte.

Ihr Gesicht veränderte sich, wurde wieder das Gesicht einer Frau, und Zorn spiegelte sich darin. Sie hob die Arme, und die Macht umgab sie, leckte an ihr hinauf wie Flammen.

»Gawain!« rief Medraut. »Was tust du?«

»Hinaus«, sagte ich, und meine Stimme war fest. »Seit Jahren ist dies hier nicht mehr Morgas, die Tochter des Uther gewesen. Du mußt hinaus, solange noch Zeit ist. Wenn du mich liebst, wenn du dein Leben liebst, dann geh!«

Medraut schaute mich an. Dann wandte er sich der Königin der Finsternis zu. Sein Gesicht verzerrte sich verzweifelt – und dann trat er auf Morgas zu, machte noch einen Schritt an mir vorüber und stellte sich neben sie. »Du bist wahnsinnig«, sagte er. »Mutter ist vollkommen. Es ist Vater, der sich irrt. Leg das Messer nieder und komm und hilf uns.«

Ich begann zu weinen. »Sie wird Connall opfern.«

Einen Augenblick lang schaute Medraut bedrückt drein, aber sie berührte seine Schultern, und die Unruhe verschwand aus seinem Gesicht. »Sie ist vollkommen. Er hat sie beleidigt. Er verdient es zu sterben.«

»Eines Tages wird sie auch unseren Vater umbringen.«

Medraut lachte tatsächlich. »Gut! Dann werde ich vielleicht . . . der Nachfolger auf dem Thron! Mutter hat es mir versprochen. Und Artus ist schließlich auch ein Bastard.«

Ich starrte ihn an. Er stand unter ihrer erhobenen Hand, und seine Augen waren wieder wild vor Seelenqual, voll von einem Schmerz, von dem ich nur geahnt hatte. Ich hatte ihn falsch eingeschätzt. Ich hätte begreifen sollen, daß er nicht nur danach strebte, ein guter Krieger zu werden, sondern nach etwas anderem, etwas, das außerhalb seiner Reichweite lag. Es war zu spät, ihm zu helfen.

Ich schaute wieder das Wesen an, das einmal Morgas, die Tochter des Uther, gewesen war. Ich wußte, daß mein Messer ihr nicht schaden konnte. Ich lebte nur, weil sie hoffte, daß ich zu ihr kommen würde. Leicht ist der Abstieg zum Avernus, dachte ich.

Langsam ließ ich die Hand sinken. Medraut lächelte vor Freude, und auch meine Mutter lächelte mich wieder an.

Und dann ließ ich den Dolch direkt auf Connalls Kehle niedersausen. Ich sah den Dank in seinem sterbenden Blick, und ich riß die Tür auf und floh vor der Dunkelheit, die hinter mir aufstieg.

Ich hörte, wie Medraut hinter mir her zur Tür rannte. Sein Ruf klang hinter mir über den Hof: »Verräter! Verräter, Verräter, Verräter . . .« Es lag fast ein Schluchzen darin.

Dann war ich in den Ställen, und mein Pferd stand wartend in seinem Unterstand, bereit, daß ich aufsaß und in fliegender Hast von Dun Fionn floh und von der Dunkelheit, die hinter mir herlief, voll vom Zorn seiner Königin und schwer von dem Wunsch nach meinem Tod. Und ich saß auf, und ich ritt hinaus durch das Mondlicht und die Wolkenschatten, ich ritt fort von Dun Fionn, ich ritt, ich ritt . . .

Die Hufe meines Pferdes schleuderten Steine vom Pfad hoch, und die Festung stand einen Augenblick lang erleuchtet vor dem bleidunklen Himmel, und dann umrundete ich den Hügel, und sie war verschwunden . . .

Verschwunden.

5

Sand und Kies war unter mir, und irgendwo ganz in der Nähe donnerte die See.

Ich hob den Kopf und schaute hinaus über das westliche Meer, das an den schmalen Strand trommelte und zischte und das hinaufflutete zu dem tiefen Teich voll Süßwasser am Fluß der Klippe. Llyn Gwalch.

Die Erinnerung an die vergangene Nacht kehrte zu mir zurück, und ich lag eine Weile still da und bedachte alles. Ich fühlte mich müde, zu müde, um überhaupt etwas zu fühlen, und die Erinnerung war schwer und hart. Nach einer Weile aber begriff ich, daß ich sehr durstig war, und deshalb kroch ich zum Teich hinauf und trank daraus. Das Wasser war sehr kalt, sehr klar und frisch, sehr köstlich. Ich spritzte es mir über den Kopf, als ich meinen Durst gelöscht hatte, und dann ging ich hinüber, setzte mich, lehnte mich gegen die Klippe und schaute hinaus auf die See.

Ich dachte an den wilden Ritt, der mich den Pfad zur Klippe hinabgeführt hatte und auf dem der Dämon der Dunkelheit mich gejagt und beinahe den Rand meiner Seele gefaßt hatte. Ich erinnerte mich daran, daß ich Llyn Gwalch erreichte, absaß und mein Pferd mit einem Schlag auf die Kruppe weiterschickte. Dann war ich die Felsen hinuntergeklettert und hatte mich erschöpft in meinem einzigen Versteck niedergelegt. Und offenbar war es in der Tat ein Versteck gewesen, denn ich war noch immer am Leben und bei Verstand. Ich fragte mich, wie lange das wohl dauern würde, und dann wunderte ich mich darüber, weil es doch scheinbar keine Rolle mehr spielte. Ich fühlte mich schwach und leer, aber nicht krank. Nein, ich fühlte mich besser, als ich mich seit langer, langer Zeit gefühlt hatte. Ich war frei. Selbst wenn ich mein Leben verlor, ich war frei.

Die Sonne war untergegangen, und ihre Strahlen krochen über den Ozean näher. Ich lächelte das Licht an und sagte ihm ein altes Gedicht zum Gruß:

Willkommen, wohltätige, segnende Sonne,
Die du durchquerst die Welten von weit.
Hoch schwebst du auf strahlenden Schwingen,
milde Mutter des Morgensterns.

Ein tauchst du am Abend in Tiefen der See,
Doch entsteigst du stolz wieder den Wogen,
Befreist von Gefahr dich und Finsternis,
In heller Schönheit, Königin hold.

In einem Augenblick schwindeligen Triumphes dachte ich: Ich bin der Sonne gefolgt, der holden Königin. Ich habe meine Schritte vom Avernus zurückverfolgt. Und dann, dicht hinter dem Triumph, kam der Schmerz. Meine Mutter versuchte, mich zu töten. So lebendig, als ob ich es wiedererlebte, sah ich ihre Wut, als ich mein Messer auf Connall niederzischen ließ – den armen Connall. Und ich sah die Finsternis, die aus dem Schatten hinter ihr sprang.

Ich schauderte. Ich konnte nicht zurück nach Dun Fionn. Ich preßte meine Hände zusammen, bis sie schmerzten, und ich versuchte, nicht zu begreifen, was das hieß. Ich würde nie wieder durch diese lichten Mauern in die Burg einreiten, ich würde nie wieder Orlamhs trockenen, höflichen Erklärungen über Metrik und Genealogien zuhören und auch nicht Diurans groben Witzen. In einem einzigen Schlag hatte ich mich von meiner Sippe und meinem Zuhause getrennt, für immer. Selbst wenn ich irgendwann einmal, später, zurückkehrte, ich würde niemals wiedergewinnen, was ich gerade verloren hatte. Ich hatte die Welt der Krieger schon einmal verloren, und jetzt hatte ich auch die andere Welt verloren, nach der ich mich gesehnt hatte. Wenn ich frei war, dann war es die Freiheit der Ausgestoßenen, der Sippenlosen, der Namenlosen, der Heimatlosen. Ich konnte nicht nach Dun Fionn zurückkehren – und daher, wie konnte ich am Llyn Gwalch sicher sein?

Vielleicht, dachte ich, durch Überraschung vom Schmerz abgelenkt, vielleicht herrscht hier eine Macht, die der Macht der Königin widersteht.

Artus fiel mir wieder ein.

Mit Sicherheit hätte meine Mutter ihn schon vor langer Zeit vernichtet, wenn sie dazu in der Lage gewesen wäre. Sie haßte ihn genug. Aber sie war unfähig, ihn zu vernichten, wegen seiner neuen Götter und seines Gegenzaubers, den meine Mutter nicht verstand.

Ich erinnerte mich streng daran, daß Artus meinen Vater geschlagen hatte und daß er meinen Bruder als Geisel hielt. Artus sollte mein geschworener Feind sein. Und ich erinnerte mich an die dauernden Kriege, die Britannien zerrissen, an die Invasionen. Aber Strenge nützte mir nichts. Ich begann an all die Orte zu denken, von denen ich gehört hatte: Camlann, mit seinem dreifachen Wall, das neue Herz von Britannien; Caer Ebrauc, eine große Stadt mit massiven Mauern. Sorviodonum, Caer Gwent, Caer Legion, herrliche Festungen. Klöster, angefüllt mit Büchern und Gelehrsamkeit, große Straßen von einem Ende der Inseln zum anderen, Triumphbögen, so hoch wie Bäume, Mosaiken in den Höfen der reichen Villen, Brunnen und Statuen, Theater und Arenen, Dinge, von denen ich gelesen, die ich aber noch nie gesehen hatte. Britannien, der letzte Rest vom Reich der Römer – außer im Osten. Aber Konstantinopel lag weiter entfernt als die andere Welt, und es war noch unerreichbarer. Britannien, umgeben von Männern, die das Land begehrten, unbesiegt, mitten in der Niederlage. Dort, in diesem sagenhaften Land, hatte der Hohe König Artus Augustus die Standarte mit dem Drachen aufgerichtet, und er wurde von einer Magie geschützt, die Morgas nicht überwinden konnte. Und mir fiel ein, daß Artus, obwohl er durch seine Taten wohl zu meinen Feinden zählte, durch sein Blut mein Onkel war, und das gewann mir vielleicht eine Heimat. Ich war nicht Krieger genug, um mich seinem Heerbann anzuschließen, aber es gab vielleicht etwas, was ich tun konnte, wenn ich ihm dienen wollte.

Ja, ich würde versuchen, nach Camlann zu reisen oder zum Hohen König Artus, wo immer er war, und ich würde ihm meine Dienste anbieten.

Nachdem ich mich dazu entschlossen hatte, starrte ich wieder auf die See hinaus und fragte mich, wie ich es wohl anfangen sollte.

Aus irgendeinem Grund war Llyn Gwalch sicher, wenn auch nur für kurze Zeit. Aber Morgas hatte die finsteren Mächte gegen mich versammelt, und ich wußte, wenn ich wieder die Klippe hinaufkletterte, dann würde ich vernichtet, lange, ehe ich den Hafen im Osten der Insel erreichen konnte. Und selbst wenn ich den Hafen erreichte, was konnte ich tun, um ein Boot zu bekommen? Wenn ich ein kleines Boot stahl, wie konnte ich, auf dem Meer ziemlich unerfahren, die trügerischen nördlichen Gewässer bis zum Land der Pikten überwinden, jetzt, wo der Winter kam? Und ich besaß nichts, um die Überfahrt auf einem größeren Schiff zu bezahlen.

Einen Augenblick dachte ich daran, mit der Geschichte zu meinem Vater zu gehen, aber ich ließ den Gedanken sofort wieder fallen. Es würde Morgas nicht möglich sein, mir zu erlauben, zu meinem Vater zu gehen. Denn ich hätte ihm erzählt, daß sie den Tod eines seiner Krieger verschuldet hatte. Ich fragte mich, was sie ihm jetzt wohl erzählen würde. Daß ich Connall getötet hätte? Wahrscheinlich nicht. Das würde zu viele Erklärungen verlangen. Nein, sie würde so tun, als ob sie von Connalls Verschwinden oder von meinem nichts wüßte, und sie würde einen Weg finden, sich Connalls Leiche zu entledigen. Mein Pferd würde reiterlos zu den Ställen zurückkehren, oder vielleicht fand man es auch, während es auf der Klippe herumwanderte. Meine Sippe würde daraus schließen, daß ich verrückt geworden und am Samhain-Fest die Klippen entlanggeritten war. Und Medraut – er weinte vielleicht. Mir war wieder übel. Wenn ich ihm nur hätte helfen . . . wenn ich ihn nur hätte verstehen können. Aber es war zu spät. Vielleicht war es schon seit langem zu spät. Es war am besten, wenn er mich für tot hielt. Wenn er wußte, daß ich am Leben war – dann würde er mich hassen.

Ich starrte auf das Meer und brütete über all diesen Dingen, ich drehte sie in Gedanken hin und her und verfolgte alle möglichen Ideen. Aber die Antwort – oder vielmehr die Abwesenheit einer Antwort – blieb immer die gleiche. Ich saß in Llyn Gwalch gefangen.

Um die Mittagszeit fühlte ich mich ziemlich hungrig, aber ich war kräftiger, als ich nach dem Aufwachen gewesen war. Hoffnungsvoll schaute ich in dem Teich nach Fischen, aber ich fand keine. Ein paar Austern hingen an den Felsen am Fuß der Klippe, und viele Seevögel nisteten an den Felswänden. Ich zog mich aus und schwamm hinaus, und dann tauchte ich am Fuß der Klippe und sammelte Austern in meine Tunika. Ich hatte schon eine ganze Menge, als ich plötzlich eine Kälte spürte, kälter als das Wasser. Ich blickte auf. Die Sonne schien auf die Wände der Klippe, umhüllt von einem leichten Nebel. Auf halber Höhe zeigte sich auf der Klippe ein Schattenfleck. Ich schaute nach oben, dann wieder zu dem Schatten hinüber, und ich begriff, daß nichts auf der Klippe war, was einen Schatten werfen konnte. Eilig drehte ich mich um und schwamm zurück zum Strand, und die Kälte wurde wieder zu der normalen Kälte der Nordsee im November. Das Wesen, das Morgas beschworen hatte, wartete also auf mich.

Ich legte meine Tunika in die Sonne, wickelte mich in den Umhang, zitterte und aß meine Austern. Sie schmeckten sehr gut, aber ich wußte, daß sie mir nicht immer reichen würden. Ich konnte nicht am Llyn Gwalch bleiben; ich konnte ihn auch nicht verlassen.

Nun, früher oder später mußte ich fort, aber zuerst würde ich mich ausruhen. Ich blickte hinauf zur Sonne. Sie sank schon zum Horizont, und der Nebel wurde unmerklich dichter. Der Winter kam, und die Tage würden kürzer. Ich ließ meinen Blick auf den Strand fallen, auf den klaren Bach, der über die wellengeglätteten Steine hinaus in den Ozean floß, auf den Tang und das Treibholz. Ich lächelte, und ich entschied mich, ein Spielzeugschiff zu machen.

Wie das ging, das hatte ich nicht vergessen. Die Karacke schwamm in Vollkommenheit auf dem Teich. Schade, daß ich kein großes bauen konnte, groß genug, um mich zu tragen. Aber das kleine Ding war schön genug, so wie es war. Ich betrachtete es, wie es den Bach hinuntersegelte, und ich machte mir Sorgen, daß es vielleicht in der Brandung kentern könne. Es machte einen Ruck, als es die Wellen erreichte, rollte, wurde dann von der Strömung gefaßt und begann aufs Meer hinauszugleiten. Ich sah zu, wie es wegtrieb, und ich dachte wieder an die Inseln der Seligen. Plötzlich fragte ich mich, was für Inseln das wohl waren. Die Mächte der Finsternis waren wirklich und besaßen Kraft. Was war mit den Mächten des Lichts? Artus' Magie war stark genug, um Morgas' abzuwehren: Wenn er den Schutz des Lichts erringen konnte, vielleicht konnte ich es dann auch.

Ich war in großer Dunkelheit gewesen, ich war fast darin ertrunken, und der Gedanke an ein Licht, einen Gegner der Finsternis, war süß. Also sprach ich leise in meinem Herzen, während ich zuschaute, wie die kleine Karacke auf den Wellen tanzte, »Licht, wie immer dein Name lautet . . . ich habe mit der Finsternis gebrochen, und sie sucht mein Leben. Aber ich würde dir folgen, wie ein Krieger seinem Herrn folgt. Ich schwöre den Eid meines Volkes, ich will dir dienen vor jedem anderen, solange ich lebe. Schütze mich, wie ein Herr seinen Krieger schützt, und bring mich nach Britannien. Oder laß meinen Schwager, Lugh von der langen Hand, wenn er existiert und wirklich einer meiner Sippe ist, laß Lugh von der langen Hand mir von den Inseln her helfen, zu denen mein Boot reist. Ich bitte dich, hilf.«

Die kleine Karacke glitt weiter über die Wellen, als ob sie

eine Botschaft trüge. Ich sah zu, bis sie aus meinem Gesichtsfeld verschwand.

Die Sonne sank langsam hinab in den Westen, brach sich frei aus dem Nebel, als sie unterging, und sprühte Rotgold auf das Gesicht der See. Schwere Wolken lagen unter ihr, sahen aus wie eine Insel. Dort kam einer der großen Winternebel. Vor dem Morgen würde er hier sein, und es würde kalt werden. Ich sah zu, bis die Sonne ganz fort war, und danach betrachtete ich das Zwielicht, dessen Schattierung vom ersten sanften Grün und Blau immer tiefer wurde. Die See wurde zuerst silbern, dann grau, dann silbern und schwarz, während der Mond über der Klippe aufstieg, eingehüllt in blaßgoldenen Nebel. Ich saß da, übergossen von seinem Licht und halb betrunken davon und von der Schönheit der Erde. Ich sang ihm Lieder, und das Steigen und Fallen der See schien mir zu antworten. Als ich mich am Fuß der Klippe niederlegte, dem trokkensten Teil des Strandes, hatte ich mich kaum in meinen Umhang gehüllt, als ich auch schon einschlief.

Ich wachte um Mitternacht auf, öffnete die Augen und starrte, gefroren vor Schrecken, in die schwarze Dunkelheit. Ein Traum, der mit schwarzen Schwingen durch meine Gedanken gezogen war, verließ mich wieder. Eine üble Erinnerung blieb. Ein Geräusch war dagewesen, der Dämon! Er war in mein Versteck eingebrochen und mußte jetzt auf dem Weg zu mir sein. Er kroch heran. Am besten war es zu wimmern und sich in die Erde zu graben.

Ich setzte mich auf und warf den Mantel zurück. Ich griff nach meinem Dolch, erinnerte mich daran, daß er in Connalls Kehle steckte. Du mußt hinausgehen wie ein Krieger, sagte ich mir.

Aber es war kein Schatten auf dem Strand, und auch kein Hinweis auf die Finsternis. Das Mondlicht war dämmrig vor Nebel, aber ich konnte klar genug sehen, daß ich allein am Llyn Gwalch war. Nur ein Boot lag da, es ruhte Bug voraus auf dem Strand.

Es war ein seltsames Boot, ein wunderschönes. Es hatte einen hochgezogenen Bug, und auch sein Heck war hoch, ganz anders als bei einer Karacke, obwohl es sonst wie eine aussah. Aber es besaß weder Ruder noch Mast noch Steuer, und die Farbe glich keinem Holz und keiner Haut, die ich je gesehen hatte. Es wirkte grauweiß im leuchtenden Nebel. Es war auch kein Wrack, das sah ich. Kissen und Decken waren darin gehäuft. Und dennoch saß niemand darin. Der Kiel lag auf den Steinen, und die Wellen, die ganz still geworden waren, klatschten und rollten hinaus in den Nebel. Ein anderes Geräusch hörte ich nicht.

Ich stand langsam auf und starrte hin. Kein Boot wäre so beim Llyn Gwalch gelandet. Die Strömung des Baches, zusammen mit einem Sog, der oft wild war, schob alles Schwimmende auf die Felsen an der Seite. Ich machte ein paar Schritte auf das Boot zu. Es lag da, halb an Land, halb im Wasser, wie eine bleiche Blüte. Ich bemerkte jetzt, daß es kein Schemen war, den das Mondlicht im Nebel warf, sondern das Boot schimmerte wirklich leicht in der Dunkelheit. Ich fühlte die Magie, die mit ihm verwoben war, sie berührte mein Haar wie eine schwache Brise, und ich blieb stehen und sah zu.

Und dennoch . . .

Es fühlte sich nicht an wie dunkle Magie. Der Zauber war hell und leicht und rein wie eine Möwe, die über den Wellen schwebt. Und obwohl die Dinge anders sein konnten, als sie wirkten, ich hatte an diesem Nachmittag Worte gesprochen, während ich meiner kleinen Karacke zusah, wie sie davonsegelte, und das Schweigen in meinem Herzen hatte zugehört.

Selbst wenn dies nur ein Phantom war, eine Falle, gestellt von dem Dämon, der auf der Klippe lauerte, was konnte denn geschehen, außer daß ich jetzt starb, anstatt später? Ich entschloß mich, und ich ging vorwärts, um meine Hand auf den Kiel des Bootes zu legen. Das Boot war weich, warm, wie etwas Lebendiges, ein ausgebildeter Falke, der voll Eifer, zu fliegen, seine Federn aufplustert. Ich zog meine Schuhe aus, warf sie ins Boot, schob es von den Steinen ab, kletterte hinein, als es ein paar Fuß vom Strand entfernt war.

Während das Boot dort schwamm, während es auf der ruhigen See auf- und abtanzte und ich nach einem Ruder suchte, spürte ich, wie sich über mir etwas regte, und ich blickte auf. Der Schatten lag wieder auf der Spitze der Klippe, jetzt wie der Schatten einer Wolke. Meine Fäuste ballten sich, und wieder sehnte ich mich nach meinem Dolch. Dann fuhr ich zusammen, denn das Boot begann sich von selbst zu bewegen, ganz langsam. Es wandte sich ab vom Llyn Gwalch, bis sein Bug nach Westen zeigte. Es begann, sich über die Wellen vorwärtszubewegen, die im Mondlicht zitterten.

Der Schatten auf der Klippe wurde kleiner, dunkler. Er huschte nach unten an der Felswand, er schwang um Llyn Gwalch herum. Eine kalte Finsternis wischte an mir vorüber, wie ein unsichtbarer Vogel, und das kränkliche, erstickende Gefühl der Nacht, die vergangen war, berührte mich wieder. Aber das Boot gewann an Geschwindigkeit, glitt über die Wellen, und plötzlich fiel mir ein, was man von bösen und offenen Wassern sagt und daß manche Geister die weite See nicht überqueren dürfen. Ich lachte. Die schwarzen Tentakel fielen ab von mir.

Vom Heck aus sah ich zu, wie Llyn Gwalch hinter mir zusammenschrumpfte, zu einem kleinen, blassen Fleck an der Felswand wurde und dann zu einer weichen Stelle im Schäumen der hellen Brandung im Mondlicht. Der Wasserfall des Bachs sah aus wie eine Kette aus Silber, die von der Klippe herabhing – und dann wurde der Nebel dichter, und das Boot glitt hinein, und Llyn Gwalch und die Insel, auf der ich bis jetzt mein Leben verbracht hatte, schwanden vor meinem Blick. Keine Worte des Abschieds fielen mir ein, und ich schaute über den Bug des Bootes nach Westen. Wir gewannen noch immer an Geschwindigkeit. Ich lachte wieder, fühlte den gleichen, überschwenglichen Triumph und die Freiheit, die ich an diesem Morgen gefühlt hatte, und ich sang ein Lied des Triumphes im Krieg. Das Boot sprang vorwärts wie ein williges Pferd, und es glitt weiter, schnell wie eine Möwe oder ein Falke, hinein in den Nebel und ins Mondlicht. Der Schaum glitzerte an seinem Bug, während es den Pfad des Lichtes entlangschwamm, den der sinkende Mond warf.

Ich gähnte, ich begriff, daß ich noch immer sehr müde war. Die Kissen, die ich bemerkt hatte, waren weich und die Dekken aus Seide und Hermelin viel wärmer als mein abgenutzter Umhang. Es war kalt bei der rauschenden Geschwindigkeit über die offene See. Ich legte mich nieder und zog die Decken über mich, und ich flüsterte ein Wort des Dankes für das Boot und für die Macht, die es mir geschickt hatte.

Ich erinnere mich nicht daran, wie ich einschlief, aber das nächste, was ich wieder sah, war das Licht des Sonnenaufgangs, das sich über mich ergoß. Es war heller als jeder Sonnenaufgang, an den ich mich erinnern konnte. Ich lag auf dem Rücken im Boot und starrte hinauf auf die langen Bänder von Farbe, die den Himmel vom Osten bis zum Zenit bedeckten.

Solcher Glanz versprach ein Schicksal von gleicher Schönheit.

Ich setzte mich auf. Das Boot bewegte sich noch immer, aber jetzt ein wenig langsamer. Sein Bug und seine Seiten glühten im Widerschein des Feuers auf dem Wasser. Selbst die See wirkte nicht wie Wasser, das ich je gesehen hatte. Sie war klar, aber gefärbt mit Smaragd und Azur, Farben, strahlender als irgendwelche Farben auf Erden, Juwelentöne mit all ihrer Leuchtkraft, und sie glitzerten im Licht der Dämmerung. Die Sonne warf meinen Schatten vor dem Bug des Bootes aufs Wasser, und wir glitten vorwärts wie auf einer Straße. Während ich zusah, flogen Vögel von Westen her, und ihre weißen und goldenen Schwingen blitzten. Ich schaute eifrig nach vorn, und ich hoffte, das Land zu sehen, von dem sie kamen.

Bald näherten wir uns ihm. Es erhob sich grüngolden aus dem Ozean. Die Sonne traf auf irgendeine leuchtende Oberfläche, und ein reines, klares Licht blitzte auf wie ein Freudenschrei. Wirklich, dieses Land mußte die Ebene des Glücks sein, von dem so viele Lieder sangen. Das Licht hatte mich gehört. Ich hob meine Arme dem Morgen entgegen und sang eins der Lieder über die Inseln, denen ich mich schnell näherte:

... Da siehst du das Land, das Silberne,
Dort regnen Drachenstein und Diamant,
Und auf den Sand schleudert die See
aus der glänzenden Mähne gleißend' Geschmeide.

Ich hatte kaum Zeit, mein Lied zu Ende zu bringen, als das Boot sich zu einem weißen Dock hinüberschob, das vom Land ins Meer ragte. Dort hielt es an, seine Reise war vorüber.

Ich stand auf und trat hinaus auf das Dock. Ich warf einen Blick zurück in das Boot, ich hatte ein wenig Angst, es zu verlassen. Aber dann schaute ich zum Land hinüber, zum grünen Gras, zu dem goldsandigen Pfad, der von der Landungsbrücke hinaufführte, zu den hohen Bäumen – Bäumen! Das waren Dinge, die man auf den Orkneys kaum sieht – sie machten schwebende Bewegungen wie Tänzer. Ich begann, den Pfad hinaufzugehen, ich ging ganz langsam und wunderte mich. Aber die lähmende Ungläubigkeit, die man erwarten würde, die fühlte ich nicht. Obwohl alles wundervoll war, wirkte es völlig natürlich wie Dinge, die in einem leuchtenden Traum vorkommen. Später, das war mir klar, mußte das Erstaunen kommen. Aber jetzt war es unmöglich. Diese Insel der Seligen war für mich wirklicher als die Orkneys. Das, was ich verlassen hatte, schien mir wie ein Traum.

Ich ging den Pfad hinauf, ich genoß die Schönheit um mich her. Überall waren Blumen, und keine zwei glichen sich. Ihr Duft mischte sich mit dem Gesang der Vögel, den Klängen der Brise in den Bäumen. Ich ging schneller, dann rannte ich, aus reiner Freude an der Bewegung, und dann umrundete ich eine Kurve im Pfad und blieb stehen, denn ich hatte die Halle gefunden, die der Mittelpunkt dieses Ortes war.

Sie sah ziemlich genauso aus wie in den Beschreibungen. Die Wände waren aus weißer Bronze und Goldfiligran, dicht miteinander verwoben. Sie waren poliert und leuchteten. Das Dach bestand aus Schwungfedern aller Vögel, die je gelebt hatten, von jeder Farbe, und alle Farben vertrugen sich miteinander. Das Dach glänzte fast so leuchtend wie die Sonne.

Ich ging langsam darauf zu, halb angsterfüllt, obwohl ich wußte, daß ich nicht hier gewesen wäre, wenn man mich nicht haben wollte. Ich näherte mich den großen silbernen Türen und klopfte leise an. Sie öffneten sich von selbst, enthüllten die innere Halle, die unbeschreiblich schön ist. Dennoch ähnelte sie einer irdischen Festhalle genug, so daß ich wußte, wo ich meine Augen zu dem Mann erheben mußte, der am hohen Tisch saß, über den anderen, die die Halle bevölkerten. Sie waren alle so schön, daß mir die Tränen in die Augen stiegen, und ich spürte meine Menschlichkeit und meine schmutzigen Kleider, als ob das Gewicht der ganzen Welt auf mir läge. Aber der Mann, der am hohen Tisch saß, der Herr der Halle, lächelte mich an – es war strahlendes, wildes Lächeln. Er winkte mich näher.

Ich durchwanderte schweigend die Halle, die Augen auf die Gesellschaft geheftet, die um mich saß. Ich kann nicht beschreiben und auch nicht erklären, was ich dort sah. Langsam stieg ich aufs Podium und blieb stehen. Ich schaute den Herrn über den hohen Tisch hinüber an, und ich wußte nicht, was ich tun oder sagen sollte.

Er erhob sich und lächelte wieder, und der Gedanke blitzte in mir auf, daß Lot und Agravain wirklich ziemlich genauso aussahen, wie er aussehen würde, wenn das flammende Strahlen in seinem Gesicht nicht so stark wäre.

»Willkommen, Mann meiner Sippe«, sagte Lugh, der Herr der Sonne. »Nimm Platz. Du bist weit gereist, und du mußt hungrig sein.«

Also setzte ich mich an den hohen Tisch in der Halle der Sidhe, und ich aß mit ihnen und trank den süßen, hellen Wein, der wie eine Essenz des Lichts ist. Und ich redete mit Lugh von der langen Hand.

Er fragte mich nach Lot, und ich erzählte ihm von Artus. Er hörte mir zu, dann nickte er. »Das Schicksal hat es bestimmt. Ein neuer Tag erhebt sich erst, wenn der alte gefallen ist.«

»Dient dann also Artus von Britannien dem Licht?« fragte ich.

»Er dient ihm.« Lugh zuckte die Achseln. »Dies ist etwas Größeres, und viel ist darin verwoben. Und das Ende ist mir nicht klar. Auch mein Tag ist vorüber.«

Ich starrte ihn erstaunt an. »Dein Tag, mein Herr? Aber du bist Herrscher hier!«

»Dennoch habe ich auf der Erde, wo mir einst die Macht gehörte, nur noch wenig Kraft. Einst wandte sich der ganze Westen an mich. Jetzt wenden sie sich anderswohin. Mit der Zeit wird das wenige, das mir noch bleibt, vergangen sein, und aus mir wird eine Erinnerung werden, und meine Halle und mein Volk existieren dann nur noch in Geschichten, die man Kindern erzählt. Und mit der Zeit noch nicht einmal mehr das.« Er sprach ganz ruhig, wie von Dingen, die gewiß waren, und ganz ohne Bedauern.

»Soll das Licht dann gelöscht werden?« fragte ich und schaute mich in dieser strahlenden Halle um.

Lugh schüttelte den Kopf. Er lächelte über meine Frage. »Dieses Licht? O nein. Wir werden feiern bis zum Ende der Erde und darüber hinaus. Die Zeit berührt diesen Ort nicht, auch nicht der Tod oder irgendein Kummer. Hier ist es besser als auf der Erde, wo wir einmal lebten.«

»Dann hast du auf der Erde gelebt, wie es in den Liedern heißt?«

»Vor langer Zeit.« Lugh nippte an dem Wein, und seine blauen Augen waren heiß und strahlend wie der Himmel. »Vielleicht dort, wo heute Erin ist. Menschen waren damals nur ein Traum im Osten, weit von meiner Domäne. Hier im Westen wurde ich geboren, aber nicht, wie Menschen geboren werden. Und hier lebte mein Volk, hier entstand die Musik. Meine Mutter war Balurs Tochter, mein Vater Cian, der Sohn von Diancecht, dem Heiler. Wie du selbst, Maienfalke, bin auch ich aus Licht und Dunkelheit geschaffen. Einst wurde mir angeboten, entweder dem einen oder dem anderen zu dienen, und ich wählte das Licht. Eine Zeitlang regierte ich in ihm, obwohl ich wußte, meine Herrschaft würde hart sein und nicht ewig dauern.«

»Du weißt von meiner Mutter Morgas.«

»Ich weiß von einer, die man die Königin der Lüfte und der Finsternis nennt und die zu Morgas wurde. Sie ist eine alte Feindin, und einst gehörte sie zu meinem Volk. Sie sucht die Welt zu zerstören, die sie nicht länger besitzen kann.«

»Aber du hast sie doch einmal besessen.«

Wieder lächelte Lugh. »Einst fuhr ich meinen Streitwagen auf dem Wind von Temair, aber es war nicht das gleiche Temair, wo jetzt der Herr Ui Niaill sitzt. Einst herrschte mein Volk über die Erde, befahl dem Feuer und dem Wasser und der Luft, wie ein König Menschen befiehlt. Aber diese Zeit ist längst vergangen, so daß selbst das Land sie vergißt. Und so sollte es auch sein.«

»Ich habe eine Geschichte gehört«, sagte ich, »in der es hieß, daß die Söhne des Mil nach Erin kamen, als erste Menschen, die seine Küste erreichten. Das geschah vor langer Zeit. Und hier fanden sie die Sidhe, die damals einen anderen Namen trugen. Und es wird erzählt, daß die Söhne des Mil mit den Sidhe kämpften oder daß Gericht gehalten wurde über sie durch Avairgain, dem Poeten von den Söhnen des Mil, und daß Erin den Menschen gegeben wurde.«

»Die zweite Geschichte kommt der Wahrheit näher«, meinte Lugh. »Aber die Angelegenheit wurde nicht von Avairgain entschieden.«

»Wer entschied sie dann?«

»Der Hohe König, das Licht, das ewig leuchtet. Er gab mir mein Königreich, und er nahm es mir wieder und gab es den Söhnen des Mil, und Avairgain der Poet sagte den ersten Menschen, daß dies so geschehen war. Aber die Königin der Finsternis wollte weder mir noch dem Licht noch Avairgain gehorchen, sondern sie wollte das Land für sich selbst behalten.«

»Das Licht, dieses Licht«, sagte ich. »Ich weiß nicht, was damit gemeint ist.«

Er schaute mich sanft und belustigt an. »Wie solltest du auch? Niemand weiß es, wenn er ihm zum erstenmal begegnet. Und du bist gerade erst aus großer Finsternis gekommen. Die

Dunkelheit blendet das Auge. Aber hast du nicht geschworen, ihm zu folgen und ihm zu dienen?«

»Das habe ich.«

»Dann wirst du es bald genug besser kennenlernen. Das Licht ist ein starker Herr, ein großer König und oft ein strenger Meister. Aber es ist auch freundlich. Das Licht braucht Diener und Freunde, und es wird dir mehr Dinge zeigen, die zu tun sind, als du für möglich gehalten hättest. Wenigstens habe ich das festgestellt.«

»Du hast es festgestellt . . . Aber ich dachte . . .«

»Daß ich das Licht wäre? Nein, das ist wirklich nicht so. Viele haben das gedacht, und einst, in Erin, wurde mir als dem Licht gehuldigt. Aber man sucht es jetzt anderswo, an einem besseren Ort. Auf der Erde hat sich viel verändert. Auch ich bin nur ein Diener.«

So redeten wir und tranken den Wein. Ich spürte nicht, wie die Zeit verging. Ich glaube nicht einmal, daß man die Zeit an jenem Ort bemerkt. Vielleicht gehen die, die in der Halle sind, manchmal hinaus auf die Insel – es gibt Lieder von den Pferden der Sidhe, und von den Wagen aus Gold, die über Felder voll Blumen fahren, und von Tänzen und auch von Kriegen –, aber ich glaube, all dies muß ohne die Zeit geschehen, und auch nicht gleichzeitig oder zu früheren oder späteren Zeiten, sondern in einer Folge, die vom Geist festgesetzt wird und nicht vom Wandern der Sonne. Ich kann es selbst mir nicht klarmachen, aber so war es. Als ich eine Weile mit Lugh gesprochen hatte – ich kann nicht sagen: eine Zeitlang –, war das Fest zu Ende, und ein Mann der Sidhe, der zu meiner Rechten am hohen Tisch saß, erhob sich und ging zu einer großen Harfe in der Ecke hinüber. Er spielte darauf. Das Lied besaß alles, was Menschen je geträumt oder gesucht haben und was sie nur einen Augenblick lang begreifen können, ehe es sich auflöst. Es war Licht, Feuer, die reine Ekstase unsterblichen Glücks, völlig ungemischt mit dem Kummer, der die Lieder auf der Erde immer begleitet. Ich hörte zu, und ich hatte das Gefühl, als ob meine Seele sich vom Körper losreißen und davonschweben wollte auf diesem goldenen Wind bis zur äußersten Spitze des Himmels. Ich hörte zu, völlig verloren in den Labyrinthen der Musik, und ich fühlte nichts als die Folge der Töne. Ich hätte ewig so sitzen können, wenn Lugh nicht meinen Arm berührt hätte.

Da begriff ich, daß ich weinte. Ich saß verwirrt da und wunderte mich darüber, und der Harfner spielte weiter. Lugh erhob sich und machte mir ein Zeichen, mit ihm zu kommen. Ich folgte ihm, ich riß mich von der Musik los, und es tat so weh, als ob ich mir das eigene Fleisch aus einer tiefen Wunde gerissen hätte. Wir verließen die Halle, und als die Musik hinter den Mauern schwach geworden war, traf sie mich erst wirklich. Ich setzte mich auf den Boden und weinte vor Kummer. Lugh stand schweigend und geduldig neben mir.

Als mein Schmerz sich in Tränen aufgelöst hatte, ließ er sich neben mir auf die Knie nieder und legte mir die Hand auf die Schulter. »Du hättest nicht so lange bleiben und zuhören sollen«, sagte er sanft. »Die Lieder der Sidhe sind nicht für Menschen. Denn es ist zuviel Schmerz im Glück, und das Feuer brennt zu stark, als daß man es ertragen könnte. Dennoch ist es gut, daß du Taliesin hier hast singen hören. Jetzt weißt du etwas vom Licht. Du mußt dich daran erinnern, und wenn die Finsternis dich umgibt, dann denk darüber nach. Es wird dir helfen, zusammen mit dem, was ich dir jetzt geben will, wenn du es annehmen kannst.«

Da blickte ich zu ihm auf, und er nickte und machte mir wieder ein Zeichen, ihm zu folgen. Wir erhoben uns.

Er führte mich durch einige Korridore hinter der Halle, und es ging nach unten, bis ich das Gefühl hatte, daß wir unter der Festhalle waren. Es war sehr still hier, und die Gänge waren dunkel, abgesehen von dem schwachen Licht, das in den Wänden zu glühen schien, und dem strahlenderen, lodernden Feuer, das Lugh, den Meister aller Künste, umgab. Es war auch schön hier, aber ich spürte eine Ausstrahlung großer Macht wie von einem eingedämmten Feuer. Das Lied in der Halle hatte mich nicht erschöpft, wie es auf der Erde gewesen wäre, und deshalb spürte ich die Kraft, die wie Herzblut an diesem Ort pulsierte.

Lugh blieb vor einer Tür aus dunklem, goldfarbenem Holz stehen, das mit roter Bronze beschlagen war. Er legte die Hand auf den Riegel. Er wandte sich zu mir um.

»Du hast dich sicher gefragt, warum du hierhergebracht wurdest, Maienfalke«, sagte er. Seine Stimme war fast ein Flüstern, aber in ihr lag der gleiche Klang wie in dem stillen Schlag der Kraft, die hinter jener Tür brannte.

»Ja, das habe ich, Herr.«

»Gut, daß du daran gedacht hast, dich zu fragen. Du bist nicht einfach hierhergeholt worden, damit du dieses Land siehst und glücklich bist. Obwohl es nötig war, daß du nach soviel Finsternis Licht siehst. Du wurdest auch nicht zu meiner Halle gebracht, nur damit du dem Dämon entkommen konntest, der dich verfolgte. Obwohl auch das notwendig war. Nein, dafür wurdest du hergebracht: um die Waffen zu erheben, um gegen die Finsternis zu kämpfen, die du vor anderen erkennen kannst. Du bis jetzt fast siebzehn, und das ist das richtige Alter, um die Waffen zu nehmen.«

»Herr«, sagte ich, »es dauert noch ein halbes Jahr, bis ich fünfzehn bin.«

Lugh schüttelte den Kopf. »Während du in meiner Halle saßest, ist der Winter auf der Erde vergangen, und der Frühling und der Sommer, und ein weiteres Jahr danach. Jetzt ist März in Britannien. Wenn du zurückkehrst, dann wird der Mai angefangen haben.«

Plötzlich wurde mir kalt, und ich wandte mich ab. Ich kannte die Geschichten, wie ein Mann zu den Sidhe geht, für eine einzige Nacht. Und bei seiner Rückkehr stellt er fest, daß hundert Jahre vergangen sind. Aber ich hatte nie daran gedacht, daß dies mir geschehen könnte. Fast drei Jahre. Nun, vielleicht war es gut so. Ich würde gewachsen sein, und mein Arm hätte mehr Kraft. Dennoch . . .

Lugh lächelte sehr sanft. »Länger wird es nicht sein, Frühlingsfalke, ich gebe dir mein Wort. Aber, siehst du, du hast sogar das Alter schon überschritten, in dem man die Waffen nimmt. Und wenn du zur Erde zurückkehrst, dann wirst du eine Waffe brauchen, um dich vor den Mächten der Finsternis zu schützen, die deinen Tod suchen. Außerdem hast du im Herzen geschworen, den Hohen König des Lichts als deinen Herrn anzuerkennen. Vergiß nicht, daß ein Krieger für seinen Herrn kämpfen muß.«

Ich nickte.

»Du mußt eine Waffe haben«, meinte Lugh, »und hier werde ich dir eine geben.«

Er öffnete die Tür und hielt sie mir auf, und ich ging langsam in den Raum.

Es war ein einfaches Zimmer, ganz dunkel, außer an der Stelle, wo auf der gegenüberliegenden Wand ein Schwert stand. Licht glühte in tiefen Farben in dem großen Rubin, mit dem sein Knauf besetzt war. Der Schatten des Schwertes fiel in der Form eines Kreuzes dahinter auf die Wand. Ich spürte die Kraft, die in ihm brannte, sie war groß und schrecklich, und ich fühlte, wie eine Welle kalter Angst mich überflutete.

»Herr«, sagte ich zu Lugh, der hinter mir in der Tür stand, »Herr, das ist zu groß für mich. Das ist keine Waffe für Menschen. Es ehrt mich, daß du es für mich gedacht hattest, aber ich könnte solch ein Schwert nicht tragen.«

»Aber es *ist* ein Schwert für Menschen«, sagte Lugh sanft. »Ja, seine Macht ist groß genug, um viele zu vernichten, und es bringt seinem Träger oft Kummer. Aber es ist eine Waffe, wie nur Menschen sie brauchen: meine Art benutzt andere Waffen.«

Ich wußte, daß er recht hatte, aber ich starrte noch immer das Schwert an, das vor der Mauer schlummerte und das auf die Hand wartete, welche es im Feuer ziehen würde. Und was für ein Feuer das sein würde, was für ein verzehrendes Licht.

»Wenn du wirklich dieses Schwert nicht annehmen willst«, sagte Lugh, »dann kannst du es ablehnen. Ich sage dir, du kannst noch immer dem Licht dienen, wenn du es zurückweist.«

Einen Augenblick lang hatte ich den Wunsch, sein Angebot anzunehmen. Aber es war mir unmöglich. Ich konnte nicht ungehorsam dem Licht gegenüber sein, nachdem es mich eben gerettet hatte. Wenn mein neuer Herr wünschte, daß ich das Schwert zog, dann mußte ich versuchen, es zu ziehen. Sicher, so tröstete ich mich, würde das Licht dies nicht wünschen, wenn ich nicht in der Lage war, es zu tun, ohne vernichtet zu werden. Wie auch immer die Wahrheit aussah, ein Krieger mußte seinem rechtlichen Herrn gehorchen. Also schüttelte ich den Kopf. »Ich will versuchen, dieses Geschenk anzunehmen.« Mein Mund war trocken, und meine Hände waren schweißnaß.

Ich konnte Lugh nicht sehen, aber ich spürte sein Lächeln. »Geh also und zieh es.«

Ich ging hinüber zu dem Schwert, und jeder Schritt wurde mir schwer. Mein Tod würde jetzt kommen, wenn ich nicht die Kraft hatte, das Schwert zu heben . . . Ich stand davor, und das Licht, warm und dunkelrot, ergoß sich über mich. Ich fiel auf die Knie.

»Licht«, sagte ich, »mein Herr, Hoher König, die See ist um mich, und der Himmel ist über mir und die Erde unter mir, und wenn ich dir die Treue breche, möge die See aufsteigen und mich ertränken, möge der Himmel zerbrechen und auf mich fallen, möge die Erde sich öffnen und mich verschlingen; so sei es.« Der dreifache Eid war unnötig, das wußte ich. Aber er wurde immer geschworen, wenn man Waffen von seinem Herrn empfing. Ich holte tief Atem, streckte beide Hände aus, schloß sie um das Heft des Schwertes und begann, es zu ziehen.

Es war heiß, heiß wie Flammen, und meine Hände brannten. Das Licht in dem Rubin sprang, wurde stärker, wurde wild und rot, so rot wie Blut, wie das Blut, das in meinen Ohren donnerte und mit seinem Pulsschlag meinen ganzen Körper erschütterte. Ich zog an dem Schwert, und das Licht glitt die entblößte Klinge entlang, es war noch immer rot. Ich spürte meine Hände nur als Zentrum des Schmerzes, ich war sicher, daß sie mir abbrannten. Ich konnte fast riechen, wie sie stanken ... Ich zog das Schwert weiter heraus, und plötzlich war es aus der Scheide, und ich schrie auf, weil das Licht und das Feuer dieses Schwertes plötzlich an meiner Seele entlanglief. Ich verbrannte darin, und ich sah mich selbst, mein ganzes Selbst, enthüllt in diesem Licht. Alle Finsternis, die ich gesehen hatte, lag dort, und alle Finsternis, die ein Teil meiner selbst war, schrie auf und befahl mir, das Schwert fallen zu lassen, ehe es mich erschlug. Und es erschlug mich, denn ich war eingehüllt von seinem Licht, und es war wirklich kein Schwert für Sterbliche ... Aber das Licht wünschte, daß ich es zog. Deshalb hielt ich fest, spürte, wie die Luft weißglühend in meine Lungen zog, wie sie jeden Teil in mir verbrannte: Herz, Seele, verzehrt in einem Licht, das nicht länger rot, sondern brennendweiß war wie das Herz der Sonne. Meine Kraft verließ mich, und ich zog mich in mich selbst zurück, suchte irgendeine Kraft, die mir half, das Schwert in dieser Qual zu halten. Einen Augenblick lang schien es, als ob ich keine Kraft hätte, als ob ich mich in Nichts auflöste, denn jetzt war es zu spät, das Schwert sinken zu lassen ...

Und dann spürte ich, wie plötzlich eine Kraft in mir meine Glieder erfüllte, klar und weißglühend. Sie erfüllte mein innerstes Wesen, das schon lange davon geträumt hatte, wenn ich es auch nicht einmal geahnt hatte. Ich hob das Schwert hoch über den Kopf, so daß die Spitze zum Himmel zeigte, und ich bemerkte jetzt ganz schwach, daß es rein und strahlend brannte wie ein Stern. Ich schrie im Triumph auf, ich wußte nicht, was ich sagte, denn ich hatte gesiegt, und es war mein.

Und dann, ganz plötzlich, war der Schmerz vergangen, und ich kniete vor der leeren Wand, und das Schwert glühte in meinen Händen langsam schwächer.

»Es ist geschehen«, sagte Lugh sehr sanft. »Ich bin froh.«

Ich schaute erst das Schwert, dann meine Hände an. Sie waren überhaupt nicht verbrannt. Ich schaute wieder das Schwert an. Sein Licht war dunkler geworden, nur noch ein Glitzern lag auf der Klinge. Ich drehte mich zu Lugh um, der noch immer still in der Tür stand, umgeben von einem strahlenden, klaren Licht. Er lächelte. »Der Name des Schwertes ist Caledvwlch, das Harte«, sagte er. »Es hatte früher einen anderen Namen, aber jetzt ist es dein, und ein neuer Name wurde ihm verliehen für einen neuen Tag.«

»Es ist mein«, sagte ich noch immer verwirrt. Eine Welle großer Freude überflutete mich. »Mein Herr gab mir Waffen.«

Lugh nickte. »Du bist jetzt Krieger des Lichts. Vergiß das nicht, Maienfalke. Jetzt,« – Lugh durchquerte das Zimmer und half mir auf die Beine – »jetzt ist dein Herr in einen Krieg verwickelt, und du mußt deine Waffe benutzen.«

»Wo ist die Schlacht?« fragte ich. »Und welchem Heerbann soll ich mich anschließen?«

»Die Schlacht wird überall um dich her toben. Und laß dich warnen: Sie wird nicht immer mit dem Schwert gekämpft, selbst mit einem Schwert wie deinem.«

»Ich verstehe, Herr. Ich habe meine eigene Finsternis besiegt, aber ich kann sie nicht vernichten.«

Lugh nickte und lächelte. »Und wenn du daran denkst, dann wirst du weise sein. Die Finsternis kann deinen eigenen Willen benutzen, und du kannst andere benutzen, wenn sie selbst es nicht merken. Du bist in der Finsternis gegangen, und du hast das Licht gewählt, und das Licht ist schwer zu betrügen. Aber unmöglich wird es nicht sein. Auf der Erde gibt es viel Leid, und die Finsternis ist sehr stark –« Er hielt abrupt inne und wandte seinen Blick aus der Zukunft wieder auf die Gegenwart und auf mich. »Was den Heerbann betrifft, so wirst du in der Lage sein, die zu erkennen, die dem Licht dienen. Von Artus weißt du es schon. Geh zu ihm und erkenne ihn als deinen Herrn auf Erden an. Aber zuerst wirst du ihn überzeugen müssen, daß du die Finsternis verlassen hast. Erwarte nicht, daß es leicht wird. Was immer geschieht, ich bin sicher, daß in diesen Tagen auf der Erde große Dinge getan werden, denn es findet ein großer Kampf statt. Wie das Ende aussehen wird, das weiß ich nicht. Ich weiß nur, daß es seltsam sein wird und anders als das, was man erwartet. Aber ich glaube, du wirst ehrenhaft kämpfen. Und jetzt komm.«

Ich folgte ihm aus dem Zimmer, ich trug mein Schwert, und er führte mich durch ein Labyrinth von Korridoren nach draußen. Irgendwie kamen wir auf eine Plattform, dicht unter dem Dach der Festhalle. Wir schauten hinaus nach Westen. Die Sonne ging unter und bedeckte die ganze Welt mit Licht, und es schien mir näher und leuchtender zu sein als auf der Erde. Lugh deutete nach Westen, und ich folgte der Richtung, in die er zeigte. Nur für einen Augenblick schien es mir, als ob ein Licht wie ein neuer Stern hinter der See brannte, hinter dem Horizont. Und in diesem Moment spürte ich, daß ich das Lied in der Halle verstanden hatte, daß ich wußte, wem ich mein Schwert geweiht hatte. Ich fiel auf die Knie und hob das Schwert vor mir auf. Ob das zur Huldigung oder zur Verteidigung geschah, weiß ich nicht. Lugh warf seine Arme hoch, wie im Gebet, und das Licht in mir schien aufzuspringen. Dann berührte die Sonne den Horizont und bedeckte das andere Leuchten, und Lugh wandte sich mir wieder zu.

»Es ist Zeit, daß du gehst«, meinte er sanft. »Vielleicht wirst du eines Tages zurückkehren, wenn die Erde vergangen ist, und dann kannst du das Ende des Liedes hören. Aber bis dann, fürchte ich, werden wir uns nicht mehr sehen. Auch wirst du nie wieder in mein Reich kommen. Daher, Mann meiner Sippe, daher gebe ich dir meinen Segen.« Und er legte die Hände auf meine Schultern, während ich noch immer kniete. »Trag es gut in den Schlachten, die vor dir liegen.« Er half mir auf die Beine, dann umarmte er mich zärtlicher, als mein Vater das je getan hatte. »Wandle im Licht, mein Herz, und wundere dich nicht über das, was geschieht.«

Das Gold und die Bronze in den Wänden der Halle, die untergehende Sonne auf den Federn des Daches, all das löste sich in diesen Klang auf; die Ebenen und Wälder, die Ozeane um die Insel der Seligen, sie alle verschwanden langsam im Wind. Als letztes löste sich Lugh selbst, der jetzt wie Feuer flammte, in einen leuchtenden Nebel auf. Er lächelte noch immer, und das letzte Echo des magischen Wortes trug mich sanft, ganz sanft zur Erde und in den Schlaf.

6

Ein Falke flog in langsamen Kreisen durch die Luft über mir. Ich sah zu, wie er seine Schwingen abkippte, auf dem Wind balancierte und sich dann seitwärts hineingleiten ließ. Ich ließ meine Gedanken mit ihm treiben, ich schwang mich langsam durch den blauen Himmel und beobachtete eigentlich nicht die verschwommenen Erinnerungen, die darunter lagen. Ich fühlte mich leicht, stark, zielsicher. Das war genug.

Nach kurzer Zeit aber begann ich mich doch zu fragen, was geschehen war und warum ich dieses seltsame Gefühl der Zuversicht hatte, und ich schaute in meine Erinnerungen.

Llyn Gwalch. Dorthin war ich geritten, und der Dämon war hinter mir durch die Nacht gekommen. Ich war einen Tag dageblieben, und danach ... Nein, ein langes Flammen von Farbe und Licht, Schmerz und Freude und Ekstase. Ein Lied, das alles überwältigte, und ein Schmerz, zu tief für Worte. Und ein Eid, ein Versprechen. Die Insel der Seligen. Tir Tairngaire, das versprochene Land, das silberne Land. Das Land der Lebendigen. Eine Menge Namen für dieses Land fiel mir ein. Lugh von der langen Hand – nein, es mußte ein Traum sein. In der Tat, ich hatte auch das seltsame bezauberte Gefühl wie in einem Traum, in welchem die Farben strahlend sind und Zeit und Entfernung sich verändern und fremd und bedeutungslos werden. Llyn Gwalch also. Dort war ich mit Sicherheit gewesen, also mußte ich wahrscheinlich noch hier sein. Später am Tag hätte ich Zeit genug, das Gefühl der Veränderung zu bedenken, aber im Augenblick sollte ich wohl am besten versuchen, etwas zu essen zu finden.

Ich setzte mich auf und gähnte. Ich schaute mich um, wurde starr.

Ich war auf einem Hügel, ich saß in niedrigem Gras und Heidekraut, das ihn bedeckte. Auf einer Seite schwang sich der Hügel sanft nach unten und wieder hinauf in eine ganze Reihe von Hügeln, die gekleidet waren in ein unglaubliches helles Grün des Frühlings. Auf der anderen Seite ging der Hügel in eine Kette von höheren Hügeln über. Der Himmel war unvorstellbar klar und blau, und er schien sich in alle Ewigkeit zu erstrecken.

»Nein«, sagte ich laut. »Das ist unmöglich.« Solche hohen Hügel gab es auf den Orkneys nicht, und auch keine Wälder. Und es war nicht Frühling, sondern Herbst.

Aber die Erde und der Himmel waren ohne Zweifel echt. Ich umklammerte entsetzt meinen Kopf. Wo war ich? Das konnte kein Traum gewesen sein, aber wenn es keiner gewesen war, dann . . . dann hatte auch das andere kein Traum sein können.

»Wundere dich nicht über das, was geschieht«, hatte Lugh gesagt, ehe er mich zurück zur Erde schickte. Ich erinnerte mich deutlich an die Worte, und ich erinnerte mich an sein Gesicht, als er sie gesagt hatte. Ich erinnerte mich an den Raum unter der Halle, an die Qual, die mir das Ziehen des Schwertes bereitet hatte, und an die Freude und die Kraft, nachdem es geschafft war. Das Schwert . . . Meine Hand fiel an meine Seite. Es war da.

Ich schloß meine Hand um das Heft, und es schien hineinzufließen und ein Teil meiner selbst zu werden. Ich hob es, ich schaute es an. Es war wirklich. Die ganze Reise war wirklich gewesen, und die Magie des Lichts war nicht weniger real als die Macht der Finsternis. Ich hatte dem Licht die Treue geschworen, und es, er hatte mir Waffen gegeben. Ich hielt in meiner Hand eine Waffe, die nicht auf der Erde geschmiedet worden war.

Ich lachte und umklammerte das Heft mit beiden Händen. Zweifel und Schrecken verließen mich, ohne eine Spur zu hinterlassen. Ich sprang auf die Füße und hob Caledvwlch der Sonne entgegen.

»Mein Herr, großer König!« schrie ich. »Ich danke dir dafür, und dafür, daß du mich vor meinen Feinden gerettet hast und meinen Eid annahmst!«

Während ich sprach, flammte das Schwert wieder auf, aber diesmal verbrannte es mich nicht. Nein, es schien meine Freude widerzuspiegeln. Ich senkte es langsam und schaute es an. »Und auch dir danke ich, Lord Lugh, Mann meiner Sippe«, fügte ich hinzu. »Für deine Gastfreundschaft.« Das Licht brannte noch eine kleine Weile, dann verschwand es, und es sah so aus, als ob ich ein ganz gewöhnliches, wenn auch sehr schönes Schwert in meinen Händen hielt.

Die Art, wie es gemacht war, hatte ich vorher nicht bemerkt. Es war ein zweischneidiges Schwert, wie ein Mann es vom Pferderücken aus benutzen könnte. Es war etwas länger und schmaler als die meisten dieser Schwerter, und seine Balance war vollkommen. Das Heft war sehr schön: das Querstück, viel länger als bei anderen Schwertern, war eingelegt mit goldenen Spiralen, die sich von jedem Teil zur Mitte zogen und dann verschlungen vom Griff hinauf bis zum Knauf liefen. Der Knauf trug einen Rubin. Als das innere Licht in der Klinge erstarb, fing sie das Sonnenlicht ein, in dem echten Schlangenlinienmuster, das sich auf gutgeschmiedetem Stahl zeigt. Sie war auch scharf: Ich zog die Klinge über meinen Arm, und sie schnitt jedes Haar ab, ohne zu reißen. Dieses Schwert war schon in einem normalen Kampf eine feine Waffe, auch ohne die unbekannten Kräfte, die in ihm lagen.

Als ich nach unten schaute, sah ich, daß auch eine Scheide da war. Diese war sehr einfach. Sie bestand einfach aus Holz und Leder und war an einem simplen ledernen Schwertgehänge befestigt. Ich legte das Schwert nieder und schnallte mir das Gehänge um, dann steckte ich die Klinge in die Scheide und rückte sie gerade. Das Schwert war leicht zu tragen, denn mit ihm fühlte ich mich leichter als ohne es.

Jetzt erhob sich nur die Frage, welchen Weg ich gehen sollte. Ich hatte keine Ahnung, wo ich sein konnte. Lugh hatte gesagt, ich solle zu Artus gehen, und Artus kämpfte wahrscheinlich irgendwo in Britannien gegen die Sachsen. Also war ich wahrscheinlich in Britannien und nicht in Erin oder in Kaledonien – oder in Rom oder Konstantinopel. Britannien aber ist ein großes Land, und es gab in den vielen Königreichen nur wenige, die Fremde von den Orkneys willkommen heißen würden. Nun, wenn Artus gegen die Sachsen kämpfte, dann hatte man mich wahrscheinlich irgendwo in seine Nähe geschickt. Das bedeutete, ich war in der Nähe der Grenze eines der sächsischen Länder. Aber es konnte auch sein, daß ich ganz woanders war. Ein gutgeplanter Raubüberfall konnte vielleicht eine Region treffen, die über hundert Meilen vom Wohnsitz der Räuber entfernt liegt. Und die meisten britischen Königreiche grenzten im Osten an sächsische Länder. Nun, wenigstens sollte ich dann nicht nach Osten gehen. Ich stellte an der Sonne die Richtung fest.

Die Hügelkette lag direkt im Westen. Es sah so aus, als ob man dort schlecht gehen konnte, und ich war nicht daran gewöhnt, große Entfernungen zu Fuß zurückzulegen. Ich sah mich nach einfacherem Gelände um.

Ich blickte wieder in den Himmel. Der Falke, den ich vorher gesehen hatte, war noch immer da. Er kreiste langsam nach Süden. Diese Richtung war so gut wie jede andere. Ich ging los.

Nach drei Schritten mußte ich wieder stehenbleiben. Meine Stiefel kniffen ganz schrecklich. Ich setzte mich nieder, um sie nachzusehen, und da sah ich, daß sie viel zu klein waren. So war es auch mit allem anderen, das ich trug. Mir fiel ein, daß Lugh mir gesagt hatte, zweieinhalb Jahre seien vergangen während meines einzigen Tages auf der Insel der Seligen.

Ich starrte die Stiefel an. Jeder mußte mich für tot halten, vielleicht hatten sie mich sogar vergessen. Es war Spätfrühling. Ich mußte volle siebzehn Jahre alt sein.

Fast gegen meinen Willen fielen mir wieder Geschichten ein, die von denen handelten, die die Sidhe besuchten. Manchmal zerkrümeln solche Reisenden, wenn sie zurückkehren, um ihre Heimat noch einmal wiederzusehen, einfach zu Staub, sobald sie die sterbliche Erde berühren und ihr Alter zurückkehrt. Oder manchmal verändern sie selbst sich auch nicht, aber auf der Welt sind seit ihrem Verschwinden Jahrhunderte vergangen, und sie wandern jahrelang in den irdischen Ländern umher und fragen nach Personen, die schon lange tot und begraben sind. Ich fühlte mich übel. Angenommen, mit mir war das auch geschehen. Angenommen, daß es nicht nur zweieinhalb Jahre waren, sondern zehn, zwölf, hundert Jahre? Angenommen, ich ginge zur nächsten Heimstätte und fragte nach Artus dem Pendragon, und die Leute sagten: Wer? und schauten mich mit seltsamen Augen an?

Nein, sagte ich mir fest. Lugh sprach von zweieinhalb Jahren, und er würde mich nicht betrügen. Jetzt ist Frühling, und zweieinhalb Jahre sind vergangen seit der Zeit, als ich Llyn Gwalch verließ. Und wenn das nicht so ist, dann nur darum, weil das Licht es nicht will, und das Licht ist dein eingeschworener Herr, und du mußt seine Anordnungen akzeptieren und Glauben haben.

Ich schnürte mir die Stiefel auf und zog sie aus. Ich war ja schließlich gewarnt worden, sagte ich mir. Und die Vorteile waren groß. Ehe ich Dun Fionn verlassen hatte, war ich auch schon etwas größer geworden, aber jetzt war ich völlig erwachsen und konnte jedem Herrn in Britannien meine Dienste anbieten – jedem Herrn, der mich haben wollte. Denn ohne Zweifel war ich noch immer ein schlechter Kämpfer.

Dieser Gedanke ließ mich lächeln, wenn auch zittrig. Ich erinnerte mich an Agravain und Lot und all jene, die versucht hatten, mich in Dun Fionn auszubilden. Damals wollte ich noch Krieger werden. Es war hart gewesen, bitter und hart. Jetzt wenigstens wußte ich, welche Straße ich gehen mußte, und ich wußte, daß es gut war, selbst wenn es schwierig werden würde. Der Aufstieg vom Avernus konnte offenbar nicht in einem Schritt zurückgelegt werden. Mir fiel plötzlich das Licht wieder ein, das ich im Sonnenuntergang auf der Insel der Seligen gesehen hatte, und ich mühte mich, mir wieder einfallen zu lassen, was es bedeutete. Ich konnte es nicht. Aber das

Lied in der Halle war noch in meinem Gedächtnis, scharf und strahlend klar. Zu klar: Der Kummer überflutete mich in einer riesigen Welle, gemischt mit Heimweh, und ich hockte mich einen Augenblick lang hin und starrte das Heidekraut an. Es war am besten, daran eine Zeitlang nicht zu denken.

Ich warf die Stiefel beiseite – leicht konnte ich auf diesem Gras barfuß gehen – und begann, den Hügel hinabzuwandern.

Es war ein schöner Tag zum Wandern. Es war warm, ungefähr so warm, wie es auf den Orkneys je wird – obwohl es in Britannien oft heißer ist –, und zuerst löste ich meinen fleckigen Umhang, dann nahm ich ihn ab. Der Himmel war sehr klar und blau, und nur eine ganz leichte Brise fuhr durch das Gras. Lerchen ließen Töne über mir fallen, Kaninchen sprangen nach allen Seiten davon, und einmal, als ich am Rand des Waldes entlangging, scheute vor mir ein Rudel Hirsche auf und rannte in erschreckten Sprüngen davon. Blumen wuchsen hier im Überfluß, Arten, die ich auf den Orkneys noch nie gesehen hatte. Die Wälder wirkten wie ein Wunder auf mich, der ich nie Wälder gesehen hatte, und das Spiel des Sonnenlichtes durch die Blätter schien mir zu herrlich für Worte.

Nach Mittag, als ich durstig wurde, fand ich einen Bach, der aus den Hügeln in den Wald lief. Das Wasser war süß und klar. Nachdem ich getrunken hatte, ruhte ich einen Augenblick dabei aus, und ich badete meine Füße, die schon wund waren. Dann ging ich wieder los, noch immer nach Süden.

Mit dem Lauf des Tages wurden die Hügel niedriger und verschmolzen endlich mit der Umgebung. Der Wald wurde dichter, und so wundervoll er auch war, die Bäume, die so hoch um mich her standen, machten mich unruhig. Langsam wünschte ich mir wieder die offenen Hügel der Orkneys und das Meer. Meine Füße waren zerschnitten und wund, und außerdem wurde ich müde und mußte immer öfter rasten. Den ganzen Tag hatte ich keine Anzeichen einer menschlichen Behausung gesehen, und ich fragte mich, wo in diesem riesigen Land Artus wohl sein könne. Als es Spätnachmittag wurde, fand ich eine Straße.

Sie verblüffte mich. Niemals hatte ich solch ein Ding gesehen. Sie war mit großen Steinen gepflastert, in der Mitte leicht gewölbt, und der Wald war in einiger Entfernung um sie herum gerodet worden – aber seit damals war wieder loses Gebüsch gewachsen. Es war eine Straße, breit genug für den größten Karren und fest genug, um auch den wildesten Regengüssen und auch den kältesten Wintern zu widerstehen. Von den römischen Straßen hatte ich schon gehört, aber ich hatte immer ihre Vorzüge für übertrieben gehalten. Nun, jetzt wußte ich, daß sie der Wahrheit entsprachen.

Diese Straße führte gerade wie ein Speerschaft von Osten nach Westen. Vorsichtig kam ich aus dem Wald auf die Straße, und dann begann ich nach Westen zu gehen. Es war leicht, darauf zu wandern, und ich kam gut vorwärts.

Als die Dämmerung nur noch eine Stunde entfernt war, sah ich Menschen, die über die Straße auf mich zukamen. Die untergehende Sonne stand hinter ihnen, und ich konnte sie nicht klar sehen. Nichtsdestoweniger rannte ich eifrig vorwärts, denn es waren die ersten Menschen, die ich seit meinem Erwachen gesehen hatte – ja, die ersten seit zweieinhalb Jahren. Und nach dem seltsamen Wald und den noch seltsameren Dingen, die davor gewesen waren, brauchte ich dringend Gesellschaft. Außerdem: Menschen, das hieß Häuser, Feuer, Essen. Und noch deutlicher als den Hunger verspürte ich einen eigenartigen Drang, mich anderen Menschen zuzugesellen, eine Sehnsucht nach ihnen, als ob die ganze Menschheit meine Sippe wäre, und ich brauchte ihre Wärme, um mich gegen die ungeheure Macht des Lichtes und der Finsternis zu schützen. Es ist ein seltsames Gefühl, aber immer, wenn ich dem Licht am nächsten gewesen bin, fühle ich mich so, weil ich dann am weitesten von der Menschheit entfernt war.

Die Gruppe bestand aus elf Männern, die drei beladene Pferde führten und eine Kuh vor sich hertrieben. Die Männer waren Krieger. Die Sonne glitzerte auf den Spitzen ihrer Speere, rahmte die ovalen Schilde ein, die sie über die Schultern gehängt hatten, und leuchtete warm auf ihren stahlbesetzten Helmen. Ich blieb stehen und runzelte die Stirn. Die Krieger von den Orkneys tragen keine Helme, und auch keiner von den britischen Kriegern, die sich dem Heerbann meines Vaters zugesellt haben, hatte je einen Helm getragen. Die meisten Krieger betrachten es als feige, einen zu tragen, und außerdem blockiert ein Helm, wenn er nicht sehr gut gemacht ist, nur die Sicht, ohne viel Schutz zu bieten.

Während ich dastand, blöde hinstarrte und dies dachte, rief einer der Krieger mich an. Er brüllte in einer Sprache, die ich nicht kannte. Da begriff ich, daß ich hätte fliehen sollen. Ich kannte Irisch, Britisch, Latein und etwas Piktisch, alle Sprachen, die in Britannien gesprochen werden, außer einer. Die einzige, die ich nicht kannte, war die sächsische Sprache – und Sachsen trugen auch Helme. Aber ich hatte zu lange gezögert, und jetzt war es zu spät zu fliehen. Die Krieger waren schon fast über mir. Ich würde sie bluffen müssen, und ich hoffte, daß die Sachsen ihren Ruf der gedankenlosen Brutalität nicht verdienten. Ich hoffte, daß die anderen Behauptungen über die Sachsen korrekt waren, nämlich, daß es ihnen an Phantasie mangelte und daß sie blöde waren.

Der Sachse, der mich angerufen hatte, wiederholte seine Begrüßung. Ich nickte, in der Hoffnung, daß ich wie ein Idiot wirkte, und ich trat zur Seite, um sie passieren zu lassen.

Es waren alles hochgewachsene Männer, das sah ich jetzt. Und die meisten hatten das seltsam blasse, blonde Haar, das auch zum Ruf der Sachsen gehört. Drei dagegen waren dunkelhaarig. Sie waren sehr gut bewaffnet mit Schwertern, Wurfspeeren und Lanzen und mit den langen Messern, den Saxen, von denen sie ihren Namen haben. Die Pferde waren mit Lebensmitteln beladen: drei Schweinen, Korn und ein paar einfachen Säcken, die entweder Obst oder Gemüse enthielten. Die Gruppe kam auf mich zu, jetzt langsamer, und der Anführer blieb plötzlich stehen und runzelte die Stirn. Er sagte etwas, das auf einem fragenden Ton endete. Ich schüttelte den Kopf.

Er machte noch einen Schritt auf mich zu, zögerte wieder und starrte mich intensiv an. Er machte eine Geste mit der linken Hand. Einer seiner Kameraden bemerkte etwas in ihrer merkwürdigen, gutturalen Sprache, und der Anführer schüttelte zweifelnd den Kopf und stellte eine weitere Frage. Ein seltsamer Klang lag in seiner Stimme, ein Klang der Unsicherheit, fast der Angst. Seine Kameraden hatten die Spitzen ihrer Speere sinken lassen. Ich schüttelte wieder den Kopf.

Der Anführer warf einen Blick auf seine Freunde, dann sprach er britisch. Er hatte einen Akzent, aber ich verstand ihn ganz gut. »Ich said, ich grüße ju, wer immer du seist.« Er zögerte wieder, beobachtete mich, das Weiße in seinen Augen zeigte sich deutlich. Dann fuhr er feindselig fort: »Wer bist ju, und warum reist du diese Straße, so kurz vor Nachtfall?«

»Ich . . . ich gehe, weil ich muß«, sagte ich. »Wenn die Nacht kommt, werde ich anhalten.«

Einer der anderen Sachsen trat zornig nach vorn. Er senkte seinen Speer. »Dat ist keine Antwort, Briton! Wat willst ju im Reich der Westsachsen? Wennst ju ein Höriger seist, wo ist dein Meister? Wennst ju kein Höriger seist, was tust du?«

»Eduin!« sagte der Anführer in besorgtem Ton. Und in der plötzlichen, gespannten Stille, die folgte, musterte er mich wieder, als ob er das nicht mochte, was er sah. Ich stand ruhig da und dachte hart nach.

Der zweite Sachse, Eduin, diskutierte schnell etwas mit dem Anführer durch. Er machte eine Geste nach Osten. Der Anführer sah unsicher aus, kaute auf seinem Schnurrbart, wurde dann wütend und wandte sich von seinem Gesellen wieder mir zu. »Wo ist dein Meister, Briton?« wollte er wissen.

Sie hielten mich also für einen Hörigen, und sie hatten dies das Reich der Westsachsen genannt. Ich suchte alles zusammen, was ich von den sächsischen Königreichen wußte. Es war so leicht, »die Sachsen« zu sagen und dabei an eine Nation zu denken, die ganz Ostbritannien bewohnte. Es war leicht, die Unterschiede zwischen ihnen außer acht zu lassen, die verschiedenen Stämme, die Sachsen, die Angeln, die Jüten, die Franken . . . Aber die Westsachsen hatten Aufmerksamkeit genug erlangt, so daß sich jeder an sie erinnerte. Cerdic war der

König der Westsachsen, und er hatte eine der alten römischen Provinzen genommen, die östliche Hälfte von Dumnonia. In solch einem Gebiet, das neu erobert war oder vielleicht den Eindringlingen aktiven Widerstand leistete, in solch einem Land würde ein Britannier entweder Höriger sein oder Feind. Es war sicherer, hörig zu sein, besonders wenn die Chancen elf zu eins standen und wenn dieser eine noch ein schlechter Kämpfer war.

»Nu, antworte, Briton!« sagte der sächsische Anführer. Wieder lag ein Tonfall in seiner Stimme, den ich nicht verstehen konnte, ein Klang, der fast an Verzweiflung erinnerte.

»Ich . . .« Was konnte ich sagen? »Ich habe keinen Herrn.«

Jetzt senkte auch der Anführer den Speer, und die Spitze war nur einen Fuß von mir entfernt. »Dann bist ju kein Höriger?« fragte er mit sehr leiser Stimme. »Wat dann? Kämpfst ju? Ich fürchte kein . . .«, und er fügte ein sächsisches Wort hinzu. Die anderen Krieger kamen näher heran, senkten die Speere. Einer oder zwei ließen die Schilde vom Rücken gleiten, obwohl sie ganz deutlich das Britisch ihres Anführers nicht verstanden.

Mir wurde klar, daß meine Hand auf Caledvwlchs Heft lag, und erstaunt über mich selbst, versuchte ich, mich zu entspannen und dumm und verwirrt auszusehen. Ich konnte nicht mit dem Schwert gegen sie kämpfen. Ich würde zusehen müssen, ob ich nicht etwas von der berühmten Schläue meines Vaters geerbt hatte.

»Aber ich *bin* ein Höriger, edler Herr!« sagte ich und bemühte mich, einen Unterton des Schreckens in meiner Stimme zu zeigen. Es war nicht schwierig. »Ich – großer Herr, mein Meister ist tot, und ich weiß nicht . . .«

Bei meinen ersten Worten hatte der Sachse erleichtert geschaudert. Jetzt sprach er mit arroganter, aggressiver Selbstsicherheit. »Ju versuchst, zu deinem britischen Hoch-Küning zu fliehen? Nur weilst Artus der Bastard innerhalb hundert Meils ist, rennest ju von deinem Meister und versuchst zu ihm zu kommen.«

»Nein, mein Herr!« schrie ich. »Ich will nur . . . ja, ich laufe weg. Mein Herr ist tot, das sagte ich dir! Und mein älterer Bruder starb mit ihm. Ich fürchte, Herr, daß sie auch mich töten werden. Ich brauche deinen Schutz. Wenn ich zum Hohen König wollte, hätte ich euch dann angerufen, Herr?«

»Er selbst hätte sich verborgen, kämen wir«, sagte Eduin zu dem anderen. »Er ist Frischling eines Hörigen, Wulf, andern gleich.«

Wulf allerdings runzelte die Stirn. »Wie hat dein Herr gestorben? Wer sein sie? Antworte schnell.«

»Es war ein Duell, mein Herr«, erwiderte ich sofort und erinnerte mich an die Geschichten, die einer der Spione meines Vaters erzählt hatte. »Mein Herr tötete einen Mann, vor ungefähr einem Monat. Die Sippe des Mannes hat den Blutpreis angenommen, wegen des Krieges und weil der König es wünschte. Aber dennoch waren sie in ihren Herzen zornig, und als wir über die Hügel zogen, um Land in Besitz zu nehmen, das der König ihm gegeben hatte, sprangen sie ihn aus dem Hinterhalt an und töteten ihn und alle, die bei ihm waren. Mein Bruder, einer seiner Hörigen, war auch dabei, und sie töteten ihn ebenfalls. Ich habe mich hinter einem Busch versteckt, bis sie weg waren, und dann rannte ich. Ich habe Angst, Herr, denn ich weiß, sie werden mich auch töten, damit ich nicht sagen kann, daß sie ihre Eide wegen des Blutpreises gebrochen haben.«

Wulf nickte. Meine Geschichte klang offenbar plausibel. »Wat für Name hat dein Meister? Und wer sind diese Eidbrüchigen?«

Ich ließ den Blick sinken und trat unruhig von einem Fuß auf den anderen. »Mein Herr«, flüsterte ich, »ich wage nicht, es dir zu sagen. Ich bin nur ein Höriger. Sie würden mich umbringen.«

Er studierte mich einen weiteren Moment, dann bemerkte er zum erstenmal das Heft meines Schwertes. Ich hatte ja meinen Umhang wegen der Abendkälte wieder umgelegt. Unglücklich schaute der Sachse mein Schwert an.

»Wes is dat Schwert? Deines Meisters?«
»Ja.«
Er zögerte, wollte danach fragen, hielt dann inne und schüttelte den Kopf. Ich schaute auf die Füße.
»Und ju glaubest, wir können dich schützen?« fragte Eduin sardonisch.
Ich trat wieder unruhig hin und her und betete verzweifelt zum Licht, daß sie mich nicht weiter über Caledvwlch ausfragen möchten.
Eduin lachte rauh. »Will's der Zufall, wir haben keine Not für Briten im Weg. Außer, sie brächten Nutzen. Wat kannst ju?«
Ich erlaubte mir, mich ein wenig zu entspannen. Sei vorsichtig, warnte ich mich. Glücklicherweise mußte ich mit meinen nackten Füßen und der zu kleinen Kleidung wie ein Höriger aussehen, und Sklaven, denen man gebieten konnte, waren selten genug, so daß sie im Grunde wertvoll waren. Wenn ich es so aussehen ließ, als ob ich wertvoll genug sei, dann würden sie mich am Leben lassen, entweder um mich selbst zu behalten oder zum Verkaufen. Wenn ich aber zu wertvoll wirkte, dann würde es schwierig werden zu fliehen, und ich zog vielleicht auch Fragen auf mich, die ich nicht beantworten konnte. Wenn ich aber wertlos erschien, dann würden sie mich wahrscheinlich sofort umbringen. Licht, so dachte ich kurz, warum hast du mich hierherkommen lassen? – Nun, wundere dich nicht über das, was geschieht.
»Können, Herr? Ich kann gut mit Pferden umgehen. Ich habe mich um den Stall meines Meisters gekümmert. Und ich kann ein wenig die Harfe spielen und bei Tisch bedienen.«
Wulf kaute sich auf der Unterlippe, sagte etwas zu Eduin. Er sah noch immer besorgt aus. Eduin antwortete scharf, und Wulf schien sich mit ihm zu streiten. Eduin zuckte die Achseln und sagte etwas, worüber Wulf erzürnt war, und dann wandte er sich mir wieder zu. »Gut, Briton, wir halten ju. Wenn ju versuchst wegzulaufen, schmeckst ju die Peitsche. Sorg für unsere Rosse, und später wirst ju verkauft, einem, der ju kann brau-

chen, wenn wir die Sippe deines Meisters nicht können finden.«

»Ich danke dir, Herr«, sagte ich und verneigte mich vor ihm. Ich dachte: Später? Wann? Wenn sie die Armee erreichten, von der sie zum Organisieren ausgeschickt worden waren? Sie hatten erwähnt, daß der Pendragon in der Nähe war. Es sah so aus, als ob ich mitten im Kriege steckte. Ich fragte mich, was wohl in Britannien geschehen war, während ich mich im Land der Seligen aufhielt.

Wulf erklärte mich seinen Gefolgsleuten, und die Sachsen übergaben mir die Leinen ihrer Pferde und begannen wieder nach Osten zu gehen, ohne weitere Kommentare abzugeben. Während ich sie betrachtete, wurde mir immer klarer, daß sie wohl eine Gruppe waren, die Vorräte einholen sollte. Ich verfluchte mein Pech, gerade ihnen zu begegnen. Wäre ich auf einen einsamen Krieger oder einen Bauern getroffen, ich wäre wenigstens in irgendeiner Weise über den Ort, an dem ich mich befand, gewarnt worden. Ich hätte die Straße verlassen können – angenommen, ich hätte die Begegnung überlebt – und wäre in Sicherheit weiter nach Westen gegangen. Wie es aber jetzt aussah, so saß ich fest und war in Gefahr. Die Sachsen würden mir mit Sicherheit nicht erlauben, das Schwert zu behalten. Ich konnte nicht verstehen, warum sie mich nicht schon darum gebeten hatten. Und ich mochte auch den Gedanken nicht, was geschehen würde, wenn sie versuchten, es zu ziehen. Das Schwert würde mich verraten. Wie auch immer, ich würde einen Namen angeben müssen für meinen angeblichen Herrn – wenn ich mich nicht sowieso verriet, dadurch, daß ich etwas nicht wußte, was jeder Hörige wissen mußte.

Nun, so tröstete ich mich, es gab sicher einen Ausweg. Sicher würde das Licht nicht mein Leben wegwerfen und mein Schwert in Feindeshand fallen lassen, so kurz, nachdem ich gerettet worden war und Waffen bekommen hatte. Das Licht hatte mich vor Morgas gerettet, sicher konnte es mich auch vor den Sachsen retten. Aber ich hatte Angst. Das Licht hatte mich vor der Finsternis gerettet, ja, aber das war Magie gewesen, die gegen Zauberei arbeitet, und die Sachsen waren eine körperliche Macht, Fleisch, Blut und Stahl. Es war so schnell passiert, daß ich keine Zeit gehabt hatte, irgend etwas zu fühlen. Aber jetzt hatte ich den Wunsch, die Zügel der sächsischen Pferde einfach fallenzulassen und wegzurennen. Es war mir, als ob ich von Morgas' Welt in Lots Welt eingetreten wäre, wo Morgas nur indirekt arbeiten konnte. Und das Licht?

Das Licht ist Hoher König, sagte ich mir. Er hat dich hierhergebracht, er kann dich auch wieder hinausbringen.

Aber die Zweifel blieben, und auch die Angst. Die Sachsen hatten einen schlimmen Ruf.

Wenigstens, so sagte ich mir, ist der Hohe König Artus irgendwo in der Nähe, und er macht Krieg gegen diese Sachsen. Artus, Artus, Pendragon von Britannien. Artus, der gegen die Finsternis kämpft. Als Lugh mir das erzählt hatte, da hatte ich ihn nicht in Frage gestellt, aber jetzt überlegte ich doch. Artus kämpfte, soweit ich das wußte, gegen die Sachsen. Er hatte es wenigstens getan, und er schien es noch immer zu tun. Aber die Sachsen konnten nicht das gleiche sein wie die Finsternis. In den Kriegern, neben denen ich ging, konnte ich nichts Böses spüren, und wenn es dagewesen wäre, dann hätte ich es gewußt. Sie benahmen sich so ziemlich wie jeder andere Krieger. Sie konnten untypisch sein, aber das bezweifelte ich. Die Sachsen hatten zwar den Ruf, gewalttätige, brutale Sklaventreiber und Frauenmißhandler zu sein, und sie galten auch als stumpfsinnig, leichtgläubig, naiv und blöde. Über diese letzteren Charakterzüge der Sachsen wurden viele Witze gerissen – aber während ich Eduins kühles, vorsichtiges Benehmen beobachtete, begann ich zu glauben, daß wenigstens dieser Teil des sächsischen Rufes vielleicht nicht stimmen könne. Und was den Rest anbetraf, so sind alle Krieger gewalttätig. Die meisten sind auch brutal, wenn es notwendig wird, und Krieger aller Nationen sind zeitweise grausam zu Sklaven und Frauen. Absichtlich böse zu sein, das wurde den Sachsen nie zugeschrieben. Nein, sie schienen sogar weniger zur Folter, zu Giftmorden und schwarzer Magie zu neigen als die romanisierten Britannier. Und wenn es Eide betraf, so hielten sie diese sicher besser als andere. Wenn die Sachsen mehr Sklaven hielten, dann hing das wahrscheinlich davon ab, daß die britischen oder irischen Sippen sich so viele nicht leisten konnten oder nicht so viele brauchten wie die sächsischen Dörfer. Und die britischen und irischen Frauen wurden wahrscheinlich einfach deshalb nicht so oft mißbraucht, weil sie es nicht erlaubten, im Gegensatz zu den sächsischen Frauen. Ich konnte nichts davon bemerken, daß die Sachsen Diener der Finsternis waren. Dennoch richtete Artus all seine Kraft auf den Krieg gegen die Sachsen. Wenn er in der Tat dem Licht diente, dann mußte es dafür einen Grund geben.

Mir fiel plötzlich ein, wie meine Mutter meinen Vater benutzt hatte, und der Gedanke ließ mich frösteln. Wenn irgendeine Macht die Sachsen benutzte und wenn diese Macht mich als den anerkannte, der ich war, wenn ich das sächsische Lager erreichte, dann konnte diese Reise leicht in meinem sicheren Tod enden.

Natürlich bedeutete auch jeder Fluchtversuch den Tod, und selbst wenn ich überlebte und den Sachsen entfliehen konnte, welchen Nutzen konnte ich dann Artus bringen? Er brauchte Krieger und keine . . . was immer ich war.

Lugh hatte gesagt: »Wundere dich nicht über das, was geschieht.« Wieder konzentrierte ich meine Gedanken darauf. Das Licht hatte mich gehört und mich gerettet, als ich ohne Worte am Llyn Gwalch mit ihm sprach. Es, er, hatte das Feuer von Caledvwlch gemacht und mir das Schwert gegeben. Das Licht hatte mich zum Königreich der Westsachsen gebracht, aus einer Welt jenseits der Erde. Es war unvorstellbar mächtig, und ich konnte nicht annehmen, daß es nicht wußte, was geschah. Irgendeinen Grund mußte es für dies alles geben. Ich mußte nur warten, auf der Hut sein und stark sein.

Ich seufzte und wandte meine Aufmerksamkeit den Pferden zu.

Die Sachsen hielten bei Sonnenuntergang nicht an, sondern sie stapften stur weiter. Meine Füße waren jetzt taub, und das war Glück, denn sie waren voller Blasen und bluteten. Meine Beine schmerzten nach der ungewohnten Wanderung und fühlten sich bleischwer an. Ich hatte einen wahnsinnigen Hunger und war sehr durstig, aber ich sagte nichts und gab mir Mühe, Schritt zu halten. Die Sachsen boten mir auch keine Hilfe an, und sie warteten nicht. Ich schätzte, daß sie sich einen Sklaven, der nutzlos war, nicht aufhalsen würden, deshalb riß ich mich zusammen, damit ich nicht zurückfiel und sie sich meiner vielleicht entledigten. Das Lager mußte notwendigerweise ganz in der Nähe sein, wenn die Sachsen bei Nacht weitergingen, ohne auch nur zum Essen anzuhalten. Wir würden nicht viel weiter gehen müssen.

Die Sterne standen am Himmel, als wir das Lager erreichten. Es war groß, denn die ganze Armee der Westsachsen lagerte darin. Dementsprechend war es auch erbaut. Hier war früher mit Sicherheit einmal eine alte Hügelfestung gewesen, aber die Römer hatten sie als Militärbasis befestigt und eine Stadt angebaut. Die Sachsen waren in einige der alten römischen Gebäude eingezogen, und sie hatten selbst ein paar neue sächsische Häuser hinzugefügt. Das weite Gelände, das um die Stadt herum gerodet worden war, hatte man zu Äckern gemacht und neu besät. Der Ort beeindruckte mich, selbst in meiner Erschöpfung. Ich hatte noch nie ein Dorf gesehen, um so weniger eine fast römische Stadt. Der Hügel war steil, und Wall und Graben befanden sich in erstklassigem Zustand. Die Festung war offensichtlich gut – und fast der ganze Raum, den diese Wälle umschlossen, war angefüllt von den Häusern der Stadtbewohner oder den Zelten der herbeigerufenen Kriegshaufen und Armeen. Da wir Frühsommer hatten und das Pflanzen vorüber war, hatte man auch die Bauern gerufen, damit sie sich dem Heerbann anschlossen – dem Fyrd, wie die Sachsen ihn nennen. Die Zahl der Männer war riesig. Aber das ganze Lager war gut geordnet und scharf bewacht. Posten standen an den Wällen und auf den Mauern, und einer dieser Posten hielt uns an, ehe er uns erlaubte, in die Festung einzureiten.

Meine Sachsengruppe ging direkt hinüber in einen bestimmten Bezirk des Lagers, wo sie ihre Vorräte abluden. Andere drängten sich um sie herum, stellten Fragen und gratulierten und klopften ihnen auf die Schultern, auf eine Weise, die deutlich machte, daß sie Sippenmitglieder sein mußten. Wulf beantwortete die Fragen, machte eine Handbewegung auf mich zu, und ich fing das Wort »Höriger« auf. Eduin sprach es aus wie einen Witz, und er lachte. Die Sachsen warfen mir einen lässigen Blick zu, schauten mich dann ein zweites Mal an und starrten dann auf Caledvwlch. Ein weiterer Augenblick ungemütlicher Stille entstand, ehe sie die Achseln zuckten und zurück zu ihrem Feuer gingen, über dem ein Schaf brutzelte. Es war fast gar, und es füllte die Luft mit einem Duft, der mir das Wasser im Mund zusammenlaufen ließ. Ich schlenderte selbst zum Feuer hinüber, aber Wulf hielt mich an.

»Erst kümmerst ju dich um die Rosse«, befahl er. »Dar sind sie gebunden. Dar sorgst ju für, nicht nur für diese neuen.«

Ich nickte, obwohl ich den Wunsch verspürte, ihn entweder zu schlagen oder zu weinen. Nur das Wissen, daß Ungehorsam Prügel nach sich ziehen würde, hielt mich zurück. »Ja, mein Herr. Wo ist das Futter?«

Wulf zeigte auf einen Haufen Heu und ging zum Feuer.

Ich versorgte die Pferde. Es waren achtzehn, alle in schlechtem Zustand, und es dauerte eine ganze Weile, bis ich mit ihnen fertig war. Die armen Tiere hatten offensichtlich kein Korn bekommen, seit Monaten, dafür aber viel harte Arbeit. Und das alles ohne auch nur die notdürftigste Versorgung. Als ich endlich alles erledigt hatte, war das Schaf schon bis auf die Knochen verschlungen, und die Sachsen saßen herum, tranken Met und prahlten. Ich wußte, daß sie prahlten, wegen ihres Tonfalls. Irische, britische, sächsische oder bretonische Männer, sie alle prahlen gleich. Sie erzählen sogar die gleichen Geschichten. Ich kroch ganz still an das Feuer heran und schaffte es, einen von den Schafsknochen und einen Becher Wasser zu organisieren, ohne daß man mich bemerkte. Ich zog mich gerade zurück, um zu essen, als ich Wulf wieder auffiel.

»Hier!« rief er. »Hast ju fertig die Pferde?«

»Ja, mein Herr.«

»Rosse sein krank«, sagte einer der anderen Sachsen. Er sprach so schlecht Britisch, daß ich ihn kaum verstehen konnte.

»Nicht krank, mein Herr«, erwiderte ich und versuchte, respektvoll zu klingen. »Aber sie brauchen ordentliche Behandlung, sonst werden sie sehr krank. Und sie brauchen Hufeisen.«

»Wat?«

Wulf übersetzte für mich. Die anderen nickten weise, machten Bemerkungen über die Pferde und tranken noch mehr Met, nachdem ihre Neugier gestillt war. Ich nahm an, daß sie sehr wenig über Pferde wußten, und ich hatte etwas weniger Angst. Ich hatte mich schon gefragt, ob sie ihre Hörigen genauso behandelten wie ihre Tiere.

Ich nagte an meinem Schafsknochen und versuchte, eine Möglichkeit zu finden, hinaus in die Nacht zu schlüpfen, während die Sachsen tranken. Es schien unmöglich. Das Lager war zu wohlgeordnet und zu gut bewacht, und die Posten würden mit Sicherheit auf britische Hörige aufmerksam werden, die bei Nacht versuchten, das Lager zu verlassen. Außerdem wußte ich genau, ich konnte nicht weit kommen, ehe ich zusammenbrach. Vielleicht morgen, dachte ich. Sie werden mir ein Paar Schuhe geben müssen, und wenn ich ausgeruht bin . . . »He, du! Briton!«

Ich blickte auf; die Stimme gehörte Eduin. »Herr?«

»Kannst ju Harfe spielen?«

»Ich habe es gesagt, Herr.«

»Dann nimm die Harfe da drüben, bei den Vorräten, und dann spielst ju wat.«

Nun, vielleicht behandelten sie ihre Hörigen wirklich wie ihre Pferde. Ich legte den Schafsknochen hin, und dann humpelte ich zur Harfe hinüber. Die Sachsen, erfreut darüber, daß sie einen hatten, der für sie spielte, lehnten sich erwartungsvoll zurück.

»Was für ein Lied wünschst du zu hören, Herr?« fragte ich Wulf.

»Ein Schlachtenlied. Ein gutes.«

Ich ließ meine Finger langsam über die Harfensaiten wandern, stimmte ein paar davon und überlegte. Ein britisches Schlachtlied, voll vom Tode der Sachsen, würde ihnen kaum Freude machen. Ich wollte aber auch keinen Verdacht erwekken, indem ich irisch sang und damit zeigte, daß ich von einem so fernen Ort stammte wie den Orkneys. Ich entschloß mich endlich zu einem Lied aus Kleinbritannien, über einen Schwertertanz – Feuer! Stahl und Feuer! Eichbaum, Nacht; Erde und Stein, Feuerlicht . . . Sie mochten es. Sie schlugen den Takt mit den Handflächen auf die Oberschenkel, und ihre Augen glänzten in der Dunkelheit. Als ich fertig war, gaben sie mir tatsächlich ein Horn voll Met.

»Spiel ein weiteres«, sagte einer mit einem starken Akzent.

»Welcher Art, Herr?« fragte ich, während ich meinen Met genoß.

»Einen Trauergesang für die Gefallenen, Harfner«, kommandierte eine Stimme aus der Dunkelheit hinter mir. Sie sprach klares, akzentloses Britisch. Die Sachsen sprangen auf wie ein Mann.

»De Küning!« schrie Eduin.

Ich hatte diesen Titel schon einmal gehört, angehängt an die Namen aller wichtigen Sachsen in Britannien.

»Cerdic!« sagte Wulf und fügte eine Grußformel hinzu.

Der König der Westsachsen gab den Gruß zurück und trat ins Feuerlicht. Noch ein anderer Mann stand hinter ihm, aber der war noch ein Schatten.

Cerdic war kein hochgewachsener Mann. Er sah noch nicht einmal wie ein Sachse aus. Er war leicht gebaut und drahtig, und er hatte fuchsrotes Haar und grüne Augen. Sein Bart neigte zur Struppigkeit, und er selbst sah nicht besonders gut aus. Aber er trug seine Macht mit der gleichen lässigen Leichtigkeit, mit der er seinen Umhang trug, zurückgeworfen über eine Schulter. Wie zufällig war der Purpur daran zu sehen.

Cerdic lächelte meine Sachsen an und winkte mit der Hand. Er gebot ihnen damit, sich wieder zu setzen, setzte sich selbst und schaffte es irgendwie, gleichzeitig vertraulich und königlich zu sein. Es war leicht zu glauben, daß er ein großer Anführer war. Aber während das Feuerlicht sich in seinen Augen spiegelte, sah ich in einem dieser plötzlichen kurzen Augenblicke der Klarheit, daß auch in ihm die Finsternis war. Es war ein tobender Hunger, durch den all seine Macht, all seine Talente, all seine Gefolgsleute nicht mehr waren als ein Speerwurf auf sein Ziel. Von demjenigen aber, der hinter ihm stand, schlug mir die Finsternis wie ein schwarzes Feuer entgegen. Es verbrannte selbst die Schatten um ihn her. Dieser andere trat nach Cerdic aus dem Schatten hervor, und er staubte den Boden ab, ehe er sich darauf niederließ. Er war sehr hochgewachsen, und er hatte das blaßblonde Haar und die blaßblauen Augen, die man bei den Sachsen für natürlich hält. Er sah sehr gut aus. Er war Mitte Dreißig und gekleidet wie ein großer Adeliger. Er spürte meinen Blick, der auf ihm ruhte, und spähte in meine Richtung. Einen Augenblick lang trafen sich unsere Blicke, und seiner wurde plötzlich scharf und riß an mir, als ob er etwas verlangte. Ich wandte den Blick ab.

Wulf gab den beiden Neuangekommenen etwas Met, und er sprach sehr respektvoll, als er ihn anbot. Cerdic nippte daran und hob dann die Augenbrauen.

»Guter Met, Wulf Aedmundson«, sagte er, noch immer in Britisch. »Von deinem neuen Gehöft? Ich sagte dir ja, die Niederungen wären gut für Honig. Hast du schon versucht, dort Trauben anzubauen? – Nun, Britannier, spiel, was dir geboten wurde.«

»Ja, Herr«, flüsterte ich, und ich schaute ihn nicht an. »Einen Trauergesang für die Gefallenen.«

Sein Blick war vorher nur über mich geglitten, als ich aber sprach, sah er mich an. Er warf seinem Begleiter einen Blick zu. Der Mund des anderen wurde schmal, und er trommelte mit den Fingern auf die Knie. Cerdic runzelte die Stirn.

Ich strich die Finger über die Saiten, spielte ein kompliziertes Präludium, ohne eigentlich nachzudenken. Sie waren wichtig, diese beiden. Cerdic, Küning der Westsachsa, wie seine eigenen Leute sagen würden, und der andere . . . wer immer er sein mochte. Der andere war stark in der Finsternis. Cerdic, so dachte ich, versteht die Finsternis nicht, aber aus Ehrgeiz wünscht er sie zu benutzen. Dieser andere dagegen, der ist wie Morgas.

Einen Trauergesang für die Gefallenen. Es gibt eine Menge Trauergesänge, mehr als Schlachtenlieder. Gesänge für die, die durch die Hand der Sachsen gefallen sind, Männer, unter denen ich jetzt saß. Ich sang ein berühmtes Klagelied, ein langsames, wildes, stolzes Lied, das gemacht wurde, als die südöstliche britannische Provinz von den Sachsen überwältigt wurde. Es war ein altes Lied, in dem die Provinz bei ihrem noch älteren Namen genannt wurde, das Land des Stammes der Canti.

Brachten sie auch den Scharen der Sachsen Schlaf,
Bei den weißen Klippen, weinten auch die Weiber,
War doch der Kampf an Ruhm nicht reich,
Reiten doch die Recken nach Yffern in Schmach.
Auf ihren Auen mästen sich Aare.
Leid ist mir die Ernte, die nun reift.
In der Schlacht mit den Sachsen sie fochten und fielen,
Wir begraben die Helden, hell fließen die Tränen.
Die wehrhaften Canti kehren nicht wieder . . .

Cerdic hörte genau zu. Als ich den letzten Ton anschlug, nickte er. »Ein sehr schönes Lied. Und sehr gut gesungen. Im Harfespielen hattest du mehr als nur ein bißchen Übung.«

»Ich danke dir, großer König«, sagte ich mit flacher Stimme. Ich konnte ihm keinen Grund für den Verdacht geben, daß ich mehr war als nur ein ganz gewöhnlicher Höriger. Ich zog mir den Umhang fester um die Schultern, als ob ich die Nacht kalt fände, und hoffte, daß der Mantel mein Schwert bedeckte.

»Spiel noch eins«, befahl Cerdic, und ich gehorchte.

Der König begann mit Wulf zu reden. Er trank seinen Met und achtete nicht mehr auf mich. Aber sein Begleiter, der andere Edle, beobachtete mich noch immer. Seine Lider lagen halb geschlossen über diesen blassen, aber seltsam dunklen Augen.

Ich spielte weiter. Mir war klar, daß ich besser spielte als je zuvor. Vielleicht kam das daher, daß ich das Lied in Lughs Halle gehört hatte, aber vielleicht war es auch einfach die Freiheit vor der Finsternis. Ich wußte, ich konnte jetzt die Musik leben lassen auf den Saiten und im Herzen, etwas, das vielen berufsmäßigen Barden nicht gelingt. Ich wurde unruhig, und ich wünschte, ich hätte genug Vernunft besessen, am Anfang des Abends schon schlecht zu spielen.

Cerdic hatte endlich die Angelegenheit erledigt, wegen der er mit Wulf hatte sprechen wollen, und er erhob sich, um zu gehen. Ich entspannte mich wieder.

Aber als sich sein Begleiter erhob, nickte er mir zu. »Du spielst gut, Britannier«, sagte er. Seine Stimme war kühl, und er sprach langsam. Er zog seine Worte lang, als ob er mich verspottete. »Du spielst gut genug, um dich wertvoll zu machen. Aber nicht so wertvoll, als daß man dir erlauben sollte, ein Schwert zu tragen. Das ist gegen jede Sitte, gegen jedes Gesetz. Gib es her.«

Ich starrte ihn einen langen Augenblick an. Ich war entsetzt, obwohl ich so etwas hätte erwarten sollen. Dem Schrecken dicht auf den Fersen folgte eine unerwartete Wut. Ein Zorn über diesen arroganten sächsischen Zauberer, der mich wie eine Ware behandelte, indem er einfach meinen teuersten Besitz verlangte. Ein Ärger stieg in mir auf über die lässige Unverschämtheit der anderen Sachsen, und hauptsächlich ein Zorn über mich selbst, weil ich Sklaverei und Mißhandlung akzeptierte, anstatt mein Leben für meine Ehre zu geben, wie ich das hätte tun sollen. Ich hob den Blick und schaute dem Zauberer direkt ins Gesicht. Meine Hand fiel auf Caledvwlch. »Das Schwert kann ich dir nicht geben.«

»Du willst es mir verweigern?« fragte er noch immer langgezogen und amüsiert. »Ein Sklave verweigert dem König von Bernicia etwas?«

Das also war er, das mußte er sein: Aldwulf von Bernicia, nach den Berichten der grausamste der sächsischen Könige. Ich blieb stehen und mühte mich, die Beherrschung nicht zu verlieren. Sein Blick war wieder forschend. Seine Augen verlangten etwas von mir. Seine Lippen bewegten sich, und ich erkannte die unausgesprochenen Worte. Meine Hand umkrampfte das Schwert, während ich mich daran erinnerte, wie Morgas sie mir beigebracht hatte.

»Es tut mir leid, großer Herr«, sagte ich, und meine Stimme klang gleichmäßig und selbst für mich zu sanft. »Das Schwert gehört meinem Herrn. Ich kann es nicht irgendeinem anderen geben« – ich versuchte verzweifelt, mich wieder in die Rolle zu drängen, die ich gewählt hatte. Ich erinnerte mich daran, daß ich kein Krieger war – »ich kann es niemandem geben außer meinem Herrn oder dessen Erben.«

Aber der Sachse lächelte, als ob ihn irgend etwas befriedigt hätte. Ich sah, daß ich einen Fehler gemacht hatte und daß er jetzt wußte, was er da von mir verlangt hatte. Mir wurde kalt.

»Du bist also auch loyal«, meinte Aldwulf und lächelte immer noch. »Behalt also das Schwert für den Erben deines Herrn.« Er warf einen Blick zu Cerdic hinüber und sagte irgend etwas auf sächsisch. Cerdic stellte ihm eine scharfe Frage, und ich schnappte die Worte »ein Höriger« auf, worauf einige der anderen Sachsen grunzten. Aldwulf erwiderte lässig etwas und zuckte die Achseln. Cerdic sah nachdenklich aus. Er wandte sich Wulf zu und stellte ihm irgendeine Frage. Darauf antwortete Wulf mit einem langen Satz. Als er fertig war, wandte sich Cerdic mir zu.

»Wulf hat gesagt, mit Pferden kommst du genausogut zurecht wie mit der Harfe, und dein Herr ist nach deinen Erklärungen angeblich heute in einer Blutfehde gestorben, über die du aus Angst keine Informationen geben wolltest. Ich überlege mir, ob ich dich nicht kaufen soll, Britannier. Wie ist dein Name?«

Ich starrte meine Hände auf der Harfe an, und mir wurde übel. Wenn der König mich kaufte, wie konnte ich dann entkommen? Und, da Aldwulf deutlich die treibende Kraft bei diesem Kaufwunsch war, was würde mit mir geschehen, wenn ich nicht flüchtete?

»Gawain.« Ich beantwortete Cerdics Frage mit der Wahrheit.

»Der Name eines Kriegers, nicht der Name eines Hörigen.«

»Ich wurde als freier Mann geboren, Fürst. Mein Herr hat sich nicht die Mühe gemacht, meinen Namen zu ändern, denn er sah, daß ich daran gewöhnt war.«

»Und diesem ermordeten Herrn bist du loyal, aber nicht loyal genug, als daß du nicht wenigstens doch die Fehde erwähnt hättest. Wie lange bist du schon hörig?«

»Drei Jahre, Fürst.« Die Zeit dünkte mich lang genug.

Er sah mich von oben bis unten sorgfältig an. Ich verfluchte meine Dummheit, so gut zu singen und mich wie ein freier Mann zu benehmen und nicht wie ein Höriger. Sei ein Niemand, sagte ich mir. Sorge dafür, daß sie bezweifeln, daß du überhaupt jemand bist. Hier, am Knotenpunkt seiner Macht, kann dieser Mann dich ohne ein Wort vernichten.

»Er singt gut«, sagte Cerdic zu Wulf. »Ich kaufe ihn von dir, wenn der Preis angemessen ist.«

Aldwulf lächelte wieder. Er schaute mich fest an, während Cerdic mit Wulf und Eduin handelte. Nach kurzer Zeit streifte sich Cerdic zwei schwere goldene Armreifen vom rechten Arm und fügte noch einen dritten hinzu. Ein guter Preis. Die meisten Sklaven brachten kaum mehr als die Hälfte davon, heutzutage, wo Menschen billig waren. Cerdic würde soviel nicht bezahlen, nur weil er meinen Gesang mochte – aber das war offensichtlich.

»Nun, Junge, ich bin jetzt dein Herr«, sagte mir Cerdic. »Komm.«

»Ja, Herr. Hast du die Harfe auch gekauft?«

»Dat schenk ich ju, obendrein, Herr«, sagte Wulf. »Als Ehrenzeichen von my Sippschaft für ihren Küning.« Es hörte sich an, als ob er es ernst meinte. Ich fragte mich, was er und Cerdic wohl zueinander gesagt hatten.

Cerdic nickte ein Dankeschön und ging los. Ich stolperte mit der Harfe hinter ihm her, und meine Füße fühlten sich nach der kurzen Rast doppelt wund an.

Der König blieb noch an einem oder zwei anderen Lagerplätzen stehen und bei einem Haus innerhalb der Festung. Ich nehme an, er diskutierte mit den Anführern einflußreicher Sippen. Er verlangte von mir, daß ich etwas sang, um verschiedene Krieger zu erfreuen, und vielleicht auch, um mit seinem neuen Kauf anzugeben. Aber Aldwulf verließ uns schon beim ersten Halt, und ich fühlte mich nach seiner Abwesenheit sehr viel besser.

Es war schon nach Mitternacht, als der sächsische König endlich meinte, es sei Zeit zu ruhen. Wir gingen zu einem schönen römischen Regierungsgebäude, das im Zentrum der Festung stand. Jetzt torkelte ich vor Erschöpfung, und ich blieb noch nicht einmal stehen, um die Mosaiken oder das Marmorbecken im Atrium zu betrachten. Cerdic übergab mich seinen Dienern im Hof mit ein paar kurzen Worten der Erklärung. Dann ging er in seine eigenen Gemächer, um zu schlafen.

Ich stand da und schaute Cerdics Hörige an. Sie schauten zurück, mit einer seltsamen Mischung aus Mißtrauen und Angst – mit dem gleichen Blick, den Wulf mir zugeworfen hatte, als ich seiner Gruppe auf der Straße begegnete. Ich war zu müde, um mich darüber zu wundern, und ich sagte nur: »Ich bin Gawain. Euer Herr hat euch wahrscheinlich gerade gesagt, daß er mich heute nacht gekauft hat, weil ich gut Harfe spielen und Pferde pflegen kann. Ich bin den ganzen Tag gewandert, und ich habe gearbeitet, und deshalb bin ich müde. Wo kann ich schlafen?«

Die Hörigen zögerten. Sie waren meinetwegen immer noch unsicher. Endlich zeigten sie mir den Weg durch das Haus zu den Sklavenquartieren bei den Ställen. Dort brach ich zusammen und schlief augenblicklich ein.

Nach weniger als drei Stunden wachte ich wieder auf. Ich lag noch eine Weile da, schwindelig vor Müdigkeit und völlig steif. Ich fragte mich, warum ich aufgewacht war. Irgendein Traum glitt durch meine Gedanken wie ein silberner Fisch, und dann verschwand er wieder. Ich seufzte, setzte mich auf und griff nach Caledvwlch.

Als meine Hand sich um den Schwertgriff schloß, begann der Rubin zu glühen. Ich saß da und starrte ihn an.

»Gibt es etwas, was ich heute nacht noch tun muß, Herr?« fragte ich laut.

Aber es herrschte nur Schweigen, und der warme Glanz des Schwertes antwortete einem tiefen, fast vergrabenen Feuer in mir.

Ich stand auf, rückte das Schwertgehänge zurecht, das ich vergessen hatte abzunehmen, und ging aus dem Raum.

Die schwarze Masse des Hauses stand über den Ställen vor dem sternenerleuchteten Himmel. Die Stadt war dunkel, und man sah nur die fernen Wachfeuer auf den Mauern. Ich zitterte in der Nachtluft, obwohl es trotz der Frühlingskühle nicht wirklich kalt war. Nein, es lag ein Gefühl in der Luft, das ich erkannte. Ein Gefühl, das vom Haus ausstrahlte. Ich wandte mich wieder dem Haus zu, fand den Weg ins Atrium und ging dann nach kurzem Zögern zu den mit Mosaiken belegten Wohnquartieren der Adeligen. Alle Hörigen schliefen.

Es war dunkel im Haus, es herrschte tiefes Schweigen und eine schwarze Hitze. Aber die unterschied sich von der ähnlichen und doch anderen Eiseskälte bei Morgas. Es wurde mir schwer zu atmen. Eine Minute stand ich da und erlaubte meinen Augen, sich an die Finsternis zu gewöhnen, und dann klammerte ich meine Hand um das Heft meines Schwertes und dachte an das Licht. Ich ging vorwärts, zu der geschlossenen Tür am Ende des Korridors, und ich öffnete sie einen winzigen Spalt, um hineinschauen zu können.

Das erste, was ich sah, war ein Schatten, der vor der Wand hin und her schwang. Erst danach sah ich den Körper, von dem dieser Schatten geworfen wurde. Der Mann war schon tot. Sein Kopf wurde von dem Seil, an dem er gehenkt worden war, grotesk zur Seite gedrückt. Der Mann sah wie ein Brite aus, aber in dem Licht war das nicht so leicht zu sagen. Ich erkannte das Muster, das unter ihm auf den Fußboden gezeichnet war. Es war mit seinem Blut gezeichnet. Ich kannte auch das Muster um die einzelne dicke Kerze, die in der Nähe der Tür stand. Aldwulf von Bernicia kniete vor dem ersten Muster, warf eine Handvoll Runenstäbchen darauf aus und las dann die Worte ab, die gebildet wurden. Cerdic, der an der Seite stand und dessen Augen vom Hunger in seinem Blick strahlten, machte nicht den Eindruck, als ob er verstehen könnte, was die Runen bedeuteten. Und ich – möge das Licht mich schützen – ich verstand.

Ein Schatten schien sich über dem Kopf des gehängten Mannes zusammenzuziehen. Die Leiche schwang schneller hin und her und ließ die Schatten an den Wänden wirbeln. Aldwulf warf die Runen. Er hatte keine große Macht heraufbeschworen, das sah ich, sondern nur einen Boten. »Ein Handel«, sagte Aldwulf laut und sprach in der Sprache der Runen, die er warf. Es war die uralte, eiskalte Sprache der Zauberei. Aldwulfs Stimme war nicht länger weich, sondern rauh und tödlich. Er arrangierte die Stäbchen zu seiner eigenen Botschaft. »Überbringe dies deinem Herrn. Ich will einen Handel.«

Der Körper schwang langsamer. Aldwulf warf die Runen, las still die Antwort, während er kaum die Lippen bewegte, und ordnete die Stäbchen dann neu. »Tod«, las er vor, »für . . . Artus, den Hohen König. Für seinen Tod, den Tod. Ein Opfer. Akzeptierbar.«

Die Leiche hörte auf zu schwingen, aber der Schatten lagerte weiterhin darauf. Wieder warf Aldwulf die Runen, und diesmal las er die Antwort laut. »Nicht akzeptabel. Leben eines Sterblichen bedeutet wenig. Unmöglich. Laß mich frei.« Direkt hinter der Schwelle des Gehörs begann ein schwaches Wimmern, so dünn wie eine Messerklinge, giftig, schrecklich anzuhören. Aldwulf legte die Hand über die Runen und sprach laut, noch immer in der alten Sprache: »Es ist kein gewöhnliches sterbliches Leben. Wir haben einen, der vom Stamm der Sidhe sein muß, wenigstens teilweise. Einen Diener des Lichts, dessen Name Gawain ist. Er trägt ein Schwert, das mächtig gegen das Licht ist, das du brauchen kannst.«

Ich schloß die Augen und lehnte mich gegen den Türrahmen. Übelkeit hing über mir wie eine große kalte Hand.

Das Wimmern hörte auf. Der Körper begann wieder zu schwingen, diesmal in einem Kreis, der wilder und wilder wurde. Aldwulf warf die Runen. »Möglich«, las er. »Mit dem Schwert möglich. Töte . . . zuerst das Opfer . . .«

»Nein«, fügte er hinzu, während er die Runen bedeckte und wieder aufschaute. »Zuerst bring du den Pendragon um, dann wirst du dein Opfer bekommen.«

Das Wimmern begann wieder, und der Körper zuckte an dem Seil, als ob er versuchte, wieder lebendig zu werden. Aldwulf warf die Runenstäbchen hin. »Unmöglich. Brauche das Schwert. Für das Schwert muß getötet werden. Töte.«

»Sehr gut«, sagte Aldwulf. »Aber sag deinem Herrn, wenn er den Hohen König Artus nicht umbringt, nachdem ich ihm das Opfer und das Schwert gegeben habe, dann will ich, der Flammenträger, so viele seiner Art aussuchen, wie ich kann, und ich werde sie vernichten, bis er bedauert, daß er mich betrogen hat. Dich aber vernichte ich zuerst. Bezweifelst du, daß ich die Wahrheit rede, Dämon?«

Die Runen selbst zuckten zu einem neuen Muster zusammen. »Der Handel . . . wird geschlossen werden.«

»Also dann in zwei Wochen«, sagte Aldwulf und erhob sich abrupt. Er blies die Kerze aus. Sofort verschwand der Schatten. Der Körper schwang langsam aus. Aldwulf ging zu einer Wand hinüber, so daß ich ihn nicht mehr sehen konnte, und ich hörte, wie er einen Feuerstein anschlug. Kurz danach flammte eine Fackel auf, und Aldwulf ging damit auf die andere Seite des Raumes, um die zweite Fackel an der anderen Wand anzuzünden. Er betrachtete die Leiche und das Muster auf dem Fußboden, dann blickte er zu Cerdic auf und lächelte.

»Siehst du, König der Westsachsen?« fragte er, und seine Stimme war wieder angenehm und weich.

»Deine Macht ist echt, Aldwulf«, erwiderte Cerdic, »aber das hast du mir ja schon bewiesen. Du hast mit Wodan ausgemacht, daß Artus sterben soll?«

»Artus wird sterben, wenn wir das Opfer dargeboten haben.«

»Wodan scheint an toten Menschen viel Geschmack zu finden«, kommentierte Cerdic und musterte die Leiche.

Aldwulf zuckte die Achseln und löschte das Muster mit dem Fuß. »Wenn du meinst, der Preis ist zu groß, dann sag es mir. Aber diesmal ist es nicht nur irgendein Tod, mein Freund, den Wodan sich wünscht. Es geht um diesen jungen Narren, der nicht ganz menschlich ist und der in deinen Ställen schläft. Sie wollen sein Schwert, und er muß tot sein. Das glaube ich. Sonst kann man es ihm nicht nehmen. Wir hatten sehr viel Glück, daß wir ihn gefunden haben.«

Cerdic grunzte. »Das sagtest du schon. Wenn Artus tot ist, dann will ich dir glauben.«

»Was? Nach allem, was ich getan habe, glaubst du mir noch immer nicht. Was ist mit der Flut? Und was ist mit dem Pferd, das ich dir gegeben habe? Und wo wir schon von diesem Pferd sprechen . . .«

»Es ist noch nicht eingeritten«, sagte Cerdic grob. »Nun gut, ich glaube natürlich an deine Macht. Soviel gebe ich zu. Aber man sagt, daß Artus irgendwelche christliche oder druidische Magie hat, die ihn schützt. Wenn er tot ist, und nur wenn er tot ist, dann glaube ich, daß dein Gott stärker ist.«

»Er ist stark«, meinte Aldwulf zuversichtlich. »Er ist sehr stark.«

Ja, die Finsternis ist sehr stark, dachte ich, während ich zurückging zu meinem Platz in den Ställen. Oh, Licht, schütze mich. Ich habe Angst.

Während ich mich im Stall wieder niederlegte, dachte ich, Aldwulfs Dämon ist wahrscheinlich kaum in der Lage, Artus zu töten, wo Morgas gescheitert ist. Ich sah auch nicht ein, wie sie mein Schwert dazu benutzen wollten. Aldwulf mochte mächtig sein, aber er war dennoch schwächer als die Königin der Finsternis. Aldwulf war noch immer sterblich, und Morgas war das nicht mehr. Aber das Wissen, daß Aldwulfs Handel nicht aufgehen würde, nützte mir wenig, wenn Cerdic und Aldwulf mich ihrem Dämon opferten.

Ich klemmte die Unterlippe zwischen die Zähne und unterdrückte den Wunsch, aufzuspringen und schreiend von diesem Ort wegzulaufen. Mich opfern. Das Seil um meinen Hals zu legen und meine Leiche im Kerzenlicht hin- und herschwingen zu lassen, besessen von Dämonen. Ich konnte den Strick um meinen Hals schon fast spüren, ich konnte die schreckliche Finsternis sehen. Mich opfern. Warum? Weil ich dem Licht diente, weil ich ein Schwert besaß und . . .

Und weil ich nicht ganz menschlich war.

Das dachte Aldwulf wenigstens. Und plötzlich wurde mir klar, was der Ausdruck auf Wulfs Gesicht und auf den Gesichtern seiner Sippenmitglieder bedeutet hatte. Es war der gleiche Blick, mit dem Cerdics Diener mich begrüßt hatten. Es war die große Angst, die Angst vor dem Unbekannten aus dem Dunkel, dem Unnatürlichen, dem Übernatürlichen.

Ich setzte mich in der Dunkelheit auf und umklammerte das Heft meines Schwertes.

»Ich bin menschlich«, sagte ich laut. »Mein Blut dröhnt mir in den Ohren. Ich bin krank vor Müdigkeit und Angst, meine Beine schmerzen, meine Füße sind wund und voller Blasen, und meine Kleider jucken und sind zu eng. Ich bin menschlich«, dachte ich und klammerte mich an diese Dinge. Wie konnten die anderen glauben, daß ich es nicht war?

Aber sie glaubten es, sie hatten es alle geglaubt, wenigstens am Anfang. Ich schaute den Rubin im Heft meines Schwertes an, er war so dunkel wie die Nacht, so dunkel wie meine eigene Angst.

Wer bin ich? fragte ich mich verzweifelt. Gawain ap Lot, ein Krieger des Lichts, ja. Aber menschlich! Was ist mit mir geschehen?

Mein König, sagte ich im Herzen, mein König, ich habe Angst. Die Finsternis ist sehr stark, und ich, der ich für dich kämpfen soll, weiß noch nicht einmal, wer ich bin. Ich fürchte mich sogar vor mir selbst. Wie kann ich fliehen? Selbst wenn ich Aldwulf gewachsen bin, Cerdic hat eine Armee, Hunderte von Kriegern, Tausende von Soldaten, Reihen, die vor Stahl starren, und Menschen, die alle Angst vor dem Übernatürlichen haben. Es ist eine solide, weltliche Macht, Stahl und Blut, dem nicht zu widersprechen ist. Und sie glauben nicht, daß ich menschlich bin, und meine Mutter ist die Königin der Finsternis und wünscht meinen Tod.

Meine Mutter. Ich dachte wieder an sie und an alles, was sie mich gelehrt hatte. Wie tief hatte mich das gezeichnet? Tief genug, um Verdacht in Aldwulf zu erwecken, tief genug, um jeden zu entnerven, der mich nur anschaute. Oder vielleicht hatte mich auch der eine Tag – oder die drei Jahre – auf der Insel der Glückseligen verändert, ohne daß ich etwas bemerkt hatte. Vielleicht war ich jetzt etwas ganz anderes, jemand, der unabänderlich fremd geworden ist für seine Mitmenschen.

Und was für ein Land ist dies? fragte ich mich. Weit, weit von zu Hause entfernt. Weit von meinen Verwandten und von meinem Clan, von Menschen, die mich kannten, die mich anlachten und mich schützten und die mich alle für tot halten mußten. Ich wäre auch besser tot, als allein in einem fremden Königreich und einem fremden Gott als Opfer bestimmt zu sein, wie das Connall fast geschehen war . . .

Ich weinte. Ich zitterte still in dem dunklen Stall. Es tut mir leid, mein Herr, mein Hoher König, daß ich dich bezweifelt habe. Du würdest deine Krieger nicht verlassen, du würdest sie nicht sterben lassen, und ich habe kein Recht, vor dem Kampf zu fliehen, nachdem du mich einmal gerettet hast.

Das Licht stieg langsam in meinem Schwert, es glühte, es brannte, es flammte. Ich umklammerte das Heft, stützte meine Stirn auf den Knauf und fühlte, wie das Licht sich in mir bewegte, wie es aufstieg wie eine flutende Musik. Hab Glauben, wundere dich nicht über das, was geschieht.

7

Es war schon spät, als ich am nächsten Tag erwachte. Es war später Vormittag. Cerdics Hörige freuten sich, als ich endlich aufwachte, denn ich war ihnen im Weg. Aber seltsamerweise waren sie nicht gewillt gewesen, mich aufzuwecken. Danach sagte man mir allerdings, daß ich zum Brunnen gehen sollte, um mich zu waschen, und nachdem ich das getan hatte, brachte mir der oberste Hörige ein paar Kleider. Sie waren abgetragen, aber sauber, und sie paßten gut. Auch das neue Paar Stiefel und der Umhang waren in Ordnung. Nachdem ich mich angezogen hatte, fühlte ich mich ein bißchen menschlicher, und ich schlang mir Caledvwlch um die Schulter.

Der oberste Hörige runzelte die Stirn darüber. »Was machst du damit?« fragte er. »Du hast kein Recht, Waffen zu tragen, das mußt du doch wissen.«

Ich zuckte die Achseln. »Niemand hat es mir bis jetzt abgenommen, und solange das nicht passiert, werde ich es behalten.«

Er schüttelte den Kopf. »Dafür kannst du verprügelt werden, ja, man kann dich sogar töten. Bist du noch nicht lange hörig?«

Ich nickte.

»Na gut, dann glaub mir. Es wäre besser, wenn du das Schwert nicht behältst. Gib es dem Herrn.«

»Ich glaube, ich werde es trotzdem behalten«, sagte ich ruhig. »Es bedeutet mir etwas.«

Der alte Mann sah bekümmert aus, aber dann zuckte er die Achseln. »Nun, du riskierst ja die Peitsche, nicht ich. Hättest du gern was zu essen?«

»O ja, sehr gern.«

Er gab mir Haferkuchen mit Honig und Milch, die ich in ganz kurzer Zeit verschlang.

Der Hörige grinste mich an.

»Du hast wohl in letzter Zeit ziemlich wenig zu essen bekommen? Die Krieger, von denen der Herr dich gekauft hat, müssen eine ganze Strecke zurückgelegt haben. Sag mir«, ein Glitzern kam in seine Augen, »warst du beim Pendragon? Wie läuft der Krieg?«

Jetzt, wo das Tageslicht wieder da war und auch mein Appetit, da hatte der Hörige wohl vergessen, wie er sich meinetwegen in der Nacht zuvor gefühlt hatte. Ich lächelte, aber ich schüttelte bedauernd den Kopf, um seine Frage zu beantworten. »Wie der Krieg läuft, das weiß ich nicht. Ich komme von jenseits des Meeres. Ich hatte gehofft, du könntest es mir sagen.«

Er schüttelte den Kopf. »Sie erzählen uns nichts. Aber wir haben Möglichkeiten, es herauszufinden: Wir hören von Bauern, was vor sich geht, oder wir belauschen ein Gespräch – aber wir sind nie sicher, ob das, was wir hören, die Wahrheit ist oder nur ein Gerücht. Manchmal finden wir es nie heraus.« Er stand auf und begann die Schüsseln wegzuräumen. »Mein Name ist Llemyndd, aus dem Teil des Landes, der einmal das östliche Ebrauc war. Ich bin hier der oberste Hörige, der Mundschenk in Cerdics Haus. Mein Vater war derjenige, der in Ebrauc gefangengenommen wurde: Ich selbst bin als Cerdics Höriger geboren. Und du? Du hast gesagt, dein Name ist Gawain, aber was ist mit deiner Sippschaft und deinem Land?«

Ich wollte ihm eben wahrheitsgemäß antworten, als ich plötzlich eine Unsicherheit verspürte. Dieser Llemyndd war vielleicht ganz anders, als er auf mich wirkte. »Wie komisch«, sagte ich. »Der Name meines Vaters ist Llwch« – so war es, wenn man »Lot« ins Britische übersetzte – »aber ich bin aus Gododdin.« Ich konnte fast darauf wetten, daß es in Cerdics Haus keine Hörigen aus einem so weit entfernten Königreich gab, die mich der Lüge bezichtigen konnten. Außerdem hatte ich von diesem Land in Dun Fionn etwas gehört.

Llemyndd pfiff durch die Zähne. »Das ist aber weit weg.«

Ich nickte. »Ich kam vor drei Jahren mit meinem älteren Bruder nach Süden, über das Meer. Wir fuhren nach Gallien, um ein paar von diesen gallischen Kriegspferden zur Zucht zu kaufen. Mein Clan handelt mit Pferden, und wie du wissen mußt, ist die gallische Rasse die beste. Alle Krieger wollten damals Pferde wie die, die der Pendragon besitzt, und mein Clan dachte, es läge sicher ein schöner Profit darin. Und so wäre es auch gewesen, wenn unser Schiff nicht vor der Küste von Ostanglia von einem sächsischen Langschiff aufgebracht worden wäre.«

»Anglia? Das liegt aber weit nach Norden. Wie bist du denn hier heruntergekommen, zwischen die Franken und Sachsen?«

»Ach, der Pirat hat uns nicht sehr geschädigt«, improvisierte ich schnell. »Mein Clan gehört zum Adel, und wir haben uns gewehrt. Aber unser Schiff wurde schwer beschädigt, und wir entschlossen uns, nach Dumnonia zu fahren, an der sächsischen Küste hinunter. Von dort wollten wir dann über Land nach Gododdin reisen. Aber unser Pech wurde noch schlimmer. Ein Sturm kam auf, und wir scheiterten vor den Klippen der Canti. Mein Bruder und ich fanden den Kiel des Schiffes und klammerten uns an. Wir haben gebetet. Am nächsten Morgen, als die Wellen niedriger wurden, schafften wir es, an Land zu schwimmen. Aber wir wurden gefangen, von einem Sachsen aus der Gegend.«

Llemyndd nickte weise und zog mir vorsichtig den Rest der Geschichte aus der Nase. Ich erzählte ihm, was ich auch Wulf und Eduin am vergangenen Tag erzählt hatte, und fügte noch Details hinzu, wie freundlich zum Beispiel mein »Herr« zu uns gewesen sei und wie ich ihn liebgewonnen hätte, obwohl ich die Sklaverei haßte. Und wie die feigen Verräter, seine Feinde, ihn getötet hatten. Es war eine gute Geschichte, und ein paar von den anderen Hörigen kamen herbei und hörten zu, als ich sie erzählte. Alle hatten Mitgefühl, obwohl mich alle mit suchendem Zögern musterten. Sie stellten wohl in Frage, was sie in der Nacht zuvor gesehen hatten.

Mein Verdacht wegen Llemyndd stellte sich als gerechtfertigt heraus. Er versuchte, mir eine Falle zu stellen, testete meine Geschichte mit unerwarteten Fragen. Glücklicherweise wußte er weniger von Gododdin als ich, oder er hätte mich sofort erwischt. Aber endlich, als er zufrieden war, ging er weg, und ich dachte mir gleich, daß er jetzt Cerdic das erzählte, was er von mir gehört hatte. Während mir Cerdics scharfe grüne Augen einfielen, bezweifelte ich, daß der Sachse die Geschichte glauben würde.

Einer der anderen Hörigen des Haushalts schaute Llemyndd mit halbverborgener Bitterkeit nach. Das bestätigte mich in meiner Annahme. Llemyndd gehörte vollkommen Cerdic, und zwar mit Leib und Seele.

»Jetzt weiß der Herr alles«, sagte der Hörige.

»So geht das also«, erwiderte ich.

»In der Tat.«

Die anderen Hörigen sahen unruhig aus. »Still«, sagte einer. »Du redest zuviel, Gwawl.«

Gwawl verstummte. Ein paar weitere Fragen enthüllten mir, daß die Hörigen Llemyndd haßten und fürchteten, und die meisten von ihnen mochten ihren Herrn, Cerdic, auch nicht. Ein paar allerdings hatten auch Gutes von ihm zu sagen. »Der Herr ist fair«, sagte man mir. »Tu deine Arbeit, und er straft dich nicht.« Ich nickte und machte mich daran, zu entdecken, wie meine Lage eigentlich war.

Es dauerte. Die Hörigen wollten am ersten Tag nicht frei mit mir reden, und auch nicht am zweiten. Sie hätten es vielleicht nie getan, wenn die Musik nicht gewesen wäre. Sie sehnten sich sehr nach bekannten Liedern. Die Briten sind das zivilisierteste Volk im Westen, und sie lieben Musik, wie das nur zivilisierte Menschen können. Sie singen ständig vor sich hin, wie auch die Männer von den Orkneys oder die Iren, und jeder wandernde Barde kann sicher sein, daß er willkommen geheißen wird. In Erin oder auf den Orkneys ist es leicht einzusehen, warum Barden und Druiden so wichtig sind. Denn in diesen Ländern sind es die ausgebildeten Barden, die die Gesetze im Gedächtnis haben und sie den Königen vorsagen. Sie sind auch diejenigen, die Stammbäume und Geschichten singen können und die wissen, wann es Zeit ist, Korn zu pflanzen. Aber die britischen Barden haben keine andere Arbeit, als ihre Lieder zu singen, während der Rest in Büchern erledigt wird. Dennoch werden sie nicht weniger geehrt als die irischen Fillidh. Cerdics Hörige konnten singen, wenn sie arbeiteten, und ein paar konnten auch die Harfe spielen. Aber richtige, bardische Musik hatten sie schon seit Jahren nicht mehr gehört. Das erstemal, als ich für sie spielte, weinten sie vor Freude. Für ein Lied erzählten sie mir alles, was ich wissen wollte, alle Geheimnisse ihres Herrn, und sie überlegten nicht, daß sie für das Erzählen bestraft werden konnten.

Aldwulfs Name war ihnen wohlbekannt. Aldwulf Fflamdwyn, Aldwulf, der Flammenträger, so nannten sie ihn. Irgendwie gehörte sein geheimer Name als Zauberer zum Allgemeinwissen in ganz Britannien. Aldwulf wurde von seinen eigenen Männer gefürchtet, während Cerdic geliebt und bewundert wurde. Deshalb hatte Aldwulf außer seinem eigenen Clan nur wenige Krieger in seinem Heerhaufen, und wenn er eine Armee von den Bauern seines Königreiches aushob, dann kam niemals mehr als die normale Anzahl an Männern zustande. Nichtsdestoweniger war Aldwulf reich und mächtig, und da er mit Cerdic verbündet war, stellte er einen gefährlichen Gegner dar. Das Bündnis zwischen den Westsachsen und den fernen Bernicia, etwas, das sowieso schon überraschend war, hatte fast vor zwei Jahren begonnen. Cerdic hatte gegen Artus in einer Serie von Kämpfen Niederlagen erlitten, und darauf hatte er geantwortet, indem er sich mit allen anderen sächsischen Königreichen verbündete. Es war allerdings kein richtiges Militärbündnis, sondern nur eine Übereinkunft zwischen den sächsischen Königen, private Streitigkeiten beiseite zu legen und jedem Sachsen Hilfe und Zuflucht zu bieten, der zufällig Schwierigkeiten mit den Briten in seinem Territorium hatte. Das sächsische Territorium wurde in diesen Verträgen auf mehr als die Hälfte von Britannien ausgedehnt. Einige der sächsischen Könige hatten aber auch Waffenbrüderschaft geschlossen, hauptsächlich im Süden. Aldwulf gehörte nicht dazu, sondern er war mit dem größten Teil seines Heerbanns nach Süden gekommen, um Cerdic Hilfe und Rat zu geben. Er wollte den Hohen König der Britannier daran hindern, nach Norden zu kommen. Anfang April war er angekommen, und mit Geschenken hatte er sich Cerdics Vertrauen erschlichen. Außerdem – so flüsterten es sich die Hörigen zu – durch Magie. Die Hörigen waren in keiner Weise gewillt, mit mir über die Magie zu sprechen, aber sie glaubten alle, daß Aldwulf ein Hexer war. Einer oder zwei der Hörigen – darunter auch einer von Cerdics wenigen Sachsen – erzählten mir verschiedene Geschichten über seine Zauberei, von denen ein paar mit Sicherheit falsch waren. Keiner der Hörigen mochte Aldwulf, und diejenigen, die Cerdic gern hatten, jammerten über den Tag, an dem ihr Herr den bernicischen König kennengelernt hatte.

Cerdic kämpfte jetzt seit fast drei Jahren gegen den Hohen König Artus. Der Krieg war mit jedem Monat für ihn schwerer geworden. Am Anfang, als er die Invasion begonnen hatte, da hatte er großen Erfolg gehabt. Aber Artus' erster Zug, nachdem er seine Macht gesichert hatte, bestand darin, Cerdics Invasionsstreitkräfte von der Flanke her anzugreifen und seine Basis zu plündern. Das war die alte sächsische Küstenfestung von Anderida. Cerdic hatte den größten Teil seiner Vorräte und all seine Beute dort aufbewahrt, und die Verluste waren riesig gewesen. Der Sachse war gezwungen, sich nach Anderida zurückzuziehen, und Artus war weitergezogen zu seinen Siegen gegen andere sächsische Könige. Einen Überraschungsangriff hatte er sogar weit im Norden, in Deira, geführt. Cerdic hatte von dem letzteren gehört und war gegen seine britischen Feinde gezogen, solange der Hohe König – wie Cerdic dachte – noch im Norden weilte. Aber Artus' überschnelle Rückkehr hatte ihn überrascht. Genau an diesem Punkt hatte Cerdic seine Verträge mit den anderen Sachsen geschlossen.

Cerdics Problem bestand darin, daß Artus keine reguläre Armee besaß. Er konnte jedem britischen König befehlen, ihm beizustehen, und deshalb war er in der Lage, den König aus jedem Land, das er besuchen wollte, Bauern und Clansmänner ausheben zu lassen. Die meisten der Könige taten das auch. Artus' Stärke lag in seinem eigenen Kriegshaufen, dem größten und besten in ganz Britannien. Die Hälfte dieser Gruppe bestand aus der berüchtigten Kavallerie, die meinem Vater solche Sorgen bereitet hatte, aber alle aus der Gruppe besaßen mehrere Pferde und konnten weitere borgen, wenn Artus in aller Schnelle Britannien überqueren wollte. Das verlieh dem Pendragon eine Geschwindigkeit und eine Beweglichkeit, die Cerdic auch im Traum nicht hätte erreichen können. Cerdic besaß überhaupt keine Kavallerie, und obwohl er eine sehr große Armee ausheben konnte, waren die meisten der Männer aus Clans, oder sie waren Bauern, die während der Ernte oder während des Säens nicht kämpfen konnten. Außerdem waren sie schlecht ausgebildet und schlecht ausgerüstet, und was das schlimmste war, ihre Disziplin war miserabel. Es dauerte sehr lange, so eine Streitmacht in Bewegung zu setzen. Cerdic hatte natürlich auch seinen eigenen Heerbann, dessen professionelle Krieger von ihm allein abhingen, aber nur mit diesem Heerbann – oder selbst mit dem Kriegshaufen mehrerer anderer Könige – könnte er dem Hohen König Artus kein Gegenspieler sein.

Cerdics Hörige hatten über Artus sehr viel zu sagen. Die britischen Hörigen, selbst die, welche in der Sklaverei geboren waren, bewunderten den Hohen König mit großer Leidenschaft und ergötzten sich daran, die vielen Male aufzuzählen, bei denen Artus die Sachsen besiegt hatte. Sie taten das, obwohl Cerdic jedem verboten hatte, Artus' Namen ohne seine Erlaubnis in seinem Haus zu nennen. Mir schien es, während ich zuhörte, daß Artus' Kriegshaufen an Macht gewinnen müsse, selbst wenn man die angesammelten Legenden abzog oder die Übertreibung der Hörigen. Vernünftigerweise konnte man das auch denken. Wenn ein König in der Schlacht siegreich ist und in seiner Halle Großzügigkeit walten läßt, dann stoßen Krieger zu ihm von allen Teilen der westlichen Welt. Selbst ein paar bekannte sächsische Krieger hatten sich der Runde des hohen Königs angeschlossen. Zweieinhalb Jahre, nachdem Artus seinen Krieg gegen die Sachsen begonnen hatte, mußte er jetzt eine Gruppe von Männern leiten, denen im Westen nichts gleichkam – wahrscheinlich nirgendwo auf der Welt. Sie konnten anscheinend jeweils vier von ihrer Art besiegen, und sie taten das auch regelmäßig.

»Aber in den letzten beiden Jahren«, beklagte sich ein Höriger bei mir, »da hat es wenig zu tun gegeben. Der Herr ruft die Männer und sammelt seine Krieger, und dann sitzt er hier in Sorviodunum – Entschuldigung, Searisbyrig – und schickt Spione und kleinere Gruppen für Überfälle aus. Und der Imperator schickt nur Spione und kleine Gruppen für Überfälle zurück.«

Für Cerdic war das vernünftig, dachte ich. Ein großer Heerhaufen wie Artus' Heer verursacht große Kosten. Da Artus kein eigenes Königreich hatte, mußte er sich auf Tribute von all den anderen Königen aus Britannien verlassen. Aber er hatte den Purpur dadurch errungen, daß er diese Könige besiegte, von denen er jetzt den Tribut nahm, und sie hatten es ihm nicht vergessen. Er brauchte ihre Unterstützung und ihre Armeen gegen die Sachsen, er konnte sie nicht weiter vor den Kopf stoßen, indem er riesige Mengen an Tribut verlangte. Während er kämpfte und die Sachsen besiegte, konnte er sich selbst aus dem Raub versorgen und seine Untertanen dadurch besänftigen, daß er die Beute teilte. Aber wenn die Sachsen sich zurückzogen oder fest in ihren Burgen saßen, zufrieden damit, die Grenzen zu bewachen, dann hing Artus von seinen Untertanen ab. Und wenn sie kein greifbares Zeichen des Sieges sahen, dann waren sie weniger geneigt, ihn zu unterstützen. Cerdic hoffte, die britischen Könige zu einem weiteren Krieg gegeneinander zu provozieren, und ich erfuhr von einem Hörigen, daß es in Britannien Könige gab, die gerne versuchen wollten, den »Bastard« zu entthronen. Botschaften waren zwischen Sorviodunum und diesen Königen hin- und hergegangen. Cerdic verstand etwas von Staatsführung. Unglücklicherweise hatten die meisten seiner Gefolgsleute keine Ahnung davon, und viele, denen er Land versprochen hatte, fühlten sich betrogen und brummten zornig vor sich hin, daß Cerdic Angst hätte. Der Krieg war zu einem Rennen zwischen Cerdic und Artus geworden, und es ging darum, wer zuerst die vollen Armeen zusammenhatte und eine Schlacht bieten konnte. Im Augenblick sah es so aus, als ob Artus vielleicht das Rennen gewann, und Cerdic war wütend und verzweifelt.

In diesen Wochen begann ich den Pendragon zu bewundern. Mehr denn je hörte es sich für mich so an, als ob er ein Herr sei, dem es sich zu folgen lohnte. Gleichzeitig allerdings wuchsen auch meine Sorgen. Artus konnte bestimmt ungeübt Krieger wie mich nicht brauchen, denn die taten ja nichts anderes, als seine schon knappen Vorräte noch mehr verringern.

Andererseits, so sagte ich mir, wann immer ich darüber nachdachte, andererseits konnte ich auch von Aldwulfs Hand sterben, wenn wieder Neumond war. Die Angelegenheit betraf mich dann überhaupt nicht. Und dann warf ich mich auf irgendeine andere Arbeit, damit ich nicht mehr daran denken mußte.

Cerdic stellte mir im Haus keine Aufgaben, und das war gut so. Denn mir wurde bald klar, daß ich nicht wußte, wie man als Höriger arbeiten muß. Ich hatte nicht bemerkt, wie sehr ich es als selbstverständlich hingenommen hatte, der Sohn eines Königs zu sein, wenn auch ein jüngerer, verachteter Königssohn. Es gab gewisse Dinge, die einer aus königlichem Clan nicht tut. Ich stellte fest, daß ich von anderen erwartete, daß sie die Türen öffneten, Dinge holten und Dinge aufhoben. Ich hatte keine Ahnung, wie man einen Fußboden säubert oder ein Strohdach ausbessert, und zuerst war ich wütend, als man mir niedere Arbeiten auftrug. Dauernd mußte ich mich selbst korrigieren. Ich mußte mir sagen, daß diese Diener meine Mitdiener waren. Aber ich konnte sie nicht zum Narren halten. Als ich eines Tages in den Stall kam, hörte ich, wie einer der Pferdeknechte zu einem Hausdiener sagte: »Wenn der ein Höriger ist, dann bin ich der Kaiser Theodosius. Weißt du, was er . . .« – und er hielt abrupt inne, als er mich sah. Nein. Es gab nur wenige Arbeiten, die ich als Höriger erledigen konnte. Aber Cerdic erwartete, daß ich bei jeder Tages- oder Nachtzeit bereit war, die Harfe zu spielen, und ich hatte auch meine eigenen Nachforschungen zu verfolgen. Außerdem versuchte ich, Grundkenntnisse in der sächsischen Sprache zu erwerben . . . Und dann war da noch Ceincaled.

Als ich an meinem ersten Tag als Cerdics Höriger den Stall verließ, sah ich, daß sich direkt unterhalb des römischen Teils der Stadt auf einem Hügel eine Anzahl von Männern in einem Kreis versammelt hatte. Ich ging hin, um mir das anzusehen. Aldwulf hatte erwähnt, daß er Cerdic ein Pferd geschenkt hätte, um seine Zaubermacht zu beweisen. Cerdic hatte das Tier als Beweis akzeptiert, aber er war nicht in der Lage gewesen, es einzureiten. Als ich mich durch den Kreis drängte und den Hengst sah, der da im Zentrum des Ringes immer wieder stieg, da verstand ich warum.

Keine irdische Stute hatte dieses Pferd zur Welt gebracht. Die Stuten der Sidhe, die in hundert Liedern gepriesen werden, zeigen ihre Unsterblichkeit in jeder Ahnenreihe. Und dieses Pferd war ein Herrscher selbst unter den Pferden der Sidhe.

Er war drei Hände höher als das größte Pferd, das ich je gesehen hatte, und das war ein Riese von einem Ackergaul gewesen. Dieser Hengst war wunderschön: reinweiß und prächtig und kraftvoll wie ein Sturm auf dem Meer. Der weiße Hals war geschwungen wie die Meereswellen, ehe sie brechen, und die Mähne sah aus wie Schaum, der von den Felsen hochgeschleudert wird. Keine Möwe gleitet so leicht über das Wasser, wie diese Pferdehufe die Erde berührten, und kein Seeadler schießt mit solcher Wildheit zu Boden oder mit solcher Freiheit. Die Nüstern des Tieres waren weit gebläht und rot, widerspenstig und zornig. Seine Augen waren dunkel und wild vor Stolz. Bei seinem Anblick hielt ich den Atem an.

Der Sachse, der gerade geworfen worden war, krabbelte aus dem Weg, und ein paar Pferdeknechte aus Cerdics Ställen trieben das Pferd mit Peitschen und flatternden Umhängen zurück ins Zentrum des Ringes. Sie fluchten auf das Pferd.

»Diese Bestie ist ein Mörder«, sagte einer der Hörigen, der ein paar Fuß von mir entfernt stand. »Cerdic kann doch nicht glauben, daß er dieses Biest je zähmen wird.«

»Er ist wunderschön«, sagte ich. Der Mann schaute mich an, mißtrauisch und überrascht. Er erkannte mich und zuckte unsicher die Achseln.

»Natürlich«, sagte er, »und stark und schnell. Er könnte jedes Pferd in Britannien übertreffen, der da. Aber was nützt uns das alles? Er kann ja nicht geritten werden. Du bist neu hier, und woher sollst du es wissen. Aber wir haben seit einem Monat versucht, ihn einzubrechen, und zwar mit Freundlichkeit und mit Schlägen, mit Reiten und mit Aushungern. Aber er ist immer noch nicht zahmer als damals, als Cerdic ihn gerade bekommen hatte. Ich kenne Pferde, und ich sage dir: Dieser Hengst gehört zu der Sorte, die eher sterben, ehe sie gehorchen. Und ehe er stirbt, wird er wahrscheinlich einen von uns mitnehmen . . . Paß auf da! He, du! . . . Cerdic wird ihm nicht eher einen Namen geben, als bis er ihn geritten hat. Aber wir, aus seinem Haus, wir nennen die Bestie Ceincaled. Das heißt ›rauhe Schönheit‹, denn das ist er mit Sicherheit.«

Es dauerte nur kurze Zeit, bis ich die Wahrheit in den Worten des Mannes sah. Das Pferd versuchte, jeden Menschen zu töten, der ihm nah kam. Es lag keine Bösartigkeit in diesen Versuchen, kein Menschenhaß, wie man ihn bei einem Tier findet, das schwer mißhandelt worden ist. Statt dessen war es eine wilde, reine, elementare Kraft, die keine Unterwerfung duldete. Er war stolz, dieser Ceincaled, aber es war kein Menschenstolz. Es war ein Stolz, wie ihn Falken oder Adler haben. Er war wie die Musik in Lughs Halle: herrlich, aber nicht für Menschen. Ich fragte mich, mit welchem dunklen Bannspruch Aldwulf wohl diesen Hengst gefangengenommen und ihn von der Ebene der Freude in die Gefangenschaft und in den zukünftigen Tod in den Ländern der Menschen gebracht hatte.

Während der nächsten beiden Wochen gab es Zeiten, zu denen ich ein starkes Gefühl der Verwandtschaft mit dem Hengst verspürte. Ich war kein Unsterblicher, aber mein Problem war ähnlich. Ich saß in der Falle, und all meine Bemühungen, zu fliehen, kosteten mich nur Zeit und brachten die Zeit, die für meinen Tod festgesetzt worden war, näher.

Cerdic hatte seinen ganzen großen Kriegshaufen bei sich in Sorviodunum – um den römischen Namen zu benutzen. Es waren dreihundertzwölf ausgesuchte Krieger, die die Festung bewachten. Außerdem hatte er eine Armee von etwa fünftausend – wie immer war die genaue Zahl unsicher. Das Lager war stets auf den Krieg vorbereitet, und fast jeden Tag zogen Gruppen auf Raub aus oder kehrten zurück. Ich dachte daran, aus dem Lager zu entschlüpfen, wenn eine dieser Gruppen zurückkehrte, und eine Zeitlang lungerte ich am Tor herum oder an niedrigen Stellen in der Mauer. Aber dann scheuchten mich die Wachen fort, die Verdacht geschöpft hatten und die daneben auch noch außerordentlich wachsam waren. Ich betrachtete in Gedanken den Wald, durch den ich gewandert war, und ich schaute von der Hügelfestung darüber hin. Ich dachte, es müsse leicht sein, zwischen diesen Bäumen zu verschwinden. Unglücklicherweise aber erstreckte sich der Wald nur nach Nordosten. Im Westen schlossen sich viele Meilen offene Ebene an die Stadt an, aber ausgerechnet im Westen lag auch das nächste britische Königreich. Und ich wurde beobachtet, selbst wenn es eine Möglichkeit gegeben hätte, die Mauern zu überklettern und die Ebene zu überqueren. Niemand verbot mir, in der Stadt umherzustreifen, aber immer schien ein Höriger oder irgendein Krieger in meiner Nähe zu sein. Cerdic wünschte eben nicht, daß sein Opfer entkam. Dies verstörte mich fast so sehr wie die Furcht vor dem Tod und wie meine immer noch ungelösten Ängste vor mir selbst. Ich hatte mich immer nach Einsamkeit gesehnt, und es ging mir auf die Nerven, daß man sie mir verweigerte.

Ich betete zum Licht, aber mein Gott antwortete nicht. Ich bekam den Drang, einfach Caledvwlch zu ziehen und zu versuchen, mich aus der Festung herauszuhauen. Ich wußte, es wäre der sichere Tod, das zu tun, aber wenigstens war es dann ein sauberer Tod, der Tod eines Kriegers. Ich hatte es satt, ein Höriger zu sein. Ich war gefangen, und das Wort hallte mir jeden Tag immer und immer wieder in den Ohren. Bei Nacht träumte ich davon, und ich dachte jeden Morgen daran, ehe mir andere Gedanken kamen. Ich fühlte mich gefangen wie ein Habicht, der irrtümlich in ein Fischernetz geflogen ist und der beim Schlagen der Flügel nur entdeckt, wie schrecklich er festsitzt. Ein Habicht, der seine Kräfte an den Netzschnüren verausgabt.

Mit schreckenerregender Intensität bemerkte ich, wie die Zeit verging. Die Sonne erhob sich am Morgen und bespritzte den Himmel mit Farben, deren Weichheit ich niemals so deutlich bemerkt hatte. Die Schatten wurden kürzer und wieder länger, während die Stunden des Tages vergingen. Bei Nacht beobachtete ich den Mond, der von seiner vollen Größe in sein viertes Viertel ging und der mit jeder Nacht, die verging, immer dünner wurde. Der Mond war mein Freund, mein Verbündeter. Solange er noch schien, würde ich nicht sterben. Aber wenn er den Himmel verließ, wenn er gegangen war, dann wurde alles zu Finsternis.

Manchmal hatte ich das Gefühl, als ob sich auch das Licht selbst zurückgezogen hätte. Nachdem es mich vor Cerdics Plan gewarnt hatte, war es so still geworden wie der Mond. Zwei Wochen sind keine lange Zeit, aber mir schienen die zwei Wochen voller Spannung des Wartens und voller Schrecken vor der Falle endlos, und gleichzeitig hatte ich das Gefühl, als ob sie alle auf einmal vergangen seien. Ich hatte das Gefühl, als ob mein Herr mich verlassen hätte. Ich war auf mich selbst gestellt, und vor mir hatte ich ja auch Angst. Ich kann nicht sagen, warum es mich so entsetzte, mich für nicht menschlich zu halten. Die meisten Menschen würden gern von sich selbst annehmen, daß sie nicht zur Menschheit gehörten – oder sie glauben es wenigstens. Es war nicht die Einsamkeit, obwohl das ein Teil davon gewesen sein mag, denn an Einsamkeit war ich gewöhnt. Vielleicht war es einfach die Angst vor dem Unbekannten. Alle fürchten, was sie nicht verstehen, um so mehr, wenn das Unbekannte ein Teil des eigenen Wesens ist.

So sah ich also zu, wie die Sachsen versuchten, Ceincaled einzureiten, und ich kümmerte mich um das Pferd, als es wieder im Stall stand, um mich von mir selbst zu befreien. Die Reinheit des weißen Hengstes schien die verschiedenen Schrecken abzuwehren und zu verspotten, die mich im Griff hatten. Ceincaleds Schlacht, danach sehnte ich mich, nach der einfachen Hochstimmung einer körperlichen Auseinandersetzung.

Zwei Wochen. Der Mond wurde zu einem winzigen Splitter am Himmel, einem haardünnen Lichtstreifen, und die leeren Flächen zwischen den Sternen waren sehr schwarz. In der nächsten Nacht würde Neumond sein. Die nächste Nacht . . . das war mein letzter Tag, und ich hatte mich für nichts entschieden. Wenn der Abend kam, wenn es noch immer keine Flucht gab, dann würde ich Caledvwlch ziehen und versuchen, Aldwulf und Cerdic zu töten, ehe sie mich umbrachten.

Ich stand wieder in dem Kreis, der Ceincaled umgab, und ich sah zu, wie Cerdic das Pferd zu reiten versuchte. Wieder wurde er abgeworfen. Auf der anderen Seite, vor mir, kaute Aldwulf auf seinem Bart. Er hatte an dem Pferd irgendeine neue Zauberei versucht, um Cerdic zu gefallen, aber seine Bannsprüche waren fehlgeschlagen, und er war blamiert und wütend.

»Beim Wurm«, sagte Cerdic und raffte sich auf. »Ich bin betrogen worden.

Das war er auch. Ich konnte den Preis schätzen, den Aldwulf ihm für das Pferd abgeluchst hatte – ein menschliches Leben, der normale Preis beim Handel mit Yffern –, und während das Leben irgendeines Gefangenen oder irgendeines Hörigen für solch ein Pferd billig genannt werden konnte, so war Ceincaled Cerdic doch genauso nutzlos, als ob er ein lahmer

Karrengaul gewesen wäre, obwohl Ceincaled jedes Pferd im Lager weit hinter sich lassen konnte ...

Bei der Sonne und dem Wind! Im Geiste benutzte ich Agravains Lieblingsfluch. Ich war blind gewesen! Ich hatte mich in der Nacht meiner eigenen Schatten umgeschaut, und die Sonne war hinter mir gewesen. Wie – so fragte ich mich und fand es selbst sehr komisch – wie hatte ich nur so dumm sein können?

Und war mein anderes Problem auch so einfach? Das fragte ich mich, während ich mich zu Cerdic durchdrängte. All die Fragen nach meiner Identität, würden sie bald in strahlendem Licht klar werden, wenn ich in die richtige Richtung schaute? Mein Hoher König, mein Herr ...

»Mein Küning«, sagte ich zu Cerdic, der mich bemerkt hatte und mich ohne Begeisterung betrachtete, »könnte ich versuchen, das Pferd zu reiten?«

Cerdic schoß mir einen wütenden Blick zu. Dann schlug er mich, hart genug, daß ich torkelte, um nicht hinzufallen. »Du unverschämter Hund! Sklave, glaubst du, du könntest Erfolg haben, wo ein König versagte? Ich sollte dich auspeitschen lassen!« Ich sah, daß ich den Grad seiner Wut über das Pferd unterschätzt hatte, und ich neigte den Kopf. Ich versuchte zu denken und rieb mir das Kinn.

»Cerdic«, unterbrach Aldwulf plötzlich, »du könntest es ihn ja versuchen lassen.«

»Was?«

»Vielleicht sind sie aus dem gleichen Land, wer weiß? Der Junge hat sich um das Tier gekümmert.« Aldwulfs Gedankengang lag offen vor mir. Ich würde bei dem Pferd Magie benutzen, es zähmen, getötet werden, und dann hätte der König sowohl mein Schwert als auch das Pferd. Aldwulf lächelte sehr zufrieden. Ich glaube, es war sein wunder Punkt gewesen, daß sein herrliches Pferd nicht zu reiten war.

Cerdic schaute mich an und erinnerte sich daran, als was Aldwulf mich bezeichnet hatte. »Nun gut«, sagte er endlich. »Versuch es also.«

»Ich danke dir, Küning Cerdic«, sagte ich leise. »Ich werde mein Bestes tun.«

Cerdic nickte zu Aldwulf hinüber. Ich wandte mich Ceincaled zu. Er war von den Pferdeknechten wieder eingefangen worden und wartete geduldig, während sie ihn festhielten. Er sparte seine Kräfte für den Reiter auf. Ich ging hinüber, dankte dem Mann, der ihn hielt, und nahm die Zügel. Während ich sie hielt, bezweifelte ich plötzlich, daß ich ihn reiten konnte, obwohl mir das noch vor einer Minute so klar erschienen war. Mit Pferden hatte ich immer gut umgehen können, und der Hengst kannte mich jetzt, aber vielleicht nützte mir das gar nichts. Er hatte nichts gegen die Finsternis, die in seinen Reitern war, er wollte überhaupt nicht geritten werden. Ich würde einen Mut brauchen, der seinem glich, um ihn zu halten, und selbst dann starb er vielleicht lieber, als die Niederlage zu akzeptieren. Aber ich mußte ihn reiten, oder ich starb an diesem Abend.

Ich streichelte den weißen Nacken und flüsterte dem Pferd zu. Der Hengst zuckte vor mir zurück, wurde dann still, wartete, bereitete sich auf den Kampf vor. Er war intelligenter als ein gewöhnliches Pferd. Ich hatte zugesehen, wie er sich gegen Cerdic gewehrt hatte, und ich wußte es.

Ich ließ meine Hand über seinen Rücken und seinen Widerrist gleiten, zog den Sattelgurt straffer und sprach singend auf irisch mit ihm. Es war mir gleichgültig, wer mich hörte. Im Herzen bat ich das Licht darum, den stolzen Geist dieses Pferdes für mich zu mäßigen und mir den Sieg zu geben. Dann legte ich meine linke Hand auf die Schulter des Hengstes und sprang auf seinen Rücken.

Die einzige Möglichkeit, das zu beschreiben, was jetzt geschah, besteht darin, daß er explodierte. Die Welt löste sich in einer weißen Wolke von Mähne auf, und Ceincaled kämpfte mit all seiner schrecklichen Kraft und seinem grenzenlosen Stolz. Ich hielt mich sowohl an seiner Mähne als auch an den Zügeln fest, ich packte hart mit den Knien zu und neigte mich über seinen Hals, und ich schaffte es kaum, oben zu bleiben.

Er umkreiste den Ring, er stieg, er ließ sich fallen, und die Zuschauer waren nur noch ein Nebel aus Fleisch, hellen Farben, Stahl und verzerrten Rufen. Ich spürte, daß ich versuchte, den Wind zu reiten oder den Sturm beim Zügel zu halten. Es lag außerhalb der menschlichen Kraft, und jetzt, wo ich meine Kräfte gegen einen Unsterblichen ausprobierte, wußte ich, daß ich nicht mehr als menschlich war. Ceincaled war rein, wild, unglaublich stark. Er hatte keinen Herrn, und er konnte keinen akzeptieren.

Und er war wunderbar.

Ich hörte auf, mir um die Vergangenheit oder die Zukunft Sorgen zu machen, über Gedanken und Gefühle. Aldwulf hängte mich vielleicht auf, oder ich stürzte vielleicht von Ceincaleds Rücken und wurde zertrampelt, gebrochen durch die Wildheit der Kraft, die ich versucht hatte zu beherrschen. Aber sobald ich diese Dinge einsah, wurden sie auch schon unwichtig wie ein abgebrochenes Kartenspiel. Ein süßer Geschmack war hinten in meinem Mund, wie Pfefferminz mitten in einer regnerischen Nacht. Ceincaled sprang wieder auf, eingehüllt in Donner, und Tod und Leben wurden beide unwirklich. Nur noch der süße Wahnsinn, der sowohl das Pferd als auch mich überwältigt hatte, wurde wichtig, der Wahnsinn, der von innen über mich gekommen war und der die Welt veränderte, so daß ich sie nicht länger erkennen konnte.. Es war mir auch gleich. Als ich Caledvwlch gezogen hatte, erkannte ich irgendwie das Licht, aber es war mehr als eine Helligkeit, es war ein flammendes, süßes Gefühl tief innen. Ich liebte Ceincaled, und mitten im Sprung spürte er es und gab meine Liebe zurück, und wir kämpften jetzt nicht mehr gegeneinander, sondern wir flogen, geblendet vor Freude und erfüllt von der gleichen, wilden Kraft.

Ceincaled stieg noch ein letztes Mal und wieherte. Es klang wie eine Herausforderung an die ganze Welt. Dann stand er im Kreis auf allen vier Beinen und verhielt angespannt.

Durch den kämpferischen Wahnsinn, der die Welt scharfkantig, fast gefroren machte, sah ich, wie die Zuschauer mich verwundert anstarrten. Aldwulf runzelte in plötzlicher Unruhe die Stirn, und Cerdics Augen flammten vor Gier.

»Gut«, sagte der König der Westsachsen. Seine Stimme klang, als ob sie von weither käme. »Und jetzt gib mir das Pferd.«

Ich lachte, und er fuhr zusammen. Er wurde rot vor Zorn. Aldwulf, der jetzt begriff, was da passierte, packte Cerdic am Arm. Cerdic drehte sich zu ihm um, eine wütende Frage bildete sich auf seinen Lippen . . .

Ich hatte Caledvwlch gezogen, und das Licht sprang auf. Es war rein und strahlend wie ein Stern. Ceincaled schoß auf Cerdic zu. Jemand schrie entsetzt auf.

Cerdic warf sich zur Seite, rollte, Ceincaleds Hufe verpaßten ihn um wenige Zoll. Aldwulf, der sich zurück in die Menge drückte, war weniger schnell und hatte weniger Glück. Er schrie auf, ehe mein Schwert ihn berührte, er wurde geblendet von seinem Licht. Er kreischte irgendeinen Fluch – und dann heulte er auf, als die Klinge ihn traf. Aber Ceincaled zerriß das Seil, das den provisorischen Ring umgab, und meine Hand wurde zurückgerissen. Aldwulf war nicht tot, obwohl ihm jetzt das linke Auge fehlte. Ich wollte zurück, um ihn zu vernichten, denn er verdiente das. Aber Ceincaled streckte sich im Galopp, und ich vergaß Aldwulf, während ich den Wind schmeckte.

Die römischen Straßen schossen vorüber, undeutlich durch die Geschwindigkeit. Hinter uns rief jemand. Er brüllte: Haltet ihn auf, tötet ihn! Ein Krieger auf der Straße rannte mir in den Weg, fiel auf ein Knie, richtete seinen langen Wurfspeer auf mich. Mein Blickfeld zog sich zusammen, enthielt nur noch ihn, während ich herankam. Ich sah sein Gesicht, das vor Angst und Erregung grinste. Der Schweiß glänzte darauf. Ich sah die Sonne, die auf seiner Speerspitze blitzte, und ich liebte das funkelnde Licht. Ich liebte auch den Mann, und ich wußte, daß Ceincaled nur noch drei Sätze von ihm entfernt war. Ich berührte das Pferd mit meinem Knie, zwang es, ein winziges Stückchen auszuschwenken, und die Speerspitze, die vorwärtsblitzte, verfehlte uns. Mit meiner linken Hand ergriff ich den

Schaft, und mit der rechten schwang ich Caledvwlch. Mein Gehirn war noch immer vernebelt vom Wahnsinn, während das Schwert traf, während es aufflammte. Der Hals des Kriegers sprudelte rot, als er durchschlagen wurde, dann war ich vorbei. Andere kamen, am Tor. Ich tötete den nächsten mit dem Speer, den ich dem ersten genommen hatte, und den Speerschaft des zweiten durchschlug ich und ließ ihn von Ceincaled überrennen. Ich bemerkte, daß ich sang, und ich lachte. Wie konnten sie mich jetzt noch aufhalten? Die Sachsen flüchteten ja! Einer warf einen Speer, aber Ceincaled schwenkte aus, und er verfehlte uns. Mein Pferd lehnte sich in den Galopp, und vor mir waren keine anderen, nur das offene Tor und die römische Straße, die sich nach Westen erstreckte. Wir flogen wie eine Möwe darauf hinunter wie der Falke meines Namens. Die Sachsen waren weit hinter uns. Selbst als sie eine Gruppe zusammenstellten, die uns folgen sollte, waren sie weit hinten. Zu weit, um uns einzuholen, dachte ich tief innen. Zu weit, um uns jemals wieder zu fangen. Wir waren frei.

8

Der Rest des Rennens ist mir nicht klar im Gedächtnis. Es war ein herrlicher Rhythmus, zusammengesetzt aus fliegenden Hufen und Wind, aus den kahlen Hügeln und der Ebene vor und um mich, nachdem wir die Straße verlassen hatten. Ich sang aus reiner Freude, ich lachte, ich liebte die Welt und alle Menschen darin, selbst Cerdic, den ich mit Freuden umgebracht hätte, wenn er dagewesen wäre. Oh, das Licht war ein starker Herr, ein großer Hoher König. Jeder Krieger konnte stolz sein, ihm zu dienen.

Es war Spätnachmittag, und Ceincaled begann ein wenig zu ermüden. Ich brachte ihn in einen leichten Galopp. Wir hatten noch immer eine lange Strecke vor uns, ermahnte ich mich selbst.

Wie lang war der Weg? Ich konnte es nicht einmal schätzen. Die Entfernungen in Britannien waren für mich völlig ungewiß, und ich hatte keine Ahnung, wie weit wir gekommen waren. Bei dieser Geschwindigkeit war es sicher eine große Strecke gewesen. Etwas von dem blendenden, strahlenden Licht in meinem Innern erstarb, und ich schaute um mich.

Ich näherte mich dem westlichen Rand der Ebene. Das Land auf beiden Seiten ähnelte ein wenig den Orkneys, denn es war offen und hügelig. Aber diese Hügel waren breiter und grüner. Als ich die Sonne betrachtete, entdeckte ich, daß ich sowohl nach Norden als auch nach Westen ritt, und mir wurde klar, daß ich das schon seit einiger Zeit getan haben mußte. Schwach erinnerte ich mich noch daran, daß die römische Straße der Kurve eines Hügels folgte und daß Ceincaled im Galopp davon abgewichen war, hinein in die Ebene, nach

Nordwesten. Es war gut, so dachte ich, daß wir auf der römischen Straße nach Westen geritten waren. Denn wenn das nicht der Fall gewesen wäre – und in meinem Wahnsinn hätte es leicht sein können –, dann wäre ich mit Ceincaled nach Osten davongestoben, mitten ins Herz der sächsischen Königreiche. Der Gedanke ließ mich lächeln, und auch der Rest der Ekstase verschwand. Ich verlangsamte Ceincaled zum Trab, und dann wandte ich ihn genau nach Westen.

Dort wurden die Hügel steiler, und bald lag eine dunkle Linie aus Wald vor uns. Ehe wir diesen Wald erreichten, kamen wir an einen Fluß. Es war ein kleiner, schläfriger Fluß, noch dunkel vom Frühlingsschlamm, und er spiegelte friedlich die Eichbäume auf seinem anderen Ufer wider. Ein Stück ritt ich an diesem Fluß nach Norden, bis ich eine Stelle fand, wo das Wasser niedrig genug war. Dort konnte Ceincaled es leicht überschreiten.

Als wir uns dem Wasser näherten, schnüffelte das Pferd interessiert. Ich saß ab und ließ ihn saufen, und ich redete leise mit ihm, während er trank. Er war durstig und schweißnaß, aber unglaublicherweise dampfte er nicht, wie jedes andere Pferd, wenn es irgend etwas in der Art unseres Rennens hinter sich gehabt hätte.

Während ich das Pferd betrachtete, wurde ich auch durstig. Ich kniete beim Wasser nieder und sah, daß ich noch immer Caledvwlch gepackt hielt. Ich lächelte und begann das Schwert in die Scheide zu schieben – und dann sah ich, daß Blut daran war.

Mit einem fast körperlichen Entsetzen fielen mir die Sachsen ein, die mir im Weg gestanden hatten. Ich erinnerte mich daran, wie Aldwulf bewußtlos in den Kreis der Sachsen zurückstürzte, mit dem Schnitt auf der linken Seite seines Gesichts. Mir fielen die anderen ein, die gestorben waren, und ich erinnerte mich daran, wie ich gelacht hatte. Ich ließ das Schwert ins Gras sinken und lehnte mich auf den Hacken zurück. Ich starrte es an, als ob das Töten auf das Konto des Schwertes ging und nicht auf meins. Dann sah ich, daß das

Pferd zuviel trank, und stand auf und zog Ceincaled vom Wasser zurück. Ich führte ihn auf und ab, damit er sich abkühlte. Ich hatte getötet. Ich hatte gerade drei Männer getötet, und einen vierten hatte ich schrecklich verwundet. Und bis jetzt war es mir noch nicht einmal klar gewesen. Nein, ich hatte vier Männer getötet, wenn man Connall mitzählte. Aber das war aus Gnade geschehen, und diesmal . . . diesmal war es eine Schlacht gewesen.

Ich ließ das Pferd zurück zum Wasser, damit es mehr trinken konnte. Lugh hatte mir seinen Segen gegeben, den ich in die Schlachten trug, die vor mir lagen. Konnte der Wahnsinn, der mich überfallen hatte, solch ein Segen sein? CuChulainn, so sagt man, wurde im Kampf auch wahnsinnig, und er war ein Sohn des Lugh. Es gibt Arten von Wahnsinn, die man als göttlich oder heilig bezeichnet. Mein Wahnsinn hatte sich auch so angefühlt. Aber es machte mir angst, daß ich töten konnte, ohne mich darum zu kümmern. Dennoch – konnte ich sagen, daß es falsch gewesen war, auf diese Weise zu fliehen?

Ich reinigte das Schwert im Gras, rieb es an meinem Umhang und schob es wieder in die Scheide. Dann kniete ich nieder und trank aus dem Fluß. Das Wasser schmeckte seiner Quelle entsprechend: langsam und üppig, friedlich. Es war beruhigend, und deshalb setzte ich mich auf das Ufer und betrachtete das Wasser. Ceincaled hatte genug getrunken und watete jetzt im Fluß herum. Er genoß es offenbar. Ich ging zu ihm hinüber und nahm ihm schnell den Sattel ab. Dann rieb ich ihn mit einer Handvoll Gras ab und erlaubte ihm, weiter im Fluß herumzuplantschen. Ich selbst setzte mich wieder hin.

Ich schaute mein Spiegelbild an, das in den Wellen zitterte, die Ceincaled machte. Ich hatte mich verändert, seit ich das letztemal mein Gesicht betrachtet hatte, damals am Teich, in Llyn Gwalch. Es war jetzt ein fremdes Gesicht, gezeichnet von seltsamen Dingen. Die Augen allerdings, deren Spiegelbild auf dem Wasser schwamm, waren noch die gleichen, genauso verwirrt über das, was sie sahen. Aber in meinem Gesicht lag jetzt eine seltsame Intensität, der Ausdruck eines Kriegers, und noch etwas Unheimliches. Ich schüttelte den Kopf und schaute wieder Ceincaled an. Ich, ein Krieger. Ich hatte drei ausgebildete sächsische Krieger getötet und einen sächsischen König verwundet. Aber wie konnte ich, Gawain ap Lot, der schlechteste Krieger auf allen Orkneys, ein völliger Versager, was Waffen betraf, so etwas fertigbringen? Die Sachsen waren durch die Größe und die Geschwindigkeit von Ceincaled verängstigt worden und durch das Feuer, das in meinem Schwert flammte. Wenn das nicht so gewesen wäre, dann hätte man mich sofort getötet. Sicher, das Ganze wirkte wie eine strahlende Heldentat, mit der ein berühmter Krieger vielleicht in einer Festhalle angeben konnte. Aber ich wußte es besser.

Ich wußte was besser? Ich dachte an das wilde, ungebändigte Wesen, das ich noch vor einer Stunde gewesen war, und ich wunderte mich. Ich erinnerte mich an das, was ich in mir selbst gesehen hatte, als ich zum erstenmal Caledvwlch zog, an die Finsternis und danach an die Macht und die Sicherheit, als ich das Schwert hielt. Und ich erinnerte mich an Lughs Warnung. Wie sollte man in diesem Gemisch aus menschlicher Leidenschaft und göttlichem Wahnsinn das Licht von der Finsternis unterscheiden? Der verstörende Gedanke, daß ich nicht ganz menschlich war, kehrte wieder. Aber jetzt wußte ich, daß ich so menschlich bleiben würde wie jeder andere, was immer auch geschah, und selbst wenn ich Ceincaled reiten konnte. Das Pferd hatte mir dies gezeigt. Ich hatte ihn nicht beherrscht, sondern er hatte sich entschlossen, mir zu gehorchen, aus Liebe. Nur ein Unsterblicher konnte diesen Hengst bezwingen, und ich war menschlich. Ich konnte das Tier nur überreden. Dieser Gedanke war tröstlich. Es ist menschlich, ignorant und unsicher zu sein, und das war ich. Ich war nur ein Mann, der Größeres gesehen hat als die meisten Männer. Das Wesen dieser Dinge hatte mich berührt, wie ein Krieger von seinem Dienst berührt wird und ein König – Morgas, Mutter, fragte ich mich, wie tief hast du mich berührt? Aber das war alles, das war die ganze Erklärung.

Ich lachte mein Spiegelbild an. »Du bist wirklich ein richtiger Narr, weißt du das?« fragte ich den Schatten. »Die Antwort lag direkt vor dir, und du hast ihr den Rücken zugedreht. Du machst dir zu viele Sorgen.«

Ceincaled stellte die Ohren nach vorn und lauschte. Dann warf er den Kopf zurück. Ich lachte wieder, stand auf, ging hinüber und packte ihn am Zügel. Er schnaufte, und dann schob er seine Nase in mein Haar und knabberte daran, wie Pferde das so tun.

»Still, du Tapferer, du Strahlender«, sagte ich ihm, »das ist kein Gras. Es hat noch nicht einmal die richtige Farbe.«

Ceincaled prustete, und ich ließ meine Hand über seinen Nacken gleiten. Es war ein Schock, als ich mich daran erinnerte, woher er kam. Armer Ceincaled. Er war herausgerissen worden aus den Wundern dieser Inseln jenseits des Sonnenuntergangs. Er hatte sich Cerdics Gier und Aldwulfs Bannsprüchen unterwerfen müssen, der Peitsche und dem Hunger, dem Gebiß und den Sporen, der Finsternis und dem Tod. Und er hätte nur die Felder voll goldener Blumen kennen sollen, den endlosen Frühling in alle Ewigkeit. Ich riß noch ein Büschel Gras aus und rieb ihn wieder ab. Er war wundervoll. Zu schön für diese Erde. Mit ihm hatte ich meine Freiheit gewonnen. Und jetzt, ganz sicher, würden die Sachsen mich nie mehr wiederfinden, und ich brauchte Ceincaled nicht mehr. Nein, im Gegenteil: Er konnte sogar leicht zum Hindernis werden, denn solch ein Pferd bemerkt man, es fällt überall auf. Hätte ich die Wahl gehabt, ich hätte das Pferd behalten – ich liebte den Hengst, seine Schönheit und seinen stolzen Geist. Aber ich hatte kein Recht, ihm das Geschenk der Freiheit, das er mir gebracht hatte, mit dem Tod zu vergelten, den er erleiden würde, wenn ich ihn behielt. Langsam nahm ich ihm die Zügel ab. Ceincaled stand ganz still, und sein Spiegelbild im dunklen Wasser zitterte leicht. »Geh, mein Freund«, sagte ich ihm. »Du hast deine Freiheit wieder. Geh nach Haus. Vielleicht wird Lugh, der Meister aller Künste, dich reiten, denn ein minderes Wesen paßt nicht zu dir. Du hast gut gekämpft und tapfer, und ich biete dir meinen Dank.«

Ceincaled zögerte, als ob er zuhörte und verstand. Dann warf er den Kopf zurück, schnaubte den Zügel an und stürzte sich in den Fluß. Als er ihn überquert hatte, galoppierte er nach Westen. Ich sah zu, wie er zwischen den Bäumen verschwand. Dann seufzte ich, überquerte den Fluß selbst und hielt mich nach Westen.

Der Wald war nicht so dicht wie der, in dem ich aufgewacht war. Dennoch, er war dicht genug, um die Sachsen in die Irre zu leiten, wenn sie mir noch immer folgten. Das bezweifelte ich allerdings. Cerdic mußte mir Männer nachgeschickt haben, aber ich nahm an, sie hatten nicht herausgefunden, wo ich die Straße verlassen hatte. Und ich hatte die Ebene überquert, die nach Aussagen der Hörigen zwischen Dumnonia und den sächsischen Ländern lag, also war ich jetzt mit Sicherheit auf britischem Gebiet. Es konnte sein, daß sich ein Kriegshaufen in der Nähe befand . . . Nein, der letzte vom König befohlene Überfall war im Norden gewesen, in Powys. Ich war zu weit im Süden, als daß ich mit dem zusammentreffen konnte. Wahrscheinlich war ich sicher. Wenn ich mich ein wenig weiter nach Westen bewegte, dann war ich auf jeden Fall sicher.

Ich wanderte bis zum Einbruch der Dunkelheit – nicht allzulange. Dann hielt ich einfach an Ort und Stelle, wickelte mich in meinen Umhang und schlief unter einer Baumwurzel. Am folgenden Tag wanderte ich weiter, und ich fühlte mich erschöpft und schmutzig.

Ich war noch nicht weit gegangen, als ich eine Straße erreichte. Es war keine römische Straße, sondern ein einfacher, schlammiger Feldweg, der sich über die Kuppen der Hügel zog. Es war leichter, am Rand zu gehen oder durch den umgebenden Busch, denn auf der Straße lag der Schlamm tief und dick. Nichtsdestoweniger folgte ich der Spur nach Süden. Das war ein kleines Risiko, aber ich wollte jemanden finden, der mir sagen konnte, wo Artus war. Das Land war bewohnt, soviel wußte ich, denn ich hatte den Rauch von Herdfeuern am vergangenen Abend gesehen. Ich hielt es aber für sicherer auf jemanden zu warten, der möglichst allein reiste.

Das Risiko, das ich einging, zahlte sich aus. Ich war erst eine halbe Stunde gewandert, als ich auf einen Karren traf, der im Schlamm steckengeblieben war. Der Mann, der sich abquälte, um ihn wieder flottzumachen, war vierschrötig und rothaarig, und er fluchte auf britisch.

»Verdammt! Yfferns Hunde sollen dich niederrennen, Pferd! Kannst du denn nicht stärker ziehen?« brüllte er seine Mähre an. Das Tier ruckte ein paarmal halbherzig an, aber ohne Erfolg. Der Mann fluchte noch ein bißchen und trat gegen eins der Karrenräder. Mich hatte er noch nicht bemerkt.

»Ich grüße dich«, sagte ich, nachdem ich ihm eine Zeitlang zugesehen hatte. »Kann ich dir helfen?«

Der Mann hörte auf zu schieben und wirbelte herum. Er hatte offenbar Angst. Seine Augen weiteten sich, als er mich sah, und seine rechte Hand machte blitzschnell eine seltsame Bewegung. »Wer bist du?« wollte er wissen, und jetzt ließ er die Hand auf seinen Messergriff fallen. »Was willst du?«

»Ich will nichts von dir, und mit Sicherheit nicht dein Leben. Deshalb kannst du die Hand vom Messer nehmen. Ich habe dir nur angeboten, dir mit dem Karren zu helfen.«

Der Mann starrte mich lange und unsicher an. Dann zuckte er die Achseln, fuhr sich mit einer schweren Hand durchs Haar und rollte verärgert die Augen. »Ach! Na, du bist jedenfalls kein Sachse ... Ob du mir helfen kannst? Nein, bestimmt nicht. Ich bin mit dem Karren hier steckengeblieben, aus reinem Spaß an der Sache. Es macht mir eine Riesenfreude, das Ding wieder aus dem Schlamm zu ziehen.«

Ich mochte diesen Mann. Ich lächelte. »In dem Fall tut es mir schrecklich leid, daß ich dich bei deinem angenehmen Zeitvertreib gestört habe. Ich überlasse dich also deinem angenehmen Spiel.«

Er runzelte verwirrt die Stirn und grinste dann. »Aber, aber. Ich war bloß wütend, und dein Angebot ist äußerst großzügig. Wenn du mir dieses dreimal verdammte Ding aus diesem dreimal verdammten Loch ziehen hilfst, dann kannst du mitfahren. Ich gehe nach Südosten, nach Camlann.«

Camlann! »Ich will selbst dorthin«, sagte ich. »Na, laß mich die Karre mal sehen. Wie tief steckt sie denn?«

Sie steckte sehr tief, in einem Loch, das von einer dünnen Kruste aus trockenem Schlamm verborgen worden war. Es dauerte eine Stunde, in der wir uns abquälten und massenhaft Holz aus dem Wald unter die Räder schoben, ehe der Karren endlich aus dem Loch sprang. Der Fuhrmann stieß einen glücklichen Jauchzer aus, als der Wagen endlich frei war.

»Ein Glück, daß du vorbeigekommen bist«, sagte er. »Allein hätte ich ihn nie da rausgekriegt. Ich hätte zurück zu meinem Hof gehen und meinen Clan um Hilfe bitten müssen, und es ist nicht sicher, heutzutage einen beladenen Karren auf der Straße zu lassen. Wo doch hier die Banditen wimmeln, und die Diebe, und die Sachsen in Din Sarum.« – Noch ein anderer Name für Sorviodunum/Searisbyrig, fiel mir ein. – »Und auf dem Hof gibt es mehr Arbeit, als die Männer leisten können, die wir haben. Wir könnten kaum einen entbehren, damit er einen Karren flottmacht.« Er kletterte in seinen Wagen, löste die Zügel von dem Pfosten, an dem sie angebunden gewesen waren, und winkte mich hinauf. Wir rollten die Straße hinunter, ein Rad auf dem Rand, ein Rad auf der Straße. »Mein Name ist übrigens Sion«, sagte der Mann, »Sion ap Rhys, ein Bauer. Mein Clan wohnt nördlich von hier, in der Nähe von Mor Hafren.«

Mor Hafren, die Mündung des Saefern? War ich so weit nach Norden gekommen?

»Ich bin Gawain«, sagte ich, ohne den Namen meines Vaters hinzuzufügen. Ich würde nur wenig Auskunft geben, so entschloß ich mich, bis ich genau wußte, wie man die Söhne des Königs Lot von den Orkneys in Dumnonia aufnehmen würde.

»Ein guter Name«, sagte Sion nach einer kurzen, unruhigen Pause. »Der Name eines Kriegers. Und du willst nach Camlann?«

»Ja. Wie weit ist es denn? Ich bin noch nie in Dumnonia gewesen.«

Sion zuckte die Achseln. »Heute nacht sollten wir in Ynys

Witren sein. Es ist nicht weit, aber ich will das Pferd nicht antreiben, und ehe wir die westliche Straße erreichen, werden wir noch mehr Zeit damit verbringen müssen, diese verfluchte Höllenkarre aus dem Schlamm zu graben. Hin und wieder glaube ich, daß kein Profit es wert ist, im Frühling zu reisen.«

»Welchen Profit erwartest du denn?«

Er grinste. »Einen beträchtlichen. Das ist Weizenmehl da hinten. Mein Clan hat festgestellt, daß wir am Ende des Winters mehr hatten, als wir brauchten. Deshalb haben wir uns entschlossen, es zu verkaufen. Und wem könnte man das Mehl besser verkaufen als dem Kaiser? Der braucht ja dauernd Vorräte, mit seiner Kriegerschar. Wenn ich den richtigen Mann finde, mit dem ich handeln kann, dann kann ich den doppelten Preis von dem erwarten, was ich in Baddon kriegen würde.«

Den Rest des Tages fuhren wir zusammen, und es machte mir großen Spaß. Sion war redselig und fröhlich, und das war gut so, denn der Karren blieb noch dreimal hängen, ehe wir die »westliche Straße« erreichten, die alte römische Straße. Sion mußte ein dutzendmal jeden einzelnen Zoll dieser Straße Yffern anempfohlen haben, zusammen mit dem Karren und dem Pferd, aber er fluchte mit großem Gleichmut, und das Pferd drehte nur die Ohren zurück, als ob es Sions Flüche für Trostworte hielt.

Lange, bevor wir Ynys Witren erreichten, verschwand der Wald. Dann wurden auch die Hügel flacher, und endlich überquerten wir auf einer Straße, die auf einem Erdwall lag, ein niedriges Marschland. Schmale Flüsse mit tiefem Wasser wanden sich durch die nassen Sumpfgräser. Wir sahen die Stadt Ynys Witren, lange bevor wir sie erreichten. Der große Hügel, auf dem sie erbaut ist, stand über dem Land wie eine Festung. Ynys Witren ist eine heilige Stadt. Sie war schon heilig, ehe die Römer kamen, und sie ist es noch immer, wenn auch jetzt einem anderen Gott. Sie sagen, die erste Kirche in Britannien ist dort erbaut, und das Kloster ist schon seit langer Zeit da.

Ich war sehr beeindruckt von der Straße in die Stadt, und ich versuchte, mir die Arbeit vorzustellen, die dazu nötig gewesen war. Sion bemerkte das, und er fragte mich, ob ich ein Fremder wäre. Er zögerte ein wenig, ehe er das letzte Wort sagte. Ich erzählte ihm, ich sei von den Orkneyinseln. Er war verwirrt. »Von den Orkneys? Wo ist denn das?«

»Die Orkneys, die Innsi Erc, die Inseln im Norden des Piktenlandes«, sagte ich überrascht.

»Ach, die Ynysoedd Erch! Wo Lot König ist, mit der Hexenkönigin. Ein schrecklicher Ort, heißt es, und furchtbar weit weg.«

»Sehr weit weg«, antwortete ich, »aber überhaupt nicht schrecklich.«

»Nun . . . hast du denn jemals den König Lot ap Cormac gesehen? Oder die Königin Morgas, die Tochter des Uther? Von der erzählen sie sich Geschichten, die einem das Blut gefrieren lassen. Ich würde keinem von den beiden gern begegnen, überhaupt nicht, zu keiner Zeit. Mein Sohn natürlich . . .«

Ich lächelte. Er hatte mir schon alles über seinen zwölfjährigen Sohn erzählt, der ein fanatischer Bewunderer von Artus war und der ein Held werden wollte. Er hatte es mir erzählt, mitten in Geschichten von den Schwierigkeiten des Bauernlebens und von einer Blutfehde, in die sein Clan vor zwanzig Jahren verwickelt gewesen war. Sion war wie gesagt ein redseliger Mann.

»Nicht, daß ich die Geschichten etwa glaubte«, fügte Sion hinzu. »Die Männer erzählen sich Geschichten über alles mögliche, und je wunderbarer sie sind, desto interessanter finden sie sie. Auf jedem Marktplatz erzählen sie jetzt Geschichten über den Pendragon, über die man vor zehn Jahren gelacht hätte. Aber weil er jetzt Kaiser ist und die Kirche besteuert, da reißen sich die Narren alle im Bart und glauben die Wundergeschichten. Ich dagegen, ich bin ein Christ, ein Sohn der Kirche, und ich halte nicht viel von solchen Märchen . . .« Er brach ab, warf mir einen Seitenblick zu, verstummte einen Augenblick und fuhr dann fort: »Aber ich hab' mich schon gefragt, wie der König und die Königin von den Ynysoedd Erch wohl aussehen.«

»Ich habe sie gesehen«, gab ich zögernd zu.

»Wirklich? Dann erzähl mir von der Hexenkönigin, der Schwester des Pendragon. Sie ist hier in Dumnonia geboren, aber ich hab' sie noch nie gesehen. Ist sie schön?«

Ich dachte an Morgas. Morgas mit ihrem schwarzen Haar und den Augen, die wie nachtschwarze Seen sind. Morgas, die Königin der Finsternis, die nicht länger menschlich war. Ich schaute auf meine Hände hinab, ich vergaß die Straße und den Mann neben mir, ich vergaß Camlann und ganz Britannien im Schrecken meiner Erinnerungen. Der Rand des Karrens knirschte unter meinen Fingern, als ich ihn packte. Licht, kann ich nie frei sein von ihr?

Sion murmelte irgend etwas und machte das gleiche Handzeichen, das er bei meinem ersten Anblick gemacht hatte.

»Was?« fragte ich und wachte aus meinen Gedanken auf.

»Nichts«, sagte Sion, aber er zügelte sein Pferd und schaute mich an. »Was machst du . . .« Er hielt wieder inne. »Irgendwie bist du seltsam, Gawain.«

»Was meinst du damit?« fragte ich und schaute ihm gerade in die Augen.

Sion schüttelte abrupt den Kopf und klatschte mit den Zügeln, so daß die Stute wieder vorwärtstrabte. »Es ist nur das Licht«, murmelte er. »In dieser Spätnachmittagssonne sieht alles so aus . . . na, tut mir leid.«

Ich lächelte, und meine Finger legten sich auf Caledvwlchs Heft. Es war wenigstens schon etwas, daß es ihm leid tat, weil er mich für nicht menschlich hielt. »Sieh mal da«, sagte Sion und war wieder fröhlich. »Da ist Ynys Witren.«

Wir fuhren jetzt wieder direkt nach Westen, denn die Straße zweigte von der Hauptstraße im Osten der Stadt ab, und die langen Strahlen der Nachmittagssonne ließen die Gebäude aus Lehm und Holz zerbrechlich aussehen, als ob sie über dem Marschland schwebten. Der steile Hügel hätte friedlich aussehen sollen: Statt dessen mußte ich bei seinem Anblick den Atem anhalten. Diese Stadt war sicherlich ein Sitz der Macht, und die Macht war von mehr als einer Art.

Sions kleine Stute strebte eifrig dem versprochenen Stall zu. Um des Pferdes willen wollte Sion in Ynys Witren halten, anstatt nach Camlann weiterzufahren. Es war schwer für die Stute, den beladenen Wagen den ganzen Tag zu ziehen, und der Bauer konnte es sich nicht leisten, das Tier zu überanstrengen. Etwas bedrückt fiel mir ein, daß Ceincaled die ganze Entfernung, die wir an diesem Tag zurückgelegt hatten, in ein paar Stunden hätte schaffen können. Aber Ceincaled hatte das Recht auf Unsterblichkeit. Ich hätte ihn nicht behalten können.

Wir überquerten eine Brücke – Sion sagte, der Fluß hieße Briw – und dann fuhren wir in die »Glasinsel« ein, in Ynys Witren. Der große Hügel erhob sich drohend über uns, und die Festung, die darauf stand, hielt Wacht über dem Marschland. Die Festung gehörte einem niederen Herrn, einem Untertanen des Constantius von Dumnonia. Sion hatte nicht vor, um die Gastfreundschaft dieses Herrn zu bitten, denn der folgte der normalen Sitte, das Gastrecht niemandem außer Kriegern und Handwerkern anzubieten. Gewöhnliche Reisende gingen zum Kloster. Dies lag an der Flanke des Hügels, im Osten der Festung, mitten in einer alten, größtenteils verlassenen römischen Stadt.

Sion fuhr zum Tor, stieg vom Karren und läutete eine Eisenglocke, die an der Mauer hing. Nach ein paar Minuten kam ein Mönch und betrachtete uns durch einen Schlitz im Tor.

»Wer seid ihr und was wollt ihr?« fragte der Mönch verärgert.

»Sion ap Rhys, ein Bauer. Unterkunft für eine Nacht.«

»Ein Bauer?« Der Mönch öffnete das Tor. »Dann seid ihr willkommen. Die Gastfreundschaft von Ynys Witren wird euch kosten . . . Was ist im Wagen?«

»Kosten!« rief Sion. »Was für eine Art Gastfreundschaft ist das?«

»Die Gastfreundschaft von Mönchen, die von einem Tyrannen weit über ihre Verhältnisse besteuert werden!« schnappte der Mönch. »Was ist im Karren?«

»Weizenmehl«, erwiderte Sion mürrisch.

»Es kostet euch einen Sack Weizenmehl.«

»Einen Sack. Einen ganzen Sack. Mann, für einen ganzen Sack Mehl könnte ich zwei Hühner kaufen, um diese Jahreszeit!« sagte Sion.

»Sucht ihr die Kirche auszuplündern, die heilige Kirche, eure Mutter? Meint ihr nicht, daß es Gott freut, wenn man großzügig zu seinen Dienern ist?«

»Ich glaube, es freut Gott, wenn seine Diener großzügig sind. Zehn Pfund Mehl ist mehr, als ich mir leisten kann, aber das biete ich euch.«

»Drei Viertel von einem Sack . . .« begann der Mönch.

Nach kurzer Zeit wurde ausgemacht, daß Sion für einen halben Sack Mehl für sich und seine Stute einen Platz zum Übernachten bekommen sollte.

»Und wer ist da noch im Karren?« wollte der Mönch wissen. »Du kannst mir nicht erzählen, daß er dein Sohn ist. Er sieht dir in keiner Weise ähnlich.«

»Nein«, antwortete ich. »Ich bin nur ein Weggenosse.«

»Du zahlst also dann für dich allein«, sagte der Mönch mit Befriedigung. »Gehört einiges von dem Mehl dir?«

»Nein . . .«

»Warum reist du dann?«

»Ich suche Dienst beim Pendragon.«

Der Mönch riß den Mund auf, dann knurrte er: »Der Pendragon! Artus der Bastard hat schon zu viele Männer, die ihm dienen. Viel zu viele. Und wer ernährt sie alle?«

»Die Sachsen haben das in letzter Zeit getan, dadurch, daß sie ausgeplündert worden sind«, sagte ich. »Und ganz Britannien macht es, wenn kein Krieg ist. Hast du je die Sachsen kennengelernt?«

»Warum sollte ich wohl die Sachsen kennenlernen?« fragte der Mönch und vergaß in seiner Überraschung, wütend zu sein.

»Na, das macht ja nichts. Was willst du von mir verlangen? Ich habe keine Güter.«

»Keine?« Er schaute mich sorgfältig an und entschied sich dann dafür, daß ich die Wahrheit sagte. »Gib mir dein Schwert.«

»Nein.«

»Deinen Umhang.«

Sion begann zu kochen. »Was für eine Gastfreundschaft ist denn das, selbst für Ynys Witren? Du nimmst einem Mann den Umhang ab, der ohne Penny zu dir kommt und der nicht mehr vom Handeln versteht als ein dreijähriges Kind? Ich will für ihn bezahlen.«

»Einen Sack Mehl«, sagte der Mönch schnell.

»Einen halben Sack, wie für mich«, antwortete Sion fest. »Und nicht mehr, du Dieb aus einer Diebeshöhle.«

Der Mönch beklagte sich noch ein bißchen; er sagte, es sei ja gerade so, als ob er darum gebeten würde, die Ausplünderung der Kirche dadurch zu unterstützen, daß er »einem gottlosen Gefolgsmann von Tyrannen« Unterschlupf böte. Aber er wollte das Mehl, und nach einer Weile ließ er uns ein.

»Tut mir leid«, sagte ich zu Sion, während der Wagen durch das Tor rollte. »Es stimmt, daß ich keine Ahnung vom Handeln habe. Du hättest ihn meinen Mantel nehmen lassen sollen; ich bin sicher, daß ich einen neuen in Camlann bekomme. Und so habe ich nichts, womit ich deine Großzügigkeit zurückzahlen könnte.«

Sion zuckte die Achseln, aber er war offenbar erfreut. »Behalt ihn. Du wärst ein Narr gewesen, wenn du einen neuen Mantel für eine Nacht hingegeben hättest. Der Mantel ist mindestens eine Woche wert. Und der Mönch, der war ein absoluter Dummkopf, weil er dein Schwert auch nur erwähnt hat. Ich, der ich nichts von Waffen verstehe, sehe ja sogar, daß man mit diesem Schwert einen Hof mit Herden und allem Drum und Dran kaufen könnte.« Er warf mir einen geschäftstüchtigen Blick zu. Ich fühlte mich wirklich dumm, denn daran hätte ich überhaupt nicht gedacht. »Es ist ja schließlich nur ein Sack Mehl«, fügte Sion hinzu. »Und« – er senkte die Stimme – »die Säcke haben auch nicht ganz die richtige Größe. Sie sind kleiner. Der Trottel hat das noch nicht einmal bemerkt, also hat er uns großzügig bewirtet, ohne es zu wissen. Das ist auch gut und richtig so, denn Mönche sollten, was die Güter der Welt anbetrifft, ja arm sein. Und mit Gottes Hilfe werde ich tun, was ich kann, damit sie das auch sind.«

Wir stellten Sions Stute in den Ställen der Abtei ein, und dann sorgten wir dafür, daß der Karren sicher in der Scheune untergebracht wurde. Anschließend gaben wir dem Bruder Pförtner seinen Sack Mehl. Dann gingen wir in die Kapelle, denn es sah so aus, als ob das Kloster völlig überfüllt wäre, und die Mönche hatten ihre Gäste schon im Vorraum der Kapelle zum Schlafen untergebracht. Sion warf seine Rolle im Vorraum nieder, pfiff durch die Zähne und stampfte in die Kapelle selbst hinein. Nach einem Augenblick des Zögerns folgte ich ihm. Ich hatte noch nie zuvor eine Kirche gesehen, und ich fand sie verwirrend. Direkt hinter der Tür blieb ich stehen und starrte die säulengeschmückte Basilika an und die Schnitzereien an den Wänden. Sion allerdings ging direkt zum anderen Ende und kniete vor dem Altar nieder. Er machte das gleiche Handzeichen, das ich ihn schon zweimal hatte machen sehen, und jetzt erkannte ich es als das Zeichen des Kreuzes. Ich ging auch still zum Altar, stellte mich hin und schaute ihn an.

Es war ein ganz einfacher Altar, und ein Kreuz aus geschnitztem Holz stand dahinter vor der weißgekälkten inneren Wand. Das Tuch über dem Altar allerdings war reich bestickt. Es war bedeckt mit verschlungenen, ineinander verknoteten Mustern, die gefroren wirkten und gleichzeitig bewegt, wie die Muster, die ich mein ganzes Leben lang auf Schüsseln und Spiegeln und Schmuck gesehen hatte. Auch auf diesem Tuch waren Tiermuster, seltsame, geflügelte Wesen, die durch die verschlungenen Knoten schritten, die im Licht der beiden Kerzen auf dem Tisch zu tanzen schienen. Etwas an diesem Ort erinnerte mich an das Zimmer, in dem ich Caledvwlch zum erstenmal gezogen hatte. Hier herrschte das gleiche Gefühl eingedämmter Macht vor, starr und lebendig zugleich wie die Muster auf dem Altartuch. Ich hatte ein Gefühl der Unmittelbarkeit und Nähe, als ob ich in der Nähe eines gewaltigen Herzens wäre, und es herrschte gespannte Stille.

Ich holte tief Atem und schauderte vor Aufregung wie ein nervöses Pferd. Ich zwang mich, die Ruhe zu bewahren. Impulsiv kniete ich hinter Sion nieder, der irgendein lateinisches Gebet murmelte. Ich zog Caledvwlch und hielt es vor mich hin, berührte mit der Schwertspitze den Boden. Das Kreuz des Hefts wiederholte das Kreuz an der Wand. Licht rührte sich in dem Rubin, wurde heller, wurde zur beständigen Flamme, und durch meinen Willen befahl ich ihm, wieder dämmriger zu werden. Ich wußte, ich würde nicht in der Lage sein, Sion oder den Mönchen das Schwert zu erklären. Das Licht verschwand, und ich versuchte, Sions Beispiel zu folgen und zu beten. Bruchstücke verschiedener Lieder schwebten durch meine Gedanken und die alten druidischen Anrufungen der Sonne und des Windes, der Erde und der See. Ich verdrängte diese, denn ich wollte schließlich zu meinem Herrn, dem Licht, sprechen und nicht zu irgendeinem geheimnisvollen unbekannten Gott, der mir neu war. Und dann sprach ich zu ihm, ganz still.

»Ard righ mor, mein König . . . ich will dir meinen Eid halten. Ich habe getötet, seit ich dir Gefolgschaft schwor. Laß das . . . Oh, ich bin ganz verloren und kann es nicht verstehen. Laß es vergeben sein. Mein Herr . . .« Ich hatte plötzlich den Wunsch zu singen, aber ich wußte nicht was. »Mein Herr, ich bin dein Krieger. Befiehl mir. Hilf mir. Laß mich Artus finden, und laß ihn mich in Dienst nehmen. Laß mich . . .« Was? Ich dachte an Morgas, an Lugh, an Ceincaled. »Laß mich deinen Willen wissen, denn dir steht es an zu herrschen. Gott dieses Ortes, wenn du mein Herr, das Licht, bist, dann höre mich.«

Es entstand ein Augenblick des Schweigens. Ein stilles, tiefes Horchen, das sich sehr von der hohen Freude unterschied, die ich vorher kennengelernt hatte. Es war, als ob das aufgewühlte Wasser eines tiefen Sees endlich still geworden wäre, und man konnte jetzt hinab in die unendlichen Tiefen schauen, wie in einen See aus Glas. Im Herzen dieser Stille war ein Licht, ruhig wie die Kerzenflammen, und ein Gefühl wie bei den ersten

Noten eines Liedes. Nur dies spürte ich, und nur einen Augenblick lang. Aber ich wußte, daß mein Gebet gehört worden war, und ich konnte mit ruhiger Seele nach Camlann gehen. Ich stand auf und steckte das Schwert in die Scheide.

Sion drehte sich um, schaute mich an, runzelte die Stirn und grinste dann. »Hast du das Schwert geheiligt?«

»Irgendwie schon.«

»Es ist wirklich gut, wenn man das macht. Wirklich gut. Komm, wir wollen mal sehen, ob es in dieser Räuberhöhle irgend etwas zu essen gibt.«

Im Eingang der Kapelle waren drei andere Bauern und ein Händler, die alle nach Camlann wollten. Sie grüßten uns fröhlich und begannen, sich über die Mönche zu beklagen. Sion gesellte sich ihnen mit großer Leidenschaft zu, und er übertraf sie alle an Deutlichkeit. Keiner der Männer warf mir mehr als einen Blick zu, und dafür war ich dankbar.

Nach kurzer Zeit brachte uns ein junger Mönch das Abendessen in einem Korb, zusammen mit etwas feinem gelben Met, der sehr dazu beitrug, den Zorn der Gäste zu besänftigen. Nach dem Mahl entrollten wir die Strohmatten, die hier für die Reisenden aufbewahrt wurden, und breiteten die Mäntel darauf. Wir wünschten einander gute Nacht und rollten uns zum Schlafen zusammen.

Ich wachte in der Dunkelheit auf, irgendwann um Mitternacht. Ich lag sehr still. Irgend etwas war im Eingang der Kapelle, etwas, das kein Recht hatte, dort zu sein.

Es war sehr dunkel, zu dunkel. Neben mir hatte Sions Atem einen gequälten, rauhen Klang angenommen, als ob er eine Droge genommen hätte. Er schien auch von weither zu kommen. Es war kalt geworden, es herrschte eine leere Kälte, die die Seele erfrieren ließ, und die Luft schmeckte dünn.

Ruhig legte ich die Hand auf das Heft des Schwertes, das ich neben meinen Kopf gelegt hatte. Caledvwlch war warm, und es war meiner Hand so willkommen wie ein Herdfeuer nach einem kalten Winterregen. Ich rollte mich auf die andere Seite, zog die Knie unter mich und machte mich bereit.

Was immer die Kapelle betreten hatte, es war mit Sicherheit da. Ich konnte nichts sehen, aber ich spürte seine Anwesenheit. Es lauerte, es kroch an der Reihe der schlafenden Männer entlang und suchte ... Es war am anderen Ende des Vorraums, von mir aus gesehen. Es war ein pulsierender Kern aus Dunkelheit, Kälte und Verzweiflung. Und es war stark, entsetzlich stark.

Ich wartete auf es, mein Puls dröhnte mir dumpf in den Ohren und schüttelte mich mit der Gewalt meines eigenen Lebens. Ich fühlte mich geteilt; ich hatte den Wunsch, im Schrecken vor dem Ding davonzulaufen, und ich hatte auch den Wunsch, aufzuspringen und es zu vernichten.

Der Schatten war schon halbwegs die Reihe der Männer heraufgekrochen. Er suchte noch. Er suchte mich. Es war nicht der Schatten, den Aldwulf in Sorviodunum heraufbeschworen hatte; er schien sogar zu stark zu sein, als daß Aldwulf ihn geschickt haben konnte. Aber ich wußte, er mußte ihn ausgesandt haben. Er würde Rache wollen für das, was mein Schwert ihm getan hatte.

Ich konnte das Wesen jetzt sehen. Es war ein dunklerer Fleck in der Finsternis, der über dem Fußboden lag wie der Schatten eines Baumes, aber es war nichts da, was diesen Schatten werfen konnte. Ich schluckte, und ich schmeckte wieder die Süße, die dagewesen war, als ich Ceincaled ritt. Ich war froh, daß dieser Dämon gekommen war.

... er war zu Sion hinübergerückt ...

Ich warf meinen Mantel beiseite und stand auf. Ich zog mein Schwert.

Der Schatten hielt an, zog sich in sich selbst zusammen, und einen langen Augenblick herrschte donnerndes Schweigen.

Dann griff es an, wie Morgas' Dämon angegriffen hatte. Ich wurde erdrückt in einer kalten Finsternis, ich stürzte, ich war unfähig zu sehen, unfähig zu atmen. Ich taumelte, Übelkeit erfüllte mich, ich war gefroren bis ins Mark – beim Licht, es war stark! Und, süßes Licht, ich war froh, und ich hob mein Schwert zwischen uns. Hier war ein Feind, der seine Vernichtung wert war! Das Feuer des Schwertes flammte in die Klinge, ließ sie in meinen Händen heiß werden, und die Kälte in meinem Innern verschwand wie ein Blitz. Der Schatten flog über die Wand, zitterte wie der Schatten eines Baums im Sturm. Er strahlte Verwirrung aus, Zorn . . . und Angst. Das hatte ich nicht erwartet. Stahl schadet solchen Wesen nicht, und sie haben keine Furcht vor hilflosen Menschen. Aber das hier war anders.

Ich lächelte und trat vor. »Komm«, sagte ich, und meine Stimme klang seltsam in der Dunkelheit und dem unirdischen Schweigen, das so nah war. »Komm, mein Feind. Du bist gebunden, und du kannst nicht an deinen Ort zurückkehren, ehe du nicht das vollbracht hast, zu dem du gesandt wurdest.

Das Wesen machte ein hohes, dünnes, wimmerndes Geräusch und sprang.

Ich war bereit. Ich ließ Caledvwlch niedersausen, und das Wesen stieß einen tonlosen Schrei aus, schrie noch einmal, wand sich auf dem Boden, aber jetzt vor Zorn. Ehe ich das Schwert wieder heben konnte, war das Wesen über den Fußboden geglitten und hatte mich berührt. Ich stürzte rückwärts. Eine tödliche Kälte und ein intensiver Schmerz krallten sich in meinem Schädel fest, und eine Flut aus Haß, eine schwarze Flut wie der Haß, den ich einmal meinem Bruder Agravain gegenüber verspürt hatte, oder wie der Haß, den Morgas für die ganze Welt verspürte. Ich ertrank darin; ich konnte nicht sagen, welche meine eigenen Gefühle waren, und welche die Wünsche meines Angreifers. Ich wußte nicht, wer ich war oder wo ich war. Alle Zeit, alle Klarheit wurden vom Abgrund der Finsternis verschlungen. In der Verwirrung schien ich mich an irgend etwas zu erinnern: an meine Mutter, gekleidet in Schrecken, die mir befahl. Und dann an Aldwulf, dessen Gesicht von einer blutbefleckten Bandage bedeckt war und der vor den Runen kniete und kreischte: »Komm! Ich brauche irgendeine Macht, die Gawain zerstört, den Diener des Lichts! Komm, nimm deinen Preis!« Und ich hörte denjenigen, der, gefangen im vielgehaßten Licht der Welt, umhergeirrt war und jetzt kam und jetzt sagte: »Wo ist Gawain, der Sohn des Lot, der Sohn der Königin der Finsternis? Ich suche ihn.« Nein. Es war nicht meine Erinnerung, es war die Erinnerung des Dämons. Dies war die Macht, die Morgas in der Nacht des Samhain heraufbeschworen hatte, nachdem ich geflohen war. Die Macht, die mich bis zum Llyn Gwalch verfolgt hatte, um mich zu vernichten. Seit fast drei Jahren war dieses Wesen durch die Welt gewandert und hatte mich gesucht, es war unfähig gewesen, sich wieder zurückzuziehen, bevor es Morgas' Befehl ausgeführt hatte. Und dann hatte Aldwulf gerufen, und es hatte mich wiedergefunden. Der Gedanke, das Erkennen, brachte mich wieder zu mir selbst. Ich war ein Mann, getrennt von der finsteren Macht, und ich hob das Schwert und preßte das Heft gegen meine Stirn.

Der Dämon ließ mich los, kreischte auf und stürzte über den Fußboden. Ich ging auf die Knie und schlug wieder auf ihn los, und das Wesen zuckte wahnsinnig, sprach jetzt mit mir, bettelte im Innern meines Gehirns ohne Worte. Es sagte, es würde mir in allem gehorchen, wenn ich es verschonte. Ich lachte und ließ das Schwert niedersausen.

Der Todesschrei des Dämons erschütterte die Luft. Es war, als ob er den Stoff durchdrang, aus dem die Welt gemacht ist. Dann verklang er langsam, verschwand mit der Kälte und dem Schweigen ins Nichts.

Ich hob das Schwert wieder, ich keuchte, ich suchte nach etwas anderem, gegen das ich kämpfen konnte.

Stille. Das leise Atmen schlafender Männer, jetzt ohne den betäubten, gequälten Klang. Ein Nachtvogel rief draußen, und der Wind rauschte in den Deckenbalken. Ich senkte das Schwert. Das Feuer verlosch, sowohl in der Klinge als auch in meinem Gehirn, und nur noch Frieden blieb.

Mein König, dachte ich. Du bist der größte aller Herren, der glänzendste aller Feldherren. Meinen Dank für das Schwert und für den Sieg. Dann ging ich zurück zu meinem Strohsack, schob Caledvwlch in die Scheide und legte mich. Ich war zu müde, um stehenzubleiben.

Während ich mich niederließ, rührte sich Sion, wachte auf, hob den Kopf. Er schaute nach irgend etwas im Vorraum der Kapelle, zögerte, drehte sich dann unsicher nach mir um.

»Gawain?« flüsterte er.

Ich war schon im Halbschlaf, und ich wollte nicht reden. Deshalb tat ich so, als ob ich fest schliefe. Nach einer Minute zuckte Sion die Achseln und legte sich wieder hin. Ich schloß die Augen. Der Schlaf war wie ein Boot, das träge auf einem riesigen, friedlichen Ozean treibt.

9

Als ich am nächsten Morgen aufwachte, war das Gefühl des Friedens noch da. Sion allerdings schien besorgt. Er pickte an dem Brot herum, das die Mönche zur Verfügung gestellt hatten und brütete. Die anderen Bauern diskutierten über Land und Ernte und das Wetter und schmiedeten Pläne, aber Sion schloß sich der Unterhaltung nicht an. Als er sein Frühstück halb beendet hatte, hörte er auf zu essen. Ein Stück Brot hielt er hochgehoben in der Hand, und er schaute mich fest an. »Ich hatte vergangene Nacht einen seltsamen Traum«, verkündete er.

»So?« fragte ich amüsiert. »Worum ging's denn?«

Sion schaute wieder auf sein Brot, schob es in den Mund und kaute gedankenverloren, ehe er antwortete. »Ein dunkles Ding kam in den Vorraum der Kapelle.«

Meine Belustigung verschwand. Ich starrte ihn an.

Er fuhr fort, ohne mich anzusehen und ohne irgend jemandem einen Blick zuzuwerfen, obwohl die anderen jetzt mit einigem Interesse zuhörten. »Ich hab' gespürt, wie es durch die Tür kam und einen Augenblick stand. Zuerst sah es aus wie ein Schatten, und dann habe ich mit den Augen gezwinkert und sah, was es war. Nun, es sah ein bißchen wie ein Mensch aus. Wie eine Leiche, ganz schwarz und halb verfault. Es kam weiter auf mich zu, es torkelte ein bißchen wie ein Tanzbär, und ich versuchte aufzuwachen, denn beim Anblick des dreimal verdammten Dings brach mir der kalte Schweiß aus. Aber ich konnte nicht aufwachen.«

»Aha«, sagte einer der Bauern, »ich hab' mal einen Mann gekannt, der auch so einen Traum hatte. Als der am Morgen aufwachte, stellte er fest, daß seine Tochter tot war. Es sind schon komische Sachen, solche Träume.«

»In der Tat« meinte Sion. »Aber das war nicht das Ende.« Er sprach mich jetzt wieder an, er weigerte sich, vom Thema abzuweichen. »Du bist doch aufgewacht. Du bist aufgestanden und hast dein Schwert gezogen, und das Schwert flammte auf wie eine Pechfackel, die angesteckt wird. Du hast das Schwert zwischen dich und das verdammte Ding gehalten, und du hast ausgesehen, als ob man dir gerade einen Herzenswunsch erfüllt hätte. Und dann habt ihr beiden angefangen zu kämpfen.« Sion zuckte unruhig die Achseln, beäugte Caledvwlch und fuhr fort, »und dann war es so, als ob du gefroren wärst. Gerade am Anfang des Kampfs. Ich hab' auf die Wand geschaut, hinter dem schwarzen Ding, und dort stand auf einmal eine Frau.«

Ich stellte fest, daß meine Hand irgendwo am Heft meines Schwertes lag.

»Es war eine dunkle Frau, mit einem weißen, ausgehungerten Gesicht und schrecklichen Augen. Sie war schöner als jede Frau, die ich je gesehen habe, aber irgend etwas war an ihr nicht in Ordnung. Solch einen Blick hab' ich schon mal bei einem Stadtbettler gesehen, der in der Gosse verhungerte und den Vorübergehenden Flüche nachrief. Aber bei solch einer stolzen Schönheit wie dieser Frau hab' ich das noch niemals gesehen. Sie sah, wie du gerade das Gespenst aus Yffern bekämpfen wolltest, und da hat sie die Hand ausgestreckt und es berührt. Und dabei hat sich die Dunkelheit verdreifacht. Aber dann blickte sie auf und wurde zornig, und ich schaute hinter mich und sah, daß dort ein Mann stand. Ein Mann mit gelben Haaren, eingehüllt in Licht, und er hob die Hand und verbat der Frau, sich einzumischen.«

Ich saß da und starrte Sion an. Ich wollte etwas sagen, aber mir fiel nichts ein. Ich hatte diesen Mann für einen einfachen Bauern gehalten. Er war auch ein Bauer, aber einfach war er nicht. Menschen sind nicht einfach, und ich hatte vergessen, daß andere außer mir selbst vielleicht auch dem Licht dienen konnten. »Und das war das Ende des Traums?« fragte ich. Selbst für mich klang meine Stimme gepreßt.

Sion schüttelte den Kopf. Die anderen Bauern blickten verwirrt von einem zum anderen, aber Sion ignorierte sie.

»Nein. Aber danach veränderte sich der Traum. Plötzlich stand ich nicht mehr im Vorraum der Kapelle, sondern auf einer riesigen, flachen Ebene voller Menschen. Der Himmel war sehr dunkel im Osten, als ob sich ein Gewitter zusammenbraute. Im Westen sah ich den Kaiser mit seinem Kriegshaufen, und plötzlich riß sich der Drache von seiner Standarte los und erhob sich in die Luft. Er glühte wie heißes Gold, und es sah so aus, als ob ich mitten in einer Schlacht stände. Denn alle Leute auf der Ebene hatten angefangen zu kämpfen. Ganz nah bei mir war ein hochgewachsener Mann, ein Sachse, nach seinem Aussehen zu urteilen. Die linke Seite seines Gesichts war vernarbt, und er hielt eine schwarze Flamme in seiner linken Hand. Der Drachen flog über ihn, ich schloß einen Moment die Augen, und als ich sie wieder öffnete, da war der Sachse tot. Über ihm stand ein junger Mann mit hellem Haar, der eine Fibel trug in der Form eines Löwen. Überall um mich herum wurde gekämpft, aber ich erinnere mich nicht mehr an Einzelheiten. Alles war in Verwirrung.«

Der Händler schnaufte plötzlich und schüttelte den Kopf. »Da hast du recht. Wirrköpfiger Blödsinn. Jeder, der mehr von einem Traum erwartet, ist ein Narr.«

»Ich bin noch nicht fertig«, schnappte Sion. »Laß mich die Geschichte zu Ende erzählen, und wenn du keine Lust hast zuzuhören, dann tu es nicht. – Es wurde immer dunkler, und das Rufen und das Klingen der Waffen wurde lauter. Der Drachen flog immer wieder über die Reihen hin und zurück, und er zog einen Schweif aus Feuer hinter sich her. Dann kam ein Blitz vom Himmel, und ich sah, wie hinter mir die Erde mit Leichen übersät war. Einen bemerkte ich besonders, einen Mann in einem roten Umhang, der tot dalag. Dann kam ein Donnerschlag und eine Finsternis voller Feuer, und ich wandte mich ab, weil ich Angst hatte. Als ich mich wieder umdrehte, sah ich, wie ein Mann dort stand, und er packte mich am Arm. Es war der Sänger des Kaisers, Taliesien – als der Kaiser den Purpur nahm, da habe ich in seiner Armee gekämpft, deshalb erkannte ich den Mann. Aber im Traum trug er einen Stern auf seiner Stirn, und er war der einzige in meinem ganzen Traum, der mich sah. Er sagte: ›Erinnere dich an diese Dinge, Sion ap Rhys, und hab keine Angst. Wenn sie auch schrecklich sind, dir werden sie nicht schaden. Hab Glauben.‹ Also neigte ich den Kopf, und alles wurde dunkel. Und dann« – Sion holte tief Atem – »dann wachte ich auf.« Er zuckte die Achseln. »Aber alles war still, und du schliefst.«

Der Händler lachte über die ganze Sache, und Sion runzelte die Stirn.

»Träume sind seltsam, das ist sicher«, sagte der Bauer, der schon vorher etwas gesagt hatte. »Aber dieser Traum, der hat keinen Kopf und kein Hinterteil. Ich habe noch nie von einem gehört, der in seinen Träumen gegen Teufel kämpft. Aber ein Traum über den Pendragon, der ist deutlich genug. Das Gewitter, das müßten die Sachsen sein. Ich konnte nur nicht feststellen, was sie in deinem Traum machten.«

»Es ist alles Blödsinn«, wiederholte der Händler. »Obwohl du uns mit deiner Geschichte ganz schön gefesselt hast. Ein Mann kann sich doch nicht um Träume kümmern. Ich hab' mal einen Idioten gekannt, der . . .«

Sion stand abrupt auf. »Ich glaube, ich gehe jetzt in die Kapelle und bete.«

»Ja«, sagte einer der anderen Bauern. »Zünde eine Kerze an, und vielleicht kannst du die Mönche eine Messe singen lassen. Das mag es vielleicht abwenden.«

»Was abwenden?« fragte der erste Bauer. Der zweite zuckte die Achseln.

»Ich gehe mit dir«, sagte ich zu Sion.

Er warf mir noch einen seiner ruhigen Blicke zu, und dann nickte er zufrieden. Die anderen schauten mich unruhig an, schüttelten die Köpfe. Einer bekreuzigte sich. Als wir die Bauern verließen, begannen sie flüsternd zu reden, während der

Händler die Geschichte noch einmal zusammenzufassen versuchte.

In der Kapelle war ein Mönch, der die ausgebrannten Kerzen ersetzte. Sion übersah ihn und kniete vor dem Altar nieder. Er machte das Zeichen des Kreuzes und begann, ein lateinisches Gebet zu murmeln. Ich kniete mich ein Stückchen hinter ihm nieder und überlegte. Es war in der Tat ein seltsamer Traum. Wie die Bauern hatte ich keine Ahnung davon, was das meiste bedeutete, aber manches war erschreckend deutlich. Sion wirkte kaum wie ein Prophet, aber ich wünschte mir, ich hätte den Traum besser verstehen können.

»Gloria in excelsis deo«, sagte Sion, als ob er irgend etwas rezitierte, ». . .und Friede auf Erden für alle Menschen, die guten Willens sind . . .« In dieser Art fuhr er noch ein bißchen fort, dann hielt er inne und starrte schweigend das Kruzifix an. Ich wünschte mir, ich könnte seine Religion besser verstehen. Er schien dem Licht zu huldigen, und ich wußte nicht, wie ich das tun mußte. Ich wußte nur genug, um die Gerüchte und die seltsamen Geschichten, die sich um diesen Glauben rankten, nicht mehr ernst zu nehmen, die Geschichten von Kannibalismus und unnatürlichen Orgien, die wir im Haus der Knaben des langen und breiten gehört hatten. Es wäre tröstlich gewesen, wenn ich ein paar schöne Worte wie Sions Worte meinem Herrn hätte sagen können, jetzt, nach dem Sieg der vergangenen Nacht und nach diesem Traum.

Da ich nicht wußte, was ich sagen sollte, zog ich wieder mein Schwert und berührte damit vor mir den Boden, eine Hand auf jede Seite des Handschutzes gelegt. Wieder spürte ich, plötzlich stärker als je zuvor, dieses tiefe, stille Verstehen, diese Aufmerksamkeit. Und wieder hatte ich den Wunsch zu singen. Aber mir fiel nur ein Lied an die Sonne ein, auf irisch.

Heil dir, heller Morgen,
Zerschlagen hast du die Schatten der Nacht.
Freundliche Flamme, schimmernder Sieger,
Ewig junges, jubelndes Licht.

Willkommen sei mir, Wonniger,
Goldenhändig bringst du den Glanz,
Heil dir, Herold des Tages,
Lehnsmann des Lichts, Sendbote der Sonne.

Es schien mir zu passen. Der Mönch war mit den Kerzen fertig und ging, und seine Füße machten leise, stapfende Geräusche auf dem Holzfußboden. Die Tür schloß sich hinter ihm, und wir blieben noch und starrten auf den Altar.

Der Rubin im Heft von Caledvwlch begann zu glühen, er brannte heller; das Licht stabilisierte sich und wurde intensiver, es warf ein klares, rosenfarbenes Licht, heller als die Kerzen. Sion sah, daß das Schwert einen Schatten vor ihm warf und drehte sich um. Er starrte einen Augenblick hin, dann stieß er einen langen Seufzer aus.

»Es ist also wahr«, sagte er. »Ich war nicht ganz sicher.«

»Ich weiß, daß etwas davon wahr ist«, erwiderte ich. »Der Rest aber, der ist für mich unbegreiflich. Ich bin nur menschlich, Sion ap Rhys.«

Sion blies die Backen auf. »Das weiß ich.«

Ich war überrascht und zeigte das auch.

»Ach, ich weiß schon«, erklärte Sion. »In der Tat, gestern habe ich noch anders gedacht. Du kamst aus dem Wald, sozusagen aus dem Nichts, und ich hab' dich einmal angeschaut und zu mir gesagt: ›Der kommt von den Unterirdischen.‹ Aber du warst freundlich und hast mir mit dem Wagen geholfen, und du hast dich ganz mit Schlamm beschmiert, als du den Karren auf dieser Teufelsstraße mit mir flottgemacht hast. Da hab' ich gedacht: ›Vielleicht doch nicht.‹ Den ganzen Weg nach Ynys Witren war ich unsicher. Ich habe Träume, weißt du, und manchmal spürt man auch so etwas. Das kommt bei uns in der Familie vor. Normalerweise übersehe ich solche Dinge – das Übernatürliche läßt man am besten in Ruhe –, aber ich weiß genug, um aufzupassen, wenn etwas Seltsames passiert. Und selbst die Bauern, die spüren, daß du was Komisches an dir hast. Obwohl sie nicht mehr im Gehirn haben als die Schafe der Sachsen. Gestern, als ich diese Hexe erwähnt habe, kurz bevor wir nach Ynys Witren kamen, da war ich fast sicher, daß du zu den Unterirdischen gehörst. Ich hab' gedacht, du hättest menschliche Gestalt angenommen, aus irgendeinem persönlichen Grund. Aber als wir ankamen und du versucht hast, mir gegen einen halben Sack Mehl deinen Umhang aufzudrängen, und als du nachher hinter mir her in die Kapelle gekommen bist und gebetet hast, da wußte ich, du mußtest menschlich sein. Die Unterirdischen, die beten nämlich nicht. Und außerdem kann ich mir nicht vorstellen, daß einer von den Unholden sich wegen einem Karren voll Weizenmehl total mit Schlamm verschmiert. Aber du hast was mit der Anderwelt zu tun gehabt, nicht? Irgend etwas Komisches ist an dir, obwohl es heute weniger stark ist.«

»Ja . . . das habe ich. Aber was ist mit deinem Traum? Hast du schon ähnliche Träume gehabt?«

Sion zuckte die Achseln. »Gelegentlich. Ehe mein Clan die Blutfehde ausgefochten hatte, vor zwanzig Jahren, da hatte ich auch einen Traum. Und ich hatte noch einen, ehe Artus den Purpur nahm, und einen oder zwei andere, in denen es um kleinere Dinge ging. Jedenfalls nichts, was so lang und so verflucht furchterregend war wie das in der letzten Nacht. Sag mir, Gawain, wieviel von diesem Traum hat gestimmt?«

Ich schaute auf das Heft meines Schwertes nieder, das Licht war jetzt verschwunden. »Ich habe in der vergangenen Nacht tatsächlich mit einem Dämon gekämpft, und ich habe ihn umgebracht. Aber für mich sah er nicht anders aus als ein Schatten. Ich kenne den Mann und die Frau, die du dabei gesehen hast. Aber für mich waren sie nicht da. Der Sachse in dem wirren Teil des Traumes, der mit dem narbigen Gesicht und der schwarzen Flamme – das war Aldwulf, der König von Bernicia. Aber wer der Mann war, der gegen ihn kämpfte, das weiß ich nicht. Von dem Rest habe ich auch keine Ahnung.«

»Aldwulf?« fragte Sion. »Ich habe von ihm gehört, aber daß er eine Narbe hat, das hat mir noch keiner erzählt. Im Gegenteil, man sagt immer, er sieht teuflisch gut aus.«

»Jetzt hat er eine Narbe«, sagte ich. »Ich habe sie ihm verpaßt. Und dafür hat er einen Dämon heraufbeschworen und mir nachgeschickt.«

Sions Augen weiteten sich. »Wie kann das sein? Aldwulf von Bernicia soll doch in Din Sarum sei, bei Cerdic und der ganzen sächsischen Armee.«

»Das war er auch, aber – ich war von den Sachsen gefangengenommen worden, und damals hab' ich so getan, als ob ich ein Höriger wäre. Aldwulf hatte ein Pferd gefangen, als Geschenk für Cerdic, eins der Pferde der . . . der Unterirdischen, wie du sie nennst. Ich habe das Pferd gezähmt und Aldwulf damit niedergeritten, ehe mich einer aufhalten konnte.«

Sion schüttelte verwundert den Kopf. »Lieber Gott. So einfach: ›Ich hab' Aldwulf niedergeritten.‹ Na ja. Und wer waren der Mann und die Frau, die ich auch noch gesehen habe?«

Ich zögerte. »Der Mann war Lugh von der langen Hand. Ich glaube, ihr nennt ihn Lluch auf britisch.«

Er starrte mich an, er war verwirrt. »Ein heidnischer Gott?«

»Kein Gott. Und auch kein Mensch. Aber darüber hinaus weiß ich nichts von ihm, außer daß er dem Licht dient. Er war es, der mir das Schwert gegeben hat.«

»Und das Licht, das ist demnach Gott. Na schön, ich verstehe es trotzdem nicht. Und was ist mit der Frau? Ich konnte sehen, daß sie eine Herrin der Finsternis ist, aber welche Verbindung hat sie mit dir?«

»Sie ist meine Mutter«, sagte ich unglücklich. »Es ist Morgas von den Orkneys.«

Sion wurde sehr still. »Die Hexe selbst«, sagte er endlich. »Dein Vater ist also dann König Lot von den Ynysoedd Erch?«

Ich nickte.

»Na«, meinte Sion nach einer weiteren langen Pause. »Heutzutage sind nicht nur Träume sehr seltsam. Du bist nicht derjenige, den ich für den Sohn eines Königs und der Tochter eines Hohen Königs gehalten hätte, besonders nicht, wo diese beiden solch einen schlechten Ruf haben. Als ich gehört hatte, daß die jüngeren Söhne der Königin Morgas . . .« Er brach ab.

Es wurde deutlich, daß er von den jüngeren Söhnen der Königin Morgas gehört hatte, daß sie ebenfalls Hexer waren. Armer Medraut, wenn auch er jetzt diesen Ruf hatte.

»Und du bist nicht der Mann, den ich mir als Propheten vorgestellt hätte«, gab ich zurück.

»Ich, ein Prophet? Rede keinen Unsinn!«

»Was war dieser Traum denn anders als prophetisch? Ich glaube, viele von den Dingen, die du gesehen hast, müssen noch kommen.«

»Es ist nur ein Traum, den man nicht . . . verdammt«, sagte Sion. Er hatte gar nicht daran gedacht, welches Licht der Traum auf ihn selbst warf. Ich lachte. Er starrte mich einen Augenblick an und grinste dann. »Ich bin ein einfacher Bauer«, sagte er, »und ich glaube nicht, daß mir irgend so etwas noch einmal passieren wird. Ich habe keinen Anteil an irgendeiner dieser großen und schrecklichen Schlachten, und ich will auch keinen Teil daran. Heutzutage ist es mühsam genug, einen Hof zu führen, dafür zu sorgen, daß Frieden herrscht und im eigenen Haus alles in Ordnung ist. Trotzdem, ich bin froh, daß mir dies passiert ist, denn wie kann man in solchen Zeiten nicht den Wunsch haben, die Zivilisation zu erhalten, und das Reich, und das Licht von Britannien.« Er runzelte wieder die Stirn. Dann sagte er mit ganz leiser Stimme: »Vergiß mich nicht, Gawain – Herr Gawain, sollte ich wohl sagen. Ich weiß, ich habe dir eigentlich keinen Dienst erwiesen, sondern ich habe dir nur einen Traum erzählt. Aber es würde mich froh machen, wenn ich wüßte, daß in zehn oder zwanzig Jahren der eine von den Männern mitten in der Schlacht sich an mich erinnert, wenn ich hinginge und mit ihm spräche.«

»Es ist nicht wahrscheinlich, daß ich dich oder deinen Traum vergesse«, sagte ich. »Aber ich möchte bezweifeln, daß ich bei diesen Dingen, die noch kommen sollen, irgendeine große Rolle spielen werde.«

Sion warf mir einen völlig ungläubigen Blick zu. »Du spielst eine. Eines Tages, eines Tages erzähle ich meinen Enkelkindern, wie ich dich auf dem Weg nach Camlann getroffen und dir eine Fahrt in meinem Karren angeboten habe, und ich weiß, sie werden mir kein Wort glauben.« Er stand auf und putzte sich den Staub von den Knien. »Sie werden sagen: ›Da ist unser Großvater, der tut so, als ob er früher mal alle Könige in Britannien gekannt hätte, und damit macht er einen Narren aus sich selbst.‹«

Ich schüttelte den Kopf. Die Kämpfe, die ich ausfechten würde, fanden mit Sicherheit an finsteren Orten statt, an Orten, von denen man keinen Ruhm in die sonnenerleuchtete Welt mitbringen kann. »Warum wartest du nicht, bis Artus mein Schwert akzeptiert hat. Dann kannst du ja planen, was du deinen Enkelkindern erzählen willst«, sagte ich. »Vielleicht könntest du ihnen erzählen: ›Ich habe einmal Gawain ap Lot kennengelernt‹, und dann werden sie dir antworten: ›Wen?‹«

Sion schüttelte störrisch den Kopf. »Das werden sie nicht sagen. Willst du jetzt nach Camlann?«

Wir hatten gerade die Kapelle verlassen, als wir den Klang von Rufen und von Pferdegetrappel aus dem Hof der Abtei hörten. Wir warfen einander einen Blick zu und eilten hinaus ins Sonnenlicht. Dort fanden wir die anderen Reisenden, die meisten der Mönche und eine Gruppe von Kriegern, die hinter dem Tor zusammenstanden und brüllten. Es waren ungefähr ein Dutzend Krieger; es waren Briten mit starken Schlachtrössern, und ihre Waffen glänzten.

Einer der Mönche lieferte bei dem Gebrüll den Löwenanteil. Es war der Abt, das erriet ich an der Qualität seiner Kleidung und den Juwelen auf dem goldenen Brustkreuz, das er trug. »Und was noch?« wollte er wissen. »Wir haben von unserer Gemeinde mehr verlangen müssen als das, was ihr uns schon genommen hattet, und wir haben kaum noch genug, um bis zur nächsten Ernte auszukommen . . .«

»Meinst du denn, du kannst uns hier mit offensichtlichen Lügen abspeisen?« fragte einer der Krieger. Es war ein sehr großer Mann, so groß, daß sein Schlachtroß klein wirkte. Sein rotes Haar stand widerborstig in alle Richtungen ab, und seine hellblauen Augen glitzerten gefährlich. Er trug mehr Schmuck, als ich je an einem Mann gesehen hatte, und auch die Farben seiner Kleidung waren leuchtender. »Du hast genug, mehr als genug, du kannst sogar fett davon werden. Und das, ganz ohne deine elendigen Schäflein den doppelten Zehnten zahlen zu lassen. Du brauchst auch nicht jeden Reisenden, der in Erwartung deiner Gastfreundschaft vorbeikommt, gleich auszunehmen. Wenn die Sachsen hierherkämen, dann würden sie alles nehmen, was du hast, bis zur letzten Binse auf dem Boden und bis zum letzten Kerzenleuchter. Bist du denn nicht dankbar, weil wir dir die Sachsen vom Halse halten?«

»Die Sachsen sind nur eine Ausrede, eine Entschuldigung, die der Tyrann uns hier anbietet!« sagte der Mönch wild.

Die Krieger lachten. »Vielleicht ziehst du jetzt die Sachsen dem Kaiser vor«, meinte ein anderer, ein schlanker, dunkelhaariger, einhändiger Mann in einfacher Kleidung. Aber ich glaube, du würdest bald anders darüber denken, wenn der Pendragon aufhören würde, sie zu bekämpfen.«

Der Abt knurrte. »Es ist die Pflicht der christlichen Könige, ihr Volk zu schützen; es ist nicht ihre Pflicht, die Leute auszurauben. Wir können nicht geben . . .«

»So? Ihr habt ihn gehört, Brüder«, sagte der Rothaarige. »Er kann nicht geben. Aber wir können nehmen.«

»Räuber!« schrie der Abt.

»Sei vorsichtig, Cei«, warnte der dunkle Krieger. »Artus hat gesagt, wir dürfen sie nicht drücken, bis sie brechen.«

Cei zuckte die Achseln. »Aber wir könnten sie doch ein bißchen biegen, oder? Vielleicht mit einem kleinen Feuer? Nur einem ganz kleinen, oben auf dem Torhaus?«

Der Abt schaute ihn wütend an, entschloß sich dann, lieber nicht abzuwarten, ob der Krieger es ernst meinte. »Ihr gottlosen Mörder«, sagte er, »wir bewahren da drüben ein paar Vorräte auf. Nur ein paar. Aber es ist alles, was wir haben.«

Der dunkle Krieger warf seinem Kameraden Cei einen bedeutungsvollen Blick zu. »Ja, vielleicht bewahrt ihr dort den Zehnten eurer Güter auf. Wirklich, Theodorus, es tut dir nicht gut, uns anzulügen. Das letztemal hast du gesagt, du hättest kein Gold, und dann bist du zu uns gekommen und wolltest, daß wir das zurückholen, was du zur Aufbewahrung nach Sorviodunum geschickt hattest. Nun gut. Ich nehme an, wir werden uns damit für heute begnügen müssen.« Er wandte sich von dem Abt ab, schaute Sion und die anderen Reisenden an und verkündete: »Der Pendragon hat einen weiteren Sieg errungen, denn in Powys ist er auf eine große sächsische Kampfgruppe gestoßen und hat sie vernichtet. Lob sei Gott.«

Die Bauern brachen in Hochrufen aus. Die sächsischen Überfälle würden jetzt wahrscheinlich etwas nachlassen, und ihre Ländereien und Herden waren sicherer.

»Es ist gut, daß ihr euch freut«, meinte Cei. »Zum Zeichen dafür könntet ihr uns die Karren und Pferde leihen, die ihr habt. Ihr könnt sie in Camlann wiederholen, und man wird euch für die Güter, die ihr gebracht habt, bezahlen.«

Die Bauern verstummten sofort.

»Bei meinem Namenspatron!« sagte Sion zornig. »Ich habe eine gute Ladung Weizenmehl in meinem Karren, und mein bestes Pferd ist eingespannt. Das leihe ich keinem, ehe es nicht bezahlt ist.«

Die anderen Bauern stimmten zornig murmelnd zu. Der dunkle Krieger zuckte die Achseln. »Man wird euch bezahlen. Der Kaiser betrügt euch nicht.«

»Du hast mich mißverstanden«, meinte Sion. »Ich sagte: Ohne Bezahlung leihe ich euch meinen Wagen und meine Ladung nicht.«

»O doch, das wirst du wohl«, sagte Cei. »Du wirst uns die Sachen leihen, zur späteren Bezahlung. Sonst verlierst du einfach alles.«

»Das ist nicht gerecht«, sagte ich und wurde genauso zornig wie die Bauern. »Ich glaube nicht, daß dein Herr so etwas zustimmen würde.«

Der dunkle Krieger hob eine Augenbraue. »Wir brauchen Vorräte«, sagte er sehr ruhig und vernünftig. »Wir brauchen Karren und Pferde, um die Vorräte zu transportieren, denn unsere Wagen und Pferde sind beschädigt oder werden für die

Verwundeten gebraucht. Mein Herr Artus stimmt schon zu. Ihr werdet bezahlt, keine Angst.« Ich starrte ihn weiter zornig an, und plötzlich runzelte er die Stirn und warf mir einen schärferen Blick zu.

Der andere Sprecher für die Krieger, Cei, überhörte den ganzen Wortwechsel und fragte einfach die Bauern: »Wo sind eure Karren?«

Sion spuckte aus und faltete die Arme über der Brust. »Zuerst bezahl mich.« Die anderen Bauern folgten seinem Beispiel und blieben störrisch.

»Gib ihnen jetzt irgendeinen Gegenwert«, schlug ich dem dunklen Krieger vor, »oder wenigstens schreib den Wert der Güter nieder, so daß sie der vollen Bezahlung sicher sein können, wenn sie den Hohen König erreichen.«

Cei starrte mich an. »Wer in drei Teufels Namen bist du denn? Du bist doch kein Bauer. Was hast du hier zu suchen?«

»Mein Name ist Gawain, und ich wollte nach Camlann, um beim Pendragon in Dienst zu treten.«

Cei lachte. »Artus braucht keine Schweinehirten. Am besten gehst du zurück nach da, woher du gekommen bist, und überläßt die Angelegenheiten der Kriege den Kriegern.« Er sagte das wie eine Herausforderung, er sprach, wie Agravain das oft getan hatte.

Der Dunkle rutschte unruhig auf dem Pferd. »Cei, hör auf.«

»Was? Bedwyr, das kann doch nicht dein Ernst sein, daß du diesen niedriggeborenen Unruhestifter verteidigen willst?«

Bedwyr schüttelte zweifelnd den Kopf. »Laß ihn in Ruh. Wenn er die Wahrheit sagt, dann ist er vielleicht bald unser Kamerad.«

»Der? Der ein Krieger? Sieh dir doch mal an, was der auf dem Leib hat! Dem gehört ja noch nicht mal ein Pferd!«

»Trotzdem«, sagte Bedwyr, »laß uns einfach nehmen, was wir brauchen, und dann ziehen wir ohne Kampf ab. Wir müssen Camlann schnell erreichen.«

»Bedwyr, mein Bruder, jetzt hebe nicht wieder den moralischen Zeigefinger. Ich schwöre den Eid meines Volkes, aber ihr Bretonen seid schlimmer als die aus dem Norden, fast so schlimm wie die Iren.«

Bedwyr lächelte. »Ach, bin ich jetzt wieder so schlimm wie die Iren? Da spricht ein wahrer Dumnonier. Ich glaube, ich weiß noch . . .«

»Bei allen Heiligen! Es gibt ja Ausnahmen. Ich gebe zu, daß ich mich bei denen geirrt habe. Gott im Himmel, wie du mir aber auch immer wieder meine Fehler unter die Nase reibst. Warum bin ich nur mit so untreuen Freunden geschlagen?«

Über diese Worte begannen die Krieger zu lachen, und Bedwyr lächelte wieder. »Wirklich, Cei«, fuhr er fort, »du streitest dich zu gerne; hier tut das nicht gut.«

Cei seufzte. »Na schön.« Er drehte sich wieder zu mir um. »Ich will alles vergessen, du dahinten. Und jetzt, ihr Männer, wo sind eure Karren?«

»Wo ist eure Gerechtigkeit?« erwiderte Sion, jetzt etwas unsicher.

»Sei still, Bauer!« schnappte Cei. »Sonst bring ich dir bei, wann du den Mund zu halten hast.«

Meine Hand fuhr an Caledvwlchs Heft. Cei sah die Bewegung und zog sein Schwert. Metall klang, und seine Augen blitzten. Die Krieger wurden still. »Was hast du denn damit vor, mein Freund?« fragte Cei, jetzt mit ganz sanfter Stimme und sehr höflich.

»Cei . . .«, begann Bedwyr, und dann hielt er inne, weil er einsah, daß es nutzlos war.

»Ich habe nicht vor, irgend etwas damit zu tun«, sagte ich, und meine Stimme war auch leise. »Aber ich dulde es nicht, daß du sowohl meinen Freunden drohst als auch ihre Güter stiehlst.«

Cei saß ab und kam näher heran. Er grinste wild. Augenblicklich wurde mir klar, was ich getan hatte, und ich fragte mich, was wohl über mich gekommen war. Wie konnte ich gegen einen berufsmäßigen Krieger kämpfen, einen von Artus' Männern? Das Äußerste, was ich erhoffen konnte, war, daß ich nicht zu schlimm verletzt wurde.

Aber jetzt konnte ich nicht mehr zurück. Etwas von der strahlenden Helligkeit fiel auf mich. Ich zog Caledvwlch. Cei grinste noch breiter und tat einen weiteren Schritt vorwärts.

»Cei! Wer ist es denn jetzt?« kam eine Stimme aus dem hinteren Teil der Gruppe. Die Krieger schauten sich um.

Noch ein weiterer Mann war herangeritten, beladen mit einigen Vorräten aus dem Lager der Mönche. Ceis Gruppe machte ihm Platz. Es war ein hochgewachsener Mann von ungefähr einundzwanzig Jahren, mit langem, goldenen Haar und einem säuberlich getrimmten Bart. Er trug einen purpurgesäumten Mantel, dessen Fibeln aus Gold bestanden, und er strahlte Energie und Kraft aus. Seine heißen blauen Augen glitten leicht über mich und ruhten dann auf Cei. »Wenn dieser Kerl der Herd deines Ärgers ist, dann ist er's nicht wert.«

»Er hat angefangen«, sagte Cei in verletztem Tonfall.

»An dem Tag, an dem ein anderer Streit mit dir anfängt, an dem Tag fließen die Flüsse rückwärts«, sagte der Neuangekommene. »Bei der Sonne und dem Wind, laß uns doch ein einziges Mal Artus gehorchen, einfach die Vorräte einsacken und abziehen.«

Cei hielt inne und warf einen Blick auf mich. Ich steckte Caledvwlch in die Scheide.

Cei seufzte ein bißchen und steckte auch sein Schwert weg. »Na gut. Er ist es wirklich nicht wert. Und außerdem haben wir den Kampf gerade erst hinter uns.« Er schwang sich auf sein Pferd. Der blonde Mann grinste und wendete sein Roß. Die Spannung war verflogen; die Krieger würden nehmen, was sie wollten und dann losziehen.

»Wartet!« rief ich. Die Krieger hielten an, drehten sich um und schauten mich fragend an. Ich lächelte, in mir war ein seltsames Gefühl, halb Freude, halb alter Neid und Bitterkeit – Bitterkeit, die sich schnell auflöste. Nur die Freude blieb.

»Tausendmal willkommen, Agravain«, sagte ich zu dem blonden Krieger.

10

Mein Bruder saß einen Augenblick lang bewegungslos da und starrte mich mit seinem wohlbekannten, heißen Blick an. Dann saß er hastig ab, rannte ein paar Schritte auf mich zu, blieb stehen und ging langsam weiter.

»Es ist unmöglich«, sagte er, und sein Gesicht wurde rot. »Du . . . du bist tot.«

»Wirklich, das bin ich nicht«, erwiderte ich.

»Gawain?« fragte er, »Gawain?«

»Du kennst ihn?« wollte Cei erstaunt wissen. Agravain drehte sich noch nicht einmal um.

»Ich hätte nicht gedacht, daß ich dich so bald sehen würde«, sagte ich. »Ich bin sehr froh.«

Agravain lächelte zögernd, dann strahlte er und packte mich an den Schultern. Er schaute mir ins Gesicht, und dann erdrückte er mich fast in einer gewaltigen Umarmung. »Gawain! Bei der Sonne und dem Wind, ich dachte, du wärst tot. Du wärst schon drei Jahre tot! Ihr Götter, es ist schön, dich wiederzusehen!«

Ich erwiderte seine Umarmung von ganzem Herzen. Ich lachte, und endlich sah es so aus, als ob die dunklen Jahre unserer Kindheit endlich überstanden wären. Wir hatten beide zuviel durchgemacht, als daß wir noch irgend etwas außer Freude über unser Wiedersehen empfinden konnten.

»Was ist eigentlich los?« fragte Cei in völliger Verwirrung. »Warum quasselt ihr denn da auf irisch?«

»Cei!« schrie Agravain, ließ mich los und wirbelte zu seinen Kameraden herum. »Der hier ist mein Bruder, Gawain, der, der gestorben ist – den ich wenigstens für tot gehalten habe!

Ich schwöre den Eid meines Volkes, ich weiß nicht, wie das sein kann, aber er ist es.«

Die Krieger starrten mich verblüfft an, außer Cei, der mir zuerst einen peinlich berührten und dann einen Verzeihung heischenden Blick zuwarf. Aber die Bauern um mich herum zogen sich ein Stück zurück, und die Mönche starrten mich mit wachsendem Mißtrauen an.

»Das ist also der berühmte Agravain ap Lot«, sagte Sion und schaute meinen Bruder an – er war in der Menge der einzige, der das tat.

»Ist er wirklich berühmt?« fragte ich und erinnerte mich an meine alten Sorgen um Agravain, als er zur Geisel wurde. Allem Anschein nach hatte ich mich umsonst gesorgt.

»Na, das hättest du doch aber erwarten können«, grinste Agravain.

»Wo bist du denn gewesen, als wir dich alle für tot gehalten haben, daß du nichts von dem Ruhm deines Bruders gehört hast?« fragte Bedwyr ruhig. Ich schaute auf und begegnete seinem Blick, und ich verspürte Respekt vor ihm.

»Ich bin an einem weit entfernten Ort gewesen«, sagte ich, »und ich habe seltsame Dinge erlebt, zu viele, als daß ich es schnell erzählen könnte.«

»Soso«, sagte Bedwyr, stellte keine weiteren Fragen mehr und schüttelte sich. »Wir haben hier genug Seltsames zu erledigen«, sagte ein anderer der Krieger. »Kommt, wir wollen die Angelegenheit hier beenden und zurück nach Camlann gehen. Artus und die anderen werden bald da sein, und dann gibt es nichts zu essen außer Speckschwarten und Kohl.«

Die meisten Männer der Versorgungsgruppe machten sich jetzt daran, die Güter der Mönche auf die schon beladenen Karren zu schaffen, und als ich darauf bestand, nahmen sie die Menge und die Art der Waren, die die Bauern bei sich gehabt hatten, auf ihre Schreibtafeln auf. Agravain und ich, wir standen da und schauten einander an und suchten nach Worten. Wir wußten nicht, wo wir anfangen sollten. Dann rollten die Karren hinaus in den Hof, und Sion, der seine Mähre eingeschirrt hatte, sprang zögernd vom Wagen herab. »Wirst du dafür sorgen, daß mein Pferd gut behandelt wird?« fragte er mich.

Ich nickte, denn mir wurde klar, daß Sion offenbar zu Fuß nach Camlann weiterwandern sollte. Ich sah ihn vielleicht nicht wieder. Impulsiv nahm ich seine Hand. »Und ich werde mich an dich erinnern, Sion ap Rhys, wenn der Gedanke dich freut. Und wenn ich dich in Camlann nicht sehe, dann denk daran. Wenn du je meine Hilfe brauchst und ich sie dir geben kann, dann gehört mein Schwert dir.«

»Ich danke dir«, erwiderte Sion ruhig. »Und . . . möge Gott dir die Gunst des Kaisers schenken.«

»Und mögest du im Licht wandeln.« Ich kletterte in seinen Wagen und nahm die Zügel. »Ich fahre diesen hier«, sagte ich Agravain. Der nickte, und ich schüttelte die Zügel. Die kleine Stute trabte los, den Hügel hinunter zum Fahrweg. Die Krieger, die die anderen Karren genommen hatten, folgten mir, und Agravain lenkte sein Schlachtroß neben mich. Wir verließen Ynys Witren und wandten uns nach Osten auf die Hauptstraße nach Camlann. »Warum laßt ihr die Bauern nicht selbst die Wagen fahren?« fragte ich Agravain.

»Sie würden zu langsam fahren, und wenn sie in Camlann ankommen, dann treiben sie durch ihre Handelei die Preise in die Höhe. So können wir den allgemeinen Preis für sie bereithalten, wenn sie das Tor erreichen, und dann schicken wir sie gleich weg. Du warst wohl irgendwie mit diesem Mann befreundet; wo hast du ihn denn getroffen?«

»Auf der Straße, gestern.«

Agravain zügelte sein Pferd. »Gestern? Was hat er denn für dich getan, daß er sich solche Freiheiten herausnehmen darf?«

»Er hat mich in seinem Wagen mitfahren lassen, und dann hat er noch die Übernachtung in Ynys Witren bezahlt. Ich hatte nichts, womit ich bezahlen konnte.«

Agravain runzelte die Stirn. »Und dafür gibst du ihm die Hand? Du hättest ihm einfach den doppelten Preis zurückgeben sollen, aber erniedrigen darfst du dich deshalb nicht.

Warum in Gottes Namen hattest du denn nichts zum Bezahlen?«

»In Gottes Namen«, sagte ich. »Bist du Christ geworden, Agravain?«

»Gott behüte!« sagte er und grinste. Dann runzelte er wieder die Stirn. »Du solltest das niedrige Volk nicht so dicht an dich herankommen lassen. Die Kerle wollen dann immer einen Gefallen getan haben.«

Ich seufzte. »Sion ist ein guter Mann. Ich hatte Glück, daß ich ihn getroffen habe.«

Agravains Gesichtsausdruck wurde noch finsterer, aber er zuckte die Achseln. »Na, du kannst dir deine eigenen Freunde auswählen.«

»Ich glaube, dazu ist er sicher in der Lage«, sagte eine ruhige Stimme auf der anderen Seite. Bedwyr lenkte sein Pferd zwischen uns. »Komm, wir müssen uns beeilen. Ich will nicht, daß Artus in Camlann auf sein Siegesfest warten muß.«

Agravain spornte sein Pferd an, und ich drängte gehorsam Sions Stute vorwärts. Aber sie mochte den schnellen Trab nicht mit der schweren Karre. Wir wurden wieder still, und Cei kam heran und ritt neben Bedwyr, während er mir interessierte Blicke zuwarf.

»Ihr habt also Cerdics Bande zerschlagen?« fragte ich, als mir endlich etwas einfiel, das ich sagen konnte. »Das ist gut so, aber ich hätte mir gedacht, seine Räuberbanden bewegen sich zu schnell, als daß selbst der Pendragon sie packen könnte, ehe sie nach Sorviodunum zurückkehren.«

»Es war mehr Zufall als weise Voraussicht«, sagte Bedwyr. »Wir waren gerade auf dem Rückweg von einem Kampf gegen die Ostsachsen, als wir Nachrichten von dieser Räuberbande aus Sorviodunum bekamen, und wir haben sie so eben noch erwischt.«

»Das hatte Cerdic nicht eingeplant«, sagte Cei mit tiefer Befriedigung. »Sie sagen, daß sein Zauberer, Aldwulf Fflamdwyn, ihm immer verrät, wo Artus ist. Aber sogar Aldwulf kann nicht voraussagen, wo Artus sich aufhält.«

»Wir auch nicht«, meinte Agravain, »selbst wenn wir bei ihm sind. Er ist ein großer König, Gawain. Es beschämt mich, daß selbst Vater gegen ihn kämpfte. Wir hätten einen Pakt mit Artus schließen sollen und nicht mit diesen Ochsen aus dem Norden.«

»Na, das ist wenigstens wahr«, meinte Cei, »und es hätte euch auch Zeit gespart.«

»Aber dein Bruder muß es auch glauben, Agravain«, fügte Bedwyr hinzu. »Sonst würde er nicht Dienst bei Artus suchen.«

Agravain machte wieder ein finsteres Gesicht. »Was willst du denn dort tun, Gawain. Artus nimmt nur Krieger und ein paar Ärzte in seinen Heerbann auf. Du könntest natürlich in Camlann wohnen, glaube ich, wenn du nicht planst, wieder nach Hause zu gehen.«

»Ich kann nicht zurück auf die Inseln«, sagte ich, »– aber du, Agravain, wie kommt es, daß du Seite an Seite mit Artus' eigenen Männern kämpfst? Und daß du dabei auch noch Ruhm gewinnst? Ich habe keine Nachrichten von dir gehört, seit sie dich als Geisel nahmen.«

»Ach«, sagte Agravain, »das kam ganz von selbst. Der Hohe König war freundlich zu mir, nachdem Vater und die Männer unseres Clans gegangen waren, und ich bewunderte ihn auch schon ein bißchen, wegen seiner Fähigkeiten im Krieg. Als Feind allerdings habe ich ihn gehaßt.«

»Und trotzdem hat er dich neben seinen Männern kämpfen lassen?«

»Nicht sofort.« Agravain grinste plötzlich Cei an. »Dieser grobprankige Rüpel von einem Dumnonier hatte sich entschlossen, mich die scharfe Kante seiner Zunge spüren zu lassen, und es ist in der Tat eine scharfe Kante. Damals hab' ich wenig genug verstanden, denn mein Britisch war noch immer nicht allzu gut, aber ich habe genug verstanden. Und so kam es, als er eines Tages mit der Runde von einem Raubzug zurückkehrte, daß er in Camlann zu mir sagte: ›Die einzigen, die noch schlechter sind als die Sachsen, das sind die Iren.‹ Ich also auch, und dann hat er meine Faust voll ins Gesicht bekommen. Er hat zurückgeschlagen, und dann waren wir aufeinander, wie Hammer und Amboß. Nur, wie du siehst, er ist größer als ich. Er hat's mir gegeben.«

»Du wolltest aber nicht aufhören«, warf Cei ein. »Gloria deo! Ich war sicher, ich hätte es mit einem Wahnsinnigen zu tun.«

»Und als er mich dann zum fünftenmal niedergeschlagen hatte und ich versuchte, wieder aufzustehen, und als ich mich am Tisch festhalten mußte, da hat er gesagt: ›Du blöder Ire, hast du denn nicht Verstand genug, den Kampf abzubrechen, wenn du geschlagen bist?‹ Und ich sagte: ›Nein. Und ich wünschte, mein Vater hätte es auch nicht getan.‹ Und Cei sagte: ›Du bist ein wilder Barbar, aber bei Gott, Mut hast du genug. Ich nehme meine Worte zurück‹, und dann half er mir auf. Und als der Hohe König das nächstemal Cei die Führung bei einem Überfall übertragen wollte, da meinte Cei: »Dann laß mich Agravain mitnehmen. Es ist die einzige Möglichkeit, ihn aus Schlägereien herauszuhalten.‹«

»Nicht, daß Cei etwa vorgehabt hätte, Schlägereien zu vermeiden«, fügte Bedwyr hinzu. »Im Gegenteil. Es gibt nichts, was er lieber tut, und um so mehr hat er sich gefreut, daß er jetzt einen Freund hatte, der sich mit ihm prügelte.«

»Also habe ich für den Hohen König gekämpft«, schloß Agravain. »Und es gefällt mir gut. Vater hat Nachrichten geschickt, hin und wieder. Er meint, er freut sich darüber, daß ich gut kämpfe. Aber was ist mit dir, Gawain? Seit drei Jahren habe ich nichts von dir gehört, nichts von den Inseln und auch nichts von Britannien oder von anderswo. Wo bist du gewesen?«

Ich wandte unsicher den Blick ab. Ich war es meinem Bruder schuldig, ihm die Wahrheit zu erzählen, aber was er dann mit dieser Wahrheit anfangen würde, das konnte ich noch nicht einmal erraten. Wahrscheinlich würde er sich weigern, sie zu glauben. Dennoch würde ich es ihm erzählen. Aber wie konnte ich vor Bedwyr und Cei von Morgas sprechen? Agravain hätte alles geglaubt, was ich über sie sagte – er kannte sie ja gut genug dafür –, aber für fremde Ohren war das nicht bestimmt.

»Vielleicht solltest du am Anfang anfangen«, schlug Agravain vor, als das Schweigen peinlich wurde.

»Du hast Zeit genug, die Geschichte zu erzählen«, fügte Bedwyr hinzu. »Es sind noch Meilen bis Camlann.«

Ich musterte Bedwyr. Hier, das wurde mir klar, war ein weiterer Mann, der dem Licht diente. Aber er unterschied sich völlig von Sion. Er hatte es als erster gesehen, daß ich mit der Anderwelt zu tun gehabt hatte, und sein Blick war noch immer zweifelnd. Und jetzt warf mir auch Cei einen komischen Blick zu. Nur Agravain merkte nichts. »Agravain«, sagte ich, »ich kann es dir erzählen. Aber nicht jetzt.«

»Bei der Sonne und dem Wind«, rief Agravain aus und benutzte wieder seinen alten Fluch, der für mich voll schwerer Erinnerungen war. »Du bist gerade von den Toten zurückgekehrt, nach allem, was ich wußte, und du willst, daß ich geduldig warte und leichte Konversation mache?«

»Das wäre vielleicht das beste«, sagte ich. »Es handelt sich um eine Familienangelegenheit.«

»Ich habe jetzt eine andere Familie«, erwiderte Agravain und machte eine weitläufige Handbewegung zu den Kriegern um ihn herum. »Und was mich angeht, das geht auch sie an.«

»Wenn du vorhast, dich uns anzuschließen«, bemerkte Bedwyr, »dann wirst du es uns auch erzählen müssen. Für vergangene Untat oder dergleichen wird keine Rache genommen, wenn ein Mann erst einmal in die Runde aufgenommen ist.«

»Gawain soll in die Runde aufgenommen werden?« fragte Agravain. »Das ist genauso unwahrscheinlich, als daß er in einer Blutfehde mitmischt. Er ist kein ausgebildeter Krieger.«

Bedwyr sah gedankenverloren aus. »Vielleicht.«

»Ich bin auch keiner«, sagte ich. »Ich hoffe, ich kann dem Pendragon auf irgendeine andere Art dienen.«

»Artus nimmt nicht viele Männer mit, außer uns«, meinte Cei. »Aber vielleicht macht er eine Ausnahme, wenn du gut reiten kannst.«

»Er war der beste Reiter auf den Inseln«, sagte Agravain. »Er kann sich uns irgendwie anschließen, wenn auch nicht als Krieger?«

»Das hängt von unserm Herrn Artus ab«, sagte Bedwyr.

»Aber wenn du wirklich den Wunsch hast, bei uns zu bleiben, dann haben wir ein Recht zu erfahren, was du getan hast«, sagte mir Cei. »Kurz nachdem Agravain zu uns kam, erhielt er eine Nachricht von den Ynysoedd Erch, in der stand, daß sein Bruder mit dem Pferd von der Klippe gestürzt sei. Er hat damals sechs Wochen getrauert. Alles, was Agravain angeht, geht auch mich an. Also, erzähl uns jetzt alles.«

Ich schaute von ihm zu Bedwyr und Agravain hinüber und zuckte dann die Achseln. »Wie ihr wollt. Aber es ist eine seltsame Geschichte, und ich weiß nicht, ob ihr mir glauben werdet. Und es gibt vielleicht Dinge, die Agravain und ich verstehen, ihr aber möglicherweise nicht. Ich bin kein ausgebildeter Kämpfer, der sich in Duelle und Blutfehden verwickeln läßt, aber dies handelt von der Finsternis . . .«

Der Zweifel in Bedwyrs Blick flammte zu offenem Mißtrauen auf. Agravain zuckte zusammen, wie ein verängstigtes Pferd, das scheut. »Dann hat es etwas mit Mutter zu tun«, flüsterte er.

»Ja«, stimmte ich zu. »Hättest du es lieber, wenn ich warte, Bruder?«

Er wollte schon nicken, aber dann hielt er inne. »Ich hatte gehört, daß du in der Nacht, am Samhain-Fest, ausgeritten bist. Zu den Klippen. Das war ein Wahnsinn, aber es sah dir ähnlich, und ich hatte auch gehört, daß . . .« Er zögerte, und ich sah, daß er mit meinem alten Ruf als Zauberer nur allzu vertraut war. Cei und Bedwyr warfen einander Blicke zu, ihnen war der gleiche Gedanke gekommen.

Dann schnaufte Cei. »Deine Mutter, die berühmte Hexe, und ein altes heidnisches Fest, und das soll ein Grund für dein Verschwinden sein? Ich glaube nicht an solche Dinge. Und ich dachte, du glaubst auch nicht dran, Agravain.«

»Tu' ich auch nicht«, sagte Agravain. Aber er konnte Cei

nicht ansehen. Er glaubte es natürlich doch. Es war unmöglich, Morgas zu kennen und nicht an ihre Macht zu glauben.

»Soll ich weitererzählen?« fragte ich.

»Ja«, sagte Agravain. »Cei und Bedwyr sind jetzt auch meine Brüder, sie haben ein Recht zuzuhören.«

Nun, wenn das so war, dann würde ich den dreien die Geschichte erzählen müssen. Aber ich hatte nicht den Wunsch. Die Geschichte war für Verwandte schmerzlich genug, aber vor Fremden war sie peinlich. »Agravain«, sagte ich, »was hast du über meinen Tod gehört?«

»Nur das, was ich schon gesagt habe. Du wärst in der Samhain-Nacht ausgeritten, und am nächsten Tag hätte man dein Pferd an der Klippe gefunden, ohne Reiter. Niemand hätte erwarten können, daß du zweieinhalb Jahre später wieder auftauchst, achtzehn Meilen von Camlann entfernt, gekleidet wie ein Bauer, und niemand hätte erwarten können, daß du dich gleich mit Cei anlegst – hättest du dir nicht einen anderen aussuchen können? Cei ist der beste Kämpfer zu Fuß in der ganzen Runde.« Cei grinste und nickte zustimmend dazu.

»Und du bist gewachsen! Es ist schon so lange her, seit ich dich zum letztenmal gesehen habe – du bist jetzt siebzehn, und das letztemal warst du – wie alt? Das war vor mehr als drei Jahren. Komm, erklär mir, wie es passiert ist.«

Schweigend fuhr ich den Wagen eine Zeitlang. Ich versuchte, einen rechten Anfang zu finden, und ich betete darum, daß mein Bruder die Geschichte akzeptierte. »Du kannst dich vielleicht noch an einen gewissen Sommer erinnern, vor Jahren, als ich anfing, Latein zu lernen?«

Er ging in Gedanken zurück. »Ja. Es war klug, das zu tun. Hier sprechen sie sehr oft Latein, und ich kann noch immer kein Wort verstehen.«

»Damals hat es angefangen. Wir hatten einen Streit wegen meiner Unterrichtsstunden, und du hast mich einen Bastard genannt und gesagt, ich versuchte, das Zaubern zu lernen.«

Agravain sah überrascht aus. »Wirklich? Daran erinnere ich mich nicht.«

»Das habe ich auch nicht gedacht. Dir hat es damals nicht viel bedeutet. Aber ich war dumm, und mir hat es viel bedeutet. Damals habe ich mich entschlossen, wirklich die Zauberei zu erlernen.« Ich hob meinen Blick von der Straße und begegnete Agravains heißen Augen. »Und ich bin sicher, du hast von diesen Dingen gehört.« Agravain rutschte unruhig auf seinem Pferd herum. Er errötete und wandte den Blick von mir ab. Er nickte. Ich schaute wieder auf die Straße.

»So bin ich zu unserer Mutter gegangen. Und sie hat mich viele Dinge gelehrt. Alle waren schrecklich.«

Agravains Hände umkrampften die Zügel, und jetzt schnaubte sein Pferd und versuchte anzuhalten, und es tänzelte und scheute bei dem unruhigen Riß am Zügel. Agravain entspannte schnell seinen Blick wieder und drängte das Pferd zurück zum Wagen.

»Sie ist sehr mächtig, unsere Mutter, Agravain«, sagte ich drängend. »Sie ist viel stärker als jeder andere auf der Erde, ihre Kraft ist so groß, daß sie kaum noch menschlich ist. Zuerst hat sie ihren Vater gehaßt und ihren Halbbruder Artus, und dann ganz Britannien. Ich glaube, jetzt haßt sie die ganze Welt und hat den Wunsch, sie in der Finsternis ertrinken zu lassen.«

Agravains Pferd tat wieder einen Sprung, legte die Ohren zurück; die Angst seines Reiters übertrug sich auf das Tier.

Bedwyr fiel hinter den Karren zurück und trieb dann sein Pferd neben Agravain, damit das Tier sich beruhigte. Agravain schloß einen Moment die Augen, sein Gesicht wirkte gespannt und weiß. »Nein«, flüsterte er, »das kann sie nicht wirklich wollen.«

»Doch«, sagte ich, und ich hatte den Wunsch, die Hand nach ihm auszustrecken, aber ich wagte es noch nicht. »Du kennst sie doch. Denk nach.«

Er wandte das Gesicht ab, und seine Schultern zuckten ein bißchen. Lange Zeit schwiegen wir, und die Hufe der Pferde klapperten auf dem Weg. Der Karren rumpelte im Sonnenlicht. Die Marschgräser zitterten im Wind. Cei war verwirrt, Bedwyr geistesabwesend.

Nach langer Zeit, gerade bevor wir die Hauptstraße erreichten, entspannten sich Agravains Hände langsam wieder, und er nickte. »Es ist wahr«, sagte er in würgendem Tonfall. »Ich würde lieber nicht an sie denken, Gawain. Aber es ist wahr, bei der Sonne, warum?«

Ich schüttelte den Kopf. Er erwartete keine Antwort.

»Erzähl weiter«, sagte Agravain nach einem weiteren Schweigen, als wir uns auf der Hauptstraße nach Süden gewandt hatten. Ich bemerkte, daß er sich jetzt besser in der Gewalt hatte. Vor drei Jahren hätte er entweder einen Streit mit mir angefangen oder sein Pferd im schnellsten Galopp vorangetrieben.

»Ich sagte, daß unsere Mutter Artus haßte. Sie hat ihn viele Male verflucht, aber ihr Zauber scheint auf ihn nicht zu wirken. Vor zweieinhalb Jahren, am Samhain-Fest, da wollte sie einen anderen Fluch versuchen, um ihn zu töten.«

»Herrgott«, sagte Agravain erstickt. »Was geht unsere Mutter denn Artus an? Was hat er ihr denn getan?«

»Sie haßt ihn. Das weißt du. Und ich glaube, jeder schwarze Zauberer im Westen wünscht den Tod von Artus. Aldwulf Fflamdwyn tut das mit Sicherheit.«

»Was? Oh, ich weiß, sie haßt den Hohen König, aber kann sie ihn . . .«

»Ich glaube nicht, daß sie es kann«, sagte ich.

Er starrte mich einen Augenblick lang ernst an, und ich fühlte, er brauchte ein paar beruhigende Worte. Dann nickte er und entspannte sich. »Gottes Lob, wie sie hier in Britannien sagen. Aber bei der Sonne, sie sollte vernichtet werden. Irgend jemand sollte sie umbringen; auch wenn sie meine eigene Mutter ist. Ich sage trotzdem, daß sie sterben sollte.«

»Vielleicht«, erwiderte ich. »Aber wer könnte sie töten? – Sie wollte, daß Medraut und ich in jener Nacht dabei wären . . .«

»Ich habe gehört, daß Medraut . . . aber ich war sicher, daß das eine Lüge war. Niemand kann ganz sicher sein, daß Medraut ein . . . und es sieht ihm auch nicht ähnlich.«

»Aber es ist wahr«, sagte ich, »obwohl ich das bis zu jener

Nacht nicht wußte.« Wieder dachte ich an Medraut, und es tat mir weh. Sie mußte ihn jetzt schon verschlungen haben. Sie mußte all seine Unschuld und seine Liebe zum Leben aus ihm herausgesaugt haben und ersetzte es durch Haß und Bitterkeit und noch mehr Ehrgeiz. Und es gab nichts, was ich dagegen tun konnte.

Agravain schaute mich an. Sein Blick war gequält. Ich glaube, er hatte seit Jahren versucht, Morgas zu vergessen, genau wie er jahrelang versucht hatte, sie zu ignorieren. Aber das war ihm jetzt klar.

»Kannst du dich noch an Connall erinnern?« fragte ich. »Der Mann aus Dalriada, der eine, der im Heerhaufen unseres Vaters war.«

»Natürlich. Ein tapferer Mann, und sehr loyal. Auch ein guter Kämpfer, das weiß ich noch von unserem Kriegszug in Britannien. Das erstemal, daß ich je in einem Hurenhaus war, hat Connall mich mitgenommen, damals in Din Aidan.«

»Morgas wollte ihn umbringen«, sagte ich, »und, Agravain, ich konnte das nicht ertragen. Sie sollte nicht ihn und Medraut dazuhaben. Also tötete ich Connall schnell und flüchtete, und sie versuchte, mich umzubringen.«

Agravain sah krank aus. »Das ist Wahnsinn. Warum können Menschen nicht einfach mit Schwertern kämpfen, anstatt . . .«

»Die Menschen kämpfen niemals einfach mit Schwertern«, brach Bedwyr ein, »selbst du und Cei, ihr tut das nicht.«

Agravain hielt inne und blinzelte Bedwyr an. »Was soll denn das heißen?«

»Niemand hebt das Schwert ohne einen Grund. Selbst Streitlustigkeit ist eine Art Grund. Am Ende sind die Gründe nie so einfach einzusehen, und sie sind genauso wichtig wie das Schwert selbst.«

»Philosophie«, sagte Cei. »Du liest zuviel, Bedwyr.«

»Die Gründe bleiben trotzdem wichtig«, sagte Bedwyr ungestört. »Erzähl weiter, Gawain.«

»Unsere Mutter hat mich verflucht, und ich bin vor diesem Fluch geflüchtet, ohne darüber nachzudenken, wohin ich ging.

Schließlich kam ich zum Llyn Gwalch – das ist der Platz auf den Klippen, wo ich soviel Zeit verbrachte, als wir noch Kinder waren, Agravain –, und dort ließ ich das Pferd frei. Der Dämon konnte mich nicht dorthin verfolgen. Ich weiß nicht warum . . .« Ich hielt inne. Wie konnte ich Agravain davon erzählen? Es war unmöglich, daß er etwas verstand. Ich verstand es ja selbst nicht.

»Unsere Mutter konnte den Pendragon nicht umbringen«, begann ich, »weil Artus gegen die Finsternis kämpft, mit der Kraft, die auch gegen die Finsternis steht. Als ich dort gefangensaß, da habe ich diese Macht angerufen, weil ich die Finsternis plötzlich haßte und nichts mehr mit ihr zu tun haben wollte. Und einer unserer Vorfahren, der dem Licht dient, hat Hilfe geschickt.«

»Ein Vorfahr?« fragte Agravain in völliger Verwirrung. »Die Geschichte wird schwieriger und schwieriger. Was für ein Vorfahr?«

»Lugh von der langen Hand.«

Agravain schüttelte wieder den Kopf, und ich sah, daß er mir nicht mehr folgen konnte. »Ich weiß nicht, was ich davon halten soll, Gawain. Wenn irgendein anderer mir mit solch einer Geschichte käme, dann würde ich ihn auslachen. Aber du . . .«

»Ich denke, du müßtest ihm glauben«, unterbrach Bedwyr sanft. »Ich glaube nicht, daß ich je zuvor einen Mann gesehen habe, der von der Anderwelt so tief berührt war.«

Agravain starrte seinen Freund an. »Mit meinem Bruder ist alles in Ordnung. Ja, zum Teufel, er ist ein schlechter Krieger, aber das gibt dir kein Recht, ihn zu beleidigen.«

»Ich beleidige ihn ja nicht«, Bedwyr schien leicht amüsiert. »Und ich glaube, er kann sich selbst um seine Ehre kümmern. Gawain, erzähl weiter.«

»Lugh hat ein Boot geschickt, von Tir Tairngaire, auf Drängen des Lichts . . .«

»Was ist dieses Licht, von dem du immer wieder erzählst?« wollte Agravain verärgert wissen. »Die Sonne?«

»Ich glaube, ich verstehe das«, meinte Bedwyr langsam. »Irgendwie ist es schon die Sonne, denn die Sonne ist eine Art Licht, von dem alle anderen Lichter letzten Endes herstammen, durch Reflexion oder durch andere Abhängigkeit. Und das Licht, von dem dein Bruder spricht, ist die Quelle des Guten und der Erleuchtung, und andere Götter sind nur in diesem Licht zu sehen. – Ja, Cei, ich habe das natürlich in einem Buch über Philosophie gelesen. Aber habe ich nicht recht?«

»Ich . . . ich glaube ja«, sagte ich erstaunt. »Ja, wenn ich dich richtig verstanden habe. Ich weiß nichts von Philosophie. Ich weiß nur, daß das Licht ein Boot schickte, und ich stieg ein, und es brachte mich zu den Inseln der Glückseligen.«

»Ach du lieber Gott!« sagte Cei und ließ endlich seinen wachsenden Zorn los. »Wie viele haben das schon behauptet? Und wie viele sind auf diesen Inseln gewesen? Keiner, denn diese Inseln existieren ja nicht, außer in den Liedern der Dichter! Agravain, du bist mein Bruder, aber dieser Bruder da, der mit dir verwandt ist, der ist schon ein komischer Vogel. Die ganze Zeit hat er uns ein Garn gesponnen aus einer Wolke von Lügen, und du hältst alles für wahr. Ich kann das aber nicht. Wenn du genug hast, dann findest du mich weiter vorn.«

»Er lügt nicht, Cei«, sagte Bedwyr.

Aber Cei warf mir nur einen angeekelten Blick zu. »In der Tat. Nein, aber er gibt uns nur eine poetische Fassung der Meinung der Philosophen ab, einen Diskurs über die Summe des Guten oder wie immer du es nennen magst. Für bretonische Mystiker und Philosophen ist das sicher eine nette Geschichte, aber ich bin Dumnonier und Römer, und ich habe genug davon.« Er spornte sein Pferd zum Galopp und verließ uns.

»Fahr fort», sagte Agravain. »Ich hör dir zu.« Aber es war deutlich, daß er Cei langsam zustimmte.

»Ich lüge nicht«, sagte ich.

»Ich habe ja auch nicht gesagt, daß du absichtlich lügst«, sagte Agravain, der sich offenbar entschlossen hatte, sehr ehrlich zu sein. »Aber nach allem, was passiert ist, könnte es doch leicht sein, daß du einen Traum gehabt hast.«

»Ich habe auch gedacht, es wäre ein Traum gewesen, als ich aufwachte und feststellte, daß ich in Britannien war«, sagte ich. »Aber ich hatte noch immer dies.« Ich berührte Caledvwlchs Heft.

Agravain schaute es an, und seine Augenbrauen zogen sich zusammen. »Ein Schwert. Sieht so aus, als ob es eine ganze Menge wert wäre. Und du glaubst, es wäre dir im Land der Verheißung gegeben worden?«

»Ja, es ist von Lugh, vom Licht. Als ich südöstlich von hier aufwachte, nach meiner Rückkehr von Tir Tairngaire, da wußte ich, daß ich nicht geträumt hatte. Ich war auch nicht verrückt geworden, denn das Schwert lag neben mir. Sein Name ist Caledvwlch.«

Agravain starrte es an. Er wurde jetzt wütend, und ich fürchtete die Folgen seines Zorns. »Ein Schwert. Ein gutes Schwert, soweit ich das sehen kann. Zeig doch mal den Rest davon.«

Ich zog Caledvwlch. Seine Augenbrauen fuhren hoch, und er pfiff durch die Zähne. »Oh, es ist in der Tat schön. So ein Schwert hätte ich auch gern. Aber übernatürlich ist es nicht.«

Bedwyr starrte den leuchtenden Stahl einen Augenblick an. Dann wandte er den Blick ab. Er sah offensichtlich doch etwas Übernatürliches darin.

Ich überlegte mir, ob ich das Feuer nicht in der Klinge brennen lassen sollte, um Agravain auch seine Macht zu zeigen. Aber dann entschied ich mich dagegen. Es war zu wild, zu offensichtlich, und es bedeutete auch, daß ich die Macht mißbrauchte. Und außerdem hatte ich nicht den Wunsch, für einen Zauberer gehalten zu werden, und ich kannte die Krieger nicht. Also wiederholte ich: »Lugh hat es mir gegeben.«

Agravain schnaufte. Er lehnte die Geschichte jetzt ab. Vielleicht konnte er sie einfach nicht von mir, von Gawain akzeptieren, seinem schwachen, unwichtigen kleinen Bruder. Dennoch sagte er: »Erzähl weiter. Du bist also mit dem Schwert aufgewacht, östlich von hier, nachdem du – wie lange? – auf den Inseln der Glückseligen gewesen bist.«

»Es waren fast drei Jahre. Mir kam es nur wie ein Tag vor. Aber die Zeit war doch seltsam. Ich wachte in den Hügeln im Grenzland zwischen dem Königreich Dumnonia und dem Land auf, das Cerdic mit Beschlag belegt hat. Und als ich nach Westen wanderte, lief ich direkt in eine sächsische Überfallgruppe hinein, die gerade auf dem Weg zurück nach Sorviodunum war.«

Agravain beruhigte dies; das konnte er glauben. »Konntest du denn keinen Sachsen von einem Römer unterscheiden?« wollte er wissen.

»Ich wußte ja nicht, wo ich war. Nach allem, was passiert war, hätte ich ja auch auf Konstantinopel zulaufen können, obwohl ich das für unwahrscheinlich hielt. Also erzählte ich den Sachsen, ich sei ein Höriger und mein Herr sei in einer Blutfehde gestorben, und sie nahmen mich mit nach Sorviodunum und verkauften mich an Cerdic.«

»Warum sollte der dich kaufen? Hat er etwa den Verdacht gehabt, du wärst ein Königssohn?«

»Das glaube ich nicht. Aldwulf von Bernicia hat es ihm gesagt, und Aldwulf war, wie Bedwyr oder Sion oder die meisten Leute heutzutage, nicht ganz sicher, ob ich menschlich wäre, als er mich zum erstenmal gesehen hat.«

»Das ist ja lächerlich«, sagte Agravain. »Warum sollten die das denn denken? Du hast es doch nicht gedacht, oder, Bedwyr?«

»Dein Bruder hat recht«, meinte Bedwyr. »Ich glaube, du unterschätzt ihn.«

»Ich kenne ihn besser als du«, schnappte Agravain. » . . . erzähl weiter.«

»Aldwulf wollte Artus umbringen, wie ich schon sagte, und er dachte, wenn er mich tötete und das Schwert benutzte, dann könnte er das auch schaffen. Durch Zauberei. Aber er hatte ein Pferd der Sidhe für Cerdic eingefangen, um seine Macht beim Zaubern zu beweisen. Es ist ein Pferd, das jedem anderen Pferd auf der Erde weit überlegen ist. Cerdic hat versucht, es einzureiten, aber er hat es nicht gekonnt. Ich hab's geschafft –

du weißt ja noch, daß ich mit Pferden gut umgehen kann. Dies war anders . . . Und ich hab' das Tier genommen und habe mit ihm Sorviodunum so schnell wie möglich verlassen.«

»Und wo ist das Pferd jetzt?«

»Ich habe den Hengst freigelassen. Er stammte von den Sidhe; ich hatte nicht das Recht, ihn zu behalten. Das war vorgestern, und gestern habe ich den Bauern getroffen, den du nicht magst. Mit ihm bin ich nach Ynys Witren gekommen, und dort bist du heute morgen aufgetaucht.«

»Eine schöne Geschichte«, sagte Agravain zornig. »Sehr schön, in der Tat. Aber du hast ein paar Einzelheiten ausgelassen, Gawain. Was war mit der Hügelfestung voller bewaffneter Sachsen? Aber ohne Zweifel hast du sie dutzendweise umgelegt, als du mit dem Pferd des Königs davongeritten bist.«

»Die Sachsen haben versucht, mich aufzuhalten, aber sie waren einfach nicht schnell genug – nein, ich behaupte ja nicht, daß ich in den Waffen geübt bin. Wir wissen das beide besser. Aber die Sachsen hatten Angst. Sie glaubten nicht, daß ich menschlich wäre, und ich hatte das Schwert.«

»Ach, warum sollten sie denn davor Angst haben?«

»Das Schwert . . . ich glaube, es kann schon furchterregend sein.«

»Gawain«, sagte Agravain, und seine Stimme klang flach und beherrscht, aber sein Zorn war offensichtlich. »Cerdics Krieger sind keine Kinder, die vor einem angeblichen Zauberschwert weglaufen. Und was war mit dem König und Aldwulf von Bernicia? Du hast gesagt, der Fflamdwyn ist ein Zauberer, und das ist auch sein Ruf in ganz Britannien. Hätte der dir nicht dein berühmtes Schwert ruinieren können?«

»Ich glaube nicht, daß seine Macht groß genug ist«, sagte ich. »Ich glaube nicht, daß irgendeiner Caledvwlch löschen könnte, außer demjenigen, der es trägt. Wenn ich mich gegen das Licht stellen würde, denn durch das Licht brennt das Schwert . . . dann verlöre es vielleicht seine Wirkung. Aldwulf war bewußtlos, als ich wegritt. Ich habe ihm das Gesicht verletzt, mit Caledvwlch.«

Agravain zügelte sein Pferd, brachte es zum Stehen. »Und wie viele Sachsen hast du getötet, als du das Lager verlassen hast«, fragte er ruhig.

Ich hielt den Wagen an. Sions Stute blieb gern stehen, ihre Flanken zitterten. »Drei.« Ich wußte, was jetzt kam. »Agravain, ich will ja gar nicht behaupten, daß ich . . .«

»Du hast genug gesagt«, fuhr Agravain mit fester Stimme fort. Die ganze Gruppe der Krieger hielt jetzt, und alle wandten sich auf ihren Pferden um oder fuhren mit ihren Wagen wieder zurück, um zuzusehen, was passierte. »Den ersten Teil deiner Geschichte glaube ich, der zweite ist ein Traum oder irgendeine wirre Vorstellung, die du ehrlich und ernsthaft gehabt hast, aber das letzte . . . das kann nicht mehr sein als eine regelrechte Lüge. Du willst einen sächsischen König niedergeschlagen und drei von Cerdics Kriegern ganz allein getötet haben? Du kannst ja noch nicht einmal einen Speer geradeaus werfen!«

»Agravain, ich habe doch gesagt, es waren nicht meine Fähigkeiten, sondern . . .«

»Also Zauberei? Du hast gesagt, du hättest das aufgegeben, und damit hast du auch recht getan.«

»Nein, das war es auch nicht, nur . . .«

»Dann ist deine Geschichte ein einziges Lügengewebe«, rief Agravain finster aus. »Unsinn, den du zusammengebastelt hast, um dir Ehre zu verleihen, die du ehrlich in der Schlacht nicht erwerben kannst, weil dir der Mut fehlt. Als Krieger bist du hoffnungslos.«

»Ich habe nie etwas anderes behauptet.«

»Und ich werde dir zeigen, wie hoffnungslos du bist.« Mein Bruder schob rücksichtslos all meine Versuche beiseite, das abzuwehren, was jetzt kam. »Steig aus dem Karren aus, und dann werde ich dich lehren, mich nicht anzulügen.«

»Ich leihe dir mein Pferd«, sagte Bedwyr ganz plötzlich zu mir. »Und meinen Speer und meinen Schild. Dann kannst du kämpfen, wie das einem Krieger ansteht.«

Einen Augenblick lang herrschte verblüfftes Schweigen.

»Danke«, sagte ich endlich ganz langsam. »Aber ich fürchte, ich werde deine Waffen entehren.»

»Vielleicht«, meinte Bedwyr, »vielleicht auch nicht.«

»Ich wette, er verliert«, meinte Cei fröhlich. »Ich setze einen goldenen Armreif darauf, daß Agravain ihn niederstößt. Du hast recht, Agravain, wenn du das tust. So eine Geschichte würde keiner glauben, außer einem Bretonen.«

»Ich würde deine Wette ja annehmen«, sagte Bedwyr, »aber ich habe bei Schmuck nicht den gleichen Geschmack wie du. Und ich habe meine Gründe, die Geschichte zu glauben, Cei.«

Agravain machte ein finsteres Gesicht. Er wollte auf die Art mit mir kämpfen, an die er am besten gewöhnt war, nämlich mit den Fäusten. Aber dann entschied er sich, daß auch ein Gefecht gut genug wäre. »Sehr schön. Beeilt euch. Wir müssen Camlann schließlich bald erreichen.«

Ich kletterte aus dem Wagen, band die Zügel an den Eckpfosten, und auch Bedwyr saß ab. Er gab mir seinen Speer und seinen Schild, wickelte einen Lappen um die Speerspitze und sagte mir, ich solle das runde Ende benutzen. Dann reichte er mir die Zügel seines Pferdes, einer großrahmigen, gallischen Kriegsstute. Ich dankte ihm, und ich hatte mich schon auf meine unweigerliche Niederlage eingerichtet. Es würde nur noch ein weiterer Sturz werden, so sagte ich mir. Weh tun konnte es nicht.

Ich bestieg also Bedwyrs Pferd und ritt es in einem engen Kreis, um zu sehen, wie es reagierte. Ich versuchte, sein Temperament auszumachen. Es war ein gutes Pferd, aber natürlich in keiner Weise wie Ceincaled.

Wir verließen die Straße und ritten auf eine Lichtung.

Jetzt, nachdem wir die Marschwiesen hinter uns gelassen hatten, wand sich die Straße durch steile Hügel, die mit gepflügtem Ackerland und Weide bedeckt waren. Das Weideland an der Straße war weich, ein Sturz würde also nicht sehr schmerzhaft werden. Die Krieger der Gruppe bildeten einen Kreis, und sie verstanden eigentlich nicht so recht, was jetzt passierte. Aber sie waren interessiert. Niemand akzeptierte Ceis Wette.

Agravain ritt auf die andere Seite des Kreises, senkte das stumpfe Ende seines Speers und nickte energisch.

»Ich werde dir nicht weh tun«, warnte er mich, »aber du mußt lernen.«

Ich nickte, seufzte und hob den Schild. Er würde wieder fröhlich sein, wenn er mich erst einmal aus dem Sattel gehoben hatte, und der Preis war dafür klein genug. Trotzdem, ich wünschte, er hätte mir geglaubt. Es tat ein bißchen weh, daß er mich so schnell einen Lügner nennen konnte.

Agravain drängte sein Pferd zum Trab, winkelte den Speer an und folgte der Linie des Kreises. Ich machte es genauso und versuchte mich an das zu erinnern, was ich damals so mühsam im Haus der Knaben gelernt hatte. Mein Bruder sah, daß ich bereit war und schwang sein Pferd auf mich zu. Er ließ es nicht galoppieren.

Plötzlich zog sich alles zusammen, und die Zeit selbst schien langsamer zu laufen, als ich Bedwyrs Pferd zum Galopp anspornte und auf Agravain losritt. Das Herz schlug mir wild in der Brust, und ich schwang meinen Speer, völlig aus der Wurfrichtung. Agravain sah das, lächelte und kam voller Zuversicht heran. Die Welt wurde noch kleiner, zentrierte in Agravains Speerspitze und seiner rechten Schulter, und um diese Punkte herum war alles verschwommen. Er hatte mich fast erreicht; ich ließ mein Pferd nur einen halben Schritt ausschwenken, fing seinen Speer mit dem Rand meines Schildes auf und ließ ihn abgleiten, senkte meinen Speer und donnerte ihn gegen Agravains Schulter, schon gespannt für den Aufprall.

Die Zeit nahm ihren normalen Fluß wieder auf, und Agravain stürzte vom Pferd. Seine Augen waren aufgerissen vor Überraschung, und ich zügelte und drehte mein Tier schnell um. Ich senkte meinen Speer, um Agravain zu bedrohen.

Einen Augenblick lang lag er still, dann erhob er sich langsam, rieb sich die Schulter und sah mich in finsterer Verwirrung an. Ich kam wieder zu mir und starrte zurück, zuerst auf

Agravain, dann über sein Pferd hinweg, das jetzt an dem dichten Gras zu knabbern begann. Ich konnte nicht verstehen, was passiert war.

»Wir versuchen es noch einmal«, sagte Agravain laut, »und zwar jetzt.«

»Das war Zufall«, sagte ich. »Ich könnte es nicht noch einmal tun. Ich weiß, du bist der Bessere von uns beiden, Agravain.« Natürlich war er das, denn der Kampf, das war ja seine Welt.«

»Wir tun es noch einmal, verdammt!« schrie Agravain. Er ging hinüber zu seinem Pferd, saß wieder auf, riß wüst am Zügel und ritt hinüber auf die andere Seite des Kreises.

»Cei«, sagte einer der Krieger, »gilt die Wette noch?«

»Wenn du willst«, sagte Cei.

»Schön. Ich hab' auch Armreifen.«

Agravain senkte den Speer. Er begann wieder, um den Kreis herumzutraben. Ich tat das gleiche und wartete darauf, bis er sein Pferd fast rückwärts wandte, umschwenkte und auf mich zukam. Diesmal nahm ich die Zügel plötzlich zurück, während wir uns einander näherten, und brachte Bedwyrs Pferd nach ein paar Schritten rückwärts zum Halten.

Wieder zog sich alles um uns zusammen, und ich spürte noch deutlicher die wilde Leichtigkeit in meinem Innern. Agravain war fast neben mir, und sein Speer, der auf meinen linken Oberschenkel zielte, war dicht dran. Ich schlug ihn mit dem Schild beiseite, wendete mein Pferd und kombinierte das Gewicht des Tieres mit meinem Gewicht hinter dem Speer, den ich in Agravains Seite sausen ließ. Wieder stürzte er; wieder rannte sein Pferd weiter, diesmal in den Kreis der Krieger hinein, wo es eingefangen wurde.

Agravain erhob sich. Er machte jetzt kein finsteres Gesicht mehr, sondern er starrte mich in völliger Verwirrung an, wie ein Mann, der die Sonne im Westen aufgehen sieht. Der Wahnsinn war noch über mir, und ich wollte nicht sprechen. Deshalb saß ich still und unbeweglich, den Speer bereit, und wartete.

Agravain ging hinüber zu seinem Pferd, saß wieder auf und senkte den Speer. Ich ritt zum gegenüberliegenden Ende des Kreises und nickte.

Diesmal kam er sofort auf mich los, in vollem Galopp. Ich schleuderte meinen Speer mit der stumpfen Seite nach vorn, während er herankam, ritt dann weiter und zog Caledvwlch.

Der Speer traf seine Kehle und glitt ab, aber Agravain würde mit Sicherheit einen blauen Fleck haben. Hätte ich den Speer mit der Spitze nach vorn geschleudert, er wäre tot gewesen. Fast stürzte er, als ich ihn traf, aber er riß sich noch rechtzeitig zusammen und hielt seinen Speer gerade. Während wir auf gleiche Höhe kamen, hätte sein Stoß mich durch die Rippen rechts von meinem Schild getroffen, hätte er mich überhaupt berührt – aber ich hackte mit Caledvwlch nach dem Schaft, und der Speer brach durch. Die Zeit gefror. Ich hob das Schwert, noch ehe Agravains Pferd einen weiteren Schritt tun konnte. Das Licht brannte in der Klinge, und ich war erfüllt von einer Kraft, die kaum meine eigene sein konnte. Die Welt sah aus, als ob sie in leuchtenden Stahl geätzt gewesen wäre. Ich ließ alle Kraft in meinen Arm fallen, als ich Agravain mit der flachen Seite des Schwertes schlug. Er stürzte ins Gras. Sein Pferd stolperte langsam an mir vorüber. Er rollte herum und lag still. Ein lastendes Schweigen entstand.

Mein Kopf war wieder ein bißchen klarer, und ich steckte das Schwert in die Scheide. Noch immer lag Agravain bewegungslos da. Der Rest des Wahnsinns verschwand aus mir, und ich saß hastig ab. »Agravain!« Er bewegte sich nicht. Ich rannte zu ihm hinüber. Beim Licht, wie hart hatte ich ihn wohl geschlagen? »Agravain?«

Er schüttelte betäubt den Kopf, dann stemmte er sich mühsam auf die Knie, hielt seinen Arm umklammert, wo ich ihn getroffen hatte. Er starrte mich an. Sein Gesicht war weiß und von Schweißperlen übersät. Er kam mühsam auf die Füße und starrte noch immer. »Lieber Gott«, sagte er ganz langsam, und jedes Wort fiel in den Ring des Schweigens, den die Zuschauer bildeten. »Was ist aus dir geworden?«

»Ich hab' doch gesagt, du unterschätzt deinen Bruder«, Bedwyr kam nach vorn, noch immer ruhig und unerschüttert. »Ich glaube, du wirst einen Platz bei Artus finden, Gawain ap Lot.«

»Aber das Schwert!« sagte Cei. »Hast du das Schwert nicht gesehen? Es hat gebrannt. Er . . .«

»Nur das Schwert?« fragte ein anderer. »Hast du seine Augen nicht gesehen?«

»O Licht!« dachte ich verzweifelt. »Jetzt glauben sie wirklich, daß ich ein Zauberer bin.«

»Er hat Agravain von den Orkneys im fairen Kampf geschlagen, will irgendeiner von euch das bezweifeln?« fragte Bedwyr scharf.

»Ich will es bezweifeln«, sagte Cei direkt. »Das war kein fairer Kampf. Kein normales sterbliches Wesen hätte . . .«

»Es war ein fairer Kampf«, sagte Agravain. Die Krieger hörten sofort auf, mich anzustarren, und warfen statt dessen Agravain finstere Blicke zu. »Es war ein sehr fairer Kampf, und er war schon lange überfällig. Gawain ist kein Zauberer, ich schwöre den Eid meines Volkes darauf. Wenn einer von euch anders denkt, dann bin ich gewillt, heute noch einmal zu kämpfen. Mein Bruder ist ein Krieger. Lieber Gott, bei der Sonne! Ich bin noch nie jemandem begegnet, der so gut war!«

»Es war Zufall . . .«, begann ich, noch immer verwirrt.

»O nein. Du bist besser als ich, und wir wissen es jetzt beide.«

»Ein Sturz wäre vielleicht Zufall gewesen«, stellte Bedwyr fest. »Aber drei Stürze, das ist ein Beweis. Du bist sehr gut, Gawain, vielleicht besser als ich.«

»Das ist absurd. Du bist der beste Reiter in der Runde«, rief Cei aus.

Bedwyr lächelte nur.

Cei schüttelte wild den Kopf. »Ich kapiere überhaupt nichts mehr. Schwerter brennen nicht wie Pechfackeln. Seine Geschichte ist unmöglich, aber wenn sie wahr ist, wo bleiben dann wir? Er ist ein Zauberer . . .«

»Ich habe gesagt, ich will davon nichts mehr hören«,

schnappte Agravain. »Was immer er in der Vergangenheit gewesen ist, mein Bruder ist jetzt ein Krieger.«

»Wie kann ich denn ein Krieger sein?« mischte ich mich ein. »Ich konnte nie kämpfen. Du weißt das doch, Agravain. Du mußt dich doch noch daran erinnern, wie schlecht ich im Haus der Knaben war. Ich konnte ja noch nicht einmal einen Speer geradeaus werfen . . .«

Agravain rieb sich die Kehle, an der Stelle, wo mein Speer ihn getroffen hatte. Aber ich redete hastig weiter. »Jeder wußte, daß ich kein Krieger bin. Vater war enttäuscht über mich, und ich war über mich selbst enttäuscht, so sehr, daß ich mich aus reinem Zorn und aus dem Schmerz meines Versagens schon der Finsternis übergeben wollte. Wie kann ich denn ein Krieger sein?«

»Du sagtest, du hättest Aldwulfs Gesicht damit aufgeschnitten?« Agravain wollte mit dem Arm, den ich getroffen hatte, auf Caledvwlch zeigen. Er zuckte und umkrampfte den verletzten Arm wieder.

»Ich . . . ja, aber . . .«

»Und du hast diese Sachsen umgebracht, als du aus Dinsarum geflohen bist?«

»Ja, aber Agravain . . .«

»Na siehst du.« Er wandte sich zu den anderen um. »Er hat Fflamdwyns gutes Aussehen ruiniert und gegen unsere Feinde gekämpft. Könnt ihr noch bezweifeln, daß er für uns ist?«

»Wir haben nur seine Geschichte, um das zu beweisen«, wandte Cei ein.

»Willst du meinen Bruder etwa der Lüge bezichtigen?« fragte Agravain, versuchte, sein Schwert zu packen, und zuckte wieder zusammen.

Cei hielt inne und starrte meinen Bruder an. Dann seufzte er und zuckte die Achseln. Es war ganz offensichtlich, daß er mich irgendwie für einen Lügner hielt, aber darum wollte er nicht gegen seinen Freund kämpfen. »Ich beschuldige niemanden«, sagte er. »Aber ich werde Artus davon erzählen.«

Bedwyr nickte. »Und ich werde Artus erzählen, daß ich Gawain glaube.« Die beiden schauten einander noch einen Augenblick an, und dann lächelte Bedwyr sanft. »Du willst nur deinen Armreif nicht verlieren, Cei.«

Cei schaute einen Augenblick verwirrt drein, dann erinnerte er sich an seine Wette. Er grinste zittrig, zog den Armreif vom Handgelenk und warf ihn dem Mann zu, der ihn gewonnen hatte. Dieser Mann schaute den Armreif unsicher an und schob ihn sich dann über. Cei gab Bedwyr die Hand, saß wieder auf, wendete sein Pferd und ritt zurück zur Straße. Langsam folgten die andern, und Bedwyr nahm sein Pferd und seinen Schild von mir zurück und ritt ihnen nach.

»Agravain . . .«, begann ich noch einmal.

»Gawain«, er rieb sich den Arm, zuckte wieder schmerzhaft zusammen. »Bei der Sonne, ich habe tatsächlich einen blauen Fleck da. Bedwyr hat seinen Speer vergessen; wo ist er denn?«

Ich hob ihn auf. Die anderen aus der Gruppe ritten im Schritt auf der Straße dahin; Sions kleine Stute stutzte das Gras am Straßenrand. Agravain fing sein Pferd ein, nahm die Zügel, sehr behindert durch seine Einarmigkeit. Er wollte eben aufsitzen, hielt dann inne, schaute mich wieder an und ergriff mich am Arm.

»Gawain, es tut mir leid«, sagte er.

»Ich bin derjenige, dem es leid tun sollte. Wirklich, ich wollte dich nicht so hart treffen.«

»Das meine ich nicht.« Er sprach plötzlich wieder irisch. »Mir tut leid, daß ich dir das Wort ›Lügner‹ ins Gesicht geschleudert habe. Aber dein ganzes Leben lang habe ich dich ja mit Schimpfworten beworfen, um dich zum Kämpfen zu provozieren, und dann habe ich dich zusammengeschlagen, damit ich mich besser fühlte. Und ich habe so getan, als ob ich dir in den Künsten des Krieges helfen wollte, während ich dich dafür ruiniert habe. Selbst mir habe ich vorgemacht, es wäre großzügig von mir und zu deinem Nutzen. – Sag nichts. Ich weiß, daß es stimmt. Nachdem ich hier als Geisel lebte, ist es mir klargeworden, als ich nicht länger der Erstgeborene und der Anführer bei allem war und als ich einsah, daß Kampf hoffnungslos war, und als ich trotzdem kämpfen wollte. Als sie mir dann sagten, du wärst tot und als ganz Britannien meinte: ›Ein Zauberer weniger‹, da hab' ich verstanden. Da hab' ich mir selbst auch den Tod gewünscht. Ich erinnerte mich daran, wie du mich einmal nach einem Kampf angesehen hast, und ich wußte, es war eine große Schweinerei gewesen, einen Bruder derartig zu demütigen. Und ich hatte es getan, und anschließend war ich jagen gegangen. Hör zu, vielleicht kann ich es nicht wiedergutmachen, aber es tut mir wirklich leid.«

Ich packte ihn an den Schultern. »Mein Bruder, ich habe gesagt, daß ich damals dumm war und daß ich mir die Dinge viel zu sehr zu Herzen genommen habe. Wenn ich in der Lage gewesen wäre, dich anzulachen . . . Aber das ist jetzt vorbei. Vergiß das Ganze.«

Er umarmte mich. Ich spürte, wie seine Brust zuckte, und ich begriff, daß er weinte. Ich weinte auch. »Von jetzt an, Gawain«, murmelte Agravain, »von jetzt an wird alles anders.« Er ließ mich los und schaute mich ernst an. »Ich will von dir prahlen, ehe ich von mir selbst prahle. Von jetzt an wird es nur noch Siege geben.«

Ich konnte nichts sagen, und er fuhr fort: »Nur Siege, Gawain. Vergiß alles, was ich je über deine Fähigkeiten als Krieger gesagt habe. Du wirst ein großer Krieger werden, ein Mann, über den sie Lieder machen.« Er schaute die Straße hinauf und fügte hinzu: »Sie reiten langsamer, unseretwegen. Aber sie lassen uns trotzdem zurück. Komm, hilf mir aufs Pferd. Mein Arm ist noch immer taub.«

Als der Karren wieder stoßend und schwankend die Straße hinunterrollte und als Sions kleine Stute energisch trabte, um die anderen einzuholen, fiel Agravain hinter mir zurück. Ich verstand sehr gut, warum er das tat. Er wollte allein sein mit seinen Gedanken, wie ich mit meinen, und nachdem solche Worte gerade zwischen uns gewechselt worden waren, hatten wir einander sowieso lange Zeit nichts mehr zu sagen.

Ich wußte nicht, was ich denken oder fühlen sollte. Ich hatte Agravain geschlagen, Agravain hatte die Vergangenheit vor mir bereut. Ich hatte Agravain geschlagen, und er hatte gesagt, ich würde ein großer Krieger werden. Früher einmal war das der Höhepunkt meiner Träume gewesen, aber diese Träume hatte ich für die Finsternis aufgegeben, und ich hätte nie geglaubt, daß sie je in Reichweite kommen könnten. Ich hatte den Wunsch, den Karren umzuwenden und von Camlann wegzufahren, so schnell das Pferd galoppieren konnte.

Ich schaute auf das abgenutzte Leder der Zügel, das dunkel war von langem Gebrauch. Meine Hände krampften sich um die Lederriemen. Ich hatte geschworen, daß diese Hände dem Licht dienen sollten. Was hatte Bedwyr über das Licht gesagt? Alle anderen Lichter oder Götter waren nur in ihm zu erkennen. Und ich hatte schon gesehen, daß das Licht tun konnte, was immer es wollte, selbst unter den Sachsen. Mit Sicherheit brauchte er, das Licht, meine Hilfe nicht. Er hätte mir auch Caledvwlch nicht geben oder mich nach Britannien schicken müssen. Agravain hatte mich gefragt, »Warum?«, als ich von Morgas sprach, und ich wußte, er wollte nicht nur wissen, warum sie haßte, sondern auch, warum sie da war, um zu hassen, und ich konnte es ihm nicht sagen. Wenn das Licht Artus gegen Morgas' stärkste Bannsprüche schützte, wenn es mich vor ihr erretten konnte, dann konnte es mit Sicherheit auch die Erde von der Finsternis befreien. Mein Herr, das Licht, brauchte weder mich noch irgendeinen anderen, der in Britannien herumrannte und Krieg machte. Mit einem Gefühl des Schreckens sah ich ein, daß ich den Gedanken an Krieg nicht liebte, und daß es meiner Meinung nach falsch war zu töten. Noch nie in meinem Leben hatte ich so etwas gehört, und dennoch dachte ich wieder an diese drei Sachsen und daran, daß es sicher auch einen anderen Weg gegeben hätte. Und selbst wenn es manchmal richtig war zu töten, so wie ich Aldwulf getötet hätte oder auf andere Weise Connall getötet hatte – wann wäre es je richtig? Und wie konnte es sein, daß ein Mann immer im Recht war? Das Licht, aus seiner eigenen Natur heraus, mußte immer im Recht sein, wenn das, was Bedwyr gesagt hatte, der Wahrheit entsprach. Und ich glaubte Bedwyr. Aber die Welt der Menschen ist gemischt aus Gut und Böse, und es gab keinen einfachen, klaren Kampf, keine einzelne Entscheidung wie die, die ich damals in Dun Fionn getroffen hatte.

Dennoch, Menschen entschließen sich, und sie müssen sich entschließen. Ich hatte in Dun Fionn das Licht gewählt. Medraut hatte die Finsternis gewählt. Von ganzer Seele wünschte ich mir, daß ich ihn hätte aufhalten können, und mir fiel wieder ein, wie er in Morgas' Zimmer stand und sie anbetend anschaute. Wenn ich ihn mit mir aus dem Zimmer gezerrt hätte? Aber er hatte mich »Verräter« genannt, und sein Schrei hatte hinter mir gehallt. Wenn ich ihn wiedersah und wieder mit ihm sprach, konnte er sich dann alles noch anders überlegen? Sicherlich konnte die Finsternis seinen Willen nicht völlig in Ketten legen. – Und dann dachte ich daran, daß das Licht und ich das auch nicht konnten. Aber wer wählte die Finsternis, nachdem er verstanden hatte, was er da wählte? Die Gier, die Furcht, den Haß, der das Glück verschlingt, den Verlust? Und dennoch, manchmal war mir ganz klar, daß wir nicht anders konnten, als der Dunkelheit zu dienen. Und wenn ich für Artus kämpfte, dann würde ich die Wahl treffen müssen, und es war offensichtlich, daß ich nach der Natur der Dinge manchmal falsch entscheiden würde. Ich wollte nicht in der komplexen Welt der Menschen kämpfen. Es war einfacher, in der Anderwelt zu kämpfen.

Ich starrte hinauf zu den Hügeln, die vor uns lagen, und stellte fest, daß Bedwyr die Straße hinab zu mir hinüberschaute. Unsere Blicke trafen sich einen Augenblick; er zügelte sein Pferd und blieb zurück, bis er wieder mit dem Karren auf gleicher Höhe war. »Deine Gedanken scheinen schwer zu sein, Gawain ap Lot«, sagte er mir.

»Sie sind schwer, Herr«, erwiderte ich. »Agravain sagt, aus mir kann vielleicht jetzt ein großer Krieger werden, und auch du hast es gesagt. Ich bin eine Haaresbreite davon entfernt, umzudrehen und zu den Orkneys zurückzukehren. Und das wäre eine Dummheit, die einfach unglaublich wäre.«

Bedwyrs Augen glänzten leicht. »Warum sollte das dumm sein?«

»Ich glaube, du dienst dem Licht«, sagte ich Bedwyr. »Ist es recht, Männer umzubringen und Krieg zu machen?«

»Ach!« Er starrte mich an. »Das weiß ich auch nicht.«

»Aber du bist ein Krieger, und als ich vom Licht sprach, da hast du es besser verstanden als ich.«

»Das möchte ich bezweifeln. Ich kenne nur die Sprache der Philosophie, und deshalb konnte ich es besser beschreiben. Du hast etwas angerührt, Gawain ap Lot, nach dem ich schon oft gefragt habe. Ich konnte nur sagen, was ich selbst weiß, was ich selbst erfahren habe.«

»Dann erzähl es mir, wenn du Zeit hast. Ich bin es leid, immer wieder darüber nachzugrübeln.«

»Ich glaube, das verstehe ich.« Bedwyrs Augen glänzten wieder vor unterdrückter Belustigung. Es war sehr seltsam, dachte ich flüchtig, daß ich mit ihm so leicht reden konnte und daß er so schnell gegen Cei meine Partei ergriffen hatte. Vielleicht kam es daher, daß wir dem gleichen Herrn dienten, und dadurch ergab sich dieses Verständnis.

Mit dem Schildarm, dem Arm, an dem die Hand fehlte, schob er sich das Haar aus dem Gesicht. »Nun gut«, begann er. »Wie Cei schon mehrmals erwähnt hat, bin ich Bretone, und mein Vater besitzt Güter im Südosten – nein, das bedeutet nicht, daß ich aus einem edlen Clan stamme. Im größten Teil von Kleinbritannien sind die Clans weniger wichtig als Landbesitz oder sozialer Stand. Mein Vater ist Curiale – das ist ein Titel. Offiziell darf er den Titel Clarus führen, aber er nennt sich selbst Clarissimus, weil er den Klang des Wortes liebt.« Wieder kam das Glitzern der Belustigung. »Wir lebten in der Nähe der Grenze von Kleinbritannien, und während ich jung war, verging kein Sommer, ohne daß die Franken oder die Sachsen oder die Sueben oder die Goten in unsere Felder einbrachen und uns das Vieh wegtrieben oder Gold von der Verwaltung verlangten. Ich lernte also früh kämpfen, wie auch die Männer hier in Britannien. Außerdem lernte ich lesen, aber das hielt ich für weniger wichtig. In Kleinbritannien, wie in anderen Teilen des südlichen Gallien, werden noch immer die alten Gemeindeschulen für die Kinder aus edlen Familien geführt. Ich ging also hin, und der Grammaticus dort brachte mir die Grundbegriffe der Rhetorik bei. Es war sehr mühselig. Wir hatten aber ein Textbuch, eins für eine Klasse von zwölf Schülern, und es war geschrieben von einem Marius Victorinus, der Philosoph war. Wenn er uns ein Beispiel für die rednerische Ausführung eines Gedankens geben wollte, dann führte er ein Beispiel aus der Philosophie aus. Und was die Diskussion betraf, so beschrieb er eine Debatte über die Summe des Guten – das Hervorragendste in einem Menschenleben. Er hielt das für Philosophie. Ich dachte damals, er müsse ein Narr gewesen sein, denn die Franken kümmerten sich nicht um Philosophie, und mir machte es Spaß, Franken umzubringen. Wirklich, ich genoß es, ich tolerierte es nicht nur. Es machte mir Freude, meine Fähigkeiten zu zeigen. Als ich siebzehn war, sammelte ich ein paar Bauern von den Gütern meines Vaters und nahm sie mit mir. Wir wollten für den Comes armoricae kämpfen, den König von Kleinbritannien, so würde man wohl sagen. Nach ein paar Jahren starb der fränkische König, und der neue König war mit den Goten beschäftigt, und die Kriege schienen eine Zeitlang vorbei zu sein. Da hörte ich, daß der jüngste Sohn unseres Königs, Bran, einen Pakt mit Artus von Britannien geschlossen und eine Expedition geplant hätte. Ich war noch nie in Britannien gewesen, und seit fast einem Jahr hatte ich keine Franken oder Sachsen mehr umgebracht, also nahm ich meine Gefolgsmänner und ging mit Bran.

Ich glaube, du weißt von dieser Kampagne. Du weißt, wie Artus den Purpur gewonnen hat, und deshalb brauche ich dir das nicht mehr zu erzählen. Ich selbst wurde in der Schlacht am Saefern verwundet.« Bedwyr hielt wieder seinen Schildarm hoch. »Der Schlag war eigentlich nicht so schlimm, aber die Wunde wurde brandig, und ich, der keine Angst vor den Sachsen gehabt hätte, ich hatte Angst vor den Ärzten. Ich ging nicht hin, bis ich krank war und getragen werden mußte. Sie nahmen mir die Hand ab, aber von dem Brand hatte ich hohes Fieber, und ich dachte, ich müsse sterben. Ich lag da, in dem Kloster, in das sie mich gebracht hatten, und jetzt hatte ich Zeit, mir darüber den Kopf zu zerbrechen, wie viele Männer ich wohl schon in diese Situation gebracht hatte. Der Gedanke machte mir keine Freude wie früher. All mein Ruhm war mir jetzt nutzlos. Und ich erinnerte mich immer wieder an die philosophischen Erklärungen aus dem Textbuch, und der Gedanke kam mir, daß der Ruhm eigentlich doch nicht die Summe alles Guten ist.

Drei Tage lang schwebte ich zwischen Tod und Leben. Am dritten Tag kam Taliesin, der oberste Barde des Pendragon, zum Kloster – ich weiß noch immer nicht, warum. Als er durch die Reihen der Verwundeten ging, sah es aus, als ob ein Stern auf seiner Stirn brannte, und ich dachte schon, ich sei gestorben. Deshalb rief ich ihn an, und ich sagte ihm, ich sei noch nicht darauf vorbereitet.

Er blieb stehen, kam herüber und kniete neben mir nieder. ›Auf irgend etwas bist du vorbereitet, Bedwyr ap Brendan‹, sagte er, ›aber nicht auf den Tod.‹ Dann wandte er sich zu den Ärzten um und sagte, das Fieber würde nun bald nachlassen. ›Du bedauerst also dein Leben‹, sagte er und wandte sich wieder zu mir. Ich hatte ihn noch nie gesehen, und ich dachte noch immer, er sei der Engel des Todes. ›Von ganzem Herzen‹, sagte ich. ›Du lebst jetzt‹, befahl mir Taliesin, ›und du wirst noch viele Jahre leben. Aber erinnere dich an dein Bedauern, wenn du dich wieder erholst, und ich warne dich, es wird alles anders ausgehen, als du erwartest. Hab Glauben, und wundere dich nicht über das, was geschieht.‹ Damit verließ er mich, und die Ärzte legten mich in ein geheiztes Zimmer und umhüllten mich mit vielen Decken. Das Fieber sank, und ich begann mich zu erholen.«

»Wer ist dieser Taliesin?« fragte ich. »Seine letzten Worte an dich waren genau die gleichen wie Lughs letzte Worte an mich.«

Bedwyr warf mir einen dunklen, ernsthaften Blick zu.

»Wirklich? Ich weiß nicht, woher Taliesin kommt oder wer seine Eltern waren. Niemand weiß es. Er ist ein großer Dichter, und außerdem ein Heiler. Man erzählt sich auch andere Geschichten über ihn, und manche sind sehr seltsam. Aber nichts ist gewiß. Ich weiß, daß er nicht böse ist, und seine Worte damals, die haben gestimmt. Ich erholte mich von meinem Fieber, aber ich erinnerte mich an das, was ich gefühlt hatte, als ich gedacht hatte, daß ich sterben würde. Ich fragte die Mönche, die sich um die Kranken kümmerten, ob sie das Textbuch des Philosophen Victorinus hätten, aber die Mönche hatten noch nie davon gehört. Sie besaßen nur ein paar Bücher, und das waren Evangelien. Also las ich eins von den Evangelien, das von Matthäus, und ich kam zu der Stelle, wo der Christ verraten und zur Hinrichtung weggeführt wurde. Einer seiner Gefolgsleute zog das Schwert, um ihn zu verteidigen, und unser Herr sagte: ›Stecke dein Schwert in die Scheide: Denn diejenigen, die das Schwert nehmen, sollen durch das Schwert umkommen.‹ Da begriff ich, daß es falsch war, zu töten und Kriege zu machen, und ich entschloß mich, nach Kleinbritannien zurückzukehren, sobald ich wieder reisefähig war. Ich wollte dann in ein Kloster eintreten und über das Gute nachdenken. Ich stellte mir vor, daß mein Vater zornig sein würde, aber trotzdem hätte ich nicht nachgegeben. Und deshalb, deshalb weiß ich, was dir Kummer macht.«

»Und warum hast du es dir danach wieder anders überlegt?«

Er lächelte. Es war ein schnelles, aber sehr warmes Lächeln. »Ich habe Artus kennengelernt. Ich hatte ihn schon vorher gesehen, aber nie mit ihm gesprochen. Er kam zum Kloster, um die Verwundeten zu besuchen. Ich saß gerade im Garten: Es war Sommer, ein Sommerabend, und ich versuchte zu lesen. Er trat an mich heran, rief mich beim Namen und erkundigte sich nach meiner Wunde. Dann fragte er, ob ich mich König Bran wieder anschließen wolle. Ich sagte ihm, ich plante nicht, mein Leben als Krieger fortzuführen, sondern ich wolle in ein Kloster eintreten. Artus sagte, Bran hätte Hochachtung vor mir, und er könne es nicht verstehen.

Ich habe Artus dann meine Gründe erklärt, und überraschenderweise verstand er mich. Er hatte sogar von Victorinus gehört – er hatte von ihm in einem Buch von Aurelius Augustinus gelesen. ›Aber in den Ansichten über das höchste Gut stimme ich nicht mit deinem Victorinus überein‹, sagte er mir. ›Glaubst du denn, daß es der Ruhm ist?‹ fragte ich. ›O nein‹, erwiderte Artus, ›aber Augustinus sagte, das Böse ist keine Substanz, sondern eine Abwesenheit, weil es nichts anderes ist als die Leugnung des Guten. Und dies lehrt mich auch mein eigenes Herz, denn ich sehe daran, daß das Böse mit Schwäche beginnt, mit Feigheit und Dummheit, daß es anwächst zu Haß und innerer Leere. Das Gute aber ist aktiv. Es scheint mir deshalb, daß das höchste Gut nicht etwas sein kann, das wie ein Bild an der Wand hängt und darauf wartet, bewundert zu werden. Es muß etwas Lebendiges, etwas Greifbares sein.‹ Und ich antwortete: ›Victorinus sagt, daß das Gute, sprich: Licht, in allen Dingen existiert. Denn wenn das nicht der Fall wäre, dann würde nichts existieren. Aber weil die Menschen es nicht beachten und blind handeln, deshalb schaffen sie Böses.‹ Und Artus: ›Wenn sie nichts anderes tun, außer herumsitzen und nachdenken, dann müssen sie ja Böses schaffen, denn sie können nichts Gutes schaffen.‹ – ›Aber sie finden es vielleicht und erkennen es dann‹, sagte ich. Da stand Artus auf und ging im Garten umher. Schließlich fragte er mich: ›Ist Gerechtigkeit gut? Sie ist aktiv. Sind Ordnung, Frieden, Harmonie gut? Wie steht es mit der Liebe? – Augustinus sagt, die Liebe ist eine Eigenschaft der Menschen, aber keine Eigenschaft Gottes. Ich glaube, wenn dies so wäre, dann wären wir Gott überlegen. Und das ist undenkbar. Denn ich bin sicher, daß diese Dinge gut sind. Die Liebe vor allem.‹ Und ich: ›Die Kirche sagt, Gott, das Gute, hat einmal in Christus geliebt und gehandelt.‹ Und Artus antwortete: ›Ich sage, er tat es damals, und er tut es noch immer, in uns. Sag mir, ist es gut, daß die Sachsen das Land und das Vieh ihrer Nachbarn rauben und daß Männer, Frauen und Kinder hungernd zurückbleiben? Ist es gut, daß nur eine Handvoll von Edelgeborenen in Britannien leben können und daß von denen nur wenige Bücher besitzen? Ist es gut, daß Menschen so wie die Tiere leben müssen, die an nichts anderes denken als an Essen und an Töten?‹ – ›Warum fragst du das?‹ antwortete ich. – ›Das alles ist böse, aber es hat sich ergeben, weil Rom gefallen ist und weil das Reich im Westen zu Ende ging. Was können wir denn anderes tun, als uns in solchen Zeiten vom Bösen fernhalten?‹ – ›Wir können das Reich wiedererrichten‹, sagte Artus und hörte auf, hin- und herzugehen. Er stand da, das Mondlicht leuchtete in seinem Haar – denn jetzt hatte sich der Mond über die Mauern der Abtei erhoben. ›Vor Gott will ich die Zivilisation in diesem Land erhalten, oder ich will sterben, während ich sie verteidige. Denn ich liebe das Gute. Ich glaube, daß ich damit für das höchste Gut der Menschheit kämpfe und nicht für die Philosophie. Was würde dein Victorinus dazu sagen?‹ – ›Victorinus hatte keinen Kaiser, dem er folgen konnte‹, sagte ich. ›Sonst hätte er anders geredet.‹ Und ich kniete vor Artus nieder und sagte ihm: ›Ich habe nur noch eine Hand, mit der ich für dich kämpfen kann. Aber im Namen Gottes, nimm mich in deinen Dienst, und alles, was ich tun kann, das werde ich tun.‹ Er schaute mich einen Augenblick lang überrascht an, denn er hatte nicht begriffen, wie sehr seine Worte mich berührt hatten. Dann nahm er meine Hand und schwor den Eid eines Lehnsherrn, und ich habe seitdem für ihn gekämpft. Ich werde das mein ganzes Leben lang tun, wenn Gott will. Denn jetzt glaube ich, daß das Handeln in dem Wunsch, Gutes zu schaffen, besser ist, als überhaupt nicht zu handeln, selbst wenn unsere Taten falsch sind. Ob wir uns im Ende vor den Augen Gottes rechtfertigen können, das kann ich nicht sagen.«

Ich schwieg lange Zeit. »Das ist kaum tröstlich«, sagte ich endlich.

»Das Leben ist nicht bequem«, erwiderte Bedwyr. »Aber ich glaube trotzdem, daß mehr Freude darin liegt, für das Licht zu kämpfen, als sich zurückzuziehen.«

»Aber der Unterschied zwischen uns und den Sachsen ist nicht so groß«, wandte ich ein. »Auch sie sind Männer, und sie sind uns sehr ähnlich. Ich weiß, du bist Römer, aber ich sehe nicht ein, warum das Reich irgend etwas mit dem Licht zu tun hat. Kein britischer König hat jemals einen elendigen Sklaven zu Tode quälen lassen, um herauszufinden, ob sein Herr Steine auf eine Kaiserstatue geworfen hat. Hier in Britannien sind auch niemals dreitausend Menschen im Theater hingeschlachtet worden, weil sie Lärm machten, wie bei Theodosius, dem Hohen König von Rom. Meine Mutter hat mir davon erzählt, aber es ist wahr, nicht? Und ich habe nie von einem König in Britannien oder in Erin gehört, daß er Hunderte von unschuldigen Edlen zu Tode bringen ließ, nur, weil ihre Namen mit ›Theod-‹ anfingen. Valentinianus hat das getan, wegen eines Orakelspruchs. Theodosius hat er trotzdem nicht erwischt. Außerdem haben die Römer Britannien mit Waffengewalt genommen, genau wie die Sachsen das jetzt versuchen. Ohne Zweifel haben die Menschen damals die Römer genauso wenig gemocht, wie wir jetzt die Sachsen mögen. – Warum lächelst du?«

»Weil du Latein sprichst und lesen kannst und wahrscheinlich Christ bist. Und trotzdem, wenn du nichts dagegen hast, du bist ein Barbar. – Ich will dich nicht beleidigen. Es ist wahr, das Kaiserreich hat viel Böses, viel Elend hinterlassen. Aber kein britischer Edler hat jemals soviel Gutes, soviel Schönheit geschaffen, hat jemals der Welt soviel Wissen, soviel Kunstwerke und Glanz verliehen, wie die Römer das taten. Und kein britischer König hat jemals Krankenhäuser gegründet oder die Klöster beauftragt, sich um die Kranken, die Armen und die Verwaisten zu kümmern. Britische Edle haben auch ihrem Volk nicht geholfen, wenn Hungersnot war oder ein Krieg. Die christlichen Kaiser taten das. Das Kaiserreich ist es wert, daß man um seine Erhaltung kämpft. Daran gibt es keinen Zweifel.«

»Nun gut, dann bin ich eben ein Barbar«, sagte ich und begann zu lachen. »Ihr Südbriten – Entschuldigung, ihr Bretonen –, ihr sagt das immer von den Iren. Ich sehe immer noch nicht ein, was dein Kaiserreich mit dem Licht zu tun hat. Aber nach dem, was du gesagt hast, glaube ich, daß das Reich, das Artus sich vorstellt, wohl anders wäre. Man hat mir ein Schwert gegeben, es ist eine Waffe des Lichtes, aber es ist auch eine Waffe des Krieges. Ich habe keine Angst, daß es mich umbringt, wenn ich es aufhebe. Und wenn dein Christus mit mehr nicht gedroht hat, dann würde ich nicht zögern. Nur ... beim Licht, es kommt alles zu plötzlich. Ich hätte nie erwartet ... ich hätte nie geglaubt, daß aus mir ein Krieger würde und daß ich solch eine Wahl treffen müßte.«

»Vielleicht wird es dir klar, wenn du den Kaiser Artus triffst. – Sieh, dahinten liegt Camlann. Wir sind fast zu Hause.«

Camlann ist uralt, viel älter als das Königreich Britannien. Die Festung stand leer und verfiel, solange die Römer regierten. Aber nachdem Londinium an die Sachsen fiel, ließ Abrosius Aurelianus es wieder besiedeln. Artus ließ danach die Festung mit großen Mauern sichern, die an jenem Tag, als wir heranritten, erst halb fertig waren. Während wir uns der Festung näherten, trieb Agravain sein Pferd wieder an und ritt neben mir. Cei fiel zurück und beobachtete mich, als ob er erwartete, daß mir Flügel wuchsen und daß ich wegflog, anstatt die Festung zu betreten. So kam ich nach Camlann, in einem schwerbeladenen Karren, der von einem erschöpften Pferd gezogen wurde, flankiert von drei Kriegern, die mich alle mit völlig verschiedenen Augen betrachteten. Ich hatte meine Hoffnung auf einen Hohen König gesetzt, der abwesend war.

Die Tore waren schon für uns aufgerissen worden, ehe wir sie erreichten, und wir fuhren den steilen Hügel hinauf. Die Krieger riefen den Wachen Grußworte zu und brüllten, sie hätten einen neuen Sieg errungen. Der Hohe König wurde mit dem Rest der Krieger jeden Augenblick zurückerwartet, und Bedwyr wollte, daß die Vorräte aus Ynys Witren ausgeladen wurden, ehe der Pendragon da war.

»Ich will nicht, daß mein Herr sich selbst mit dem Inventar bemühen muß, und er soll auch nicht auf sein Siegesfest warten«, sagte er einem der Diener.

»Ja, sicher«, sagte der Mann und beäugte die Karren mit einigem Eifer. Ich nahm an, daß sie in Camlann knapp an Vorräten waren. »Hast du aus Ynys Witren auch Met mitgebracht?«

»Ich habe gesehen, daß die Mönche dort den besten Met in Dumnonia machen«, erwiderte Cei. »Es ist unwahrscheinlich, daß wir so etwas nicht finden.«

»Gut. Wir haben nur noch das Ale, das wir vom letzten Winter übrig hatten, und mir stand kaum der Sinn danach, dem Kaiser das nach einem Sieg anzubieten.

Die Karren und Pferde wurden in einen Stall gebracht, und ich kümmerte mich um Sions Stute und gab ihr ein bißchen Korn. Ich war mit ihr schon fertig, als Bedwyr eintrat, gefolgt von Cei und Agravain. »Der Kaiser ist fast da«, sagte er mir. »Wenn du mit hinunter zum Tor kommen wolltest.«

Die Runde ritt noch immer heran, als ich zu den Toren ging, um sie zu sehen. Es war eine lange Kolonne, die von Norden kam. Bewaffnete Männer, die ein wenig Vieh trieben, einer oder zwei Wagen, ledige Pferde an langen Zügeln. Sie bedeckten die ganze Straße bis weit in die Ferne, und ihre Waffen glitzerten in der Nachmittagssonne. Vorn trug ein Reiter die Standarte, aus dieser Entfernung wirkte sie wie ein tiefer, goldener Glanz. Hinter ihm kam ein Mann auf einem weißen Pferd. Artus.

Ich dachte an alles, was mit mir bis zu diesem Augenblick geschehen war, ich dachte an meine Mutter und meinen Vater, an Agravain, an Lugh und an die Sachsen. An die körperlichen Kämpfe und die Kämpfe der Seele. Hier kam alles zusammen. Die Kehle zog sich mir zusammen, und meine Augen hefteten sich wie die Augen aller Männer um mich her auf den Mann, der hinter der Standarte ritt.

Die Vorhut des Kriegszuges löste sich von der langsam reitenden Gruppe, die das Vieh trieb. Die Mähnen und Schweife der Pferde und die Umhänge der Männer wehten im Wind, und die Sonne glitzerte durch den Schmutz des harten Rittes auf Waffen, Kettenhemden und Juwelen. Der Pendragon trug den purpurnen, goldbestickten Mantel der römischen Hohen Könige über seinem Kettenhemd. Er ritt gut, und er hielt seinen langen Speer, als ob er wüßte, wie man ihn benutzt. Als er das Tor erreichte, riefen die Bewohner der Festung mit einer Stimme Willkommen zu, und sie brüllten seinen Namen: »Artus!«

Der König lachte und zügelte sein Pferd, und seine Gefolgsleute drängten sich um ihn herum und ergriffen grüßend seine Hände. Ich blieb an der halbfertigen Mauer stehen und starrte ihn an, und ich fragte mich, wie es möglich war, daß so viele Zweifel und so tiefe Gedanken in einem so kurzen, flüchtigen Augenblick zunichte werden konnten. Ich wußte, daß ich irgendwie schon meine Wahl getroffen hatte. Vielleicht damals, als ich aus Dun Fionn flüchtete. Irgendwie hatte ich die ganze Zeit gewußt, daß ich ein Krieger werden würde. Ein Krieger in Artus' Runde.

11

Artus ritt im Schritt den Hügel hinauf, jetzt umgeben von den Bewohnern Camlanns. Er lächelte, er lachte seinen Untertanen zu und winkte ab, wenn sie ihm Glückwünsche über seine Siege zuriefen. Er war damals dreißig, alt genug, um aus solch einer Heimkehr das Normale zu machen, aber er tat es nicht. Für ihn war es immer wieder etwas Neues, etwas Überraschendes. Und so hielt er es sein ganzes Leben.

Als er die Festhalle auf dem Gipfel des Hügels erreicht hatte, saß er mit leichtem Sprung ab, ergriff die Zügel seines Pferdes, ehe es ein anderer tun konnte, und warf einen Blick auf die dichtgedrängte Gruppe der Diener und heimkommenden Krieger, die ihm gefolgt waren. Dann winkte er einem der Diener – dem Mundschenk. Er begann mit ihm zu reden und machte Handbewegungen den Hügel hinab. Ohne Zweifel sagte er ihm, was mit dem Vieh geschehen sollte, das er von den Sachsen geplündert hatte. Der Hausmeister nickte, antwortete dann auf irgendeine andere Frage des Königs. Artus blickte auf, und für den Bruchteil einer Sekunde erinnerte er mich scharf an einen anderen. Jemanden, der den gleichen offenen, grauäugigen Blick hatte. Aber es fiel mir nicht ein, und ich wollte es auch eigentlich nicht wissen.

»Bedwyr!« rief der König.

Bedwyr war irgendwo in der Menge gewesen und tauchte jetzt auf, wie aus der leeren Luft.

»Hier, mein Herr.«

Artus schenkte ihm ein anderes Lächeln, das sich von dem Lächeln für die anderen unterschied. Er streckte die Hand aus. Bedwyr ergriff sie, und Artus umschloß sie auch mit seiner anderen Hand. »Hast du Met aus Ynys Witren mitgebracht?«

»Ja. Und Lebensmittel, die für ein paar Tage ausreichen.«
»Laudate deo! Wieviel ist es denn?«
»Gweir macht gerade Inventur. Und ich habe schon das Siegesfest befohlen.«
»Gut. Ist noch etwas Ale da?«
»Die sauren Reste vom letzten Winter, sonst nichts.«
»Dann werden wir eben damit auskommen. Goronwy, etwas Ale für die Runde. Und Gruffydd bringt die Verwundeten herein. Schickt jemanden hin, damit er alles bekommt, was er braucht . . .« Artus ging in die Halle. Er gab noch immer Befehle an verschiedene Diener aus. Ich folgte mit dem Rest der Menge fast bis zum Hohen Tisch, dann blieb ich stehen. Ich war unsicher, was ich jetzt tun sollte. Alle waren so beschäftigt. Ich konnte noch nichts zum Hohen König sagen. Am besten war es zu warten. Ich stellte fest, daß ich einigen der heimkehrenden Krieger im Weg stand und suchte mir eine ruhige Ecke.
Artus ließ sich am Hohen Tisch auf einen Stuhl sinken, nahm das Horn mit Ale, das ihm von einem Diener angeboten wurde, und tat einen tiefen Schluck.
»Willkommen daheim«, sagte Bedwyr.
»Du auch«, gab der Pendragon zurück. »Wann bist du denn angekommen?«
»Ungefähr vor einer Stunde.«
»Was? Um Gottes willen, Mann, setz dich und trink etwas Ale. Goronwy . . .« Er sprach den Diener mit dem Ale leise an, und der Mann nickte. »So, Bedwyr, und wie geht es dem Abt Theodorus?«
»Der ist noch so unehrlich wie früher. Aber wir haben den Met gefunden.«
»Aha. Und was ist los?«
»Los?«
»Ich will wissen, was dir auf der Seele lastet. War es sehr schlimm in Ynys Witren?«
Bedwyr schüttelte den Kopf. Goronwy kam mit mehr Ale zurück und flüsterte Artus etwas zu, nachdem er Bedwyr das

Horn gegeben hatte. »Verteil also nicht alles«, sagte Artus, offenbar zur Antwort für den Diener. »Sag den Männern, wir sind knapp mit Ale, und sie können alle nur ein einziges Horn haben. Aber heute nacht gibt es reichlich Met.«

Ich hatte noch nie davon gehört, daß ein König knapp an Ale gewesen wäre. Ich kniff die Augen zusammen, aber niemand schien auch nur im mindesten überrascht. »Nun, Bedwyr, und haben die Mönche wieder Steine geworfen und geschrien: ›Tod dem Tyrannen, der unseren guten gelben Met stiehlt? Die Pest über den Drachen und seine Familie, weil wir uns jetzt am Sonntag nicht mehr betrinken können!‹?«

Bedwyr lächelte. »Nein. Es hat keinen Ärger gegeben. Die Mönche waren zwar nicht erfreut, aber sie haben nachgegeben. Mich drückt etwas anderes.«

Artus warf einen Blick die Halle hinunter. »Deine ganze Gruppe sieht so trübselig aus wie Männer am Morgen nach einem Fest. Selbst Cei und Agravain sahen so aus – besonders Cei und Agravain.« Er lehnte sich ein bißchen nach vorn und senkte die Stimme.

Bedwyr schüttelte zur Antwort den Kopf. »Nein, es war kein Blutvergießen, Gott sei Dank. Wo sind Cei und Agravain jetzt?«

»Ich habe sie losgeschickt, damit sie mit dem Vieh helfen. Um die beiden geht es also, wie? Nun gut, wir wollen warten. – Die Mauern sind noch nicht soweit, wie ich das erwartet hatte. Was meinst du denn . . .«

Mehr Männer aus Artus' »Familie« trampelten herein und ließen sich durstig bei ihrem Ale nieder. Sie rissen Witze darüber. Nach kurzer Zeit kamen auch Cei und Agravain, und sie standen herum. Wahrscheinlich suchten sie nach mir. »Hallo!« rief Artus. »Bedwyr sagt, es gibt eine Angelegenheit, die ich entscheiden soll.« Keiner der beiden hatte mich bemerkt, und Cei runzelte unsicher die Stirn, als sie zum Hohen Tisch herankamen. Ich stand auf, unsicher, ob ich mich ihnen anschließen sollte oder nicht. Die Krieger in der Halle hörten auf zu reden und horchten hin.

»Mein Herr«, sagte Cei, »wir möchten, daß du wegen Agravains Bruder eine Entscheidung triffst.«

Artus setzte sich gerade auf. Er stellte sein Horn mit Ale auf den Ständer.

»Welcher Bruder?« fragte er mit sehr leiser, gepreßter Stimme.

Agravain zögerte, er sah leicht überrascht aus. »Mein Bruder Gawain, den ich für tot gehalten hatte. Wir trafen ihn in Ynys Witren, und er ist mit uns nach Camlann gekommen. Er will sich uns anschließen. – Mein Herr, er ist ein sehr guter Krieger. Ich hatte einen Waffengang mit ihm, auf dem Weg von Ynys Witren, und dreimal hat er mich aus dem Sattel gehoben.«

»Mein Herr«, sagte Cei, »es gibt aber einen Grund, ihn der Zauberei zu verdächtigen.«

»Er ist kein Hexer!« schnappte Agravain. »Ich schwöre den Eid meines Volkes darauf. Er ist ein Krieger, und ein sehr guter. Fragt Bedwyr.«

Artus schaute seinen Freund an, und der dunkle Krieger nickte. »Er ist ein guter Krieger, und ich glaube, er ist auch ein guter Mensch. Ich würde beschwören, daß er kein Hexer ist.«

»Ich habe von Gawain, dem Sohn des Lot, gehört«, sagte Artus. »Und was ich gehört habe, das war nicht gut.« Ich schloß die Augen. Meine Hand umklammerte Caledvwlchs Heft. Lugh hatte mich gewarnt, daß Artus vielleicht mißtrauisch sein würde. »Aber du würdest für ihn bürgen, Bedwyr?«

»Ja, mein Herr.«

»Gut.« Artus schaute wieder Cei an. »Ich glaube, die Angelegenheit bedarf einiger Überlegungen, aber ich werde sie mir überlegen. Wo ist dein Bruder, Agravain?«

Agravain wollte antworten, daß er es nicht wüßte, und da zwang ich mich, aus dem Schatten hervorzutreten und stellte mich vor Artus. »Hier«, sagte ich.

Die grauen Augen weiteten sich ein bißchen und fixierten mich. Artus bewegte sich nicht, und sein Gesicht zeigte keinerlei Emotionen. Aber es war, als ob ein Schatten über ihn gefallen wäre, und ich spürte plötzlich, daß das, was ich für neutralen Tonfall gehalten hatte, Kälte gewesen war. Und was ihn jetzt berührte, das war Schrecken.

Ich versuchte, das schneidende, elende Gefühl zu unterdrükken, das plötzlich in mir aufschoß. Schließlich konnte ich mir ja nicht wünschen, daß er berüchtigte Zauberer sofort aufnahm. Und ich besaß diesen Ruf. Ich sah ein wenig wie meine Mutter aus, und vielleicht hatte er sie kennengelernt. Ich hatte ihn an sie erinnert.

Aber etwas in mir flüsterte mir zu: Die Finsternis hat dich bis auf das Mark berührt, du wirst nie von ihr frei sein. Sie hat alles verdorben, was du berührst, alles befleckt, und den Schatten deiner Jugend kannst du nicht davonlaufen.

Ich fiel vor Artus auf die Knie nieder und stand dann wieder auf. Es gibt noch Hoffnung, sagte ich mir. Hierhin bin ich geführt worden. Es muß geschehen.

»Also«, sagte Artus endlich, noch immer in dem neutralen Ton, der nicht neutral, sondern kalt war. »Du bist Gawain ap Lot?«

»Ja, Herr.«

»Ich hatte nichts davon gehört, daß du zu den Ynysoedd Erch . . . zurückgekehrt wärst. Wenn ja, dann hätte man deinem Bruder davon sagen müssen.«

»Ich bin nicht auf die Orkneys zurückgekehrt, Herr Artus. Ich bin erst drei Wochen in Britannien.«

»Mir ist die Geschichte erzählt worden, daß du am Samhain-Fest in die See gefallen bist. Vor mehr als zwei Jahren. Und jetzt tauchst du plötzlich in Ynys Witren auf, überzeugst den Herrn Cei, daß du ein Zauberer bist, und bittest mich darum, in meine Runde eintreten zu dürfen. Was ist an diesen ganzen Geschichten wahr?«

Eine lange Minute stand ich schweigend da. Ich versuchte, mir eine Antwort auszudenken, die leicht zu erzählen war. Aber dann begriff ich, daß die wirkliche Wahrheit die einzig mögliche Antwort war. Ich erzählte meine Geschichte zögernd und im schmerzlichen Bewußtsein, daß Zuhörer da waren.

Manche Dinge ließ ich aus, denn ich konnte mich nicht dazu bringen, von der wahren Tiefe des Bösen in Morgas zu sprechen. Nach einer Weile stellte ich fest, daß ich die Zuschauer übersehen konnte, und konzentrierte mich auf meine eigenen Worte. Ich sagte, was ich sagen wollte. Niemand unterbrach mich.

Als ich fertig war, schüttelte Artus sich. »Eine Geschichte wie die Geschichten der Poeten, sowohl vom Thema als auch von der Erzählkunst her, Gawain ap Lot.«

»Ich weiß. Vielleicht, mein Herr, wenn ich den Wunsch gehabt hätte, zu lügen, dann hätte ich eine Geschichte erzählt, die man leichter glauben kann.«

Darüber lächelte Bedwyr, aber Artus' Gesicht blieb unbewegt. »Vielleicht. Und vielleicht könntest du auch erwarten, daß man dir glaubt, eben weil die Geschichte seltsam ist. Du selbst bist ja auch seltsam. Zugegeben, das ist ein subtiles Spielchen, aber dein Vater ist ja auch ein kluger Mann, und deine Mutter ist . . .« Der Schatten über ihm wurde dunkler, und ich sah, daß er sie irgendwann einmal gekannt haben mußte, denn er sagte flüsternd, » . . .sehr subtil.«

»Herr«, begann ich, und ich hatte Angst und war unsicher, wie er mich empfangen hatte. »Ich bin weder mein Vater noch meine Mutter. Ich habe dir die Wahrheit gesagt. Ich habe zugegeben, daß ich wirklich einmal Zauberei getrieben habe. Aber ich habe sie abgelegt, mich dagegen entschieden, und ich werde nie wieder etwas damit zu tun haben.«

»Warum glaubt dann Cei, daß du ein Zauberer bist? Gewöhnlich glaubt er solche Geschichten nicht.«

»Es war das Schwert«, sagte Cei. »Als er gegen Agravain kämpfte, hat er es gezogen, und es hat gebrannt. Ich schwöre bei Sankt Peter, es hat gebrannt, heller als eine Fackel. Frag alle, die da waren, selbst Bedwyr. Sie haben es gesehen.«

»Es brannte vor Licht«, sagte Bedwyr. »Aber Gawain hat dir ja erzählt, wo er das Schwert empfangen hat.«

»Schwerter tun so etwas nicht«, erwiderte Cei fest. »Ich hätte gesagt, es wäre unmöglich, aber ich hab's gesehen. Es muß also irgendein Zaubertrick des Trägers sein, der es zum Brennen brachte, ein Zauberbann, den er gegen seinen eigenen Bruder ausgesprochen hat.«

Agravain schnaubte. »Er hat keine Sprüche gebraucht, um mich zu besiegen. Selbst ohne das Schwert hat er mich ja zweimal zu Boden gebracht. Und erinner dich daran, daß Gawain schon für uns gekämpft hat.«

»Ja, nach seinen eigenen Erzählungen. Sag mir, Gawain: Wenn du Cerdic gesehen hast, wie sieht er denn aus?«

Ich beschrieb den sächsischen König sorgfältig. Artus nickte und stellte noch ein paar Fragen über die Sachsen und über Sorviodunum, und wie viele Männer dort wären. Ich sah, was er wissen wollte, und gab ihm alle Details, an die ich mich erinnerte. Cei und Agravain trampelten unruhig hin und her.

»Was soll denn das alles?« fragte Agravain endlich. »Das wissen wir doch schon.«

»Aber es ist nicht allgemein bekannt«, erwiderte Artus und lächelte meinen Bruder an. Dann wandte er sich mir wieder zu und hörte auf zu lächeln. »Du bist wirklich in letzter Zeit bei den Sachsen gewesen. Also ist wenigstens ein Teil deiner Geschichte wahr.« Er schaute an mir vorüber, die Halle hinunter. Er schaute ins Nichts. Es war ein weitäugiger, grauer Blick, voll innerem Abstand und unendlich durchdringend.

»Und wenn schon, nur daß du Sachsen umgebracht hast, das beweist noch gar nichts. Sachsen töten Sachsen – was ist mit der Königin Morgas, deiner Mutter? Glaubst du, daß sie schön ist?«

Ich war völlig überrascht. »Ja.«

»Warum?«

Ich schaute verwirrt um mich. »Warum? Herr, warum halten wir etwas für schön? Sie ist so vollkommen und so schrecklich wie der Tod selbst, und das sagen alle, die ihr begegnet sind.«

Unsere Blicke begegneten sich einen Augenblick, und das, was wir gemeinsam hatten, war ein Schatten, eine Kenntnis der Finsternis.

»Deine Geschichte handelt zum großen Teil von der Anderwelt«, sagte Artus endlich. »Und wenn Bedwyr auch viel von dir hält und wenn du auch durch Blutsverwandtschaft mein Neffe bist, sowenig deine Mutter den Gedanken mag, ich glaube nicht, daß ich dir trauen kann.« Mein Herz wollte aufhören zu schlagen, und ich stand auf. Ich starrte ihn an, ich schluckte. »Es steht dir frei, bei irgendeinem anderen König in Britannien in Dienst zu treten, oder du kannst auch auf die Inseln zurückkehren. Aber einen Platz bei mir, den kann ich dir nicht geben.«

Es konnte nicht vorbei sein. Nicht so schnell. Es konnte nicht sein. Es war nicht gerecht. Wie betäubt stand ich mitten in der Halle, starrte noch immer den Pendragon an. Er wandte den Blick von mir ab und nahm sein Alehorn auf.

»Herr, ich protestiere!« schrie Agravain. »Nimm meinen Eid, daß Gawain kein Hexer ist. Wenigstens gib ihm eine Chance, sich zu beweisen. Warte, bis wir Nachrichten von den Sachsen haben. Warte, ob seine Geschichte . . .«

»Mein Herr, laß ihn seine ehrlichen Absichten dadurch beweisen, daß er mit uns kämpfen darf«, drängte Bedwyr. »Ich hab' mich auf dem Weg mit ihm unterhalten. Ich bin sicher, daß er kein Hexer ist . . .«

»Wollt ihr bezweifeln, daß ich einen Menschen richtig einschätzen kann?« fragte Artus kalt und schaute zu ihnen auf.

Sie wurden still. Bedwyr verbeugte sich leicht. »Oh nein, mein Herr«, stammelte Agravain und wurde auch wieder still.

Ich verbeugte mich noch einmal vor dem Hohen König, drehte mich um, ging aus der Halle. Es war vorbei.

»Warte!« rief Agravain und rannte mir nach.

Draußen vor der Halle packte er mich am Arm. »Ich hab' keine Ahnung, was los ist, aber das sieht dem Pendragon nicht ähnlich. Er wird es sich anders überlegen.«

»Er hat sich entschieden«, erwiderte ich.

»Das hat er . . .Aber, Yffern, es sieht ihm nicht ähnlich. Ich verstehe es nicht.«

Es ist verboten, so dachte ich, zuviel von der Finsternis zu wissen. Wie konnte ich einem König wie Artus dienen, wenn ich solche Kenntnis besaß? Aber ich hatte geglaubt, das Licht wollte es. Ich war so sicher gewesen. Wo war jetzt mein Glauben? Was konnte ich tun?

»Hör zu«, sagte Agravain. »Cei und Bedwyr und ich, wir teilen mit zwei anderen ein Haus. Komm und ruh dich dort aus, und Bedwyr wird deinetwegen mit Artus sprechen.«

»Er hat gesagt, er stellt den Hohen König nie in Frage.«

»Das würde er auch nicht vor der ganzen Runde. Aber manchmal stimmt er nicht mit Artus überein und diskutiert mit ihm, und manchmal überlegt Artus es sich dann anders. Der Hohe König hält sehr viel von Bedwyr, er hat ihn zum Führer der Reiterei gemacht – er nennt ihn Magister equitum. Ich hab' dir doch gesagt, sie sprechen eine Menge Latein hier. Komm und ruh dich aus – und außerdem siehst du aus, als ob du gern mal allein wärst.«

»Ja.«

Also brachte mich Agravain zu seinem Haus und ließ mich dort. Er murmelte irgend etwas davon, daß er sein Pferd versorgen müsse. Dafür war ich dankbar. Ich war auch dankbar dafür, daß Agravains Stellung hoch genug war. So mußte er nicht in der überfüllten Festhalle schlafen. Ich setzte mich auf sein Bett und starrte auf den binsenbedeckten Fußboden. Und dann umklammerte ich Caledvwlch.

Aber wofür sollte das Schwert sein? wollte ich still vom Licht wissen. Warum das Schwert, die Macht, der Kampf, die Reise zur Anderwelt, wenn ich am Ende doch nicht kämpfen darf? Du wolltest, daß ich Dienst bei Artus annehme – Lugh hat es mir gesagt. Warum wird es mir dann jetzt verweigert?

Es kam keine Antwort. Ich zog Caledvwlch und schaute es an. Das Schwert blieb stumpf, so stumpf wie meine eigene Verwirrung.

Ich war voller Verzweiflung. Ich war gefangen, auf ewig im Netz meiner Mutter Morgas gefangen, verdammt durch den Weg, den ich in der Jugend eingeschlagen hatte. Aber ich hatte mich ja geweigert, Morgas zu folgen. Ich hatte den Dämon getötet, ich hatte das Licht gefunden – o nein, die Finsternis kann nicht so leicht besiegt werden, aber ich hatte wahrhaftig gesiegt! Das konnte ich nicht bezweifeln.

Ich wurde zornig. Ich steckte das Schwert in die Scheide, stand auf und ging im Zimmer hin und her. Warum sollte Artus mich so schnell ablehnen, und so völlig? Das war nicht gerecht.

Nein, notwendigerweise mußte der Fehler bei mir liegen. Meine Geschichte hatte zuviel mit der Anderwelt zu tun, und halb huldigte ich Morgas ja immer noch, das hatte ich ihm gesagt, als ich ihm antwortete, sie sei schön. Ich setzte mich wieder hin, und wieder betete ich, und wieder fand ich nur Schweigen.

So verging der Nachmittag, und der Abend kam. Agravain kehrte zurück und fragte mich, ob ich etwas zu essen wollte, und ich sagte nein. Er ging zum Fest.

Es gab nichts, was ich tun konnte. Artus hatte mich zurückgewiesen. Oh, ich konnte nicht einfach dasitzen und mir selbst leid tun. Ich mußte handeln. Was hatte Artus einmal nach Bedwyrs Worten über die Tat gesagt? Und wie konnte ich jetzt noch zu einem anderen Herrn gehen, nachdem ich den Hohen König gesehen hatte?

Jetzt, wo mir alles verschlossen war, sehnte ich mich mehr denn je danach, Artus zu dienen. Ich wollte teilhaben an seiner »Familie«, an der Farbe, dem Glanz dieser Runde, an dem Ruhm, gemischt mit der Knappheit des sauren Biers vom letzten Winter. Die »Familie«, die war nicht wie andere Armeen, und der Pendragon war nicht wie andere Könige. Ich saß da und brütete darüber, eingesperrt, hilflos, verzweifelt.

Agravain kehrte vom Fest zurück. Er war mehr als halb betrunken und ziemlich schlechter Laune. Es war auch für ihn ein schwieriger Tag gewesen. Nach einer Weile kamen Bedwyr und die beiden anderen, Rhuawn und Gereint, auch zurück.

»Ich habe mit Artus gesprochen«, sagte mir Bedwyr ruhig. »Er sagt, er kann es nicht riskieren, dich anzunehmen, wenigstens nicht zu solch einer Zeit. Er hat erwähnt, daß er deiner Mutter, Königin Morgas, mißtraut. Du selbst hast ja bezeugt, was sie gegen Artus plant. Aber mehr will Artus nicht sagen. Ich verstehe ihn nicht. Gewöhnlich ist er gewillt, jedem eine Chance zu bieten, sich zu beweisen.«

»Gawain muß dann ein Zauberer sein«, sagte Rhuawn, ein magerer, langgesichtiger Mann.

»Sei still«, sagte Agravain grob. »Ich habe gesagt, er ist keiner.«

Ich erkannte die Zeichen. Mein Bruder brauchte einfach wieder einmal eine Keilerei. Offensichtlich hatte Rhuawn die Zeichen auch erkannt, denn er hielt den Mund.

Endlich kehrte auch Cei zurück. Er war völlig betrunken, aber er hatte sich noch gut in der Gewalt. »Haaa!« rief er aus, als er mich sah. »Noch immer da, was?« Er war sehr befriedigt über sich selbst und über seine Einschätzung. »Ich hätte doch gedacht, du wärst jetzt schon abgehauen wie ein verprügelter Köter. Oder ein verprügelter Falke?« Er keuchte vor Lachen. »Aber verletzte Falken laufen ja nicht, was? Fliegen noch nicht mal. Die . . .die sitzen nur rum. Und brüten. Und glotzen. Genau wie du, haaa!«

»Still«, sagte Bedwyr. »Zu so was gibt es überhaupt keinen Grund.«

»Wenn einer zaubert, dann ist das Grund genug, ihn zu verfluchen«, sagte Cei. »Und ich glaube, unser Herr hat den da gut eingeschätzt!«

Bedwyr schüttelte den Kopf. Er kam herüber zu mir und sagte: »Tut mir leid, Gawain. Du mußt verstehen, daß diese Entscheidung bei Artus nicht das normale ist. Und Cei ist nur so, wenn er betrunken ist.«

»So betrunken bin ich nun auch wieder nicht«, sagte Cei. Er grinste wieder. »Na, Maienfalke, wo bleiben denn deine Zaubersprüche?«

Mir wurde klar, daß auch ich nichts dagegen gehabt hätte, mich mit irgend jemandem zu prügeln, um einen Teil meiner Wut loszuwerden. Es war absurd, und das sah ich auch ein, aber trotzdem . . .

»Laß ihn in Ruhe«, knurrte Agravain.

»Warum?«

»Weil ich dich fordere, wenn du ihn nicht in Ruhe läßt«, erwiderte Agravain schnell. Er würde es tun, und es würde ihm Spaß machen, und ich hielt Cei nicht für zu betrunken zum Kämpfen.

Cei blinzelte ihn an, dann zuckte er die Achseln und verstummte. Ein paar Minuten später allerdings bemerkte er Caledvwlch, das an der Wand lehnte. Er ging hinüber und nahm das Schwert auf. Er hatte es an der Schlaufe des Schwertgehänges angefaßt und schwang es hin und her. Er pfiff durch die Zähne.

»Hör auf!« rief ich, und meine grüblerische Stimmung war augenblicklich verflogen.

»Was? Willst du nicht, daß ich dein kostbares magisches Schwert berühre?«

»Leg es hin«, sagte ich. »Es ist nicht für dich bestimmt.«

»Willst du noch immer sagen, daß es . . .«

»Ja. Meine Geschichte ist wahr, selbst wenn Artus sie nicht glaubt.«

»Lügner«, sagte Cei.

Agravain stand auf und ballte die Fäuste.

Ich konnte es nicht zulassen, daß mein Bruder Streitigkeiten für mich ausfocht, wie gern er das auch tun wollte. »Hör auf«, sagte ich noch einmal und stand auch auf. »Cei, leg mein Schwert hin, ehe du dir selbst damit schadest.«

Er lachte eifrig. »So, endlich bist du also gewillt, dich selbst zu verteidigen. Laudate deum! Ich zeig' dir jetzt mal, wie magisch es ist . . .«

»Nein!« rief ich, als ich sah, was er vorhatte. Aber er hatte schon die Hand um das Heft geschlossen und fing an, das Schwert zu ziehen.

Das schlafende Feuer zuckte einmal auf, wie Wetterleuchten, wie eine Sternschnuppe. Cei kreischte und ließ das Schwert fallen, stolperte rückwärts gegen die Wand. Ich schoß durch den Raum, um die Waffe aufzufangen, die er fallen gelassen hatte. Ich schloß meine Hand um das Heft und zog das

Schwert, ohne nachzudenken. Das Feuer flammte, rein, kühl und strahlend.

»Bist du verletzt?« fragte ich Cei. Der starrte mich an. Er öffnete und schloß den Mund, und er war jetzt völlig nüchtern. »Ich habe gesagt: Bist du verletzt?«

Er schaute seine Hand an. Sie war offenbar leicht verbrannt, wie von einem Sonnenbrand, aber sonst unverletzt.

»Nein«, flüsterte er. »Gott. Gott . . .«

»Bei allen Heiligen«, murmelte Rhuawn.

Ich schaute mein Schwert an und steckte es dann in die Scheide. »Das ist gut«, sagte ich ihnen. »Dieses Schwert ist mächtig, und ich glaube, wenn du es gezogen hättest, es hätte dich umgebracht. Laßt es jetzt in Ruhe.«

»O ja«, sagte Cei. »Das werde ich. Lieber Gott. Ich . . . ich will jetzt schlafen.«

Niemand sagte etwas, als wir uns für die Nacht niederließen. Agravain bestand darauf, daß ich sein Bett benutzte. Agravain schlief auf dem Fußboden.

Ich hielt Caledvwlch in der Dunkelheit fest. Die Macht war wirklich, wirklich genug, um Cei zu verbrennen. Wirklich genug, um Menschen zu töten. Das Licht war wirklich – mein Herr, Licht, wie konnte ich dich bezweifeln? Und das Licht hatte mich hierhergeführt, und ich war gekommen, mit hochgesteckten Hoffnungen. Das erkannte ich erst jetzt, wo meine Hoffnungen vernichtet waren und das Wunder irgendwie doch versagt hatte. Meine Seele schmerzte vor Finsternis.

Ich schloß die Augen und fuhr mit den Fingern über das Heft des Schwertes. Ich fühlte die kühle Glätte der verschlungenen Metallstreifen auf dem Griff und die Härte des einzelnen Edelsteins. Einfacher Stahl, lebloser Stein, und dennoch, es konnte brennen von einem unirdischen Licht, es konnte die Hand verbrennen, die es unberechtigterweise berührte. Ich konnte das auch. Aller Zweifel, alle Unsicherheit wurde weggefegt in diesem weißen Feuer, das jetzt dreimal in mir gebrannt hatte. Und dennoch, warum sollte gerade mir so etwas passieren? Das Licht brauchte weder Männer noch Schwerter.

Nichts, was ich tat, spielte eine Rolle. Ich war aus der Finsternis errettet worden, und das sollte mir eigentlich genug sein.

Ich rollte mich auf dem Bett herum und blickte auf zum Strohdach. Ich ließ das Schwert auf dem Fußboden liegen, wo meine Hand es leicht erreichen konnte. Es sieht alles gar nicht so schlecht aus, sagte ich mir. Es bringt dich nicht um. Du mußt nur anderswo Dienst suchen, und ohne Zweifel gibt es auch viel anderes, das du tun kannst.

Warum ein Schwert? fragte ich mich noch einmal. Warum nicht eine Harfe oder eine Fibel oder einen Ring, wie in manchen Geschichten? Wenn ich kein Krieger sein soll, warum schenkt man mir dann ein Werkzeug des Krieges? Und wenn ich nicht Artus dienen soll, warum soll ich ein Krieger sein? Kein anderer König ist ausgezogen, die Finsternis zu bekämpfen . . .

Die Finsternis. Meine Seele berührte sie endlich und erinnerte mich an Morgas, so deutlich, als ob sie im Zimmer stände. Und die Dinge, die ich von ihr gelernt hatte, arbeiteten in mir wie Hefe. Morgas' Blick fand meinen Blick hinter geschlossenen Augenlidern, und sie lächelte und lächelte. Ich wandte mich im Geiste von ihr ab, und schließlich schlief ich ein.

Ich träumte in jener Nacht, es war der einzige Traum seiner Art, den ich je hatte.

In meinem Traum erhob ich mich vom Bett und öffnete die Tür des Hauses, um nach draußen, nach Camlann zu schauen. Ich sah die gesamte Festung, mit fertigen Mauern, die leuchtend und stark in goldenem Licht glühten. Artus war vor den Toren. Er saß auf einem weißen Pferd, und er hielt eine Fackel in der Hand. Es war die Quelle des Lichtes, das die ganze Festung erfüllte. Ein Mann, den ich nicht kannte, hielt das Pferd am Zügel. Ein dunkelhaariger Mann, auf dessen Stirn ein Stern flammte und dessen Blick von unendlichem Wissen erfüllt war. Artus hob die Fackel, und das Licht sprang über den ganzen Westen von Britannien. Ich sah die ganze Insel, von den Orkneys im Norden bis zu den Klippen im Süden, die

Wälder, Felder, Berge, Flüsse und stolzen Städte. Sie lagen wie eine Kinderzeichnung in der See. Aber der Osten und der Norden waren von einem tiefen Schatten bedeckt. Ich sah Aldwulf, der im Norden stand, und eine schwarze Flamme brannte über seinem vernarbten Gesicht. Cerdic war im Süden und hob den Arm, um den Angriff zu befehlen. Aber auf seinem Gesicht lag ein seltsamer Ausdruck der Verwirrung. Keine Armeen befolgten seinen Befehl, aber ein großer weißer Drache, das Symbol der Königsschaft, erhob sich auf Wolkenschwingen in den Himmel. Im Westen flatterte Artus' Drachenstandarte. Sie wurde zu einem wirklichen Drachen und erhob sich, um dem anderen zu begegnen. Aber ich schaute dem Kampf nicht zu, denn ein Schatten fiel über Artus, und er schrumpfte zu einem Nichts zusammen. Ich blickte auf und sah sie. Sie herrschte im Norden und Osten, die Königin der Luft und der Finsternis, die Herrin der Schatten. Schön war sie in der Wirklichkeit gewesen, aber im Traum verschwand die Wirklichkeit wie ein dämmriger Schleier, und sie flammte in dunklem Glanz über dem Universum. Das Herz stieg mir in die Kehle, und meine schreckliche Liebe zu ihr kehrte zurück. Ich wollte mich ihr zu Füßen werfen und sie um Verzeihung bitten, aber ich griff nach meinem Schwert. Es war nicht da. Sie lächelte, und die Kraft schwand mir, so daß ich an nichts mehr denken konnte als an sie. »So, mein Falke?« sagte sie mit ihrer unendlich weichen, tiefen Stimme. »Der Drache will dich nicht? Das ist sehr dumm von ihm, denn du bist ein großer Krieger.«

Freude erfüllte mich bei diesen Worten, und ich wollte auf sie zulaufen und . . . aber ich zwang mich zurück. »Artus ist frei«, antwortete ich. »Er kann tun, was er will.«

»Natürlich«, flüsterte sie. »Obwohl er mir einmal gehorcht hat. Aber dein neuer Herr erlaubt auch dir, das zu tun, was du willst.« Sie beugte sich nach vorn von ihrem Thron aus Schatten, und ihre Augen tranken mich wie Wein. Ich erinnerte mich mit finster-klarer Deutlichkeit an ein Wort, das sie mich gelehrt hatte, um Geister abzuwehren. Ich flüsterte es, und ein wenig von meiner Kraft kehrte zurück.

Sie lächelte. Es war ein sehr süßes, dunkles, geheimnisvolles Lächeln, das nur für mich gedacht war. »Mein kluger Falke! Ja. Du siehst, warum ich dich umbringen wollte? Das Wort kann gegen mich benutzt werden und für Artus. Damit er die Macht des Hohen Königs in Britannien festigt.«

Ich riß meinen Blick von ihr ab und schaute zurück auf die Insel, auf der ich stand. Artus wirkte sehr klein neben der Königin, und seine Macht war nur sehr lückenhaft. Ich hatte ein wenig Mitleid mit ihm. Ich sah, wie die Schlachtlinien sich formierten. Ich sah, wie ich selbst auf Ceincaled heranritt, die Hand hob und ein Kommandowort rief. Cerdic umklammerte seine Kehle und stürzte zur Erde, und Aldwulf starb völlig verwirrt. Die Sachsen wurden geschüttelt von Seuchen und Hungersnöten, Stürme zerstörten ihre Schiffe, und Artus eroberte ganz Britannien. Er regierte in Camlann, und ich stand neben ihm. Ich war sein vertrauter Ratgeber, geehrt von allen. Mein Vater kam von den Orkneys und wählte mich zum Erben seines Reiches. Das Licht regierte in Britannien.

Ich schaute wieder die Königin an und erwiderte voll ihren Blick. Sie lächelte ein drittes Mal, und ihre Augen waren voller Versprechungen. »O mein Frühlingsfalke«, flüsterte sie, »du warst immer mein Liebling, und jetzt, wo du älter bist . . .Du bist ein starker Feind, viel mächtiger als Artus und ein größerer Zauberer als dieser Narr Aldwulf.«

Ich verspürte tiefen Stolz und eine sengende schwarze Freude, daß sie das sagte. Mehr als je zuvor sehnte ich mich danach, mich ihr zu nähern. Ich konnte Artus zwingen, mich zu akzeptieren! Ich konnte das Wort, das sie mich gelehrt hatte, für das Licht benutzen, anstatt für die Finsternis. Und dann dachte ich an das, was sie mich gelehrt hatte, und ich erinnerte mich an den Blick in Connalls Augen, als er wußte, daß sie ihn töten würde. Das schwarze Lamm fiel mir ein, das unter ihren Händen zuckte, während sie die Zukunft aus seinen Eingeweiden las. Mir wurde wieder schlecht, und ich dachte daran, daß Medraut verloren war. Aber ich brauchte ja nicht die schlimmsten Sprüche zu benutzen, sagte ich mir.

»Wo ist Medraut?« fragte ich die Königin.
»Das spielt keine Rolle.«
»Es ist dein Sohn.«
»Ich habe Pläne für ihn, die dich nichts angehen, mein Falke. Er haßt dich, Gawain, weil du uns verlassen und betrogen hast.«
Ja, er würde mich hassen. Ich sah jetzt, daß sie an ihm arbeitete, daß sie ihn langsam zerstörte. »Und auch du haßt mich«, flüsterte ich.
Sie schüttelte langsam den Kopf, und das schwarze Feuer in ihren Augen war nur ein Rand einer riesigen See. »Du bist zu mächtig, Maienfalke, und zu schön.«
Ein Schwindel überkam mich, und ich griff wieder nach meinem Schwert. Ihre Augen waren das ganze All, das ganze Universum, sie waren der Tod selbst. Wenn ich ihr gleich war, ihr gleich blieb, dann würde sie . . .
»Nein!« schrie ich und warf meinen Arm zwischen uns. Sie blieb stehen, schrecklich in ihrer Macht, und lächelte ein letztes Mal.
»Aber was kannst du sonst tun, mein Sohn?«
Was nur? Die Finsternis war um mich und in mir, und ich konnte noch nicht einmal das Schwert finden, mit dem ich mich wehren konnte. Ich sackte zurück, dachte an Artus, an Bedwyr, an Cei und Agravain, und dann an Sion. Meine Gedanken wirbelten um sich selbst, und dann war ich in Ynys Witren, in der Stille der Kapelle, und plötzlich drehte sich das Universum wieder anders herum, und ich sah die Sonne, und nicht die Schatten. Meine mühsam tastende Hand hatte gefunden, was sie suchte: mein Schwert. Ich zog es und hielt es zwischen mich und die Finsternis.
»Ich werde für Artus kämpfen«, sagte ich, und meine Stimme war fest. »Er kann mir nicht verbieten, ihm zu folgen, selbst wenn er mich nicht akzeptiert. Ich werde für ihn kämpfen, bis er deutlich sieht, daß ich nicht für dich kämpfe. Wie lange ich auch brauche, wie schwierig es auch sein wird, das kann ich tun, und ich werde es tun.«

Ihre Lügen waren offenbar geworden, und ihre Pläne waren wieder gescheitert. Sie hob die Arme, und die Finsternis sprang auf. Aber sie war wieder fern, und ich stand in Camlann. Ich blickte auf und sah Lugh, der im Westen stand, Morgas gegenüber. Er hielt den Arm über die Insel, so daß die Königin sie nicht berühren konnte. Hinter ihm war das Licht zu strahlend, zu leuchtend, als daß man es sehen konnte. Einen Augenblick lang sah ich die beiden einander gegenüberstehen, und dann wurde mein Blickfeld klein. Ich sah die Insel und die beiden Armeen. Ich sah die Runde und mich selbst darin. Die Armeen begannen sich zu bewegen, und Schlachtenlärm war zu hören. Ich begriff, daß ich Dinge sah, die noch kommen sollten, und ich war entsetzt. Ich bedeckte mein Gesicht mit den Armen und schrie: »Nicht noch mehr!«

Plötzlich war Stille.

Schluchzend, um Atem kämpfend, öffnete ich die Augen und sah das Strohdach von Agravains Haus über mir. Alle schliefen. Lange Zeit lag ich still da.

12

Nach langer Zeit drang ein Vogelruf von draußen herein, und dann noch einer. Hinter der Tür war Morgen. Ich setzte mich auf und begrub zitternd das Gesicht in den Händen. Dann erhob ich mich, zog mich an, tastete mich durch das Zimmer und öffnete die Tür.

Der Tau lag schwer auf dem Gras, und die Erde roch feucht und süß. Die ersten Flügel der Dämmerung öffneten sich über der Ebene, über den schwarzen Formen der Hügel. Das Vogellied floß vor und zurück wie Wasser über Steine. Ich schloß die Tür hinter mir und lehnte mich dagegen. Ich sah zu, wie die Sonne im Osten hochkam. Es war voller Tag, ehe ich mich wieder bewegte, und ich tat es, um zu singen. Es war ein berühmtes Lied, ein Lied das man im ganzen Westen singt, und Padraig hat es gemacht, als er nach Erin zog.

Ich erheb' mich heute
Durch des Himmels Macht auf immer
über sieben Mächte:
Der flammenden Sonne Schimmer,
Dem Glanz der Mondnächte,
Des Feuers Glut,
Das Lied im Windeswehen,
Die Tiefe der endlosen Seen,
Die Erde fest und gut,
Und der Felsen sich're Hut.
Ich erheb' mich heute
Durch Gottes Macht, zu leiten mich . . .
Durch die Mächtigste der Mächte.

Die Dreiheit rufe ich,
Einen bekenn' ich, an drei glaube ich,
Den Schöpfer der Schöpfung.

Dann mußte ich lachen, weil ich das Lied nicht richtig verstand, und ich bot mein Schwert dem Morgenlicht dar. »Ich danke dir, mein Herr!« sagte ich laut. Dann fügte ich hinzu: »Und auch dir, für deinen Schutz, mein Ahn. Aber schick mir nicht mehr solche Träume!«

Ich steckte Caledvwlch in die Scheide und fragte mich, ob wohl vom Fest der vergangenen Nacht noch etwas übrig war. Ich hatte sehr großen Hunger, denn ich hatte seit dem vergangenen Morgen nichts mehr gegessen, und seit da hatte ich eine Menge durchgemacht. Ich überlegte mir gerade, wie ich etwas Essen finden konnte, als ich Geräusche im Haus hörte. Ich ging wieder nach drinnen und stellte fest, daß Agravain wach war.

»Da bist du ja!« rief er aus, als er mich sah. Er sah noch müder aus als am Abend zuvor. »Wie lange bist du denn schon auf?«

»Nur kurze Zeit. Ich bin nach draußen gegangen, um den Sonnenaufgang zu betrachten.«

»Das sieht dir ähnlich.« Er schnaufte und musterte mich, dann grinste er. »Bei der Sonne, es ist gut, einen aus der Familie hier zu haben. Aber so, wie du angezogen bist, kannst du nicht rumlaufen. Der Sohn eines Königs kann nicht die Kleidung eines sächsischen Hörigen tragen. Aldwulf hast du eine Narbe zurückgelassen, und dafür hättest du zumindest das Recht auf einen anständigen Umhang. Selbst wenn du nicht zur Runde gehörst. Komm, wir gehen in die Lagerräume und suchen ein bißchen für dich zusammen.«

Agravain zog sich auch an, und wir gingen den Hügel hinauf, an der Festhalle vorbei. Die Lagerräume lagen auf der Westseite des Hügels. Agravain gab sich große Mühe, mich nicht wieder dadurch zu verstören, daß er Artus' Entscheidung erwähnte oder das, was als nächstes geschah. Statt dessen zeigte er mir die Sehenswürdigkeiten von Camlann. Trotzdem fiel mir auf, daß er verzweifelt nach einer Lösung suchte.

Die Lagerräume bestanden aus vielen weit verstreuten Gebäuden, die niedrige Dächer hatten und dunkel waren. Die meisten waren neu erbaut, um das Beutegut des Hohen Königs aufzunehmen. All diese Gebäude legten deutlich Zeugnis davon ab, daß Artus als Feldherr erfolgreich war, denn sie waren mit Haufen von Kleidern, mit Waffen und Schmuck, importierten Töpferwaren, goldenen und silbernen Schalen und Gefäßen aus Horn und Glas wie auch aus Holz, Bronze und Ton gefüllt. Lebensmittel waren nicht viele da, aber man kann beim Plündern im Frühling auch nicht viel finden. Alle Güter waren von den Sachsen genommen worden, entweder aus ihrem eigenen Gebiet oder durch Rücknahme von Beute aus britischen Königreichen. Agravain sagte mir, die Sachen würden meistens verkauft, an diejenigen, die dafür mit Korn oder anderen Lebensmitteln bezahlen konnten. »Der Hohe König zieht allerdings Korn vor«, fuhr er fort, »für die Pferde. Die Kriegspferde der Runde fressen die Ernte eines ganzen Königreichs auf, glaube ich. Dennoch, ich habe mitgeholfen, um all dies zu gewinnen, also kann ich auch helfen, es wieder loszuwerden. Wähle aus, was du willst. Und ich gebe dir noch ein Pferd dazu.« Agravain zögerte, dann endlich begegnete er meinem Blick und stellte seine Frage: »Wohin wirst du gehen?«

Ich wußte nicht genau, wie ich es formulieren sollte. »Ich werde nicht gehen«, sagte ich schließlich ganz einfach. »Ich werde dem Pendragon Artus auf eigene Gefahr folgen, bis er mich akzeptiert. Irgendwann muß er einsehen, daß ich kein Zauberer bin, sondern ein Krieger, der seinen Met wert ist.«

Agravain starrte mich lange an. Dann grinste er wild. »Das ist die Entscheidung eines Kriegers, eine Entscheidung, die ein Lied wert ist! Wirklich, zeig ihnen, daß sie sich alle irren, bring ihnen bei, daß sie dich nicht verleumden können!« Dann hielt er inne und runzelte die Stirn. »Aber es wird schwierig werden. Artus ist ein edler König, und er wird dir seine Gastfreundschaft nicht verweigern. Aber Cei ist jetzt dein Feind. Letzte

Nacht, da hast du ihm angst gemacht, und außerdem hat er sich blamiert. Das erträgt er nicht. Dazu kommt noch, daß er der Befehlshaber des Fußvolkes ist, und er besitzt sogar einen eigenen lateinischen Titel dafür. Er ist ein Mann, den man besser nicht beleidigt – dennoch ist er tapfer und ehrlich und ein guter Freund.«

»Ich muß es versuchen, ob Cei nun mein Feind ist oder nicht. Es ist alles, was ich tun kann.«

Agravain war jetzt viel glücklicher, während wir ein paar neue, »angemessenere« Kleidungsstücke aus den Haufen suchten. Als ich eine gute wollene Tunika und Beinlinge hatte, suchte mein Bruder einen anderen Haufen Kleidung durch, um eine Lederweste wiederzufinden, die er vor anderthalb Monaten gewonnen hatte. Er glaubte, daß sie mir paßte, und außerdem waren ein paar Metallplatten daraufgenäht. Sie paßte, und er drängte sie mir auf. Er sagte, er könne sie verschenken, an wen er wolle. Westen mit solchen Metallplatten sind nicht so gut wie Kettenhemden, aber Kettenhemden sind selten und wertvoll. Agravain besaß nur ein einziges Kettenhemd, und er hätte es mir gegeben, wenn es mir gepaßt hätte.

Außer der Weste fand ich noch einen Schild aus gekälktem Holz mit einem Stahlrand. Er war einfach, aber gut und solide gearbeitet. Und ich nahm einen langen, gut ausbalancierten Speer mit blattförmiger Spitze und fünf Wurfspeere.

»Jetzt brauchst du nur noch einen Mantel«, sagte Agravain mit Befriedigung. »Was für einen . . .«

»Einen roten«, sagte eine fremde Stimme hinter uns.

»Taliesin«, rief Agravain und begrüßte den Mann, der in der Tür stand und uns mit mildem Interesse beobachtete. »Warum einen roten?«

Sprachlos starrte ich Artus' obersten Barden an. Die andere Erinnerung, die ich mit diesem Namen verband, wurde plötzlich ganz klar. Er hatte in Lughs Halle gesungen, auf der Insel der Glückseligen. Und er war es auch gewesen, der in meinem Traum die Zügel von Artus' Pferd gehalten und in Sions Traum mit ihm gesprochen hatte.

Aber er trug jetzt keinen Stern auf der Stirn, und sein Gesicht war menschlich. Es hatte nicht diese beunruhigende Leuchtkraft, die die Gesichter der Sidhe haben – dennoch war er ein sehr gut aussehender Mann. Sein Name – strahlende Stirn –, den man auch dem Morgenstern gibt, war bei ihm nicht fehl am Platze. »Ich kenne dich«, sagte ich.

Aber Taliesin schüttelte den Kopf. »Nein, du hast mich noch nie gesehen, wenn du auch einige von meinen Liedern gehört haben magst. Sie werden ja überall gesungen.«

»Wovon redet ihr?« fragte Agravain.

»Dein Bruder dachte, er hätte mich schon einmal getroffen«, stellte Taliesin freundlich fest und schlenderte in den Raum. »Und ich habe das richtiggestellt. Ich hatte nie das Vergnügen. – Dein Bruder ist ein bemerkenswerter Mann, Agravain.«

»Er ist kein Zauberer«, schnappte Agravain schnell.

Taliesin grinste. »Du bist zu mißtrauisch, mein Freund. Ich habe ja nie behauptet, er wäre einer. Willkommen in Camlann, Maienfalke.«

Ich war sicher, daß ich mich nicht irrte. »Aber was . . .«, begann ich.

»Tut mir leid«, sagte Taliesin schnell. »Ich kann deine Fragen nicht beantworten, noch nicht. Du würdest die Antworten nicht verstehen. Du denkst an einen Traum, den du letzte Nacht hattest und an einen Traum von deinem Freund. Auch daran, was Bedwyr dir von mir erzählt hat. Aber ich kann es nicht erklären. An allem ist etwas Wahres dran – aber das weißt du ja schon. Die Antwort wäre weniger interessant als das Geheimnis, und ich habe es lieber, wenn die Dinge interessant sind. Unglücklicherweise mußt du außerdem die Wahrheit selbst entdecken. Wenn jemand dir etwas erzählt, hörst du dann zu? O nein, du läufst weg, nimmst deinen eigenen Weg, und am Ende fällst du flach auf den Rücken – wie Bedwyr damals, als ich ihn zum erstenmal sah –, und dann sagst du dir, ›Taliesin hatte recht‹. Aber ich bin es leid, immer wieder die Tatsache zu hören, daß ich recht hatte.«

Agravain lachte. »Ach, wirklich. Ich wünschte, ich könnte deine Lieder gut genug verstehen, um dir zu sagen, daß du dich irrst.«

»Aber ich will ja auch nicht, daß sie verstanden werden!« protestierte Taliesin. Er summte eine kleine Melodie und brach dann ab. »Wir Poeten haben dieses Privileg. – Ein roter Mantel ist das Beste. Da liegt einer, mitten auf diesem Haufen da, sogar ein sehr schöner.«

Ich erinnerte mich an Sions Traum. »Ein Mann in einem roten Mantel lag tot.« Ich hatte das Gefühl, als ob ich auf dem Rand einer Klippe in der Finsternis stände, und ich spürte, daß da ein Abgrund war, den ich nicht sehen konnte. Taliesin hörte auf zu lächeln.

»Ich wünsche dir nichts Böses, Maienfalke«, sagte er sanft. Sein Gesichtsausdruck war unergründlich. »Nur, was sein muß, muß sein, und es wird sein. Deine Farbe ist Rot, wie der Drache von Britannien oder wie das Blut, das auf den Schlachtfeldern fließt. Es wird noch da liegen, wenn die Nacht kommt. Wenn der Schilderwall zerbrochen wird und man das Tor der Festung niederschlägt.« Er schüttelte den Kopf. »Das Reich, so wie es jetzt ist, könnte man mit einem Teppich vergleichen, gewebt in vielen Farben, durch viele Entscheidungen. Seine Farbe ist Rot.« Er hielt plötzlich inne, zwinkerte, faßte sich wieder und lächelte. »Und außerdem wird Rot dir stehen. Der Haufen da drüben – und jetzt muß ich Artus suchen und ihm erklären, warum die Mauern noch nicht soweit sind, wie er das erwartet hatte. Vale!« Er rauschte aus dem Zimmer und ließ die Tür hinter sich zuschwingen.

»Bei der Sonne«, sagte Agravain, »was hatte denn das zu bedeuten?«

»Ich wollte dich gerade fragen. Agravain, wer ist dieser Taliesin?«

»Artus' oberster Poet, einer seiner Ratgeber, und gelegentlich auch Reiter unter Bedwyr.«

»Und daneben?«

»Wer weiß? Wer kann das bei Poeten schon sagen? Manchmal, so wie jetzt, sagt er einfach Dinge, die keiner verstehen kann, und manchmal sagt er, irgend etwas wird passieren, und dann passiert es. Vor dem letzten Überfall ist er plötzlich zu einem der Krieger zu Fuß hinübergegangen, zu Macsen ap Valens, gerade als wir losziehen wollten. Er hat die Hand dieses Mannes genommen und gesagt: ›Viel Glück nach dem Ende; Heil und lebe wohl.‹ Und Macsen ist auf diesem Kriegszug gestorben. Manche sagen, Taliesin ist ein bißchen verrückt. Andere erzählen Geschichten davon, wie er . . .«

»Was für Geschichten?«

»Sein Vater wäre ein Gott gewesen, oder ein Dämon. Es kann auch seine Mutter sein, die Versionen sind verschieden. Er hätte aus dem Kessel der Annun getrunken, und er wüßte alle Dinge. Er wäre ein Prophet, ein Zauberer, ein Teufel, ein Heiliger, ein Engel.« Agravain zuckte die Achseln. »Die Priester mögen ihn nicht, wegen seines Rufs, aber wenn er in Camlann ist, dann geht er in die christlichen Messen. Sicher ist nur, daß er ein großer Prophet ist. Urien of Rheged war sein erster Schutzherr, aber Artus hat ihn dazu überredet, nach Camlann zu kommen. Er stammt nicht aus dem Norden. Du hast gehört, wie er ›auf Wiedersehen‹ auf lateinisch gesagt hat – soviel habe ich gelernt. Manche sagen, er stammt aus Gwynedd. Ich weiß, daß er das zweite Gesicht hat, wenn nicht noch mehr . . .« Agravain machte die Geste eines Druiden, ein Handzeichen, das Böses abwenden soll, und senkte die Stimme. »Aber alle Poeten müssen irgendwie berührt sein, sonst wären sie nicht Propheten und Bewahrer des Gesetzes. Niemand kann Taliesin Fragen stellen und dann eine Antwort verlangen, die er versteht. Und keiner will ihn dadurch beleidigen, daß er zu viele Fragen stellt. Denn wenn Taliesin ein Spottgedicht auf dich macht, dann bleibt dir nur noch übrig, dich in dein Schwert zu stürzen. Wo glaubst du denn, daß du ihn schon einmal gesehen hättest?«

»In Lughs Festhalle.«

Agravain wandte den Blick ab und machte wieder sein Handzeichen. »Taliesin sagt aber, er wäre das nicht gewesen.«

»Vielleicht kann es ja auch nicht sein.« Das helle Echo des Liedes klang wieder in meinem Innern. Taliesins Lied. Ich konnte nicht sagen, was es bedeutete, aber einer, der so etwas gemacht hatte, der konnte nicht böse sein.

»Wirklich«, sagte Agravain und schaute wieder zur Tür. »Willst du eigentlich einen roten Mantel?«

Sions Satz klang mir in den Ohren wie ein böses Omen. Ich erinnerte mich daran, wie oft meine Mutter Rot getragen hatte – aber andererseits war es leicht, mit dieser Farbe Stoff zu färben, und viele Männer mochten den leuchtenden Ton. Welchen Faden auch immer Taliesin für mich in seinem Teppich verwoben gesehen hatte, das Muster war durch die Farbe eines Umhangs nicht zu beeinflussen. »Ich mag Rot genauso gerne wie eine andere Farbe«, sagte ich Agravain.

Der ging zu dem Haufen, auf den Taliesin gezeigt hatte, und wühlte sich hinein. »Hier ist er«, sagte er mir. »Es ist ein guter Mantel. Schöne, dicke Wolle.«

Es war ein komisches Gefühl, diese neuen Dinge zu tragen, mit dem Gewicht des Schildes auf der einen Schulter und Caledvwlch an der anderen. Dennoch war das Gewicht irgendwie richtig. Agravain nickte zufrieden. »Jetzt siehst du wie ein Krieger aus, aus königlicher Familie«, sagte er. »Jetzt werden sie besser aufpassen, wie sie dich behandeln. Bist du bereit fürs Frühstück?«

Die Halle war voller Krieger, die die Reste vom Fest der vergangenen Nacht aufaßen. Die Speisen waren auf den Tischen aufgestellt. Ich brachte es fertig, die feindseligen oder nur neugierigen Blicke der anderen Krieger nicht zu beachten, während wir aßen. Das war nicht sonderlich schwierig, denn das Essen war gut, und ich hatte großen Hunger.

Agravain war fröhlicher als in der Nacht zuvor, und er redete während des Essens über Britannien und die Runde. Er hatte sich sehr verändert in den Jahren, in denen ich ihn nicht gesehen hatte. Ich fühlte mich unsicher ihm gegenüber, als ob ich ihn kannte und doch nicht kannte. Aber ich genoß seine Gesellschaft. Von Zeit zu Zeit allerdings bemerkte ich einen anderen Gesichtsausdruck bei ihm, und er war finster. Ich erriet, daß er etwas mit unserer Mutter zu tun hatte. Aber sie war das letzte, über das er sprechen wollte.

Wir waren fast fertig, als wir draußen vor der Halle Gebrüll hörten und dann einen Schmerzensschrei. Alle verstummten, und durch die plötzlich stille Luft kam ein lautes Wiehern, ein Schnauben von einem zornigen Pferd.

»Was in aller Welt . . .?« sagte Agravain.

Aber ich hatte den Ruf erkannt. »Ceincaled!« sagte ich und sprang auf. »Es ist Ceincaled.«

Er war es. Er stand im Sonnenlicht vor der Halle, noch schöner, noch prächtiger, als ich ihn in Erinnerung hatte. Er war wütend, seine Ohren waren zurückgelegt und seine Nüstern gebläht und rot. Ein paar von Artus' Dienern umringten ihn und hielten Seile und gesenkte Speere. Einer der Diener lag am Boden; sein Gesicht war weiß, und er umklammerte seine Magengegend. Andere versuchten ihm aufzuhelfen. Direkt vor dem Pferd stand Artus.

»Herr, sei vorsichtig«, rief einer der Diener. »Die Bestie ist bösartig. Ein Mörder. Sieh nur, was der Hengst mit Gwefyl gemacht hat!«

Artus überhörte sie alle und machte noch einen Schritt auf das Pferd zu. Ceincaled wich zurück, wieherte, schleuderte den Kopf hoch. Artus lächelte. Ein Licht brannte in seinen Augen. Er machte noch einen Schritt vorwärts und streckte die Hand aus, halb bittend, halb befehlend, und er sprach langsam und beruhigend mit dem Tier.

Der Hengst schnaubte, aber seine Ohren zuckten nach vorn. Er betrachtete den König mit stolzen Augen. »Sei still«, sagte Artus. Das Pferd riß den Kopf hoch, schnaubte wieder, stampfte voller Ungeduld. Aber es blieb stehen und bewegte sich nicht, als Artus näher herantrat und seinen Kopf umfing.

»Er ist nicht bösartig«, sagte Artus. »Aber er ist stolz und mißtrauisch. Und er liebt seine Freiheit.«

Ceincaled stampfte und riß den Kopf weg. Aber seine Ohren blieben weiter nach vorn gerichtet; er hörte Artus zu.

Ich ließ die Kante der Tür los, die ich umklammert hatte, und begann wieder zu atmen. »Ceincaled!« rief ich.

Sein Kopf schoß hoch, und er riß sich von Artus' Griff los und kam im kurzen Galopp zu mir herüber. Er stupste mich an die Schulter. Ich ließ meine Hand über seinen Nacken gleiten, und wieder versetzte mich seine Schönheit in Erstaunen. »Ceincaled«, wiederholte ich und fügte auf irisch hinzu: »Warum bist du zurückgekommen, du Leuchtender? Dies ist kein Ort für dich.«

»Bei der Sonne«, flüsterte Agravain hinter mir mit großer Bewunderung. »Was für ein Pferd!«

»Ist es dein Pferd?« fragte Artus und kam heran. Auf seinem Gesicht war ein Ausdruck der Enttäuschung, gemischt mit etwas anderem. »Ich hätte es wissen sollen. Es ist ohne Zweifel das Pferd, das du Cerdic gestohlen hast.«

»Er gehört mir nicht. Wie kann ein Sterblicher solch ein Tier besitzen? Ich habe ihm vor drei Tagen die Freiheit gegeben.«

»Ich glaube nichtsdestoweniger, daß er dir gehört«, erwiderte Artus mit rauher Stimme. Er zögerte, schaute von mir zu dem Pferd hinüber. Er legte die Hand auf die Schulter des Hengstes, schaute mich wieder an, schien irgendeine Beschuldigung brüllen zu wollen und hielt sich dann zurück. »Nun gut, dann nimm ihn und tu mit ihm, was du willst.«

»Aber er ist nicht mein! Ich habe ihn freigelassen.«

»Als CuChulainn starb«, sagte Taliesin, der wie aus dem Nichts aufgetaucht war, »kehrte der Liath Macha, den der Held am gleichen Tag freigegeben hatte, an die Seite seines Herrn zurück, um dort zu sterben. Auch Liath Macha war eines der Pferde der Sidhe, und damit unsterblich.«

»Das ist nur eine Geschichte«, sagte ich. »Und das war auch CuChulainn. Ceincaled ist wirklich. Warum sollte er auf der Erde sterben?«

»Er ist gekommen, um dich zu suchen«, erwiderte Taliesin ruhig. »Pferde sind große Narren, wenn es um ihre Herren geht, und sie folgen ihren Reitern, ohne nachzudenken, weil sie annehmen, daß es dort sicher ist. Selbst unsterbliche Pferde tun das.« Taliesin lächelte und streckte die Hand aus. Ceincaled warf den Kopf hoch und beschnupperte die Hand, und seine Ohren zuckten wieder nach vorn.

Ich schaute das Perd an, und ich dachte an das Wunder, das Land der ewig Jungen und an diese Welt. Mir fiel der Augenblick wieder ein, wo ich Ceincaled zum erstenmal geritten hatte, wo unsere Seelen sich getroffen hatten. Voller Erstaunen hatte mir Ceincaled seine Liebe geboten, und ich wußte, daß Taliesin recht hatte. Ich streichelte den weißen Nacken.

»Du bist ein Narr«, sagte ich meinem Pferd leise auf irisch. »Mein Strahlender, mein Schöner, du bist dumm. Hier wirst du am Ende nichts finden als den Tod.«

Er schnaubte und knabberte an meinem Haar.

»Also dann, wie du willst«, flüsterte ich und senkte den Kopf. Ich hätte um ihn weinen können.

»Du hast also jetzt ein Pferd«, sagte Artus scharf, »und ich sehe, daß dein Bruder Waffen und Kleider für dich besorgt hat. Jetzt mußt du nur noch irgendwo Dienst finden, und dazu solltest du jetzt leicht in der Lage sein.« Er schaute wieder Ceincaled an, und seine Hand krampfte sich um den Schwertgriff. Dann ließ er sein Schwert langsam los. »Vielleicht versuchst du es einmal bei Maelgwyn Gwynedd. Der braucht Krieger.«

Ich wickelte meine Hand in Ceincaleds Mähne und starrte über den Rücken des Pferdes den König an. Artus starrte zurück, mit kaltem, gleichgültigem Zorn, und ich sah plötzlich, daß er glaubte, ich hätte das Pferd mit einem Zauberspruch gebannt. Zur Antwort auf die unausgesprochene Beschuldigung schüttelte ich den Kopf. Artus sah die Geste.

»Dann ein anderer König? Urien will dich vielleicht nicht. Auch der mag keine Zauberer. Aber es bleiben noch Vortipor und Caradoc von Ebrauc . . .«

Ich konnte jetzt genausogut wie zu irgendeiner anderen Zeit meinen Plan bekanntgeben, dachte ich. »Pendragon«, sagte ich ruhig und förmlich, »es ist nicht mein Wunsch, Dienst bei einem anderen Herrn außer dir selbst zu nehmen. Und es ist auch nicht mein Wunsch, mit dem Ruf eines Zauberers hinaus nach Britannien zu ziehen.«

»Deine Wünsche spielen hier keine Rolle. Wenn du ein Krieger bist, dann mußt du einen Herrn finden, der dich unterhält. Und ich werde das nicht.«

»Ich glaube, Herr, daß ich mich irgendwie selbst durchbringen kann. Wenigstens bis zur nächsten Schlacht, wo ich ja Beute machen kann. Ich will dir folgen und für dich kämpfen, ob du meinen Eid nun annimmst oder nicht.«

Die Umstehenden murmelten erstaunt vor sich hin. Artus packte wieder sein Schwert. Einen Augenblick befürchtete ich, daß er die Waffe zog, aber er ließ sie wieder los. Der kalte Zorn in seinem Blick war zur Weißglut geworden. »Du planst gut, Gawain ap Lot«, sagte er mit ruhiger Stimme. »Du weißt, daß ich es nicht zulassen kann, wenn man von mir sagt, daß mein eigener Neffe an meinem Hof herumlungert wie ein streunender Hund. Deshalb muß ich dir Gastfreundschaft bieten. Nun gut. Du kannst hierbleiben und meinen Met trinken und einen Platz in meiner Halle haben. Aber ich akzeptiere dich nicht als einen meiner Krieger. Ich brauche mehr als kräftige Arme oder einen gerissenen Verstand oder Zauberei. Ich brauche etwas, das man Ehre nennt.« Er schaute sich um und sah, daß auch Cei im Kreis der Zuschauer stand. »Da du mir nun einmal dienen willst«, fuhr Artus schnell fort, »laß uns sehen, wie gut du das schaffst. Cei!«

»Mein Herr?« Cei bahnte sich mit den Ellbogen einen Weg durch die Menge; er sah ein bißchen verwirrt aus, und er war noch immer schlaftrunken.

»Du sollst eine Gruppe leiten, die den Tribut von Maelgwyn Gwynedd eintreibt. Nimm dreißig Männer – du kannst sie selbst auswählen –, und Gawain soll mitreiten. Ihr zieht morgen früh ab.«

»Ja, mein Herr, aber . . .«

»Gut. Wenn ihr zeitig fertig sein wollt, dann fangt ihr besser jetzt an.« Der Hohe König schritt durch die Menge davon, und sein Mantel flatterte.

Cei warf mir einen überraschten, dann einen spekulierenden Blick zu, und während er Ceincaled anschaute, pfiff er durch die Zähne. »Jetzt hast du also auch noch ein magisches Pferd zu deinem magischen Schwert, Zauberer. Das ist sehr gut, denn jetzt bekommen wir auch noch die Chance, zu sehen, welchen Nutzen sie dir bringen. Auf dem Weg nach Degganwy wirst du beides brauchen. Besonders ein schnelles Pferd . . .«

»Komm«, sagte Agravain. »Cei hat viel zu tun.« Er drehte sich um und ging zu den Ställen davon. Ich folgte ihm und führte Ceincaled.

Die Ställe lagen auf der Nordseite, neben der Festhalle. Wie die meisten der Lagerhäuser waren sie neu, sehr groß und sehr voll. Aber wir fanden einen leeren Stall, und am Trog gab ich Ceincaled Wasser. Dann schüttete ich ein bißchen Korn in die Krippe und lockte ihn in den Stand. Zuerst mochte er das nicht, denn ohne Zweifel erinnerte er sich an Cerdics Ställe und daran, daß er eingesperrt worden war. Aber schließlich ließ er sich dazu herab, das Korn zu fressen. Ich begann ihn abzubürsten, und Agravain setzte sich auf das Stroh und spielte mit einem Grashalm.

»Bei der Sonne und dem Wind«, sagte mein Bruder nach einer Weile, »ich habe Artus noch nie so zornig gesehen. Selbst als Vortipor von Dyfed uns letzten Sommer im Stich gelassen hat und wir den Sachsen ohne seine Armee entgegentreten mußten, selbst damals hat er nicht so scharf gesprochen wie heute. Es sieht ihm so unähnlich, daß ich noch nicht einmal wütend darüber sein kann, weil er dich beleidigt hat. Aber Degganwy! Und Cei soll die Abteilung auch noch leiten.«

»Was hast du denn gegen Degganwy?« Ich hatte schon von dieser Burg gehört, einer kleinen, unwichtigen Festung in Gwynedd, nordöstlich des uralten Hafens und der königlichen Stadt Caer Segeint.

»Degganwy, dort lauert Maelgwyn die größte Zeit des Jahres«, antwortete Agravain. »Maelgwyn und die Hälfte der Artus-Hasser in Britannien. Kannst du dich noch an Docmail Gwynedd erinnern?«

»Natürlich. Der hat sich lieber umgebracht, als sich Artus zu ergeben.«

»Und ob. Aber Maelgwyn hätte sich nicht umgebracht. Der tut lieber so, als ob er sich ergibt, und greift Artus dann an, sobald er den Rücken dreht. Er ist ein Jahr jünger als ich, und schon jetzt ist er einer der gerissensten Füchse in ganz Britannien. Man sagt von ihm, wenn er alt genug ist, dann kommt er sogar gegen diesen Fuchs Vortipor von Dyfedd an. Er ist zu gerissen, um Artus offen anzugreifen, und den Tribut zahlt er sicher auch. Aber es wird sicher keine angenehme Reise, und Gwynedd, besonders die Arfon-Berge, wimmelt nur so von Räubern und Maelgwyns herumstreunenden Kriegern. Die hassen jeden, der irgend etwas mit dem Hohen König zu tun hat. Artus plant schon seit über einem Jahr, eine Gruppe hinzuschicken, um den Tribut zu holen, weil Maelgwyn immer wieder verspricht, ihn selbst zu schicken, und das nie tut. Manchmal sagt er auch, er hätte den Tribut schon geschickt, und alles wäre an die Räuber verlorengegangen. Aber Bedwyr sollte die Expedition leiten. Und jetzt . . . Cei wird es dir so schwer wie möglich machen, und er ist in der Lage, es dir schwerzumachen, das kannst du mir glauben. Er kann ja auch die anderen Krieger für die Expedition frei auswählen.« Agravain schlug sich mit der Faust in die offene Hand. »Yffern soll sie alle holen! Gawain . . .« Er kaute einen Augenblick auf seinem Schnurrbart und sagte dann: »Vielleicht wäre es besser, wenn du dir Dienst bei einem anderen Herrn suchst. Nur, um dich zu beweisen, ehe du zurückkehrst.«

»Wenn ich mich hier nicht beweisen kann, wie soll ich es dann anderswo tun?«

»Aber Cei wird versuchen, dich zu provozieren, damit du entweder kämpfst oder verschwindest. Du weißt doch noch, daß dich früher jeder herumstoßen konnte.«

»Ich werde versuchen, allen Ärger zu vermeiden, wenn das möglich ist, ohne daß ich die Ehre verliere. Agravain, ich muß mit. Sonst muß ich die Hoffnung aufgeben, jemals für Artus zu kämpfen.« Und möge das Licht mich schützen, dachte ich.

Bedwyr trat eilig in den Stall. Er sah sich um, kam dann herüber und setzte sich neben Agravain. »Es tut mir leid«, sagte er mir. »Ich habe noch einmal mit Artus geredet, aber ich kann ihn nicht überzeugen. Er glaubt, du hast das Pferd mit irgendeinem Bann für dich gewonnen, und darüber ist er wütend. Auch darüber, daß du den Unschuldigen gespielt hast.« Er schaute Ceincaled respektvoll an und fuhr dann fort: »Aber jetzt bin ich sicher, daß ihm noch etwas anderes auf der Seele liegt. Etwas, über das er nicht reden will. Er wollte allein gelassen werden, und als ich ging, da hat er mit sich selbst gekämpft. Es ist etwas . . .« Bedwyr verstummte, suchte nach Worten, um das zu beschreiben, was er gespürt hatte. »Gawain«, sagte er, »schwöre mir, daß du in der Tat die Zauberei aufgegeben hast.«

»Bedwyr!« zischte Agravain, wollte aufstehen und langte nach seinem Schwert.

»Ich schwöre es, beim Licht und bei der Erde, die unter mir ist«, sagte ich Bedwyr.

Einen Augenblick lang schauten wir uns an, und dann seufzte Bedwyr. »Wirklich. Du hast es wirklich. Verzeih mir, wenn ich dich angezweifelt habe. Artus ist sowohl mein Herr als auch mein Freund. Und er ist kein Narr. Gewöhnlich irrt er sich nicht in seiner Einschätzung. Er hat irgendeinen Grund, der ihn vorsichtig macht, aber der Grund muß in ihm selbst liegen und nicht bei dir. Er will nicht darüber reden, selbst nicht mit mir.«

Ich nickte, aber tief innen dachte ich, daß der Grund vielleicht doch in mir liegen konnte. Ich hatte gesehen, daß ich irgendwie noch immer an Morgas gebunden war. Es war, als ob ihr Schatten in mir läge, im Mark meiner Knochen, zu tief, als daß ich ihn abschütteln konnte.

»Vielleicht wäre es besser«, drängte Bedwyr, »wenn du gingst. Such dir einen anderen Herrn – natürlich nicht Maelgwyn. Ich glaube, daß Urien von Rheged dich akzeptieren würde. Er ist kein strahlender König, aber er ist ehrlich und ein guter Kämpfer. Er ist mit deiner Tante verheiratet, und dir wäre er freundlich gesinnt. Man sagt, sein eigener Sohn ist nicht viel wert in der Schlacht, und er hat keine anderen Neffen bei sich in Rheged. Vielleicht wäre das ein guter Platz für dich.«

»Keine schlechte Idee, Gawain«, meinte Agravain. »Dort könntest du schnell vorankommen, und wenn das der Fall wäre, dann könntest du vielleicht in einem Jahr zurückkehren.«

Ich schüttelte müde den Kopf. »Ich bleibe.«

Bedwyr wollte wieder etwas sagen, aber er überlegte es sich anders. Es gefiel ihm nicht, daß ich Artus zornig machte, und deutlich hatte er den Wunsch, seinen Freund zu schützen. Aber er hatte auch das Gefühl, daß ich die Wahrheit sagte. Er spürte meine Entschlossenheit und drängte mich nicht noch einmal, wegzugehen.

Wir saßen eine Weile schweigend da, eingehüllt in unsere Gedanken. Schließlich war Ceincaled mit dem Hafer fertig, den ich ihm gegeben hatte, und kam herüber. Er knabberte an meinem Haar und verlangte Aufmerksamkeit. Ich ergriff seinen Kopf.

»Warum bringst du deinen Liath Macha nicht hinauf auf die Weide?« schlug Bedwyr vor. »Oder noch besser: Verschaff ihm ein bißchen Bewegung. Es ist ein schöner Tag.«

»Er ist kein Liath Macha; er ist weiß, nicht grau«, erwiderte ich. Bedwyr starrte mich verständnislos an.

»Liath«, sagte ich, als mir klar wurde, daß er kein Irisch verstand, »Liath bedeutet grau, und Liath Macha heißt Grauer der Schlacht. CuChulainns Pferde waren ein Grauer und ein Rappe, und beide waren Pferde der Sidhe. Aber der Liath Macha war der Bessere der beiden.«

»Wirklich?« fragte Bedwyr. »Wie ist CuChulainn denn an die beiden gekommen?«

Ich schaute ihn überrascht an.

»Ich bin nur ein Bretone«, meinte Bedwyr mit dem gleichen Glitzern der unterdrückten Belustigung, das ich schon am Tag zuvor in seinen Augen gesehen hatte. »Ich weiß nur wenig von deinem CuChulainn. Ehe ich deinem Bruder begegnete, hatte ich noch nicht einmal seinen Namen gehört. Taliesin kennt wahrscheinlich all die Geschichten, aber der versteht ja auch Irisch. Agravain besteht darauf, daß er selbst die Geschichten nicht anständig singen kann. Wahrscheinlich sagst du wohl das gleiche, oder?«

»O nein, Gawain kann sie erzählen«, erwiderte Agravain sofort. »Fast so gut wie ein ausgebildeter Barde. Nein. Besser. Er läßt die langweiligen Teile aus.« Seine Augen strahlten auf. »Ich habe noch niemanden gefunden, der mir die Geschichten vorgesungen hat, Gawain. Meinst du, du könntest . . .«

Sie waren beide darauf bedacht, auf andere Gedanken zu kommen. Sie suchten überall herum, um eine Harfe zu finden, und dann sagten sie mir, ich solle von CuChulainn singen. Ich selbst war auch dankbar über die Ablenkung, und ich sang die Geschichte von CuChulainns Pferden. Als ich mein Lied beendet hatte, war mein Publikum gewachsen. Außer Agravain, Bedwyr und Rhuawn, dem die Harfe gehörte, hörten auch noch Pferdeknechte und ein paar andere Diener zu. Sie applaudierten, als ich fertig war.

»Du singst gut«, sagte Bedwyr mit leuchtenden Augen.

»Seit damals, als ich dich zum letztenmal hörte, bist du besser geworden«, meinte Agravain. »Viel besser. Sing uns noch, wie CuChulainn gestorben ist.«

Ich zögerte, denn das Lied war schwierig. Aber ich begann die Melodie auf der Harfe, und dann versuchte ich, diese Musik mit den passenden Worten zu begleiten.

Ich war gerade an der Stelle angekommen, wo CuChulainns Feinde es endlich geschafft hatten, den Helden allein in die Schlacht hinauszuziehen. Da hielt ich plötzlich inne, denn ich sah, daß auch Taliesin eingetreten war und zuhörte. Er nickte mir zu, ich solle fortfahren, aber ich hielt inne und bot ihm impulsiv die Harfe an.

Er nahm sie schweigend und begann da, wo ich aufgehört hatte. Er benutzte den alten bardischen Stil, aber irgendwie sang er so, wie ich es nicht für möglich gehalten hätte, so daß jedes Wort eine Rolle spielte. Er fing die Zuhörer in einem Gewebe aus Klängen, so daß sie geduldig auf jede Phrase warteten und dennoch den Wunsch hatten, den letzten Satz noch einmal zu hören. Taliesin schaute niemanden an, und er hielt auch nicht den Blick auf seine Hände an der Harfe geheftet. Er starrte einfach ins Leere. Er spielte nicht die alte Melodie, sondern eine neue, komplizierte. Es war ein dissonanter Donner für die Armeen, voll Wildheit und Zorn. Und davor stand ein klarer, reiner Faden Musik für CuChulainn, eine Melodie, die sich jetzt im Donnern verlor und jetzt wieder auftauchte, bis am Ende der Held seinen Speer niederlegte und sein Lied plötzlich den Lärm der Armeen übertönte. Seine Melodie überstrahlte alles, sie war triumphierend, stolz, völlig sicher. Der letzte, zögernde, hohe Ton kam, der Tod des Helden, und dann war in der Stille das Rauschen der Rabenflügel zu hören, die sich auf dem Schlachtfeld niederließen. Das Lied endete, und es entstand tiefes Schweigen.

Ich vergrub das Gesicht in den Händen, ich hatte geweint wie all die anderen. »Herr«, flüsterte ich Taliesin zu, »ich danke dir.«

Er riß seinen Blick von der Stelle los, die er fixiert hatte, und schaute die Harfe in seinen Händen an, als ob er überrascht wäre, daß er das Instrument hielt. »Ach nein«, erwiderte er. »Für ein einfaches Lied gibt es doch nichts zu danken . . .« Und dann lachte er. »Du hast mich ernsthaft werden lassen, und das sogar zweimal an einem Tag! Willst du meinen Ruf ruinieren? Wirklich, Gawain, da gibt es nichts zu danken. Es ist nur ein Lied, und ich habe es nur gesungen, wie ein Barde es tun sollte. Du selbst kannst ja auch sehr gut singen.«

Es war unmöglich, neben Taliesin einen anderen für gut zu halten, und ich sagte das auch.

»Natürlich!« erwiderte Taliesin, und ein Glitzern stand in seinen Augen. »Aber beleidige mich nicht damit, daß du für mich und die anderen das gleiche Kriterium benutzt. Wessen Harfe ist das?«

Rhuawn nahm sich sein Instrument zurück.

»Du wirst noch mehr Lieder über CuChulainn singen müssen«, sagte Bedwyr. »Es hört sich an, als ob er ein großer Krieger gewesen wäre.«

»So heißt es in den Liedern«, meinte Taliesin. »Er hat seinen Sohn, seinen besten Freund und Hunderte von unschuldigen Soldaten umgebracht. Auch ein paar Ungeheuer und einen Druiden, der ihm einmal geholfen hatte.«

»Er hatte keine andere Wahl, als seinen Sohn und seinen Freund umzubringen!« rief Agravain verärgert.

»Das habe ich auch nicht gesagt. Ich sagte nur, daß er sie umgebracht hat. Ein paar andere dumme Dinge hat er sich auch geleistet. Es gibt sogar eine Geschichte . . .« Und dann erzählte er noch eine unerhörte Geschichte über CuChulainn. Danach schritt er zuversichtlich davon, während seine Zuschauer in hilflosem Gelächter zurückblieben. Ich sprang auf und rannte ihm nach. Er blieb stehen, als er mich sah.

»Ich dachte, du kämst mir wohl nach. Nun, was gibt es?«

»Ich . . .« Ich zögerte und fuhr dann hastig fort: »Agravain und Bedwyr glauben, ich sollte besser nach Rheged gehen.«

»Tun sie das?«

»Das weißt du doch. Du wußtest, was ich in einem Traum gesehen habe, und ich glaube, du weißt, was kommen wird. Du mußt auch wissen, daß ich kein Hexer bin.«

Er seufzte und nickte.

»Dann hilf mir. Warum haßt mich Artus?«

Er schaute mich an und kaute gedankenverloren auf der Unterlippe. »Dafür bist du noch sehr jung«, sagte er leise, mehr zu sich selbst als zu mir.

»Ich bin alt genug. Ich bin siebzehn.«

»Das ist sehr jung. Ich weiß, man erwartet von euch, daß ihr Männer seid, sobald ihr die Waffen genommen habt. Und ihr Männer aus königlichen Clans sollt dann in der Lage sein, mit allem fertig zu werden wie Könige. Aber es ist nicht recht, denen soviel aufzuladen, die noch so jung sind.« Er packte mich an der Schulter. »Hör zu. Ich würde dir gern Antworten auf all deine Fragen geben, aber wie kann ich das? Ich weiß nicht alle

Dinge. Manches sehe ich voraus, aber nur trübe. Ich sehe sie wie durch einen Nebel. Und manches geschieht, manches nicht. Anderes sehe ich klar voraus, aber es paßt in kein Muster. Es hat keine Erklärung. Wie könnte ich es wagen, die Wasser dadurch zu trüben, daß ich eine Frage beantworte und vielleicht dadurch die Zukunft verändere? Und du selbst weißt ja auch irgendwie, warum der Kaiser dich haßt. Eines Tages wird es dir ganz klar werden, aber jetzt kann es noch nicht sein. Du mußt Geduld haben und lernen, mit der Unsicherheit zu leben. Mehr kann ich dir nicht sagen.«

»Gut«, sagte ich mit schwerem Herzen. »Aber soll ich nach Rheged gehen?«

»Deswegen hast du ja schon deine Entscheidung getroffen.«

Das stimmte. »Wer bist du?« fragte ich flüsternd.

Er lächelte ganz sanft. »Ich bin Taliesin, der oberste Barde des Kaisers. Könnte irgendeine Antwort dir etwas bedeuten?«

»Bist du von den Sidhe?«

Aber er antwortete nicht. Er drehte sich nur um und ging weiter. Am Nachmittag fiel mir Sions Stute wieder ein, und ich ging hinüber, um nach ihr zu sehen. Ich stellte fest, daß der Bauer schon gekommen und mit seinem Wagen und seinem Geld am vergangenen Nachmittag wieder abgereist war. Als ich das hörte, fühlte ich mich unsicherer als je zuvor. Fast erleichtert ritt ich am nächsten Morgen mit Cei und einer Gruppe von dreißig Kriegern nach Degganwy. Wenigstens mußte ich nicht an die Schwierigkeiten denken, die noch kommen würden. Auf der Reise gab es schon Schwierigkeiten genug.

Die Fahrt war in der Tat schwierig, besonders der erste Teil. Ceis dreißig Männer waren feindselig und mißtrauisch. Sie benutzten alle vorhandenen Möglichkeiten, um mich zum Verschwinden zu bringen, und Cei war bei allen Versuchen der Anführer. Wenn es eine unangenehme Aufgabe zu erledigen gab, von der Art, die gewöhnlich für Hörige bestimmt ist, wenn welche da sind, dann schob man mir diese Arbeit zu. Ich wurde ganz offen beleidigt, und ansonsten übersah man mich.

Ich war nicht erwünscht, und die Krieger machten das ganz deutlich. Aber ich entdeckte, daß ich mit Worten die Spitzen der Beleidigungen umdrehen konnte und daß ich einen Witz daraus machen konnte, und dadurch verhinderte ich mit Geduld und mit der Vortäuschung, daß ich nichts gehört hätte, einen Zweikampf. Es gab nichts, was ich nicht ertragen konnte – obwohl ich froh war, daß Agravain nicht mit uns ritt. Der hätte sich gezwungen gefühlt, die halbe Gruppe umzubringen.

Wir nahmen die römische Straße von Camlann durch die Hügel, die die Briten Königreich des Sommers nennen. Man sagt, die Anderwelt liegt dich dabei. Dann ritten wir nach Baddon, das die Römer Aquae Sulis nannten, und dann nach Nordwesten über die römische Straße nach Caer Legion. Schließlich ging es wieder nach Westen, in die Arfon-Berge. Es war ein wildes Land, schön und rauh. Auch die Straßen waren dort schlecht. Die Römer hatten lange gebraucht, um den Westen von Britannien zu erobern, und sie hatten ihn auch schnell wieder verlassen. Degganwy lag mitten im rauhsten Teil des Landes. Es war eine kleine Festung, aber sie war sehr stark. Jeder einzelne Mann darin, vom König Maelgwyn angefangen, hegte einen fast greifbaren Haß für uns, und man gab uns nur das Minimum an Gastfreundschaft, das durch den Lehenseid an Artus verlangt wurde. Als wir wieder abzogen, schaffte es Maelgwyn, uns noch um einen Teil des Tributes zu betrügen, denn das Korn, das er uns gab, war mit Häcksel vermischt. Wir entdeckten das erst, als wir Camlann erreichten. Wir hatten es eilig gehabt, Degganwy zu verlassen, denn wenn wir länger geblieben wären, dann stand zu fürchten, daß zwischen unserer Gruppe und Maelgwyns Männern Blut vergossen worden wäre. Maelgwyn hätte dann vielleicht seine Krieger hinter uns hergeschickt und Artus gesagt, unsere Vernichtung sei das Werk von Banditen gewesen.

Die Rückreise war sowohl leichter als auch schwieriger für uns. Als wir die Straße nach Norden mit leeren Wagen hinaufgefahren waren, hatten uns die Räuber nicht belästigt. Auf der Rückreise aber wurden wir dreimal an drei Tagen angegriffen, und zwar durch große Banden. Die Räuber fielen uns aus dem Hinterhalt an, und sie benutzten Bogen – eine Waffe, die kein Krieger anfaßt. Sie versuchten, die tributbeladenen Karren auszurauben, ehe die ganze Gruppe heran war, um sie zu schützen. Bei diesen Angriffen wurden zwei Krieger getötet, und sieben wurden verwundet. Wir mußten die Entfernung verdoppeln, die wir zu reiten hatten, indem wir den Wagenzug immer wieder auf- und abritten, und wir trugen die Schilder am Arm, anstatt über dem Rücken. Ich bezweifele nicht, daß viele Räuber uns nur angriffen, weil wir Artus' Männer waren. Das ganze Land haßte uns. Bei den Klöstern, wo wir hielten, um den Tribut einzutreiben, murmelten die Männer wütend vor sich hin, und sie schleuderten Steine hinter uns her, als wir wieder abzogen. Wir wagten es kaum, auf den größeren Festungen um Gastfreundschaft zu bitten, und wenn wir es doch taten, dann mußten wir unsere Wagen und unsere Rücken schützen.

Aber durch diese vielen Schwierigkeiten wurde alles leichter für mich. Ich kämpfte mit den anderen gegen die Räuber, ich kümmerte mich um die Verwundeten, so gut ich konnte, und ich teilte mit den anderen die Feindseligkeiten, die uns überall umgaben. Unter solchen Umständen wären die anderen Krieger keine Menschen gewesen, wenn sie nicht angefangen hätten, mir zu trauen. Und als wir wieder zurück nach Camlann ritten, da war ich von allen Mitgliedern der Gruppe akzeptiert, außer von Cei. Dem störrischen Cei, wie es in den Liedern hieß. Das war leicht zu verstehen. Im Kampf war er störrisch, gewillt, die Stellung um jeden Preis zu halten, und er hatte niemals Angst. Er verlor auch niemals die Nerven und benutzte seine scharfe Zunge, um seine Kameraden anzutreiben. An sich selbst verschwendete er keinen Gedanken. Er war ein Mann, der in jeder Weise geeignet war, Artus' Infanterie zu befehligen. Aber auch in seinen Ansichten war er störrisch, und dazu gehörte seine Meinung über mich. Das war schade, denn ich hatte gelernt, ihn zu bewundern.

Ungefähr nach drei Wochen erreichten wir Camlann wieder.

Es war ein süßes Gefühl für mich, seltsam, traumartig. Ich ritt durch die Tore als ein Mitglied der Gruppe, der ich als Außenseiter beigetreten war. Es war ein Sieg.

Die Krieger in Camlann sahen mich jetzt auch mit anderen Augen an. Agravain grinste und verlor keine Zeit, mir den Grund dafür zu sagen. Nachrichten von den Vorfällen in Sorviodunum waren durchgedrungen. Durch das Weitererzählen waren die Ereignisse ein wenig verzerrt, denn ich sollte angeblich ein gutes Dutzend Sachsen bei meiner Flucht niedergemetzelt haben, aber der Respekt der Runde war mir sicher.

Nur Artus' Respekt nicht. Cei gab dem Hohen König einen vollständigen Bericht über die Reise ab, über Maelgwyns Streitkräfte und seine Haltung und über die Räuber. Artus machte sich wegen Maelgwyn Gedanken, gab den Verwundeten Geschenke und lobte die Toten, und zu Ehren der Gruppe gab er ein Fest. Sowohl Cei als auch Artus vermieden es völlig, mich zu erwähnen.

Dadurch ließ ich mich allerdings nicht sehr entmutigen. Ceis Gruppe gegenüber hatte ich mich bewiesen, und das war ein großer Schritt vorwärts. Ich hatte angefangen, die Männer kennenzulernen und Freundschaft zu schließen. Bedwyr und Agravain meinten beide, daß ich das Richtige tat – obwohl Bedwyr mehr als je zuvor wegen der Haltung seines Herrn ein ungemütliches Gefühl hatte. Es war mein erster wirklicher Sieg, und ich war überglücklich darüber. Ich war sicher, daß ich mit Hilfe des Lichtes meine guten Absichten beweisen konnte. Ich brauchte nur eine Gelegenheit.

Drei Tage nach dem Fest eröffnete sich mir diese Chance. Die Runde würde ausziehen.

13

Artus und Cerdic waren in einem Wettstreit begriffen, wer als erster den anderen zur offenen Schlacht zwingen konnte. Artus gewann anscheinend, denn Cerdics Gefolgsleute waren wild auf einen offenen Krieg. Jetzt kam die Nachricht, daß Aldwulf mit seinen Gefolgsmännern nach Bernicia zurückgekehrt war und daß Cerdics Männer noch rastloser und noch kampflustiger zurückgeblieben waren. Der Verlust einer Kriegergruppe mußte Cerdic geärgert haben, obwohl er sich das nicht anmerken ließ. Aber man erwartete, daß er in kurzer Zeit den Fyrd ausheben mußte, seine volle Bauernarmee. Und dann würde er auf Camlann ziehen. Artus war nicht gewillt gewesen, sich der ganzen Armee von Cerdic gegenüberzustellen. Denn die war viel größer als die Streitkraft, die Artus aufbringen konnte. Aber jetzt, wo es unvermeidlich schien, entschied er sich, zuerst zuzuschlagen. Damit war ein Risiko verbunden. Aber der Pendragon machte sich auch Sorgen über die Situation im Norden und darüber, was geschehen konnte, wenn Aldwulf zurückkehrte und sein Bündnis mit Deira, dem anderen nordsächsischen Königreich, erneuerte. Artus war gewillt, das Risiko auf sich zu nehmen, um die Hände frei zu haben. Die nordbritischen Königreiche waren schon in Schwierigkeiten. Rheged war noch schwach vom Bürgerkrieg und mußte sich dauernd der irischen Angriffe an den Küsten erwehren. Ebrauc und Elmet führten gerade eine Blutfehde. March ap Meirchiawn von Strathclyde zahlte schon Tribut an Dalriada und war nicht gewillt, gegen die Sachsen im Süden zu kämpfen. Und Gododdin, der alte Verbündete meines Vaters, stand noch immer in bitterer Opposition zu seinen Nachbarn. Die

Nordsachsen hatten schon angefangen, die britischen Nachbarn schwer anzugreifen, und sie hatten auch wieder Ländereien in ihren Besitz gebracht. Sie aufzuhalten, das verlangte einen ausgedehnten Kriegszug, und der war unmöglich, wenn Cerdic stark blieb und wenn ihm Sorviodunum weiter gelassen wurde.

Artus hatte Kontakt mit seinen Unterkönigen, dem Constantius von Dumnonia und dem Eoghan von Brycheiniog, aufgenommen und ihnen geboten, ihre Armeen zur Verfügung zu stellen. Während die beiden den Speer durch ihr Reich tragen ließen und alle Bürger und Bauern zusammenriefen, bereitete sich Artus selbst auf einen der blitzschnellen Angriffe vor, die für ihn so charakteristisch waren. Mit etwas Glück würde Cerdic nicht merken, daß in diesem Fall die Runde Armeen im Rücken hatte, und man konnte die Streitkräfte, die er besaß, in eine Falle locken.

Es war ein schöner Morgen spät im Juni, als wir Camlann verließen und die östliche Straße nach Sorviodunum ritten. Die Sonne löste sich im Morgennebel auf, und der Tag versprach heiß zu werden. Camlann sah fest und sicher aus, wie es so über dem Hitzenebel auf seinem Hügel thronte. Die Felder färbten sich langsam golden, und der Himmel hatte das blässeste Blau. Die Erde duftete stark. Die Runde war bei guter Laune, und die Männer scherzten und sangen und prahlten von den großen Taten, die sie vollbringen würden. Ceincaled schritt leicht dahin, er genoß den Tag und seine eigene Kraft, und ich spürte das. Ich fragte mich, ob man immer dieses Gefühl hat, wenn man in den Krieg ritt, in die Vernichtung, in den drohenden Tod.

Wir folgten der östlichen Straße, bis wir in die Länder der Sachsen kamen. Dann ritten wir über die Ebene. Wir waren bei Nacht unterwegs, als wir Sorviodunum am nächsten kamen, und da das Land nicht dicht besiedelt war, schafften wir es, der Aufmerksamkeit der Sachsen völlig zu entgehen. Wir drängten weiter, konzentrierten uns auf Geschwindigkeit, mitten hinein ins Land der Südsachsen, nach Cantware. Dort plünderten wir die Festung Anderida, die Artus schon einmal genommen hatte, holten heraus, was zu holen war, und brannten soviel von der Festung nieder, wie wir konnten. Dann wandten wir uns nach Norden, verteilten uns über das Land und plünderten es.

Der Sinn der Überfälle, abgesehen von der Beute, besteht darin, dem Feind soviel Schaden wie möglich zuzufügen. Sie sind deshalb eine schwierige Angelegenheit, viel schlimmer als Schlachten, wo Krieger gegen Krieger kämpfen. Bei Überfällen kämpft man oft gegen unbewaffnete Männer, Alte und Frauen, und man vernichtet ihren Lebensunterhalt. Der einzige angenehme Teil besteht darin, die britischen Hörigen zu befreien, die gewöhnlich überglücklich sind und manchmal nach Rache schreien. Gib ihnen Freiheit genug, überlaß ihnen die Waffen ihrer Herren, und gib ihnen die Erlaubnis, die Güter ihrer Herren zu nehmen und zu gehen, und sie richten allen Schaden an, den man sich nur wünschen kann. Artus wollte, daß wir so sanft wie möglich vorgingen, und meistens waren wir auch in der Lage, uns darauf zu beschränken, nur die Ernte anzuzünden und das Vieh wegzutreiben. Wir mußten nicht immer töten. Trotzdem, es ist ein unangenehmes Geschäft.

Wir rissen einen breiten Pfad durch Cantware und begannen uns nach Westen durchzuarbeiten, durch das Königreich der Südsachsen. Cerdic hatte zu der Zeit schon davon gehört, und er versammelte die Armee, die er ausgehoben hatte, und kam hinter uns her. Aeduin, der König von Cantware, war uns näher, aber der hatte seinen Fyrd noch nicht ausgehoben. Er war dabei – wir trafen einen seiner Boten – und wartete auf Cerdic. Wir gruppierten uns wieder, sortierten unsere Beute, ließen die schwereren Güter zurück und drängten nach Nordwesten. Cerdics Armee näherte sich uns von Südwesten auf der Spur der Zerstörung, die wir hinterlassen hatten. Wir waren schon fast auf Cerdics Land. Aber anstatt uns durchzuschlagen, wandte sich Artus nach Norden, bis wir fast den Tamesis-Fluß erreicht hatten. Dort sortierten wir wieder unser Beutegut, ließen sogar das meiste des Viehs frei, was wir weggetrieben hatten, wandten uns dann um und ritten, so schnell wir konnten, nach Westen. Unsere Kundschafter berichteten, daß Cerdic seine Armee geteilt hatte und daß ein Teil davon in der Nähe der südlichen Grenze seiner Länder zurückgeblieben war. Diesen Teil hatten wir umgangen, indem wir so weit nach Norden gezogen waren.

Die sächsischen Könige waren wütend. Wir waren in ihre Länder eingefallen und hatten unendlichen Schaden angerichtet, und wir waren ihnen durch die Hände geschlüpft, während sie versuchten, uns zu fangen. Die drei Könige – Aeduin von Cantware, der König der Südsachsen und Cerdic – besaßen jetzt eine vereinte Streitkraft. Cerdic war möglicherweise entzückt darüber, dachte vielleicht sogar, daß er seinen Wettlauf mit Artus gewonnen hatte. Mit Sicherheit mußte er seine Armee jetzt nach Dumnonia hineinführen. Zahlenmäßig war er unseren Streitkräften gewaltig überlegen, auch wenn er nicht wußte, daß wir die Armeen aufgerufen hatten. Aber Artus hoffte, daß unser Vorteil an Überraschungseffekten und ein Schlachtfeld unserer eigenen Wahl ausreichen würden, um das auszugleichen. Wenn unsere Hoffnung sich als nutzlos erwies, dann würden die Sachsen die Runde vernichten und freie Hand haben, mit Südbritannien anzufangen, was sie wollten. Aber daran dachten wir nicht gern.

Die Runde ritt, so schnell sie konnte, zu dem vereinbarten Treffpunkt der Armeen von Dumnonia und Brycheiniog, und wir stellten fest, daß die Armeen tatsächlich da waren. Das war nicht sicher gewesen, denn einige der britischen Könige hatten in der Vergangenheit ihre Versprechen nicht gehalten.

Wir waren kaum angekommen, und Artus war gerade von seinem übermüdeten Pferd abgesessen und hatte Constantius von Dumnonia umarmt, als auf Befehl des Hohen Königs frische Pferde für die Runde herausgesucht wurden. Die Armeen schlugen das Lager auf. Ich allerdings behielt Ceincaled, denn die Kampagne hatte ihn nicht müde genug gemacht, als daß ich ein neues Pferd brauchte. Und ich glaubte auch, daß ich ihn brauchen würde, wenn wir Cerdics Armee irgendwo in die Falle lockten.

Artus hatte Männer ausgeschickt, die die wichtigsten Straßen bewachen sollten, und von einem dieser Männer kam Nachricht, daß die Sachsen die östliche Straße nach Baddon eingeschlagen hatten. Wir wandten uns direkt nach Süden, und wir marschierten, so schnell wir konnten, um auf die Sachsen zu treffen. Artus regte sich auf über die Langsamkeit der vollen Armee.

Diese beiden Wochen zeigten mir, warum Artus ein so großer Heerführer war. In dem Wirbel von Geschwindigkeit, mit der unsere Kampagne ablief, war er allein völlig ruhig und gleichmütig geblieben. Er war in der Lage, jedes Detail, was man ihm berichtete, voll zu verstehen. Er setzte alle Puzzlestückchen an ihren Ort und fügte sie in seine eigenen Pläne ein. Wenn jemand in seiner Umgebung zu müde oder zu angespannt oder zu verwirrt war, um zu denken, dann blieb Artus fest, sicher und beherrscht. Er kämpfte gut, ohne Böswilligkeit oder Haß, und er verlor nie den Überblick über das, wofür er kämpfte. Niemals, selbst in den schwierigsten Augenblicken nicht, befahl er eine Aktion der Rache oder Grausamkeit. Er war auch nie ungewillt, mit seinen Gefolgsleuten zu sprechen. Das Blut und der Staub und die Erschöpfung beherrschten uns nicht so sehr wie der Gedanke an Artus' Vision. Er war ein König, der einmal in zehn Generationen auftritt oder in zehnmal hundert Jahren. Er verlangte einfach durch sein Dasein das Beste, was seine Diener ihm geben konnten, und wir gaben es gern.

Ich sage »wir«, und dennoch war ich damals nicht in der Lage, mich unter jene einzuordnen, die Artus dienten. Ich wünschte es mir mehr als je zuvor, aber der Hohe König vertraute mir nicht mehr als am Anfang. Ich trieb mich am Rand der Runde herum, ich kämpfte, wenn ich konnte, und ich zerbrach mir den Kopf über den Grund, warum selbst mein Anblick Artus zu erzürnen schien. Ich setzte meine Hoffnungen auf die Schlacht und auf das, was sich daraus vielleicht ergab.

Ich war halb eifrig und halb voller Angst. Vielleicht, so dachte ich, gefiel mir das nicht, was sich nach der Schlacht zeigte. Nichtsdestoweniger war es eine Probe, und ich wartete gespannt darauf. Ich packte meinen Schwertgriff und betete zum Licht, ich möchte mich oder die Runde nicht entehren.

Am Tag vor der Schlacht lagerten wir am Rand der Ebene von Sorviodunum in einem Wald neben einem Fluß, der Bassas hieß. Am Vormittag des nächsten Tages erreichten uns die Sachsen, und wir warteten auf sie.

Artus hatte wie immer alles sorgfältig geplant. Die Straße folgte einer Kurve unterhalb eines Hügels im Süden, und Artus brachte die Reiterei an diesem Hügel in Stellung, verborgen in den Wäldern, die ihn bedeckten. Er setzte die Fußtruppen der Runde, zusammen mit den Kriegern von Constantius und Eoghan, in die Mitte, direkt hinter der Kurve in der Straße selbst. Die weniger gut ausgebildeten Armeen verteilte er im Wald an den Flanken. Die sächsischen Streitkräfte würden, wenn alles gutging, um die Kurve der Straße herum genau in die Fußtruppen hineinmarschieren, und das sollte ihren Schilderwall zerbrechen. Danach würde die Reiterei auf ein Signal hin die dumnonischen Linien durchbrechen, die Sachsen abschneiden und sie zerstreuen.

Ich wartete mit der Reiterei neben Bedwyr und Taliesin. Agravain kämpfte mit den Fußtruppen in der Nähe von Artus. Das zog er noch immer vor. Die Morgensonne war heiß, und wir hatten alle unsere Mäntel schon abgelegt und sie hinter uns über den Sattel gebunden. Das Sonnenlicht filterte durch die Bäume und glitzerte auf dem Metall der Waffen und der Rüstungen. Im Lager hinter uns bereiteten die Diener sich auf ihre Weise für die Schlacht vor. Sie füllten Eimer mit Wasser und machten Wagen bereit. Wir konnten die gebrüllten Befehle und das Knirschen der Joche und Räder hören. Wir waren sehr glücklich, seltsam angespannt und gleichzeitig völlig ruhig. Und wir lachten und scherzten immer wieder, während wir auf die Sachsen warteten. Mir war sehr leicht im Kopf, und eine Zeitlang fragte ich mich, ob ich mich wohl dadurch entehren würde, daß ich ohnmächtig wurde. Ich fragte mich auch, ob die Hitze irgend etwas damit zu tun hatte. Aber irgendwie verspürte ich nicht so sehr Schwäche als eine gewaltige Freude, die noch anstieg, als der ferne Schatten auf der Straße, der sächsische Heerzug, näherzog. Ich blickte auf zum blauen Himmel, und ich hatte plötzlich den Wunsch zu singen. Ich liebte den Himmel, die warm riechende Erde, das Sonnenlicht in den Bäumen. Alle Gefühle schienen mir schärfer und klarer zu sein als je zuvor. Ich liebte die Sachsen auch. Ich fragte mich, wie viele von den Männern neben mir wohl sterben würden und ob ich wohl unter ihnen wäre. Das Leben war süß.

Die Sachsen marschierten in guter Ordnung die Straße herauf. Sie bildeten eine breite Heersäule, die auf den Straßenrand überfloß, und die Sonne glänzte auf ihren Speeren und Helmen. Ihre Kundschafter waren nicht sehr gründlich gewesen, denn die Sachsen beeilten sich, Artus aufzuholen, und sie wußten nicht, daß wir warteten. Sie überquerten den Fluß; und dann schien es, als ob ihre Vorhut irgend etwas gehört oder einen Boten empfangen hätte. Sie begannen haltzumachen. Die hinteren Ränge polterten in die Vorhut hinein, stellten laute Fragen, und Artus und die mittlere Gruppe begannen vorzurücken.

Die Sachsen sahen sie. Einen Augenblick lang herrschte Schweigen. Dann drehte sich die ordentliche Heersäule, und die Armee versuchte auszufächern, um der Bedrohung zu begegnen. Die Anführer brüllten Befehle, die an die hinteren Reihen weitergegeben wurden, und die einfachen Soldaten wirbelten herum und versuchten zu gehorchen. Sie versuchten, eine Panik zu vermeiden und einen Schilderwall zu bilden.

Sie bekamen keine Chance dazu. Die britannische Armee, die zuerst langsam vorgerückt war, schwoll an wie eine Welle vor dem Brechen und sammelte Geschwindigkeit. Die Linien bewegten sich nach vorn, stürzten plötzlich vor, rannten mit ihren Schilden die Straße entlang und hielten sie hoch. Überall ertönten Kriegsschreie, die glitzernden Waffen wurden sofort erhoben, und die Luft blitzte von Wurfspeeren. Alles sah unwirklich aus. Die Reihen schlossen sich, manche Sachsen warfen Speere zurück, wenigstens hier und da, und versuchten noch immer, einen Schilderwall zu bilden. Und dann . . .

Die Reihen trafen aufeinander, mit einem gewaltigen Krachen von Waffen, das die Luft zittern ließ. Die Briten durchbrachen die ersten sächsischen Reihen ohne Widerstand, und die Sachsen fluteten zurück und ließen eine Reihe von Toten zurück, wie die Wellen bei Flut Rippel auf dem Strand zurücklassen. Die Chancen, die gegen uns gewesen waren, glichen sich jetzt aus. Das Brüllen und Schreien der Kämpfenden wurde zu uns zurückgetragen, während wir warteten, und in den Bäumen in der Nähe sang ein Rotkehlchen. Unsere Reiterei drückte sich ein wenig nach vorn, sehnte sich nach dem Kampf. Mir war noch schwindeliger. Ceincaled warf den Kopf hoch und schnaubte. »Es wird ein harter Kampf werden«, sagte Bedwyr nachdenklich. Er stand im Sattel, um einen guten Blick ins Tal werfen zu können. Dann saß er ab. »Sie benehmen sich nicht, wie sie sich benehmen sollten; sieh mal, wie die hinteren Reihen noch immer vorwärts marschieren, an uns vorbei. Sie sind nicht in Panik ausgebrochen, und darauf hatten wir gehofft. Und es ist sehr heiß«, er lachte, als ob das alles sehr komisch wäre, und wir stimmten in sein Gelächter ein.

Artus' Drachenstandarte flatterte im Zentrum der Schlacht. Der Hohe König war jetzt darunter sichtbar, während eine britische Reihe vorrückte. Hin und wieder erkannten wir ihn, erkannten ihn an seinem purpurnen Umhang. Einmal sah ich auch Agravain, der gegen einen Sachsen mit einem goldverzierten Helm kämpfte. Mein Bruder traf den anderen mit dem Speer an der Kehle, schoß dann vorüber, und ich verlor ihn aus den Augen. Die Standarten des Constantius und des Eoghan flatterten rechts und links von Artus, aber hinter ihm. Die »Familie« kämpfte besser als die anderen Heerhaufen.

Jetzt waren die sächsischen Flanken von hinten endlich zu den Anführern vorgerückt und verbreiteten sich im Wald. Sie drängten an uns vorüber nach Nordwesten. Dort trafen sie auf die Armeen aus Dumnonia und Brycheiniog, die unter den

Bäumen waren. Wir konnten nicht sehen, was passierte. Aber es sah so aus, als ob die Sachsen nicht mehr weiterkämen, denn sie tauchten nicht aus den Wäldern auf, um das Zentrum einzukreisen. »Es läuft gut«, sagte Bedwyr, der intensiv zuschaute. »Wir haben sie . . . Nein! Warte.«

Ich sah Cerdic, der plötzlich an einer ruhigen Stelle im Zentrum auftauchte. Er stand auf irgend etwas, so daß jeder ihn sehen konnte. Er brüllte. Ich verstand nicht, was er brüllte, aber ich sah, wie die sächsischen Reihen sich um ihn zusammenschlossen, und wie sie dann mit frischem Mut angriffen und seitwärts von der Straße drängten. Irgendeiner warf einen Speer auf den sächsischen König, aber der sprang wieder herunter und verschwand. Die Schlacht löste sich in Chaos auf. Ich wickelte meine Hände in Ceincaleds Mähne und versuchte zu sehen. Das Zentrum der Schlacht war jetzt am Rand des Waldes auf der anderen Seite der Straße.

»Nein!« zischte Bedwyr, »wir haben sie verloren . . . Nein, wir haben sie noch immer . . . oh, Yffern! Warum bloß mußte Artus ausgerechnet heute zu Fuß kämpfen?« Bedwyrs Pferd tanzte nervös, und er packte den Zügel fester. »Jetzt können wir nicht angreifen. Alles ist in zu großer Verwirrung, und die Sachsen haben ihren Schildwall gebildet. Aber die Waage . . .«

Die Waage pendelte. Trotz ihrer Verluste stürmten die Sachsen, formten einen starken Schilderwall. Und sie hatten die Kraft des britischen Angriffs gebrochen. Die Heere standen Schild an Schild aneinander, die Flutlinie der Kämpfenden bewegte sich nicht weiter vorwärts, sondern stand Ewigkeiten bewegungslos da. Die Briten stolperten ein paar Schritte zurück, drängten dann wieder vorwärts. Die Armeen schwankten wie ein Baum im Wind, wie ein riesiges, keuchendes Tier, das sich abmüht. Es war heiß, sehr heiß. Meine lederne Weste erstickte mich fast, und im Zentrum der Schlacht mußte die Hitze fast unerträglich sein. Mir wurde noch schwindliger, während der Druck in meinem Schädel zunahm. Es steht unentschieden, dachte ich. Es kann sich zur einen oder zur anderen Seite wenden. Licht, laß den Sieg uns gehören!

Aber dann, in dem Augenblick, als es so aussah, daß der Ausgang der Schlacht klar wurde, sah ich die Südflanke, die Dumnonier. Deren Reihen waren durch den sächsischen Vorstoß nach Norden gelichtet worden und begannen zusammenzubrechen. Wenn das geschah, wenn die Sachsen durchkamen, dann konnten sie das Zentrum einkreisen, und ... Ich schaute zum Zentrum. Dort flatterte der Drache über den stehenden Kriegern. Artus sollte derjenige sein, der uns das Signal zum Angriff gab. Aber der war jetzt fast im Wald. Konnte er die Gefahr von der Flanke erkennen? Das Zentrum rückte vorwärts. Ganz plötzlich. Und wieder sah ich den Hohen König. Hinter ihm schwankte die Standarte. Artus drehte sich um, wirkte klein in der Entfernung. Er packte die Standarte, als sie fiel, und schwang den Arm vorwärts. Sein Kriegsschrei stieg bis zu uns herauf, und die »Familie« rief den Namen ihres Herrn. Sie schoben sich vorwärts ...

Aber die sächsische Bewegung an der Flanke durchbrach die britannischen Reihen, und die Briten fielen zurück, während sie versuchten, den Schilderwall wieder zu schließen. Sie wurden zurückgezwungen, sie fielen, und dann brach alles in Stücke, und die Sachsen kamen durch. Das Licht ließ ihre Helme aussehen wie die Köpfe vieler Insekten. Ich umklammerte sinnloserweise meinen Speer. Wir konnten sie nicht angreifen, ihre Linie war drei Reihen tief, und sie konnten ihre Lanzen in den Boden stemmen und jeden Reiter vernichten, der es schaffte, den Hagel aus Wurfspeeren zu durchdringen. Dennoch, wenn die Reiterei nicht angriff, dann würden die Sachsen das britische Zentrum einkreisen. Sie würden es vernichten und Artus umbringen ...

Das war undenklich. Wir alle wußten es. Anzugreifen, gegen den Schilderwall, das bedeutete den sicheren Tod, aber ...

»Wir greifen an«, sagte Bedwyr ruhig und sprach damit all unsere Gedanken aus. »Sitzt auf!« Er sprang auf sein Pferd, nahm die Zügel auf, schlang sie um seinen Sattelknauf. Den Schild hatte er sich schon an den Arm geschnallt. »Für Artus!« schrie er und spornte sein Pferd vorwärts, zum Galopp.

»Für Artus!« antworteten wir wie ein Mann und folgten ihm.

Das leichte Gefühl im Kopf, das ich schon den ganzen Morgen gehabt hatte, verwandelte sich plötzlich in ein strahlendes Feuer in meinem Gehirn, in die gleiche blendende innerliche Helligkeit. Und sie war mächtiger als je zuvor. Die Mittagssonne stand hoch, Ceincaleds Galopp klang wie Musik, und ich fühlte mich leicht wie Luft, wie Sonnenlicht. Ich drängte das Pferd weiter, ich hatte keinen Gedanken mehr, ich stob an Bedwyr und den anderen vorüber, hinaus aus dem Wald, in die sächsischen Reihen.

Sie hatten Zeit genug, uns kommen zu sehen. Sie begrüßten uns mit Speeren. Ich liebte sie. Dann schleuderte ich meinen eigenen Speer zur Antwort, konzentrierte mich instinktiv auf eine Stelle in der Linie und hoffte, sie zu durchbrechen. Die Welt löste sich um mich auf, es blieb nur ein Licht und eine Ekstase. Ich warf meinen Speer weg und zog Caledvwlch. Die Sachsen, die ihre Stellung hielten, lehnten sich zurück und hoben die Lanzen. Sie schwankten plötzlich, als sie mein Schwert sahen, und ihre Gesichter waren deutlich bleich und lebendig unter ihren Helmen zu sehen. Ich war über ihnen, ich schwenkte Ceincaled zur Seite, um zwei Speeren auszuweichen, und schlug hart und wild zu. Ich wendete mein Pferd an den Reihen und schlug wieder. Ganz undeutlich bemerkte ich Schreie und Kreischen, aber alles kam mir tonlos und sehr fern vor. Die Sachsen bewegten sich so langsam, sie zogen sich zurück, sie zögerten, manche wandten sich um. Und dann waren auch die anderen von der Reiterei über ihnen und schlugen auf sie ein, und sie zerstreuten sich. Wir waren durch die Linien hindurch und wendeten wieder die Pferde, um sie zu vernichten. Ich glaube, ich habe gesungen, das gleiche Lied, das in meinem Schädel brannte. Wir hielten den Sieg in Händen.

Der Rest des Tages verbrannte in dem Feuer, das in mir tobte.

Die sächsische Armee war an zwei Stellen zerschlagen, so sagte man mir später, und sie versuchte sich auf dem gleichen

Weg zurückzuziehen, den sie gekommen war. Aber die Reiterei hatte ihnen den Rückzug auf der Straße abgeschnitten, und zwar an der Brücke. Der Rückzug wurde mehr und mehr zu einer Flucht, einem verzweifelten Rennen durch die Wälder und über den Fluß, und die Soldaten ließen ihre Schilde fallen und warfen die meisten ihrer Waffen weg, damit sie schwimmen konnten. Cerdic schaffte es, die Kontrolle über seine eigene Truppe und ein paar von seinen Männern zu behalten, und zog sich geordnet zurück. Aber da hatten schon die meisten der britischen Streitkräfte die Brücke überquert, und die Reiterei schnitt auch Cerdic ab. Spät am Nachmittag ergab er sich Artus, während die britische Reiterei noch immer die Reste der Streitkräfte verfolgte.

Meine eigene Erinnerung an die Schlacht, wie an die meisten Schlachten, ist sehr begrenzt. Sie ist verwischt durch zuviel Licht, durch scharfkantige Fragmente von Leidenschaft und Taten. Für mich wurde alles erst wieder klar, als der Abend im Osten dunkelte. Bedwyr ritt neben mir heran und ergriff Ceincaleds Zügel.

Ich wußte, daß er den größten Teil des Tages irgendwo in der Nähe gewesen war, und das brachte mich zum Anhalten. Nichtsdestoweniger hob ich mein Schwert, um nach ihm zu schlagen. Er ergriff meine Schwerthand.

»Ruhig«, flüsterte Bedwyr, »die Schlacht ist vorüber.« Ich begegnete seinem Blick. Seine Augen waren dunkel und ruhig, und mein Gehirn klärte sich ein wenig. »Ruhig«, wiederholte er. Ich nahm einen tiefen Atemzug und senkte mein Schwert. Er ließ meine Hand los und betrachtete mich ernst. Ich schaute mich um.

In unmittelbarer Nähe waren keine Sachsen mehr, nur tote Sachsen. Ich erkannte den Ort nicht, es schien mir, als ob ich auf der Ebene wäre. Ein wenig nach Westen, hinter Bedwyr, stand eine Gruppe von Artus' Reiterei, und die Pferde ließen die Köpfe hängen vor Müdigkeit. Die Männer schauten mich mit einer Art Ehrfurcht an.

Ich schüttelte den Kopf, versuchte mein Schwert wegzustekken und konnte irgendwie die Scheide nicht finden. »Wo . . .«, begann ich und hielt dann inne. Erschöpfung rollte über mich wie eine riesige Welle, und ich packte Ceincaleds Mähne, damit ich im Sattel blieb. Meine Seite schmerzte, und ich fühlte mich völlig ausgeleert. Alles sah dunkel aus und anders, als ich es noch vor ein paar Minuten gesehen hatte.

»Wir sind ungefähr drei Meilen südöstlich von der Stelle, an der wir heute morgen waren«, beantwortete Bedwyr meine ungestellte Frage. Fest fuhr er fort: »Und es ist ein harter Kampf gewesen. Cerdic hat kapituliert, und morgen wird er mit Artus Friedensbedingungen aushandeln. Diesen Frieden wird er halten müssen, wenigstens ein oder zwei Jahre. Wir haben Erfolg gehabt. Und jetzt wollen wir zurück zum Lager gehen, uns ausruhen.«

Es war dunkel, als wir das Lager erreichten, aber der Ort kochte vor Fackellicht und Aktivität. Die Toten und die Verwundeten wurden von den Dienern und den Marschbegleitern vom Schlachtfeld hereingetragen. Die Verwundeten trug man zu Ärzten, und die Toten bewachte man gegen Leichenräuber. Männer und Frauen eilten hin und her, brachten Kräuter und heißes Wasser zu den Ärzten, trugen Nahrung für Menschen und für Pferde. Sie führten die müden Tiere zu den Staketen, und sie trugen stille Gestalten auf Bahren zu den Ärzten oder zu den aufgestapelten Leichen hinüber, die auf ihr Begräbnis warteten. Für viele hatte die Schlacht erst angefangen. Ich war froh, daß mein Teil erledigt war und daß ich schlafen gehen konnte. Selbst Ceincaled war müde. Aber er hielt den Kopf hoch. Die Pferde der anderen stolperten blind vor Erschöpfung dahin.

Als wir das Lager betraten, blickten die Arbeiter – Diener, Sklaven, Konkubinen und Frauen und Verwandte der Krieger – auf. Man zeigte auf uns. Manche brachen in Hochrufe aus, und andere nahmen das Geschrei auf. Ceincaled warf den Kopf hoch und sein Schritt wurde wieder elastisch. Einige der anderen Krieger nahmen die Zügel zurück und richteten sich auf. Sie begannen uns anzulächeln. Etwas vom frühen Glanz des Sieges umgab uns, während wir zum Mittelpunkt des Lagers ritten. Dort war die »Familie«, und dort konnten wir unsere Pferde den Pferdeknechten überlassen.

Agravain stand im Mittelpunkt des Lagers und kümmerte sich um ein paar Gefangene, die er einfach stehenließ, als er mich sah. Er rannte herüber, umkreiste das große Lagerfeuer und erreichte mich, als ich gerade mein Pferd zügelte. Er packte mich am Fuß. Er war ungekämmt und schmutzig, Schmier von dem Blut eines anderen war auf seiner Wange, und sein Bart war zerzaust. Aber seine Augen brannten.

»Bei der Sonne und dem Wind und der See, Gawain!« schrie er auf irisch, »ich hab' nie einen gesehen . . . Wenn Vater dich hätte sehen können, er hätte dir für diesen Angriff die Hälfte der Orkneys gegeben. Yffern, er würde sie dir alle geben, bei der Sonne, du hast wie CuChulainn gefochten. Ich schwöre den Eid meines Volkes . . .«

Er wurde überbrüllt von einer Menge von Kriegern und Dienern, die sich jetzt um uns drängten und Glückwünsche und Lobrufe brüllten. Das war zuviel für mich. Zuerst hatte ich mich nur müde und verwirrt gefühlt, aber jetzt konnte ich nur noch schwach den Kopf schütteln.

»Ich glaube wirklich, daß ich wie CuChulainn gefochten habe«, sagte ich zu Agravain, »der ist in der Schlacht verrückt geworden. Und ich . . . ich kann mich gar nicht erinnern . . .« Lughs Segen, dachte ich. Ja, dieser Wahnsinn wurde auch seinem Sohn CuChulainn gegeben. Wieder schüttelte ich den Kopf, um klar denken zu können, und ich wünschte mir, daß all diese Menschen fortgingen. »Ich bin kein göttlicher Held wie CuChulainn, Agravain. Ich bin müde. Kannst du machen, daß sie still sind?«

Agravain ließ meinen Fuß los, wirbelte zu der Menschenmenge herum und brüllte: »Bei Yffern, laßt ihn endlich in Ruhe! Könnt ihr nicht sehen, daß er müde ist? Morgen gibt es noch reichlich Zeit, ihn zu loben.«

Die Menge tat nichts. Agravains Gesicht verfinsterte sich, und er begann zu röhren. Bedwyr drängte sein Pferd ein wenig von der Menge weg – sie folgten ihm noch immer – und sagte leise und deutlich zu Agravain: »Wenn du vielleicht britisch sprechen würdest, dann könnten sie dich verstehen.«

Agravain starrte ihn einen Augenblick an, dann begann er zu lachen. Die anderen Krieger fingen auch an zu lachen, und dann die Diener. Die anderen von der Reiterei glitten von ihren Pferden, die Menge begann sich zu zerstreuen, und alle umarmten einander und gratulierten sich gegenseitig.

Langsam saß ich von Ceincaled ab und nahm seinen Zügel. Das Pferd knabberte an meiner Schulter, schnaubte stolz und zufrieden. Ich rieb seinen schweißnassen Hals und flüsterte ihm ein paar Worte des Lobs und der Dankbarkeit zu. Dann nahm ein Pferdeknecht den Zügel und führte ihn weg. Ich wollte ihm folgen und mich nach meiner eigenen Gewohnheit selbst um das Tier kümmern, aber Agravain packte mich am Arm und zog mich zu dem Zelt hinüber, das wir mit Rhuawn und Gereint teilten. Mir fiel ein, was er als letztes getan hatte, und ich fragte ihn: »Was ist mit deinen Gefangenen?«

»Die Diener kümmern sich schon darum. Eigentlich habe ich nur auf dich gewartet.«

Meine schönen neuen Speere waren fort, und mein Schild, der noch immer angeschnallt an meinem Arm hing, war so sehr zerhackt, daß er nutzlos geworden war. Ich ließ ihn auf den Fußboden fallen, und Agravain half mir aus meinem Wams. Ich murmelte ein Dankeschön und brach auf dem Schlafsack zusammen. In den Sekunden, ehe ich einschlief, begriff ich endlich: Ich hatte es geschafft. Irgendwie war ich mit dem Feuer in meinem Hirn zum Helden der Schlacht geworden und hatte die Runde gerettet. O mein König, sagte ich still, du bist maßlos großzügig zu mir. Das Wiesengras unter mir duftete süß, nach Sonnenlicht und Blumen unter blauem Himmel. Artus würde mich akzeptieren. Ich hatte gewonnen.

14

Ich wachte gegen Mittag des folgenden Tages auf. Ich hätte noch länger geschlafen, aber ich hatte einen wahnsinnigen Durst. Ich blieb still liegen, denn ich hatte Schmerzen überall, und ich versuchte mich daran zu erinnern, warum ich trotz dieser Schmerzen so froh war. Nach einer Weile fiel mir der vergangene Tag wieder ein, und ich setzte mich abrupt wieder auf. Ich fragte mich, ob ich wohl alles geträumt hatte. Aber es war wirklich gewesen, wirklich. Ein paar Minuten lang saß ich da. Ich hatte den Wunsch zu singen, und ich kannte keine passenden Worte, die meine Freude ausdrücken konnten. Ich glaube, es war einer der schönsten Momente meines Lebens.

Außer mir war niemand anders im Zelt. Ich erhob mich, versuchte meine Kleider ein bißchen zurechtzustreichen und ging hinaus, um etwas Wasser zu suchen. Ich bemerkte, daß ich eine Schnittwunde auf den Rippen hatte; dort mußte ein Speer mein Wams durchdrungen haben. Anscheinend hatte ich nicht sehr geblutet, und für solch eine Schlacht, die ich miterlebt hatte, war es nur eine leichte Wunde. Ich sah, daß auch mein rechter Arm mit Blut bedeckt war. Es wäre wohl am besten, dachte ich, die Wunde reinigen zu lassen. Selbst ein kleiner Schnitt kann tödlich sein, wenn er brandig wird. Zuerst, dachte ich, muß ich trinken. Und dann würde ich dafür sorgen müssen, daß man sich anständig um Ceincaled kümmerte. Und natürlich mußte ich Agravain suchen. In der vergangenen Nacht war ich froh gewesen, daß er da war, und er verdiente meinen Dank und meine Aufmerksamkeit. Außerdem, so gab ich mir selbst gegenüber zu, wollte ich auch hören, was er über meinen Kampf zu sagen hatte.

Ich fand einen Diener, der auf einem Schulterjoch zwei Eimer Wasser vom Fluß herauftrug. Ich fragte ihn, ob ich etwas haben könne. Er schaute mich mißtrauisch an.

»Und wer bist du denn wohl, was? Ich bringe dieses Wasser den Kranken, in die Zelte. Dort wird es gebraucht.«

»Oh«, sagte ich, »in dem Fall . . .«

Er warf mir noch einen Blick zu und lächelte dann. »Ach, so sehr wird es nun auch wieder nicht gebraucht. Du bist offenbar ein Krieger. Und wenn du jetzt erst nach der Schlacht aufgewacht bist – dann könnte ich dir schon etwas Wasser geben.«

»Genau«, sagte ich. »Und ich habe sehr großen Durst.«

Er ließ das Tragejoch von seinem Nacken gleiten und reichte mir einen der Eimer. »Trink ein bißchen. Ich glaube, den Rest benutzt du am besten, um dich zu waschen. Du siehst vielleicht aus! Wenn du nichts dagegen hast, wer bist du eigentlich? Du siehst aus, als wenn du mittendrin gewesen wärst.«

Ich nahm einen langen Schluck, ehe ich antwortete. Das Wasser war köstlich. »Mein Name ist Gawain, Sohn des Lot.«

Der Diener stieß tatsächlich einen Schnaufer aus. »Lieber Himmel! Dann warst du wirklich mittendrin! Mein Herr, ich werde meinen Kindern von dieser Sache erzählen, das ist sicher!« Der Mann packte meine Hand und umklammerte sie eifrig. »Wirklich, Herr, du bist der Held des ganzen Lagers!«

»Bin ich das? Ich kann mich gar nicht daran erinnern. Ich weiß nicht einmal genau, was ich eigentlich gemacht habe.«

Der Diener warf mir einen verwirrten Blick zu. »So redet aber kein Krieger.«

»Nun, ich glaube, ich bin noch nicht daran gewöhnt, ein Krieger zu sein.« Aber seine Worte freuten mich sehr. Den besten Kämpfern jeder Schlacht wurden immer besondere Lobreden geschwungen, und obwohl es unwirklich schien, ich hatte solch eine Stellung errungen. Mein Vater würde davon hören, und er würde stolz sein. Artus würde mich akzeptieren. Ich hatte das Gefühl, als ob irgendeine innere Wunde endlich geheilt wäre.

Ich brachte den Eimer Wasser zurück in unser Zelt, das

noch immer leer war. Dort wusch ich mich und zog eine reine Tunika an. Als ich zum erstenmal mein Spiegelbild im Wasser sah, verstand ich den mißtrauischen Blick, den mir der Diener anfangs zugeworfen hatte. Ich war mit Schmutz und getrocknetem Blut bedeckt. Plötzlich hatte ich ein dankbares Gefühl Lugh gegenüber, weil er mir die Gabe des Wahnsinns verliehen und die Erinnerung daran vor mir verborgen hatte, wie das Blut in mein Gesicht gekommen war. Dann erinnerte ich mich schwach daran, wie ich den größten Teil des Blutes in der vergangenen Nacht von meinem Schwert gewischt hatte, und ich nahm es jetzt heraus, säuberte und ölte es und steckte es wieder weg. Und dann, mit einem noch größeren Glücksgefühl, ging ich hinaus, um Ceincaled aufzusuchen.

Er war am besten Platz in der Reihe angebunden worden, man hatte ihn gut gebürstet, ihm Wasser gegeben und ihn mit Korn gefüttert. Aber er freute sich sehr, als er mich sah. Während ich ihn untersuchte, um nachzusehen, ob er irgendwie verletzt war, hörte ich den Pferdeknechten zu, die mir wegen meines tapferen Kampfes gratulierten. Dann tauchte Agravain auf.

Er rief meinen Namen, als er mich sah, rannte herüber und umklammerte mich in einer seiner Bärenumarmungen. Dann trat er zurück und grinste. »Ich hab' mir schon gedacht, daß du hier sein würdest«, stellte er fröhlich fest. »Bei der Sonne, Gawain, die ganze Angelegenheit sieht heute morgen noch genauso glänzend aus wie letzte Nacht.«

Ich schüttelte den Kopf. »Ich kann mich nicht daran erinnern. Was hätte ich auch sonst tun sollen? Bedwyr hat doch den Angriff befohlen, nicht ich.«

»Aber der Angriff wäre ohne dich fehlgeschlagen. Widersprich mir nicht, Bruder. Nimm einfach das Lob an. Du verdienst es.«

Ich grinste zurück. »Beim Licht, es ist ein Wunder. Artus wird mich jetzt akzeptieren.«

»Er wäre ein Idiot, wenn er es nicht täte, und er ist mit Sicherheit kein Idiot. Bei der Sonne und dem Wind! Sie waren in der Mitte und schlugen um sich, sie haben gestochen und geschnitten und geschoben und nichts fertiggebracht. Um die Mittagszeit hat Artus die Standarte selbst gepackt und uns zum Angreifen angefeuert, und wir dachten, wir hätten sie. Und dann hörten wir ein Geräusch, als ob der Himmel einstürzte, und als wir aufschauten, da kam doch tatsächlich die Reiterei heruntergestoben. Bei der Sonne, Artus war wütend – er dachte, ihr hättet nicht warten können –, aber da sah er, was los war. Wir alle glaubten, es könnte nichts mehr gewonnen werden, und die Sachsen lachten sogar und fielen ein bißchen zurück, um uns zuzusehen. Aber dann bist du aus dem Rest der Leute herausgesprengt, und du sahst aus wie CuChulainn. Du hast dieses Schwert gezogen – ich schwöre den Eid meines Volkes, es hat einen Schatten geworfen bis herüber zu mir –, und du hast es geschafft! Du hast ihren Schilderwald durchbrochen, und die anderen kamen hinter dir her und haben sie in Stücke gehauen.«

»Das . . . ja, daran kann ich mich erinnern. Aber, Agravain, was ist im Mittelfeld der Schlacht passiert?«

»Wir haben angefangen, uns die Lungen aus dem Leib zu brüllen und rannten gegen die Sachsen an. Das hat sie zurückgeworfen, bis sie über sich selbst gestolpert sind, um von uns wegzukommen. Und dann mußten ich und ein paar andere hinunter zur Brücke rennen, weil du sie mit deiner Gruppe genommen und dann wieder im Stich gelassen hast und weil Artus nicht wollte, daß die Sachsen über die Straße entkämen. Eine Zeitlang ist da hart gekämpft worden. Aber es war der Angriff der Reiterei, der die Schlacht gewonnen hat, und du warst derjenige, der am meisten geleistet hat. Darüber werden sie Lieder machen, Bruder!«

»Und ich bin froh«, sagte ich, denn wenn ich mehr gesagt hätte, dann hätte die Untertreibung noch schlimmer geklungen.

»Du sagst, du kannst dich nicht erinnern. Was meinst du damit?«

Ich erklärte, und er hörte sorgfältig zu. »Wie CuChulainn«,

sagte er und nickte. »Letzte Nacht habe ich mich schon darüber gewundert. In der Tat, es gibt genug, die in der Schlacht wenigstens ein bißchen verrückt werden.«

Ich nickte und fragte: »Wo ist Artus?«

Agravain überlegte. »Wahrscheinlich redet er gerade mit Unterhändlern von Cerdic und den anderen Sachsen. Oder er schläft. Er ist bis zum Sonnenaufgang wach gewesen.«

»Bis Sonnenaufgang?« Das kam mir unglaublich vor. Besonders, wenn ich mich an die Erschöpfung der ganzen Armee erinnerte. »Was hat er denn gemacht?«

»Ach, er hat versucht herauszufinden, was mit uns allen passiert ist. Aber wir können hingehen und nachsehen, ob er jetzt frei ist.« Agravain tätschelte Ceincaled vorsichtig am Nacken, und das Pferd ließ sich die Liebkosung gefallen. Dann gingen wir los. »Artus versucht immer, ehe er sich ausruht, jedes einzelne Mitglied der Runde aufzusuchen«, fuhr Agravain fort. »Er trifft sich mit Cei und Bedwyr und fragt nach denen, die verletzt wurden, und er versucht herauszufinden, ob die Betreffenden sterben oder schon tot sind oder nur verwundet oder vermißt. Dann geht er in die Krankenzelte und redet mit den Verwundeten, besonders mit den Sterbenden. Und er sorgt dafür, daß die Ärzte alles haben, was sie brauchen, und daß die Verwundeten ordentlich versorgt werden.«

»Er ist ein großer König.«

»Der größte im Westen«, stimmte Agravain zu und lächelte breit. »Und dadurch ist er genau der richtige Herr für einen Krieger wie dich.«

Artus beratschlagte in der Tat gerade mit Emissären der Sachsen, als wir bei seinem Zelt ankamen. Wir gesellten uns zu den Männern, die Einzelheiten für Artus' Entscheidung zu berichten hatten, und warteten.

Bald, so sagte ich mir, würde ich einen Platz gefunden haben. Jetzt hatte ich bewiesen, daß Morgas unrecht hatte, und ich konnte aufhören, zu zweifeln und Fragen zu stellen. Was immer als nächstes geschah, ich hatte jetzt etwas, auf das ich mich verlassen konnte. Ich würde Teil der Runde sein, ein Diener des größten Königs in Britannien. Ich würde dem Mann dienen, der im Zentrum des Kampfes auf dieser Erde stand. Ich sah es schon vor mir: Artus würde mit den Sachsen aus dem Zelt heraustreten, Agravain und mich sehen und zu uns herübereilen. Er würde lächeln, wie er mich noch nicht angelächelt hatte, und er würde meine Hand nehmen ...

Die Zeltklappe ging auf, und Artus kam heraus, gefolgt von vier sächsischen Edlen und von Bedwyr. Der hielt ihm die Zeltklappe offen. »Es steht also fest?« fragte Artus.

»Die Bedingungen sind schwer«, sagte einer der Sachsen. Ich erkannte ihn als einen von Cerdics Männern. Sein Britisch war hervorragend.

»Das ist Ansichtssache. Ich halte sie für milde. Und du hast das vorhin auch gesagt. Habe ich eure Zustimmung?«

Der Sachse nickte bedrückt. »Morgen vormittag, auf der Straße bei der Brücke. Wir werden den Armring des Thunar mitbringen und den Eid darauf schwören.« Er hielt inne. »Mein Herr wird nicht erfreut sein.«

»Sag ihm, daß ich ihm große Ehre dadurch erweise, wenn ich ihn einen anderen Eid schwören lasse als den Rest meiner Untertanen. Es ist ja deutlich genug, daß euch der dreifache Eid im Namen des Vaters, des Sohnes und des Heiligen Geistes nichts bedeutet.«

»Die Bedingungen sind fair«, sagte ein anderer der Sachsen.

»Für dich vielleicht«, schnappte der erste. »Du sollst ja auch keine Länder abgeben ...«, und er fügte etwas auf sächsisch hinzu.

»Wenn dein Herr sich weigert, die Bedingungen anzunehmen«, sagte Artus, »dann muß er andere vorschlagen oder wieder kämpfen. Ihr habt freies Geleit aus meinem Lager, edle Herren.«

Die Sachsen verstanden die Andeutung, verbeugten sich höflich und gingen. Ein paar britische Krieger begleiteten sie. Artus seufzte und sah zu, wie sie verschwanden, und dann wollte er sich mit irgendeiner Bemerkung an Bedwyr wenden. Aber da sah er Agravain und mich.

Wieder weiteten sich seine Augen leicht, und der Schatten fiel über ihn. Wieder konnte ich die Finsternis zwischen uns spüren und Artus' Schrecken. Einen Augenblick lang standen wir beide da, als ob wir gefroren wären, und zum zweitenmal brach all meine Hoffnung zusammen. Sie zerkrümelte zu Staub, und mitten in meinen zerstörten Hoffnungen stand ich wie betäubt und voller Bitterkeit da.

Bedwyr folgte dem Blick seines Herrn, sah uns und runzelte die Stirn. Er berührte Artus' Arm, und der Hohe König nickte und ging zu uns hinüber. »Agravain«, sagte er und schlug meinem Bruder auf die Schulter. »Nimm meinen Dank dafür, daß du gestern die Brücke gehalten hast. Das war gut gemacht.«

Agravains Augen leuchteten auf, und er grinste. »Ich glaube, wir haben es geschafft, sie ein bißchen zurückzuwerfen, Herr.«

»Ein bißchen«, erwiderte Artus und lächelte zur Antwort. »Beim Himmel, du hast wie ein Löwe gekämpft, wie ein Wolf, der ein Rudel Hirsche in die Flucht schlägt.«

Agravain grinste noch breiter. »Vielleicht war das wirklich so. Und mein Bruder wird auch gelobt, denn er hat gefochten wie ein Falke. Wie ein Falke, der auf einen Taubenschwarm herniederstößt. Er hat den Schilderwall durchbrochen.« Artus sagte nichts. Er ließ die Hand sinken, und erst da bemerkte Agravain, daß irgend etwas nicht stimmte. »Gawain vor allen anderen verdient dein Lob«, sagte er, jetzt zögernder.

»Er hat meinen Dank«, sagte Artus nach langem Schweigen. »Dafür, daß er gestern überhaupt dabei war.«

Ich verbeugte mich leicht, denn ich traute meinen Worten nicht. In meiner Verwirrung und mit meinen verletzten Gefühlen wußte ich nicht, was ich dann vielleicht sagte.

»Was für eine Art Dank ist denn das?« fragte Agravain, der noch immer nichts verstand. »Herr, Gawain hat die Schlacht für uns gerettet.«

»Und dafür hat er meinen Dank. Ich erwarte, daß er jetzt mit Leichtigkeit einen anderen Herrn in Britannien finden wird.«

»Jeden außer dir selbst«, beendete ich den Satz für ihn.
Der Hohe König schaute mich wieder an. Seine Augen waren wie die Nordsee mitten im Winter. »Ich hätte es lieber gehabt, wenn irgendein anderer den Schilderwall durchbrochen hätte«, sagte er mit sehr ruhiger, gleichmäßiger Stimme. »Mit einer Niederlage wäre ich fertig geworden, aber ein Sieg mit den falschen Mitteln ist schlimmer als eine Niederlage. Ohne meinen Traum ist der Krieg sinnlos.«
»Da stimme ich zu, Pendragon«, sagte ich. »Und ich habe für deinen Traum gekämpft. Wenn ich auch nicht sagen kann, daß ich ihn völlig verstehe. Glaubst du wirklich, daß ich durch Zauberei den Schilderwall durchbrochen habe?«
Er mußte mir gar nicht antworten. Sein Blick reichte aus.
Agravain packte seinen Arm. »Was meinst du damit? Hat Gawain denn gestern nichts bewiesen? Er hat den Dank jeden einzelnen Mannes in der Runde verdient, den Dank von ganz Britannien. Von allen, die die Sachsen fürchten!«
»Ich habe ihm meinen Dank auch gegeben«, sagte Artus, noch immer ruhig, aber mit scharfer Kälte. »Das allein ist schon mehr, als ich ihm geben will. Bitte mich nicht um mehr.«
»Du hast nichts getan! Bei den Göttern meines Volkes, wo bleibt deine berühmte Gerechtigkeit? Gawain hat bewiesen . . .«
»Nichts. Er hat nichts bewiesen, außer daß er Sachsen töten kann. Was wir schon wußten«, schnappte Artus. »Es steht dir nicht an, so mit mir zu sprechen, Agravain ap Lot.«
Agravain wurde rot. »Bei der Sonne! Ich hätte nicht übel Lust, mir einen anderen Herrn zu suchen, zusammen mit meinem Bruder. Einen Herrn, der uns . . .«
»Du kannst nicht gehen. Du bist Geisel, und ich behalte dich, so daß dein Vater seinem Eid treu bleibt.«
Agravain wurde erst weiß, dann rot vor Zorn. Er packte sein Schwert, und ich ergriff ihn am Arm. Artus schaute ihn nur an und bewegte sich nicht, und Agravain ließ langsam die Hand wieder sinken. Er starrte Artus an.
»Warum?« fragte ich.

Der Hohe König wußte, was ich damit meinte. »Das weißt du schon, Sohn des Lot. Du weißt es sehr gut, allzu gut. Und wollte Gott, es wäre anders!« Er drehte sich auf dem Absatz um und ging. Er schritt zurück in sein Zelt, und diejenigen, die noch Dinge für ihn zu erledigen hatten, traten beiseite und wagten es nicht, ihn anzusprechen.

Aber ich wußte nicht, was er meinte, und Agravain auch nicht. Mein Bruder stand da und starrte seinem König nach, während er dauernd seine Fäuste ballte und wieder entspannte.

»Bei der Sonne«, flüsterte er endlich mit würgender Simme. »Daß er das kann, er . . .« Er drehte sich abrupt um. »Gott, warum?«

»Das weiß ich nicht«, meinte Bedwyr müde. Er war bei uns geblieben.

»Still«, sagte ich zu Agravain. »Gegen dich hat er ja nichts. Er war nur wütend über mich.«

»Aber warum?« fragte Agravain zornig. »Du hast ihm doch geholfen, den Sieg zu erkämpfen. Du hast für ihn gefochten, du hast dein Leben riskiert. Welchen Grund hat er denn, zu glauben, daß du es durch Zauberei geschafft hast? Irgendwie hat er dir von Anfang an mißtraut, Gawain. Und viel mehr Grund hätte er gehabt, mich zu hassen. Ich habe die Waffe gegen ihn erhoben, als ich an Vaters Seite kämpfte, aber als ich seine Geisel wurde, da war er großzügig zu mir und hat niemals erwähnt, daß ich Gefangener war, der Sohn seines Feindes. Ehe ich mich der Runde anschloß, hat er mir sogar einen Diener gestellt, der mir Britisch beibrachte, und er hat mich mit aller Höflichkeit und allem Edelmut behandelt. Aber als du kamst, du, der du nie gegen ihn gekämpft hast, als du Dienst bei ihm suchtest und ihm einen großen Sieg errungen hast, da hat er dich weggejagt wie einen streunenden Hund. Ich verstehe das nicht. Ich kann es einfach nicht verstehen.«

»Ich auch nicht«, meinte Bedwyr. »Ich habe in der vergangenen Nacht mit ihm geredet, als er kam und Auskunft über meine Männer haben wollte. Er konnte gar nicht warten, um mich für meine Führung der Reiterei zu loben. Ich kenne ihn jetzt seit Jahren, und ich glaube ... Nein. Es ist nicht unbekannt, daß irgend etwas ihn immer bedrückt hat. Manchmal habe ich ihn vorgefunden, wie er still dasaß und ins Nichts starrte, ganz anders, als wenn er Pläne schmiedet. Aber dann hatte er genau den Blick, den er eben gezeigt hat, und ich wage es dann nicht, mit ihm zu reden. Gawain, bist du sicher, daß du ihn nicht schon einmal gesehen hast?«

»Noch nie.«

»Gestern abend habe ich deinen Namen erwähnt und dich gelobt. Und da hat Artus mir das Wort abgeschnitten. ›Ich kann es nicht‹, hat er mir gesagt. ›Der Mann ist ein Zauberer und der Sohn einer Zauberin. Er hat mir einen Sieg gegeben, aber durch Zauberei, durch Wahnsinn und Finsternis. Ich kann ihn nicht in meine Familie aufnehmen und ihm trauen.‹ Artus war so müde, so unglücklich und so sicher. Agravain, dir gegenüber wird er sich später entschuldigen.«

Agravain nickte. »Aber was ist mit Gawain?«

Ich schaute die beiden an und dachte nach. Irgendwie hatte der Hohe König ja recht. Ich hatte nichts getan, außer Sachsen umzubringen, und der Wahnsinn, der mich überfallen hatte, und das Feuer im Schwert konnten leicht wie Zauberei aussehen – ja, wirklich, für jeden mußte das so wirken. Niemand kämpft mit dem Schwert allein ... das hatte Bedwyr gesagt. Und im Endeffekt waren die Gründe genauso wichtig. Und Artus konnte nicht wissen, welche Gründe ich hatte, für ihn zu kämpfen. Was aber konnte ich tun, um sie ihm zu zeigen? Ich dachte an all das, was ich von der Runde und Artus gesehen hatte. Es war kein gewöhnliches Heer, und das kam nicht nur daher, weil die Krieger so tapfer waren. Ein gemeinsamer Stolz verband sie alle, eine gemeinsame Liebe und eine gemeinsame, halbverstandene Vision. Wie hatte ich glauben können, solch einer Gruppe nur durch Kraft meines Armes beizutreten? Ich war ein Narr gewesen, weil ich gedacht hatte, ich könnte jedes Problem mit der Schwertklinge lösen.

Dann fiel mir der Traum wieder ein, den ich in Camlann gehabt hatte. Wieder sah ich Artus im Schatten der Königin. Wohin ich mich auch wandte, immer tauchte sie auf, als ob alle Schatten ihre Schatten wären. Sie besaß noch immer einen Teil von mir, eingeschlossen in Bande, die mit Blut geschmiedet waren. Ich konnte nicht frei sein, ehe ich ihr nicht wieder von Angesicht zu Angesicht begegnet war, ehe ich nicht das Band trennte oder mich für immer an sie kettete. Wie konnte ich zu Artus sagen: »Ich habe mich von der Finsternis befreit«? Die Finsternis hatte mich ja geformt. Ich hatte sie in der Vergangenheit besiegt, aber nicht durch eigene Kraft. Artus hatte einen Grund für seine Gefühle, und ich besaß nicht die Möglichkeit, seine Meinung zu ändern.

Die Erkenntnis, daß ich wieder verloren hatte, schmerzte mich. Jetzt war vielleicht alles verloren. Vielleicht sollte ich gehen. Wie Artus gesagt hatte, ich konnte leicht Dienst bei irgendeinem König in Britannien finden. Und wenn ich zu Urien Rheged hin . . .

Nein. Hierher war ich geführt worden, auf Artus hatte ich meine Hoffnungen gesetzt. Jetzt zu gehen, das bedeutete die Niederlage, die Aufgabe. Einen Augenblick kämpfte ich mit meinem inneren Schmerz, und dann schob ich ihn beiseite.

»Was wirst du tun?« fragte Bedwyr sanft.

»Ich mache weiter«, sagte ich den beiden. Ich schaute ihnen fest in die Augen.

Auch den Rest des Tages hätte ich noch herumlungern und müßig über allem brüten können, aber ich mußte zu den Krankenzelten. Denn ich hatte noch immer den Wunsch, meine Wunde behandeln zu lassen.

Als ich mich den Zelten näherte, hörte ich ein seltsames Geräusch, ein tiefes Dröhnen wie von einem Bienenstock. Ich blieb stehen und schaute Agravain fragend an. Bedwyr war mit Cei fortgegangen.

»Das sind die Verwundeten«, antwortete mein Bruder lässig. »Sie haben sich jetzt ein bißchen beruhigt. Lieber Gott, aber die Ärzte, die müssen vielleicht müde sein!«

»Was? Du meinst, die arbeiten noch immer, seit gestern abend?«

»Ach, das Schlimmste haben sie schon erledigt. Sie arbeiten in Schichten. Und jetzt, glaube ich, untersuchen sie diejenigen, die noch laufen können und kümmern sich um einige der Männer, bei denen sie gestern abend nicht ganz sicher waren. Weißt du, Männer, die mit einem angeschlagenen Arm ankommen und bei denen sie nicht entscheiden können, ob sie nun amputieren sollen oder nicht. Deshalb lassen sie sie erst einmal eine Weile in Ruhe. Es handelt sich auch um Männer, bei denen nicht sicher war, ob sie sterben würden. Die Ärzte haben sie deshalb liegenlassen und sich um die anderen gekümmert, bei denen ihre Kenntnisse nicht verschwendet sind.« Agravain zögerte. »Um die Wahrheit zu sagen, ich gehe nicht gern in die Krankenzelte, besonders nicht in diesem Stadium der Arbeit. Macht's dir was aus, wenn ich . . .«

»Nein. Ich komme später nach.«

Aber ich tat es nicht. In den Zelten war nicht genug Platz für alle Verwundeten, und diejenigen, die schon behandelt waren, hatte man nach draußen gebracht. Sie lagen auf dem Gras wie Fische nach einem Sturm auf dem Strand. Ihre Gesichter waren kalkig grau, und die Augen waren entweder glasig vor Resignation oder leuchteten unnormal. Manche der Männer waren verbunden, andere nicht. Kein Jäger erschreckt sich über Blut, aber es ist etwas ganz anderes, wenn derjenige, der mit aufgerissenem Bauch und heraushängenden Eingeweiden vor dir liegt, ein Mann ist und kein Hirsch. Es ist schrecklich, wenn man in diesem Zustand, im kühlen Tageslicht der Vernunft, einen Menschen liegen sieht. Die Schwerverwundeten waren ganz still. Hin und wieder stöhnte oder murmelte einer – es war ein furchtbares Geräusch. Und dieses Stöhnen und Murmeln war das Dröhnen gewesen, das ich gehört hatte. Einige Männer lagen still, schlafend oder tot. Andere, die weniger schwer verletzt waren, saßen ein wenig entfernt von den anderen da und redeten leise. Der ganze Ort roch nach Schmutz, Schweiß, Erbrochenem und den ersten Anfängen des Wundbrandes. Es war ein Geruch des Schmerzes. Ich bahnte mir mühsam meinen Weg durch die Reihen der Männer, und ich war jetzt nicht mehr sicher, warum ich eigentlich gekommen war. Einige der Männer sahen mich, während ich vorüberging, und winkten mir müde zu. Einen erkannte ich als einen Krieger aus Ceis Gruppe, und ich ging hinüber zu ihm.

»Wasser«, murmelte er. »Hast du Wasser?«

»Ich . . . ich versuche, dir etwas zu besorgen.« Mehrere der Männer um ihn herum begannen auch um Wasser zu betteln. Ich nickte. Ich hatte plötzlich den Wunsch wegzurennen, und dann fiel mir ein, wie leichtfertig ich an diesem Morgen das für sie bestimmte Wasser verbraucht hatte. Mir wurde schlecht.

Ich ging ins Zelt, stellte mich eine Zeitlang hin und starrte um mich. Einer der Ärzte, der gerade eine Amputation beendete, bemerkte mich. »Na, was willst du denn?« wollte er grob wissen.

»Ich . . . ich hab' nur einen Kratzer. Ich kümmere mich schon selbst darum.«

»Danke. Na, und jetzt, wo du dich entschlossen hast, worauf wartest du noch?«

»Draußen liegen ein paar Männer, die Wasser brauchen.«

»Draußen sind eine Menge Männer, die Wasser brauchen, aber hier drinnen sind noch mehr, die behandelt werden müssen. Ich habe nicht genug Hilfe. Und die Diener brauchen ihren Schlaf. Die Männer da draußen kriegen Wasser, sobald wir etwas mehr aus dem Fluß bekommen können.«

»Soll ich helfen?«

Der Arzt starrte mich an, musterte die reiche Kleidung und das goldbesetzte Schwert. Dann lächelte er langsam. »Eigentlich ja, Krieger – wenn du eine Ahnung hast, wie man mit einem Messer heilt, anstatt zu schaden.«

»Ich hab' es noch nie versucht, aber ich kann es lernen.«

Und ich lernte, bis fast Mitternacht. Nur wenige Krieger wissen von der Schlacht, die in den Krankenzelten geschlagen wird, wenn die Kämpfe vorüber sind. Sie erfahren nur davon, wenn sie selbst es erleben. Es ist eine harte Schlacht, so wild und rücksichtslos wie alles, was einem auf dem Schlachtfeld begegnen kann, und die Schlacht verlangt genausoviel oder noch mehr Kenntnisse als der Kampf auf dem Schlachtfeld. Morgas hatte mich im Gebrauch von verschiedenen Kräutern unterrichtet, und eins ihrer Bücher handelte von den Eigenschaften der Pflanzen. Aber damals hatte ich der Anwendung von Medizin nicht viel Aufmerksamkeit geschenkt. Ich hatte gelernt, das Schwert und das Messer zu benutzen, aber ich hatte kaum bemerkt, daß beides auch dazu benutzt werden konnte, um Leben zu retten. Dies zu erfahren, das war gut.

Kurz vor Mitternacht schob ich mir das Haar aus den Augen und schaute mich um. Ich stellte fest, daß es nichts mehr zu tun gab. Diener und Verwandte der Verwundeten waren damit beschäftigt gewesen, jeden herauszubringen, der das vertragen konnte, und den anderen hatten sie es bequem gemacht. Auch diese Arbeit war jetzt fast beendet.

»Du gehst jetzt besser und ruhst dich aus«, sagte Gruffyd, der Arzt, mit dem ich am Anfang gesprochen hatte. »Es sei denn . . . du hattest doch irgend etwas. Deswegen bist du doch ursprünglich hergekommen.«

»Es ist nichts – nur ein Kratzer. Ich wollte mich nur gegen den Brand schützen.«

»Ein kluger Gedanke. Laß mich mal nachsehen.«

Er schaute sich die Wunde an und schüttelte den Kopf. »Nein, wirklich. Wie kannst du das denn für nur einen Kratzer halten? Das geht ja bis auf den Knochen, da und da.«

»Ja?« Ich war überrascht. »So tief sah mir der Schnitt nicht aus, und er hat kaum weh getan.«

»Nun, er scheint wenigstens nicht viel geblutet zu haben . . . Cadwallon, etwas Salbe und eine Bandage.« Er hielt inne und warf mir einen Blick zu. »Du bist doch nicht etwa ein Berserker?«

»Ein was?«

»Ein Berserker. Das ist ein sächsisches Wort. Damit ist einer gemeint, der im Kampf wahnsinnig wird. Die Kraft verdoppelt oder verdreifacht sich, und diese Leute sind gefährlich.«

»Ich bin wirklich in der Schlacht verrückt geworden. Woher wußtest du das?«

Gruffyd grinste. »Nun, selbst hier drinnen haben wir gehört, daß du auf eigene Faust einen sächsischen Schilderwall angegriffen hast« – wir hatten bei einer schnellen Mahlzeit wenigstens die Namen ausgetauscht – »und das war wahnsinnig genug. Aber abgesehen davon hat die Wunde nicht so viel geblutet, wie das nötig gewesen wäre. Ich habe so was schon mal gesehen, aber nur bei Männern, die in der Schlacht verrückt werden.« Er begann, die Wunde zu reinigen. Es stach. »Wir haben alle möglichen Gerüchte über dich gehört – die Anderwelt und Magie, ganz wilde Geschichten. Aber solchen Unsinn erzählt man gewöhnlich von Männern, die Berserker sind. Da hast du also deine Erklärung.« Er rieb etwas Salbe in die Wunde ein. »Obwohl ich diesen Berserker-Wahnsinn für eine ganz unheimliche Sache halte. Leute, die davon befallen sind, schäumen normalerweise aus dem Mund, und sie können Freund nicht mehr von Feind unterscheiden. Zu anderen Zeiten können sie aber auch ausgesprochen sanftmütig sein.« Er blickte aus zusammengekniffenen Augen zu mir auf.

»Niemand hat mir gesagt, daß ich aus dem Mund schäume. Ich glaube nicht, daß es bei mir das gleiche ist.«

»Die Sache ist gefährlich. Das meine ich wenigstens. Ich habe einmal einen Mann gesehen, der in der Schlacht verrückt wurde, und er torkelte hinterher hier herein, mit Wunden, in die man die Faust stecken konnte. Sagte, er hätte noch nicht einmal bemerkt, wo er sie empfangen hatte. Es war ein Wunder, daß der noch stehen konnte. Eine Stunde später ist er gestorben. Nein, das ist keine angenehme Sache, dieser Wahnsinn.«

»Ich freue mich darüber. Es ist eine Gabe.«

Gruffyd warf mir einen forschenden Blick zu, aber ich hatte nicht den Wunsch, von »der Anderwelt und der Magie« zu sprechen. Also sagte ich nichts. Er legte mir den Verband an. »So, das ist erledigt«, sagte er, richtete sich auf, streckte sich und schaute mich dann wieder an. Vielleicht willst du noch mal zurückkommen und mir helfen, später, nach einer Schlacht. Nein, natürlich nicht sofort nach der Schlacht. Wenn du den Wahnsinn hast, dann brichst du anschließend wahrscheinlich zusammen. Aber später. Ich wäre froh, wenn du wiederkämst. Du hast den Instinkt eines Chirurgen, und das brauchen wir heutzutage.«

»Ich danke dir«, antwortete ich. »Dann werde ich kommen.«

Als ich ging, fühlte ich mich sehr glücklich, und die Worte des Arztes freuten mich mehr als alle Lobreden, die mir die Krieger zuteil werden ließen. Selbst wenn Artus mich abgelehnt hatte, ich hatte in zwei Schlachten gekämpft, und ich hatte gut gekämpft.

Am Vormittag des nächsten Tages kämpfte Artus in einer anderen, ganz privaten Schlacht auf der östlichen Seite der Brücke über den Bassas. Es war ein seltsamer Kampf, bei dem man nicht wußte, wo der Feind war.

Der Hohe König traf Cerdic und die beiden anderen sächsischen Könige in Begleitung der Unterkönige Constantius von Dumnonia und Eoghan von Brycheiniog. Außerdem waren noch vierzig Krieger bei ihm. Jeder der sächsischen Könige hatte ein Dutzend Männer mitgebracht, denn das hatte Artus erlaubt. Also war die Gruppe sehr groß. Dennoch konnte man fest glauben, daß nur zwei Männer da waren: Artus und Cerdic.

Auf Bedwyrs Einladung ging ich mit Artus' Gruppe, aber ich hielt mich im Hintergrund, damit ich nicht bemerkt wurde. Cerdic allerdings ließ seine Blicke über Artus' Männer gleiten, bis er mich sah, und eine Minute fixierte er mich, ehe er Artus anschaute. Der Hohe König hatte währenddessen Cerdic die ganze Zeit gemustert.

Cerdic verbeugte sich im Sattel seiner Fuchsstute und lächelte ein wenig. »Ave, Artorius Augustus, insularus draco, imperator britanniarum«, sagte er auf lateinisch. Und Artus' höchste Titel sprach er in spöttischem Tonfall aus.

»Ich grüße dich, Cerdic, Küning der Westsachsen«, erwiderte Artus. »Es freut mich, daß du meinen Status anerkennst.«

»Ich erkenne deine Kraft an, Imperator«, sagte Cerdic noch immer auf Latein. »Du hast einen Sieg gewonnen.«

»Den du ins Gegenteil zu verkehren gedenkst, vielleicht in ein paar Jahren?«

Cerdic lächelte und wechselte das Thema. »Ich mag diese Bedingungen nicht, die du mir da anbietest.«

Artus lächelte zurück. Ein gewisses Licht leuchtete in seinen Augen. »Dann biete mir deine Bedingungen an, König der Westsachsen. Ich will mein Äußerstes tun, um gerecht zu allen meinen Untertanen zu sein, selbst wenn sie ungehorsam gewesen sind.«

»Das ist genau der Teil der Bedingungen, den ich am meisten mißbillige«, schnappte Cerdic. »Die Westsachsen sind kein Volk, das dem Kaiser der Britannier untertan ist.«

»Alle Provinzen von Britannien sind einem Kaiser untertan«, antwortete Artus. »Wenn du mir nicht untertan sein willst, dann kannst du ja gehen.«

Cerdic spuckte. Das rote Feuer brannte in seinen Augen. »Ich habe mein Volk hierhergeführt, Drache . . .«

»Und ich bin gewillt, das anzuerkennen.«

» . . . und es ist mein eigenes Volk, es gehört nicht dir oder irgendeinem anderen Britannier oder Römer.«

»Ich sehne mich nicht besonders danach, König der Westsachsen oder Protektor von Dyfed zu sein. Aber ich bin der Kaiser.«

»Ich habe etwas anderes gehört, aus dem Munde von Britanniern.«

»Außer dir, Cerdic, habe ich noch andere ungehorsame Untertanen«, lächelte Artus wieder, jetzt noch strahlender. »Komm, du weißt, daß du am Ende doch auf meine Bedingungen schwören wirst, genau wie die anderen sächsischen Könige. Warum müssen wir hier länger in der Hitze stehen als notwendig?«

Cerdic runzelte wütend die Stirn, aber ein schwacher Ausdruck der Verwirrung zeigte sich jetzt in seinem Gesicht. »Und ich muß dazu schwören, daß ich deinen Anspruch auf das Imperium anerkenne, daß ich keine Usurpatoren unterstützen und auch keinen Krieg gegen dich führen werde, daß ich meine königlichen Streitkräfte von Searisbyrig nach Winceastra zurückziehen und nicht mehr als zwanzig Mann zur Bewachung der Grenze zurücklassen darf, einer Grenze, die bei Wilton liegen soll? Und ich muß meine Ansprüche auf alle Ländereien westlich dieser Grenze aufgeben und dir jedes Jahr gehorsam Tribut zahlen?«

»Warum nicht? Das meiste des Landes östlich von Sorviodunum ist sowieso dünn besiedelt. Und was deinen Gehorsam betrifft und die Zahlung des Tributs, so wirst du diesen Eid doch nicht besser halten als deine Genossen. Ich aber habe dadurch eine bessere Entschuldigung, Krieg gegen dich zu führen, wenn du ihn brichst.«

Cerdic lächelte fast zur Antwort auf Artus' stille Belustigung. Aber er beherrschte sich. »Und was ist mit meinen Mitkönigen?«

»Wie schon beschlossen, werden sie ihren Eid erneuern, in einer neuen Form. Und sie werden zusätzlichen Tribut für die nächsten paar Jahre zahlen, als Wiedergutmachung für ihren Aufstand.«

Die beiden sächsischen Könige schnauften. Sie hatten seit Uthers Tod keinen Tribut mehr gezahlt, und offensichtlich hatten sie auch nicht vorgehabt, das zu tun. Sollte allerdings Artus' Kampagne im Norden weniger Zeit in Anspruch nehmen, als man erwartete, dann schickten sie vielleicht doch etwas.

»Wenn die sächsischen Völker dem Kaiser untertan sind wie jetzt die britischen Provinzen«, begann Cerdic wieder, »dann sollten sie auch den gleichen Eid schwören.«

»Mir ist klargeworden, daß Sachsen Heiden sind. Es hat für sie deshalb keine Bedeutung, wenn sie bei der Erde, dem See und dem Himmel im Namen des Vaters, des Sohnes und des Heiligen Geistes schwören. Wenn du jetzt deinen Eid brichst, dann wirst du das vor deinen eigenen Göttern verantworten müssen und nicht vor den Göttern von Fremden.«

Cerdic runzelte wieder die Stirn, und diesmal berührte er sein Schwert. Er begegnete Artus' Blick, und lange schaute er ihm in die Augen. Dann lächelte er, aber nicht wie vorher, und ich hatte dieses Lächeln in den beiden Wochen, während derer ich sein Höriger gewesen war, auch nicht gesehen.

»Du bist genau das, was sie immer von dir sagen, Artus ap Uther«, sagte er und sprach jetzt britisch. »Ich begreife nicht, warum du es nötig hast, Zauberer für dich arbeiten zu lassen.«

»Bei mir sind keine Zauberer.«

»Wirklich ...?« Cerdic schaute wieder zu mir hinüber.

Artus schüttelte den Kopf. »Gawain ap Lot ist nicht mein Krieger.«

Cerdic hob die Augenbrauen. »Nein, wirklich. Ich wünschte, ich könnte bei dieser Behauptung genauso sicher sein. Zauberei verleiht möglicherweise Macht, aber Zauberer sind nicht verläßlich – und gefährlich.«

Ich fragte mich, warum Cerdic und Aldwulf sich wohl getrennt hatten. Anscheinend nicht in Freundschaft, denn Cerdic sprach seine Worte etwas heftig aus.

»Ich bin froh, daß wir in dieser Hinsicht gleich denken. Hast du also noch weitere Bedenken zu meinen Bedingungen?«

Cerdic seufzte und begann, wegen der wörtlichen Fassung des Eides zu handeln. Dann hörte er abrupt auf. »Nein. Warum sollten wir damit weitermachen? Wir wissen beide, daß ich dir den Eid schwören werde und daß ich ihn breche, wenn es mir paßt. Pendragon, wenn ich das nächstemal gegen dich kämpfe, dann kannst du es Aufruhr nennen anstatt Invasion. Ich glaube, du wirst nur einen kleinen Unterschied zwischen den beiden Ausdrücken finden.« Cerdic schwang sich vom Pferd und machte einem seiner Männer ein Zeichen. Der Krieger ritt heran und saß ab, und Cerdic nahm von ihm eine große hölzerne Dose entgegen, die mit Runen bedeckt war. Auch Artus stieg vom Pferd und wartete.

»Das ist Thunars Armreif«, sagte Cerdic. »Wir haben ihn von Thunars Tempel im Nordosten von Gallien hergebracht.

Er ist sehr alt und heilig.« Er öffnete den Kasten und nahm vorsichtig einen gewaltigen Reif aus Gold heraus. Auch dieser Reif war mit Runen bedeckt, und er war schwer. Er maß etwa zwei Handlängen im Durchmesser. Cerdic schaute den Reif einen Augenblick an, und dann lächelte er fröhlich. »Thunar ist ein Krieger, wenn er ein Gott ist. Er versteht genau, was es mit Eiden auf sich hat.«

»Schwöre also den Eid, wenn du Thunars Verzeihung sicher bist.«

Cerdic zögerte und drehte den Reif in den Händen. Dann wandte er sich zu den anderen Königen um und machte ihnen höfliche Handzeichen, damit sie zuerst schworen.

Auch die anderen beiden saßen ab und kamen nach vorn. Es waren Aeduin von Cantware und Eo von den Südsachsen. Beide knieten abwechselnd nieder, zogen das Schwert und schworen auf das Schwert und den Armreif. Sie schworen bei Thunar und Tiw und Wodan, und der Eid war im Prinzip der gleiche wie der, der dem Hohen König von allen anderen Königen geschworen wurde. Die beiden waren älter als Cerdic. Sie waren daran gewöhnt, Eide zu schwören und sie zu brechen. Und Eide, die man den Briten schwor, wurden besonders leicht gebrochen. Bei dem neuen war es schwieriger, aber Thunar hatte ja auch mindestens einmal sein Wort gebrochen, und man konnte ja neue Schwerter kaufen, falls die Waffen, auf die man geschworen hatte, einen in der Schlacht betrogen. Als die beiden anderen fertig waren, zog auch Cerdic das Schwert, trat nach vorn und schaute Artus an, der jetzt den Armreif hielt.

Der Tag war bewölkt, aber in diesem Augenblick brach die Sonne durch die Wolken, und der nackte Stahl an Cerdics Schwert glänzte hell in ihrem Licht, während der Armreif warm aufglühte. Cerdic lächelte breit, aber in seinen Augen war ein dunkles Funkeln, das ich schon gesehen hatte. Ich bekam plötzlich Angst, und ich hörte auf, mir über die Worte der Könige Sorgen zu machen. Ich legte meine Hand auf Caledvwlch.

Aber ehe auch nur jemand denken konnte, machte Cerdic plötzlich einen Schritt nach vorn, hob sein Schwert und setzte die kalte, blitzende Spitze an Artus' Kehle. Constantius von Dumnonia stieß einen Schreckensschrei aus, und Bedwyr senkte den Speer und trieb sein Pferd näher heran. Dann wurde ihm klar, daß er nichts ausrichten konnte, und er zügelte mit bleichem Gesicht sein Tier. Cerdics Gruppe drängte sich mit gezogenen Schwertern vorwärts. Cerdic lächelte; die Finsternis erfüllte ihn, gemischt mit einem seltsamen Strahlen.

»Ich bin heute morgen hierher gekommen, um dich zu töten, Pendragon«, flüsterte er.

Artus war zuerst zusammengezuckt, aber jetzt schaute er Cerdic ruhig über das leuchtende Metall an. Das Licht in seinen grauen Augen weckte mein Erstaunen. »Die meisten meiner Schwierigkeiten wären beseitigt, wenn ich tot wäre«, sagte er im Unterhaltungston.

»Allerdings«, meinte Cerdic. »Und ein Krieg trägt sehr dazu bei, die Moral zu senken. Selbst Wodan, der König unserer Götter, glaubt fest daran. Verstehst du das, Imperator?«

Ich hörte, wie Bedwyrs Atem in der Stille zischte, und ich sah, wie er den Griff an seinem Speer wechselte und sich darauf vorbereitete, ihn zu schleudern, wenn Cerdic sich rührte. Aber Cerdic wandte nicht einmal seinen Blick von Artus ab.

»Wenn du tatsächlich vorgehabt hättest, mich umzubringen«, meinte Artus, »dann hättest du es jetzt schon getan, und zwar schnell.« Er trat beiseite und packte Cerdics Schwerthand.

»Richtig«, sagte Cerdic. Er senkte das Schwert, bis seine Spitze den Boden berührte, und Artus' Hand legte sich auf Cerdics Hand am Heft. »Unglücklicherweise, Pendragon, Bastard oder nicht, unglücklicherweise bist du ein zu großer König und ein zu machtvoller Mann. Artus von Britannien, wir wollen Feinde sein, aber wir wollen nicht wie Wölfe kämpfen.« Er ließ sich auf ein Knie nieder, streckte die linke Hand aus, um die andere Seite des heiligen Armreifs zu ergreifen, und schwor bei Thunar, Tiw und Wodan und bei der Erde, der See und dem Himmel, all seine Eide Artus gegenüber zu halten. Er erkannte ihn als Hohen König von Britannien an, und er nannte sich selbst seinen Untertan.

Artus lächelte, als er den dreifachen Eid hörte, und als Cerdic die Eidesformel beendet hatte, schwor er den Eid zur Antwort. Er schwor, die Rechte seines Unterkönigs nicht zu beschneiden und das Königreich seines Tributpflichtigen gegen alle Feinde und Invasoren zu sichern. Er beendete die Worte mit einem persönlichen Eid: »Und ich schwöre, dein Land zu einem Teil des Reiches von Britannien zu machen und für seinen Fortbestand zu sorgen, in Gerechtigkeit und im Licht, so wahr mir Gott helfe.« Dann ließ er den Armreif los.

Cerdic nahm ihn zurück, steckte sein Schwert wieder in die Scheide. Cerdics Männer wirkten verwirrt, und Artus, der schlaff vor Erleichterung war, kämpfte selbst ein wenig mit seiner Verwirrung.

»Wenn wir uns wiedersehen, Artus Pendragon«, sagte Cerdic, als er sein Pferd wieder bestiegen hatte, »dann hoffe ich, daß alles umgekehrt sein wird. Und bei Thunars Hammer, ich glaube, es wird so sein. Bis dann, leb wohl. Ich bin froh, daß ich dich kennengelernt habe.«

»Wenn es bis dahin dauert, Küning Cerdic, dann werde ich für immer wohl leben – auch ich bin froh, daß ich dich kennengelernt habe.«

Auf dem ganzen Weg zurück zum Lager lächelte Artus.

Ein paar Tage später brachten wir Wagen und luden unsere Verwundeten darauf, und dann kehrte die Runde nach Camlann zurück. Die anderen Könige und Heerhaufen zogen wieder zu ihren Festungen und die Bauern aus den Armeen in ihre Felder. Anderthalb Wochen lang genoß die Runde die Beute und zählte die Lösegelder der Sachsen, verschmerzte die Verluste und erholte sich, und dann ritten wir wieder. Wir ritten auf der Hauptstraße nach Norden, nach Rheged.

15

Die Reise hätte für mich eigentlich angenehm sein sollen. Ich hatte mich in der Schlacht gut geschlagen, und dadurch hatte ich die vollste Anerkennung der Männer der Runde gewonnen. Die Krieger lehnten zwar wie Gruffyd, der Chirurg, meine Geschichten von »Anderwelt und Magie« ab und hielten sie für einen Nebeneffekt des Schlachtenwahnsinns, aber sie boten mir ihre Kameradschaft offen an, mit Bewunderung und ohne Furcht. Zauberische und übernatürliche Ereignisse, so meinten sie, konnte man beim »Wahnsinn« erwarten, aber ich wurde dadurch nicht unnatürlich. Meine Wunde heilte sauber zu und machte mir keine Schmerzen. Das Wetter war schön, und im Glanz unseres Sieges wirkte auch das Land freundlich, durch das wir ritten. Wir hatten keine Eile, wir hielten bei jeder größeren Festung und wurden dort bewirtet. Ich hatte auch Geld. Obwohl ich nicht Mitglied des Heerhaufens war und von dem beträchtlichen Anteil an Raub, den der Überfall ergeben hatte, keinen Anteil beanspruchen konnte, hatten mir sowohl Eoghan von Brycheiniog als auch Constantius von Dumnonia Geschenke gegeben, und einige der edlen Krieger taten das gleiche. Eoghan besonders überhäufte mich mit großen Geschenken und üppigen Lobreden, und er versuchte mich dazu zu überreden, in seine Truppe einzutreten. Ich weigerte mich, und das freute die Krieger um Artus.

Auf dem Weg nach Rheged mußte ich noch zwei weitere Angebote dieser Art ablehnen. Eins kam von Rhydderch of Powys, bei dem wir zwei Tage gewohnt hatten, und das andere kam von Maelgwyn Gwynedd. Der schickte einen Boten an Artus, während wir uns in Dinas Powys aufhielten, und übermittelte viel zu spät und in beleidigendem Ton Glückwünsche zu unserem Sieg. Nachdem der Bote seine Nachricht abgegeben hatte, sprach er mit mir unter vier Augen. Er kritisierte mit gespielter Sympathie Artus' Ungerechtigkeit, ehe er sein Angebot machte. Es gab mir große Befriedigung, dieses Angebot abzulehnen, was bei Rhydderch nicht der Fall gewesen war.

Diese Angebote selbst waren einer der Gründe, warum ich die Reise nicht genoß. Artus wollte mich immer noch nicht, und ich konnte ihm nicht folgen wie ein streunender Hund. Ich war ein Krieger geworden, und ich hatte für Artus gekämpft, aber ein Krieger muß einen Herrn haben. Es bedrückte mich, daß es so leicht war, irgendeinen Herrn außer Artus zu finden. Alle Könige in Britannien brauchten Krieger, besonders solche, die den Angehörigen der Runde Schach bieten konnten. Rhydderch of Powys verdiente seinen Spitznamen »Hael«, das heißt: der Großzügige. Er war, soweit ich das sagen konnte, auch ein großer König und ein guter Herr. Er bekämpfte die Sachsen genau wie Artus, wenn auch weniger spektakulär. Ich wollte eigentlich sein Angebot nicht ablehnen, denn es entsprach seinem Spitznamen.

Ich fühlte mich sehr einsam. Ich gehörte dazu und gehörte doch nicht dazu. Ich wünschte mir, jemand hätte mich verstanden, jemand hätte mir geglaubt, was ich sagte. Vorher, da hatte ich Medraut gehabt. Um Medraut hatte ich insgeheim getrauert, besonders wenn ich versuchte, Agravain das eine oder andere zu erklären. Agravain verstand mich einfach nicht. Ich hatte den Wunsch, mit Bedwyr über seine Philosophie und seine Bücher zu sprechen, aber der war dauernd entweder mit Artus oder mit Cei zusammen, und genau diese beiden mieden mich soweit wie möglich. Mit Taliesin konnte ich stundenlang reden, aber selten sagten wir viel, abgesehen von dem, was er über Lieder zu sagen hatte. So lebte ich, wie Taliesin gesagt hatte, in Unsicherheit und brütete über meinen eigenen Gedanken. Ich dachte über die Männer nach, die ich getötet hatte, und über Artus' Zorn und über Morgas und über die Finsternis. Es war keine angenehme Reise für mich.

Gegen Ende allerdings gefiel es mir mehr, als wir den Hadrianswall überschritten und in Rheged einritten. Die Straße war hier viel schlechter, und die Gegend war dicht bewaldet. Dadurch wurde das Reisen schwierig, aber ich mochte das Land lieber als Südbritannien. Nordbritannien ist nie von den Römern erobert worden, und die Südbritannier nennen die aus dem Norden Barbaren. Sie übersehen die Tatsache, daß die Poeten aus dem Norden grundsätzlich besser sind als die aus dem Süden und daß nordbritische und irische Metallarbeiten in ganz Südbritannien begehrt sind, wann immer gallische Güter nicht zu bekommen sind. Rheged ist wahrscheinlich die stärkste Nation in Britannien. Seit Jahrhunderten ist Rheged immer wieder von Erin aus angegriffen worden, das nur in kurzer Entfernung jenseits der Irischen See liegt. Durch diesen dauernden Krieg wurden die Könige von Rheged gezwungen, starke Festungen zu bauen und sich ein starkes Heer zu halten. Die Clansmänner und Bauern sind harte, langsam sprechende Männer, die immer bereit sind, der Armee beizutreten und zu kämpfen. Jetzt verteidigt sich Rheged nicht nur gegen die Iren, sondern auch noch gegen die Sachsen und die Irisch sprechenden Leute als Dalriada im Norden, die im Land viel Gutes hinterließen und viele Sitten, die mir aus meiner Heimat wohlbekannt waren. Ich liebte dieses Land. Trotz seiner dichten Wälder wirkte es vertraut auf mich, und die Leute waren trotz ihrer Härte freigebig und offenherzig.

An einem kalten grauen Tag im August, in einem schweren Regenschauer, ritten wir zu Uriens königlicher Festung Yreckwydd hinauf. Der nackte Stein und das Holz der Mauern hoben sich scharf gegen den Himmel ab, und die Möwen schrien über der Festhalle, denn Yreckwydd überragt die Irische See wie Dun Fionn im Norden. Ich lauschte dem Klang der Wellen und erinnerte mich an die Festung meines Vaters, an meine Verwandten, an Llyn Gwalch. Mein Herz hämmerte, als ob ich heimkehrte. Ich schaute Agravain an, und auch der grinste. Wir lachten und begannen, auf irisch ein Lied an die See zu singen.

»Diese verrückten Iren«, murmelte Rhuawn und zog sich den Umhang um die Ohren. Wir lachten und sangen noch lauter.

Artus hatte natürlich Boten vorgeschickt. Wir wurden erwartet. Diener, die an den Toren standen, nahmen unsere Pferde in Empfang, und ein großes Feuer knisterte in der Halle. Urien selbst wartete am Tor, er war ein riesiger braunhaariger Bär von einem Mann mit einer lauten Stimme. Er hieß uns warm willkommen und gratulierte Artus zum Sieg. Dann dankte er ihm dafür, daß er Rheged zu Hilfe kam, und bat uns eilig in seine Halle. Er erklärte laut, daß niemand in solchem Wetter draußen bleiben sollte. Die Krieger hängten ihre durchweichten Umhänge am Feuer auf und setzten sich an den Tischen nieder, während Uriens Diener den Met brachten. Die Halle war überfüllt, obwohl Urien ein paar von seinen eigenen Männern hinausgeschickt hatte, damit Platz für uns war. Aber nachdem wir den Met gekostet hatten, vergaßen wir das alles. Nach dem Willkommensbecher folgte ein Fest, und es gab noch sehr viel mehr Met. Die Harfe wurde herumgereicht, und die Krieger sangen prahlerische Lieder über ihre Fähigkeiten und redeten laut darüber, wie sie die Nordsachsen vernichten würden. Taliesin sang ein Lied über die Schlacht am Bassas-Fluß, und man brüllte ihm laut Beifall. Zum erstenmal seit Wochen war mein Herz leicht.

Nach dem Lied rief Urien mich zu sich und gab mir einen Platz zu seiner Linken am Hohen Tisch. Ich sei ja schließlich sein Neffe. Ich dankte ihm, aber ich deutete an, daß auch Agravain sein Neffe war.

»Aber natürlich!« sagte Urien und schnippte mit dem Finger »Das ist der Name des anderen! Ich hab' immer gedacht ›Avairgain‹, und ich wußte, daß das falsch ist.« Urien rief Agravain auch zum Hohen Tisch. »Eure irischen Könige haben anscheinend alle den gleichen Namen. Entweder ist es Niall oder Eoghan oder Laeghaire für alle aus königlichem Clan.« Urien nahm einen tiefen Schluck aus seinem Trinkhorn und schüttelte traurig den Kopf. »Wenigstens hast du einen britischen Namen, Gawain. Und einen Namen, der sehr gut zu dir paßt, wenn Taliesin recht hat. Er hat bisher immer recht gehabt, also gibt es keinen Grund, das noch zu bezweifeln. Dieser Name, den muß dir deine Mutter ausgesucht haben.« Urien übersah völlig, wie Artus, Agravain und ich bei der Erwähnung meiner Mutter still wurden, und schenkte mir noch mehr Met ein. »Du hast einen vernünftigen Vater, weil er eine britische Frau geheiratet hat. Die Schwester meiner Morgan. – Wie siehst du denn die letzte Schlacht?«

»An das meiste erinnere ich mich nicht«, antwortete ich, zögerte und fügte dann hinzu: »Im Kampf überkommt mich ein Wahnsinn, Urien.«

Urien schaute mich einen Augenblick lang verwirrt an, aber dann ließ er das Thema mit einem Achselzucken fallen. »Wirklich? Ich wünschte, ein paar von meinen Kriegern würden auch verrückt in der Schlacht. Ich glaube, Drachen«, sagte er und wandte sich an Artus, »daß du die besten Kämpfer in ganz Britannien gestohlen und den anderen Königen den Rest übriggelassen hast – und außerdem ist dir auch noch mein bester Poet zugelaufen. Das tut mir noch immer leid! Ich werde nie wieder einen Barden finden, der Taliesin ersetzt – und ich werde jetzt langsam zum zahnlosen Löwen. Nein, lache nicht. Wenn du meinen Feldherrn kennenlernst, dann wirst du sehen, daß man darüber nicht lachen kann. Und mein Sohn . . .« Der König hielt inne. Ganz Britannien hatte schon von Uriens Sohn Owain gehört, der nach dem Gerücht ein Schwertheft nicht von einer Schwertspitze unterscheiden konnte. »Nun, wenn ich bessere Krieger hätte oder einen anständigen Feldherrn, noch vor einem Monat, als ich bei Aber yr Haf gegen die Scotti gekämpft habe . . .« Urien begann eine detaillierte Beschreibung dieses Kampfes.

Ich seufzte innerlich und hörte nur halb zu. Uriens Worte klangen, als ob er vorhätte, mir eine Stellung in seiner Truppe anzubieten. Er war mit Sicherheit kein zahnloser Löwe, aber er brauchte mehr Krieger. Und nach dem, was ich bis jetzt gesehen hatte, mochte ich ihn auch. Und mir gefiel Rheged.

Wenn ich bei Urien in Dienst trat, dann konnte ich Ehre gewinnen und trotzdem gegen die Sachsen kämpfen. Ich konnte Aldwulf bekämpfen, einen wirklich gefährlichen Mann, einen Mann, der viel eher mein Feind war als Cerdic. Aber Artus war es, der mit seinem Kampf einen Traum verwirklichen wollte, und wie er selbst gesagt hatte, war der Krieg ohne den Traum sinnlos. Ich beobachtete den Hohen König, als er begann, mit Urien darüber zu diskutieren, was man bei Aber yr Haf hätte tun müssen. Er benutzte Messer und Schüsseln dazu, das Land und die Streitkräfte darzustellen. Das flackernde Fackellicht glänzte auf dem Haar und glitzerte auf dem Gold seines Halsreifens. Sein Gesicht, das dem groben Schlachtplan konzentriert zugewandt war, schien das einzig Beständige in den wabernden Schatten der Halle zu sein. Neben Artus wirkte Urien so stumpf und rauh wie der Tisch aus Eichenholz. Ich nahm einen langen Schluck Met und stellte das leere Horn nieder. Ich betrachtete weiter Artus.

Einen Tag lang blieben wir auf Yreckwydd, ehe wir wieder nach Südosten zogen, um das sächsische Königreich Deira zu überfallen. Urien kam mit uns und nahm zwanzig seiner Männer mit. Die sollten nur eine Ehrenwache darstellen. Denn in Wirklichkeit wollte er beobachten, wie Artus' Truppe focht. Der größte Teil von Uriens Heer wurde zur Wache an den Küsten zurückgelassen.

Wir ritten schnell wie immer. Die Sachsen bemerkten gar nicht, daß wir uns im Norden ihres Landes aufhielten, bis wir schon wieder abgezogen waren. Wir nahmen ein paar hundert Kopf Vieh und Schafe mit und einen großen Teil Beute. Eine Festung, die einem ihrer Häuptlinge gehörte, und einen Teil des Geländes ließen wir vernichtet zurück. Als die Nachricht von unserem Überfall den König von Deira, Ossa Großes Messer, erreichte, war der wütend genug, um sofort einen Gegenschlag zu wagen. Wir waren schon in Ebrauc, als er mit seiner Truppe und den paar hundert Männern, die er in der kurzen Zeit hatte auftreiben können, auf uns anmarschierte.

Wir gaben Caradoc von Ebrauc die Schafe, die wir weggetrieben hatten, und als Gegenleistung erhielten wir die Unterstützung von Caradocs Truppe. Artus glaubte nicht, daß wir Caradoc brauchten, aber der britische König wäre beleidigt gewesen, wenn wir ohne ihn auf seinem Land einen Sieg errungen hätten.

Das Scharmützel – eine Schlacht konnte man es eigentlich nicht nennen – war kurz und wild. Die Fußtruppen trafen zuerst auf die Sachsen, wie gewöhnlich. Es war ein guter Angriff den Hügel hinab, angeführt durch Cei. Der Feind wurde schwer angeschlagen. Und wie gewöhnlich griff die Reiterei von der Flanke an. Die sächsischen Truppen gerieten in Panik, der Schilderwall war zerschlagen, und Ossa und seine Krieger, die geschickter waren, schafften es, sich zu sammeln und zurückzuziehen. Aber sie erlitten schwere Verluste, und wir verfolgten sie bis zur Grenze von Deira. Ich schlug einen sächsischen Häuptling nieder und gewann von ihm ein sehr schönes Kettenhemd. Das freute mich. Der Rest der Beute, auch das, was wir bei dem Überfall genommen hatten, ging nach Yreckwydd.

Sowohl Caradoc als auch Urien waren überrascht über die Geschwindigkeit und Gründlichkeit des Sieges. Es wurde viel gratuliert, und man gab sich große Geschenke, und Caradoc ließ ein Fest ansetzen. Es war ein besonders glanzvolles, und viel von dem sächsischen Hammelfleisch, das wir Caradoc gegeben hatte, wurde verzehrt. Es wurden auch große Mengen Met und Wein getrunken. Taliesin sang von dem Gefecht. Er sang Loblieder über die Lebenden und die Toten. Auch mir widmete er einen Vers: »Ich will das Lob singen dem Gawain – dessen Schwert ein Blitz war, ein Blitz über die Sachsen. Es leuchtete in der roten Flut, der Stolz der Schlacht . . .« Und so weiter. Urien trommelte bei diesem Vers auf den Tisch, und Artus schaute finster drein. Agravain, der das böse Gesicht sah, richtete sich wütend auf, und Cei grinste ihn sardonisch an. Immer wieder warfen die beiden einander während des Abends wilde Blicke zu.

Am folgenden Morgen schickte Caradoc einen Boten an

mich. Als ich Caradocs Gemach betrat, bot er mir eine Stellung in seinem Heer an. Ich lehnte ab.

Er runzelte die Stirn. »Ich habe Geschichten gehört, die mich dazu veranlaßt haben, dir ein Angebot zu machen«, sagte er mir mit seiner trockenen, ruhigen Stimme. Trotzdem hätte ich nicht gedacht . . . Was erhoffst du dir von deiner Ablehnung?«

Ich lehnte mich gegen die Wand und befingerte eine goldene Fibel, die ich im Kampf gewonnen hatte. »Ich erhoffe mir einen Platz in der Runde.«

Caradoc schüttelte den Kopf. Er war ein kurzgewachsener, scharf kalkulierender Mann, der mehr wie ein Mönch als wie ein König aussah. »Ich glaube nicht, daß du einen bekommst. Artus hat irgend etwas gegen dich. In der vergangenen Nacht habe ich mit ihm darüber gesprochen.«

Ich ließ die Hand sinken und stellte mich gerade hin. »Hat er dir gesagt, was er gegen mich hat?«

»Das weißt du nicht? Nein, er hat mir nur gesagt, daß er dich der Zauberei verdächtigt. Ich persönlich halte es für absurd, einen Krieger zu verdächtigen, der sich in der Schlacht bewiesen hat. Ich wäre gewillt, dir den zweiten Platz unter meinem Feldherrn einzuräumen, den Rang eines Tribunen . . .«

»Ich danke dir, Herr. Es ist ein edles Angebot, viel großzügiger, als ich es verdiene. Aber ich will auf Artus warten. Vielleicht ändert er seine Meinung noch.« Ich verbeugte mich vor Caradoc.

Der legte die Finger zusammen, starrte mich einen Augenblick an, lächelte dann trocken und nickte. »Du kannst es dir leisten, zu warten. Das glaube ich wenigstens. Sag mir, ist es nur die Kampflust und die Sehnsucht nach Ruhm, die Männer dazu veranlaßt, Artus ap Uther zu folgen? – Ich frage dies als König, als ein Mann, der mehr Männer braucht und nicht weiß, wie er sie kriegen soll.«

Ich schüttelte den Kopf. »Es ist nicht nur der Krieg und der Ruhm. Bran von Kleinbritannien war gewillt, sein Leben und das Leben seiner Gefolgsleute für Artus zu riskieren, damals, als er noch Uthers Bastard und nicht Hoher König war. Männer gehen zu ihm, weil er Artus ist . . . Er sagt, er will das Kaiserreich wiederherstellen.«

»Du bist kein Römer. Was bedeutet dir das Kaiserreich?«

»Sehr wenig«, gab ich lächelnd zu. »Aber das Reich, das Artus errichten will, bedeutet mir viel. Ich bin gewillt, zu warten und zu hoffen, bis Artus das einsieht.«

Caradoc seufzte. Es war ein kurzer, scharfer Seufzer des Überdrusses. »Das haben mir andere auch gesagt. Sie würden lieber für Artus kämpfen und verhungern, als bei anderen Königen hohe Ehren zu erringen. Und immer sagen sie, er sei ein ›großer Kaiser‹ oder ›er wird das Reich erneuern‹ oder ›er wird das Licht erhalten‹. Nun gut, Gawain von den Orkneys. Viel Glück, während du wartest!« Caradoc erhob sich und reichte mir die Hand. »Aber wenn du deine Meinung noch änderst, ehe Artus seine ändert, oder wenn du Urien nicht so gern folgen möchtest, dann halte ich dir deinen Platz bei mir frei. Du bist ein tapferer Mann und ein guter Krieger, und das hab' ich auch dem Pendragon gesagt. Ich glaube, dein Artus bereitet sich wieder auf die Abreise vor. Ich glaube, du gehst am besten zu ihm.«

Ich verbeugte mich tief und ging. Ich schloß leise die Tür hinter mir.

Da Ossa so bald nach dem ersten Überfall keinen zweiten erwartete, überfielen wir ihn doch ein zweites Mal. Wir nahmen das Gebiet im Süden des ersten Überfalls und konzentrierten uns auf das neubesiedelte Grenzstück. Ossa weigerte sich, den gleichen Fehler zweimal zu machen, und wartete darauf, bis er seine Armee vollzählig versammelt hatte. Dann marschierte er uns entgegen. Aber genau das war ein noch schlimmerer Fehler, denn er ließ seine königliche Festung, Cataracta, unter leichter Bewachung zurück, während er langsam in die Gegend zog, wo wir nach den letzten Berichten sein mußten. Wir aber umkreisten ihn, so schnell wir unsere Pferde treiben konnten, durch Ebrauc, ließen die Beute vom Überfall dort und drangen ins Herz von Deira vor. Wir nahmen Ossas Festung, transportierten all die angehäufte Beute nach draußen und brannten soviel wie möglich von der Festung nieder. Dann zogen wir uns wieder nach Caer Ebrauc zurück. Die Menge der Beute überraschte uns. Ossas Überfälle waren offenbar auch erfolgreich gewesen. Ossa hatte versucht, uns zu folgen, als er hörte, daß wir wieder in Deira waren, aber er kam zu spät nach Cataracta. Es war Erntezeit, und er mußte seine Armee entlassen und versuchen, den Schaden wiedergutzumachen. Auch seine Krieger mußte er beschwichtigen, denn die hatten ebenfalls ihre Güter verloren.

Urien war entzückt.

»Bei der Sonne und den himmlischen Heerscharen«, sagte er zu Artus, als wir wieder in Caer Ebrauc feierten. »Noch diesen Winter wirst du sie geschlagen haben!«

Artus schüttelte den Kopf. »Von jetzt an wird es schwerer werden. Sie wissen, wie schnell wir reiten können. Und ihrer Armee können wir noch immer nichts entgegensetzen. Das wissen sie. Ich glaube, sie haben gelernt, ihre Überfälle nicht zu tief in britisches Territorium hineinzuführen, weil wir sonst zurückschlagen. Aber sie werden sich jetzt schützen, und wahrscheinlich unternehmen sie kürzere Überfälle. Nun, wenn es so weitergeht – dann schaffen wir die Sachsen vielleicht bis zum Sommer.«

Urien lachte. »Zum Sommer? Ich kämpfe jetzt seit Jahren, und ich bin froh gewesen, daß ich mein Eigentum bis jetzt behalten konnte. Ja, du hast gute Krieger, die wissen, wie man einen Krieg führt. Dein Freund Bedwyr scheint mir in der Lage zu sein, die ›Familie‹ ganz allein zu führen« – Bedwyr, der wie immer in der Nähe Artus' saß, lächelte über das Kompliment, aber er machte eine abwertende Geste. »Und Cei ap Cynryr ist ein Mann, der in jeder anderen Truppe Feldherr sein könnte. Und Gereint und Goronwy und Cynan und mein Neffe Agravain, die haben sich ihren Ruhm auch wohl verdient, das ist doch klar. Keiner von meinen Gefolgsleuten kann es ihnen gleichtun. Außerdem muß ich meine Küsten bewachen, oder die dreimal verdammten Iren würden mir die Festung unter dem Hintern wegbrennen.« Urien machte eine Pause und nahm noch einen Schluck von Caradocs Wein. Dann schaute er Artus mit einem Glitzern in den Augen an. »Und Gawain ap Lot, der kämpft so gut, daß die Poeten Lieder darüber machen, auch wenn er nicht zur ›Familie‹ gehört.«

Artus zuckte die Achseln und wechselte das Thema.

Agravain starrte Artus wütend an und hackte dann finster auf das Stück Wildkeule los, das vor ihm lag. Cei wiederum starrte Agravain an, und beide warfen dann einen fragenden Blick auf Bedwyr. Bedwyr war sowohl Ceis als auch Artus' Freund, und Cei erwartete, daß der Bretone sich bei der Debatte um Artus' dauernde Ablehnung meiner Dienste auf seine Seite schlug. Viele der Krieger, die meine Art zu kämpfen bewunderten und die es für gut hielten, daß ich anderen Königen nicht dienen wollte, diskutierten endlos über Artus' Gründe und gaben ihm häufig die Schuld. Dadurch wiederum ergaben sich Zwistigkeiten unter den Kriegern. Bedwyr allein versuchte neutral zu bleiben, und Cei ärgerte sich über diese Neutralität.

»Ja, es ist wahr, Falke der Schlacht«, meinte Urien, während er Artus' Themawechsel ablehnte und sich mir wieder zuwandte. »Wie ist das Scharmützel verlaufen, das einen halben Tagesritt südöstlich von der Grenze stattgefunden hat? Ich war nicht dabei.«

Urien bedauerte es immer, wenn er einen guten Kampf verpaßte. Ich hatte ihm das Scharmützel schon erzählt und fragte mich, ob er mir wohl auch einen Platz in seinem Heer anbieten würde. Offenbar wartete er auf seine Chance, und ich glaube, daß er wie Caradoc Artus privat ein bißchen ausgefragt hatte. Aber offenbar glaubte er die Antworten nicht, die er bekommen hatte. Vielleicht wartete er darauf, daß ich müde wurde und Artus verließ, ehe er sein Angebot machte. Er hatte mir Geschenke gegeben, einen Mantel aus bestickter Seide, importiert aus Italien, und einen sehr schönen Schild mit einem Schildbuckel aus Emaillearbeit. Der Schild war viel zu schön, als daß man ihn benutzen konnte. Urien war ein großzügiger

Mensch, er war offenherzig, er war mutig in der Schlacht, er war loyal und liebte Met, Musik und Frauen. Er war ein guter Mann, ein Mann, dem man trauen konnte. Aber ich wollte ihm nicht folgen. Zu vielen Dingen gegenüber war er blind. Das einzige Land, das er kannte, gehörte seinem eigenen Clan, und er fühlte den Clans gegenüber, die ihm Gefolgschaft leisteten, nur ein bißchen vage Verantwortlichkeit. Auch die Pflichten Artus gegenüber waren ihm nicht ganz klar. Er besaß nichts von Artus' Klarblick, Artus' strahlendem Verstand, nichts von seiner Gewohnheit, sowohl sich selbst als auch seine Besitztümer seinen Zielen zu opfern, und nichts von seiner Höflichkeit und Fröhlichkeit. Auch Uriens Truppe war nicht die »Familie«. Ich kannte die »Familie« jetzt, und es war wirklich eine. Es war eine Gruppe von Brüdern. So mußte es gewesen sein in der Truppe des CuChulainn. Dort wurden Mut und Ehre als selbstverständlich angesehen, und alles war voller Glanz und Lachen. Obwohl Artus mich noch immer nicht akzeptieren wollte, hatte ich nicht den Wunsch, zu gehen.

Urien wäre länger bei uns geblieben, denn er genoß die Kampagne gründlich, aber während wir uns in Ebrauc aufhielten, empfing er schlechte Nachrichten aus Rheged. Sein Feldherr hatte in wirklich spektakulärer Idiotie sich selbst und den größten Teil seiner Truppe von einer Bande Räuber in die Falle locken lassen, die drei zu eins in der Überzahl waren. Der Feldherr verlor fünfzig Mann auf der Flucht. Darüber hinaus häuften sich im Verlauf des Sommers die Überfälle von der See her, und Urien wurde in Yreckwydd gebraucht. Wir schickten ein wenig von der Beute mit ihm zurück.

Artus freute sich sehr über die Beute. Damit würde die »Familie« einige Zeit auskommen, und weil wir Urien und Caradoc so viel hatten abgeben können, konnten wir sie später um Unterstützung bitten, wenn uns die Vorräte ausgingen. Außerdem waren Urien und Caradoc beeindruckt genug gewesen, um uns später ihre Armeen zur Verfügung zu stellen, wann immer Artus darum bat. Die Leute in den Königreichen waren möglicherweise auch beeindruckt genug, um dem Ruf zu den

Waffen zu folgen. Die Runde war stolz auf sich selbst, auf ihre Kraft und auf ihren Ruf. Aber wir waren müde. Es war ein harter Sommer voller Kämpfe gewesen, und der Winter würde uns wegen seiner Ruhe willkommen sein. Unsere Müdigkeit machte uns gereizt, und es gab Streit. Zwischen einzelnen Mitgliedern der Runde kam es fast zu Kämpfen. Artus konnte diese Kämpfe nicht immer verhindern, aber sie störten jeden.

Vielleicht war der nächste Überfall durch diese Müdigkeit und Anspannung ein Fehlschlag. Aber wahrscheinlich versagten wir, weil wir Bernicia angriffen.

Bernicia liegt eigentlich dichter an Rheged als an Deira, aber Ossa von Deira hatte die meisten Überfälle geführt, und deshalb wollte Artus zuerst ihn schwächen. Jetzt, wo sich Ossa zeitweilig ruhig verhielt, wandten wir unsere Aufmerksamkeit Bernicia zu.

Nachdem wir in schnellem Tempo an der Grenze von Deira und Ebrauc entlanggeritten waren, brachen wir in den südlichen Teil des Landes ein. Über die Hügel gab es eine gute Straße, eine Römerstraße, denn wir befanden uns noch immer südlich des Walles. Das ganze Land, das nicht bearbeitet wurde, war dicht bewaldet. Es war voller Seen, und man konnte sich leicht darin verstecken. Es ist auch ein reiches Land: In den zwei Tagen des Überfalls, die wir bis zum Wall brauchten, brachten wir über zweihundert Stück Vieh an uns. Wir waren zuversichtlich, nein, wir waren sicher, daß Aldwulf es nicht wagen würde, uns anzugreifen, ehe er seine Armee zusammenhatte. Und zur Erntezeit würde das einige Zeit dauern, selbst wenn er eine Invasion erwartet hatte.

Dann, am dritten Tag des Überfalls, kam einer unserer Kundschafter in vollem Galopp zu Artus heran. Er zügelte sein übermüdetes Pferd und keuchte die Nachrichten. Aldwulf befand sich innerhalb eines halben Tagesrittes westlich von uns, und es war ihm gelungen, sein Heer zusammenzubringen.

Gleichgültig, wie vorsichtig er geplant hatte oder wie leise er sich bewegte, wir wußten alle, daß Aldwulf dazu eigentlich nicht in der Lage hätte sein können. Wir waren zu schnell von

Caer Ebrauc hergeritten, und er konnte kaum schneller als vor einem Tag die Nachricht von unserer Anwesenheit erhalten haben. Und dann dauerte es noch immer ziemlich lange, eine Armee mit der ihr eigenen Langsamkeit von Gefrin im Norden heranzuführen. Um das zu tun, was er getan hatte, hätte Aldwulf unsere Pläne in dem Augenblick entdecken müssen, in dem wir Caer Ebrauc verließen. Er hätte sofort nach Süden ziehen müssen, indem er seine Armee auf dem Weg einsammelte. Kein Bote kann so schnell reiten. Wir sprachen nicht darüber, aber wir ahnten alle, wie Aldwulf Fflamdwyn unsere Pläne herausbekommen hatte.

Eilig wandten wir uns nach Süden. Aldwulf hatte nicht alle Männer bei sich, die er zusammenbringen konnte, aber seine Armee war trotzdem ziemlich groß. Es waren über fünftausend Mann, und er hatte auch seine eigene Truppe bei sich. Die Runde bestand aus sechshundertdreiundzwanzig, denn einige lagen krank in Caer Ebrauc, und ein paar andere begleiteten Urien mit der Beute nach Rheged. Wir waren daran gewöhnt, gegen die Überzahl zu kämpfen, aber die Sachsen hatten jetzt den Vorteil ihres eigenen Landes, und sie besaßen Alliierte im Süden. Im Norden stand der Hadrianswall, im Osten war die See, und im Süden lauerte Ossa. Wir zogen es vor abzumarschieren. Aber wir waren noch nicht weit nach Süden gelangt, als wir entdeckten, daß Ossa sich uns mit einem Teil seines Heeres und mit seiner ganzen persönlichen Truppe näherte. Die Zahlen waren so, daß wir sie hätten schlagen können, aber dann wären wir Aldwulf zum Opfer gefallen, der uns, nach dem, was die Kundschafter sagten, nach Süden folgte und sich im Westen hielt. Das ganze Land hatte sich gegen uns erhoben, an jeder Straßenwende gab es Hinterhalte, und wir mußten unsere Geschwindigkeit drosseln. Der einzige Fluchtweg, so entschied Artus, war ein Angriff auf den stärksten Feind; wir mußten uns durch die bernicische Armee hindurchschlagen.

Wir kampierten am Fluß Wir, der zwischen uns und den Sachsen lag. Artus rief die Runde zusammen, um uns zu sagen, was wir tun mußten. Eine Weile schwieg er und schaute zögernd seine Krieger an. Dann sprach er ruhig und beherrscht. »Heute um Mitternacht werden wir das Lager abbrechen und Fflamdwyns Armee angreifen.«

Ein Gemurmel wie Wind in den Bäumen flog über die Runde. Dann erstarb es wieder. Der Gedanke an unseren Tod war uns immer nah, er machte uns keine Angst.

Artus lächelte sehr sanft und sehr strahlend. »Wir werden zu Pferd durch sie hindurchreiten, wenn wir es überhaupt schaffen. Also lassen wir das Vieh und die Beute hinter uns. Fflamdwyn lagert auf der anderen Seite des Dubhglas-Flusses, weniger als vier Stunden Ritt. Ohne Zweifel weiß er, daß wir kommen, aber wir werden doch den Vorteil der Dunkelheit haben und, wie ich hoffe, eine große Verwirrung. Wir reiten in Speerspitzen-Formation, die besten der Reiter zuerst, der Rest an den Rändern, und diejenigen, die normalerweise zu Fuß kämpfen, in der Mitte. Wenn die Spitze unseres Speeres durchgeht, dann werden wir entkommen. Aldwulf wird viele von seinen Männern verlieren und den größten Teil seiner Glaubhaftigkeit, während uns im großen und ganzen nichts geschieht. Wenn die Speerspitze aber nicht durchgeht . . .« Wieder schaute er seine Truppe an. »Ich möchte euch nicht deutlich machen, daß es keinen anderen Fluchtweg gibt. Ich möchte euch auch keine Beispiele und Hinweise darauf geben, wie schlecht eure Lage sein wird. Wenn unser Speer bricht, dann werdet ihr sicher töten, ehe ihr getötet werdet, und es wird eine Schlacht werden, über die man in ganz Britannien singt. Seid ein Licht, das gegen die Finsternis leuchtet. Ihr seid meine Krieger, meine geliebten Brüder. Ich weiß, daß ihr euch nicht ergeben werdet.«

Sie brachen noch nicht einmal in Hochrufe aus. Ihr Schweigen war viel mehr Zustimmung als Hochrufe. Artus lächelte noch einmal, ein Licht glänzte in seinen Augen. Die Abendsonne fiel auf ihn und auf den Fluß mit seinen grasigen Ufern und auf den Wald dahinter, der vom Herbst schon halb kahl war. Die Sonne leuchtete über den Reihen der Männer und Pferde mit ihren Rüstungen und Waffen, die von starker Benutzung stumpf geworden waren. Alles war so still wie ein Waldsee mitten an einem Sommertag. Jeder Mann sah aus wie aus Gold geschmiedet, fern der Welt, fern von Zeit und Krieg, eine unsterbliche, unvergängliche Schöpfung. Und der Traum war echt. Und dann brüllte eine von den Beutekühen, ein Pferd wieherte, und der Bann war gebrochen.

»Ich reite an der Spitze der Truppe«, fuhr Artus energisch fort, »und mit mir Bedwyr, Gereint, Cynan, Rhuawn, Maelwys, Llenlleawg, Sinnoch ap Seithfed, Trachmyr, Gwyn ap Esni, Moren ap Iaen, Morfran ap Tegeid und . . .« Sein Blick fiel auf mich, und er hielt inne. Dann fuhr er im gleichen Tonfall fort: »Gawain ap Lot.«

Er fuhr fort und teilte den Rest der Truppe ein. Er gab Befehle für den Abbruch des Lagers und das Zurücklassen der Beute, er gab Anweisung, wo der Fluß zu überqueren war und wo man sich treffen sollte, wenn man getrennt wurde. Aber ich hörte nicht richtig zu. Er hatte mir den Befehl gegeben, mit seinen besten Männern in seiner Nähe zu reiten, an der Speerspitze der Truppe, am Ort der größten Gefahr. Artus war nicht der Mann, so etwas zu befehlen, es sei denn . . .

Ich wartete ungeduldig, bis der König zu Ende geredet hatte. Dann eilte ich zu ihm hinüber. Der größte Teil der Truppe saß noch um ihn versammelt. Fast alle hatten in dem Disput über mich entweder bei Agravain oder Cei Stellung bezogen, und jeder war am Ausgang interessiert.

Artus hatte sich gerade dem Feuer zugewandt, wo er einen Teil von Aldwulfs Vieh zum Essen braten lassen wollte. Aber er sah mich kommen und wartete. Sein Gesicht war noch immer ganz still und ausdruckslos. Ich kannte diesen Blick, und der Ansatz einer Hoffnung starb wieder.

»Herr«, sagte ich ruhig, »du hast mir befohlen, neben dir einen Platz einzunehmen im Gefecht gegen die Sachsen.«

»Das habe ich«, sagte Artus kalt. Es entstand ein Augenblick des gespannten Schweigens, und einer der Krieger sagte fast etwas, aber er entschied sich dann doch anders. »Wenn du willst, dann kannst du ablehnen. Du bist nicht mein Krieger.«

Ich schüttelte den Kopf. »Nein, Pendragon. Es liegt mir nichts daran, abzulehnen.« Plötzlich stieg die Erinnerung an den blutigen und erschöpfenden Sommer, an all die Bitterkeit der ausgelöschten Hoffnungen in mir auf. Ich sagte: »Du weißt, daß ich nicht ablehnen werde. Du weißt, daß ich für dich kämpfe, habe ich dir das nicht schon ein dutzendmal gezeigt? Aber ich will wissen, warum.«

»Ich erkenne Notwendiges«, antwortete Artus. »Wenn meine Truppe überleben soll, dann müssen wir den Schilderwall durchbrechen. Du kannst vom Pferd aus sehr fachmännisch töten, Gawain von den Orkneys, und – ja, ich weiß, daß du kämpfen wirst. Deshalb benutze ich dich, damit du meiner Truppe und Britannien hilfst. Ich wünschte, ich müßte es nicht.«

»Das ist nicht das, was ich hören wollte«, sagte ich schnell und leise. »Warum lehnst du mein Schwert ab und benutzt es doch gleichzeitig?«

»Ich habe gesagt, daß ich nicht den Wunsch habe, es zu benutzen«, erwiderte Artus, und die Kälte wurde scharf und zornig. Agravains Gruppe in der Runde rührte sich und murmelte. Die Luft war dick vor Anspannung. »Warum bist du geblieben? Jeder König in Britannien wäre überglücklich gewesen, dich zu nehmen. Dennoch lungerst du ungebeten um mich her, mit deinem Töten und deinen Zaubereien und dem Fluch deiner Mutter und der Finsternis . . .«

Irgendwie berührte meine Hand das Schwert. »Davon weißt du nichts. Warum bestehst du auf deiner Annahme, daß ich meine Mutter anbete? Wenn ich zaubern könnte, Artus Pendragon, dann würde ich nicht um dich herumlungern und immer weiterstapfen und immer weiterkämpfen – denn im Gegensatz zu dem, was du glaubst, töte ich nicht gern. Dennoch könnte ich ein Werk tun, das ganz Britannien von dir fordern würde, daß du mich akzeptierst. Ich schwöre den Eid meines Volkes, ich hasse die Zauberei, viel mehr als du. Denn ich kenne sie. Tappst du denn völlig in der Finsternis?«

»In Gottes Namen, was willst du also?« brüllte Artus. »Was

hast du denn getan außer töten und meine Truppe zerspalten, seit du zu mir kamst? Ja, du hast Ruhm gewonnen, Reichtümer und Ehre für dich – soll ich dich dafür belohnen? Willst du, daß ich all diese Dinge als rechtens annehme, als gut und edel? Glaubst du denn, ich akzeptiere die Kenntnisse, von denen du sprichst, die Kenntnisse über die Finsternis?«

»Was weißt du von meiner Finsternis?« schleuderte ich ihm ins Gesicht.

»Was weißt du von meiner?« wollte er wissen. »Zuviel vielleicht.« Er richtete sich auf; er war größer als ich, und der Blick seiner Augen war so bitter und kalt, daß er schrecklicher auf mich wirkte als irgendein Zorn. »Jetzt hast du meine Truppe geteilt, so daß ich den Riß kaum noch heilen kann, und dennoch muß ich dich bitten, dein Leben mit mir zu riskieren, an einem Ort, wo keine Zauberei dir helfen kann. Wenn der Schilderwall hält. Und deshalb . . .« Er holte tief Atem, und ich sah mit Überraschung, daß Schweißperlchen auf seinem Gesicht standen. »Wenn wir den Schilderwall durchbrechen und überleben, dann werde ich dein Schwert akzeptieren. Das schwöre ich beim Licht und bei meinem Glauben an die Erlösung. Freu dich, Sohn der Morgas. Du hast gewonnen.«

Und er wandte sich ab und ging weg. Sein Schritt war schnell und leicht, als er in der sinkenden Dämmerung verschwand.

Eine Weile stand ich da und starrte hinter ihm her, selbst als er schon fort war. Agravain kam heran und packte mich an der Schulter, aber ich schüttelte ihn ab. Die anderen Krieger, die fast so betäubt wie ich waren und die die Geschwindigkeit der Entscheidung verwirrte, blieben noch einen Augenblick. Dann gingen sie langsam zu ihren Feuern und unterhielten sich leise.

Ich stand still da, eine Hand noch immer am Schwert. Dann verließ ich das Lager und ging zum Fluß hinüber. Ich setzte mich hin und legte meinen Speer ins Gras. Herbstblumen standen hier und da in struppiger Blüte am Wasser, und der Abendstern ging auf. Er warf ein sanftes, goldenes Licht, das sich im dunklen Wasser widerspiegelte. Der Frieden der Welt schien die tödliche Geschwindigkeit der Kämpfe der Menschen Lügen zu strafen, und auch meine innere Verwirrung. Ich lehnte meine Arme auf die Knie und starrte in die Fluten hinaus.

Artus würde mich akzeptieren, wenn der Schilderwall in dieser Nacht gebrochen würde. Das war es doch, was ich wollte, oder? Immer und immer wieder stellte ich mir diese Frage, und immer antwortete ich mir selbst: »Ja, aber so nicht. Ich will es nicht, wenn seine Ehre ihn dazu zwingt.« Aber was dann? Vielleicht würde ich in der betreffenden Nacht sterben, dann brauchte ich mich nicht zu entscheiden. Aber wenn es nicht mein Schicksal war, wenn ich überlebte, dann würde ich entscheiden müssen. Selbst wenn ich doch starb, ich wollte mit reinem Herzen meinem Tod begegnen.

Im letzten dunklen Glühen des verschwindenden Tageslichts zeigte mir das Wasser mein Gesicht. Es zitterte im Strom. Es war ein Gesicht wie das von Morgas. Immer Morgas. Ich bohrte meine Finger in den Boden, riß die Erde heraus und schleuderte sie, um das Spiegelbild zu zerschlagen. Das Wasser zitterte, aber es wurde wieder still, und das Bild kehrte zurück.

Jetzt nicht nur Morgas' Gesicht, dachte ich, sondern das Gesicht eines Kriegers. Ich ließ die letzten paar Monate vor meinen inneren Augen vorbeiziehen. Ja, ganz ohne Frage. Niemand würde mich jetzt mehr für einen Hörigen halten, einen Barden oder einen Druiden. Das, was aus mir geworden war, stand auf mir geschrieben, und jeder konnte es lesen. Ein Krieger – aber von welcher Truppe, unter welchem Herrn?

Es spielte eigentlich keine Rolle. Ein Krieger ist ein Krieger, und der ganze Krieg ist ein Sport, ein Spiel. Alle Kriege – außer Artus' Krieg, außer dem Krieg des Lichts.

Ich wandte meine Gedanken von meiner verletzten Ehre und Bitterkeit ab, an die ich mich so gewöhnt hatte. Ich sah das an, was wirklich passiert war. War es nicht gut gewesen, wie Artus gesagt hatte, daß ich Ruhm und Ehre und Reichtümer gewonnen hatte, daß ich Gold und Seide und schöne Waffen aus den Händen von Königen entgegennahm, die meine Dienste wollten? Ja, es war gut gewesen, süßen Met zu trinken und den Lobsängen der Barden zuzuhören. Es war schön gewesen, mit glänzenden Waffen im Kettenhemd auf Ceincaled in eine Stadt einzureiten, umflattert von meinem roten Mantel und glänzend vor goldenem Schmuck. Die Mädchen hatten mir nachgewinkt, und ich hatte ihnen zugelächelt. Der Krieg hat zuviel Glanz, zuviel Gold und schnelle Pferde, zuviel scharlachrote und purpurne Seide. Er ist schön, und man vergißt, wozu er da ist. Ich hatte es vergessen.

Ich zog mein Schwert. Man hatte es mir zu einem Zweck gegeben, und ich hatte diesen Zweck vergessen. Ein König hatte mir das Schwert gegeben, und ich hatte den König vergessen, dem ich die Treue geschworen hatte. Meine Hand umklammerte das Heft, fühlte, wie es mir paßte, als ob es ein Teil von mir war.

Artus hatte gesagt, ich hätte die Truppe geteilt. Ich packte das Schwert mit der anderen Hand und hielt es hoch. Ich preßte den kalten Stahl gegen meine Stirn. Ja, all der Streit, all der Zorn, die zerbrechenden Freundschaften, sie waren meine Schuld.

Aber ich hatte einen Teil von mir, der lange leer gewesen war, wieder angefüllt. Ich hatte Sehnsüchte befriedigt, die ich immer gehabt hatte und die ich nie verstand. Ich hatte das gewollt, und ich wollte es noch immer.

Morgas würde darüber erfreut sein, sagte ich mir. Sohn der Morgas, sei froh. Du hast gewonnen. Und jetzt, Gawain von den Orkneys, was wirst du tun? Lugh hat dich gewarnt, denn du hattest deine eigene Finsternis noch nicht besiegt. Aber du hast nicht auf ihn gehört, du hast die Finsternis in dir nicht erkannt. Artus wird dich akzeptieren, weil er zu ehrenhaft ist, um etwas anderes zu tun. Artus. Zuerst hat er dich ungerecht behandelt, aber das war nur ein kleiner Schatten auf seinem strahlenden Charakter. Was wußte ich von seiner Finsternis, von dem Mann innerhalb des Königs, von den Mächten, die ihn trieben, von seinen Zielen? Plötzlich sah ich, daß er menschlich war, unsicher. Ich wußte, daß ich früher nicht für ihn, sondern für mich gekämpft hatte. Ich hatte nichts getan, um sein Mißtrauen auszuschalten. Ich hatte viel getan, um es zu rechtfertigen. Und jetzt hatte ich den Wunsch zu kämpfen, für ihn, für ihn allein.

Licht, Herr, sagte ich still. Mein Hoher König, dem mein Schwert in erster Linie geweiht ist, befiehl mir. Das Schwert ist dein, und das Leben hast du mir gerettet. Du, mehr als Artus, bist derjenige, dem ich diene und für den ich kämpfe. Du bist der eine, dem ich gehorche.

Ich kannte schon die Antwort auf die Frage. Ich stand langsam auf und grüßte den Abendstern mit meinem Schwert. Meine Entscheidung stand fest. Das warme, rote Licht, das ich seit Monaten nicht mehr gesehen hatte, flammte wieder in Caledvwlchs Heft auf und glühte heller und noch zärtlicher, und es erhellte die Dunkelheit um mich. Ich würde für Artus kämpfen, in dieser Nacht. Und wenn Gott wollte, dann brach der Schilderwall. Wenn ich dann noch lebte, dann würde ich zu Urien von Rheged gehen und ihn um einen Platz in seiner Truppe bitten.

Ich ging zum Essen zurück an die Feuer.

Die Mahlzeit ging schnell vonstatten. Niemand hatte Hunger, aber jeder wußte, daß er essen mußte. Außerdem gehörte das Vieh Aldwulf, und die Tiere, die wir nicht aßen, ließen wir frei. Er konnte sie sich wiederholen. Nach der Mahlzeit versuchten wir zu schlafen. Einigen wenigen ist das vielleicht auch gelungen, aber ich konnte nicht schlafen. Kurz vor Mitternacht standen wir auf und brachen das Lager ab. Wir ließen die Beute zurück. Ich ging zur Palisade und sattelte Ceincaled.

»Dies wird das letzte Mal sein«, sagte ich auf irisch zu ihm, während ich mich in den Sattel schwang. »Danach, mein Liebling, gehen wir zu Urien, wenn wir es überleben.«

Er stellte die Ohren auf und stampfte, und ich spürte seinen Eifer und seinen wilden Stolz deutlicher, als ich das in den letzten Monaten gespürt hatte. Ich lachte in mich hinein und fuhr mit den Fingern durch seine Mähne. Wenn wir starben, dann war es eine gute Nacht zum Sterben, und es würde ein guter Tod werden.

Ich ritt zur Spitze der Truppe, und ich trieb Ceincaled nahe an Artus heran. Als alle bereit waren, zogen wir los, ohne daß ein Wort gesprochen wurde. Wir überschritten den Fluß – er war nicht tief – und ritten durch den Wald nach Nordwesten. Wir fächerten uns, damit das Reiten leichter wurde. Die Sachsen lagerten auf der anderen Seite des Dubhglas-Flusses, auf Land, das eigentlich britisch war. Drei Stunden lang näherten wir uns ihnen, dann zogen wir unsere Formation wieder zusammen und ritten vorsichtig weiter, während wir wenige Geräusche machten.

Aldwulf hatte Wachen aufgestellt, aber er brauchte sie nicht. Die Männer in seinem Lager waren schon seit mindestens einer Stunde wach, als wir ankamen. Alles war hell erleuchtet von Fackeln, die auf in den Boden eingerammten Speeren brannten. Wir waren still und ohne Lichter herangekommen, um es zu vermeiden, daß die Sachsen zusätzlich gewarnt wurden. Unsere Augen waren an die Dunkelheit gewöhnt, und das Fackellicht war hell genug, um einen Speer zu zielen. Artus zügelte sein Pferd kurz, als er oben auf dem Hang angelangt war, der zum Fluß hinunterführte. Er deutete auf die Speerspitze, die Strecke, die wir nehmen würden, und sprach leise. Wir alle wußten, was jetzt kam. Wir würden den Hang hinuntergaloppieren, durch die Bäume hindurch, in das Fackellicht hinein. Wir würden den Fluß überqueren und den Schilderwall angreifen, den die Sachsen auf dem anderen Ufer errichten würden.

Artus ließ die Hand sinken und spornte sein Pferd zum Galopp.

Wir folgten schweigend, und außer dem Stampfen der Pferdehufe und dem Klingeln des Zaumzeugs war nichts zu hören. Mein Kopf war leicht, aber es war ein anderer Wahnsinn, und ich fühlte mich voller Frieden.

Zuerst begriffen die Sachsen nicht, was geschah. Sie erwarteten uns, aber es war dunkel, und sie waren schläfrig, und sie erwarteten ein paar Fackeln oder eine Art Kriegsgeschrei oder eine Warnung. Sie hörten den Klang der Pferdehufe und fuhren zusammen, sie packten die Speere und schauten sich verwirrt um. Durch die Dunkelheit, den Wald und ihre lichtgeblendeten Augen konnten sie uns nicht sehen. Ich zog einen Wurfspeer heraus, als wir uns dem Ufer näherten, und schleuderte ihn mit aller Kraft. Verwirr sie. Wirf sie aus der Balance. Andere Speere zischten in die Sachsen hinein, richteten wenig aus, erschreckten aber und machten angst. Die Häuptlinge der Sachsen begannen mit Geschrei den Schilderwall zu bilden, und die Krieger gehorchten, aber zu langsam. Wir kamen aus dem Wald heraus und stürzten uns in den Fluß, das Wasser klatschte hoch und kalt um unsere Beine. Die Fackeln leuchteten und sprangen vor uns hin und her, die Bäume warfen lange Schatten, die wie in einem verrückten Traum hin- und herschwankten. Jetzt waren wir über den Fluß, schleuderten mehr Speere, und manche davon fanden ihr Ziel. Die Pferde schwammen kurz, strengten sich sehr an, ihre Augen rollten, und sie legten die Ohren zurück. Die sächsischen Speere gingen überall um uns herum nieder, und die Pferde galoppierten wieder. Wir kamen an den Schilderwall. Artus grinste. Er hielt seine Lanze gesenkt, um zuzustoßen. Der Schilderwall, der uns gegenüberlag, war drei Reihen dick. Mehr Krieger rannten herbei, um ihn noch zu verstärken. Sie brüllten und rollten wild mit den Augen. Wir näherten uns, griffen schweigend aus dem Nichts eine ganze Armee an, und plötzlich warf Artus den Kopf zurück und schrie: »Für Britannien, meine Brüder! Für mich!«

Und wir antworteten: »Für Artus!« Der Schrei kam von Herzen, und er war einstimmig. Es war ein Klang, der schrecklicher als der Tod war. Ich schleuderte meinen Wurfspeer und zog mein Schwert. Es flammte von weißem Licht, als wir das Ufer erreichten.

Mein alter Wahnsinn erfüllte mich nicht, aber ich brauchte ihn auch nicht. Ceincaled stieg, schlug mit den Hufen um sich, und ich beugte mich über seinen Nacken und ließ mein Schwert niedersausen. Ich kämpfte aus Liebe und um einen Traum, wie Artus. Es waren nur ein paar Augenblicke, nicht mehr. Hätten wir lange genug Zeit gelassen, daß unsere Geschwindigkeit sich verringerte, wir hätten es nicht tun können. Aber die Sachsen hatten Angst. Sie waren verwirrt und unsicher, und ihre Reihen brachen auseinander. Wir töteten sie auf allen Seiten, während wir durchritten, wir rissen ihnen die Fakkeln von den Pfosten und schleuderten sie ins Lager. Alles flammte auf. Wir hackten uns durch die Zeltseile und galoppierten weiter, und wir ließen einen Pfad der Zerstörung hinter uns. Dann stürzten wir uns in die Sicherheit der Wälder, und nur noch ein paar Speere fielen um uns nieder, jetzt, während wir die Nacht über ruhten.

»Gut gemacht«, sagte Artus leise, und dann brüllte er laut vor Freude: »Oh, herrlich gemacht!«

Wir verlangsamten unsere Pferde zu einem leichten Galopp. Wir dachten an die vielen Meilen, die wir noch zu reiten hatten. Hinter uns wurde der Himmel schon bleich vom ersten Grau der frühen Stunden, die den Morgen ankündigen.

16

Fast einen Monat lang hatte ich nicht die Chance, Artus zu sagen, daß ich die Runde verlassen wollte. Im Kampf hatte ich eine Wunde am Bein empfangen, eine schlimme Wunde, die durch den Zwanzigmeilenritt danach noch schlimmer wurde. Dagegen konnte man nichts machen. Wir hatten keine Angst, daß die Sachsen uns folgen würden – sie hatten keine Pferde und würden sich viel zu sehr mit ihren eigenen Verlusten beschäftigen müssen. Abgesehen davon, daß sie auch noch das gestohlene Vieh zurückholen mußten. Aber wir brauchten einen Platz, wo wir bleiben konnten. Mit einer Truppe von der Größe der Runde war solch ein Platz nicht leicht zu finden. Am Ende ritten wir nach Nordwesten, bis wir zu einem Clan kamen, der seinen Besitz in der Nähe des Hadrianswall hatte. Der Anführer war ein Mann namens Ogyrfan. Er war ein hochgewachsener, schwarzbärtiger Mann. In diesen Teilen des Landes besaß er wegen seines Reichtums und eines römischen Titels ein ziemliches Gewicht. Er fürchtete die Sachsen und sehnte sich nach der Wiedererrichtung des Reiches, und deshalb hieß er Artus willkommen. Er gab der Truppe Nahrung und einen Ort, wohin man die Verwundeten bringen konnte. Ich war froh darüber. Ich war schwach vom Blutverlust, und der Schmerz machte mich wirklich krank. Agravain und Bedwyr trugen mich zum Kuhstall – dem einzigen Gebäude, das für ein Lazarett zur Verfügung stand. Dort brach ich zusammen und blieb über eine Woche so liegen. In den ersten paar Tagen hatte ich das Wundfieber, und ich kann mich an nichts erinnern. Als ich mich genug erholte und wieder bei Bewußtsein war, sagte man mir, daß Artus und die Truppe schon abgezogen seien. Sie führten einen neuen Überfall durch. Die Truppe war durch den Sommer geschwächt worden, aber die Gelegenheit, die sich durch die augenblickliche Situation bot, war unwiderstehlich gewesen. Aldwulfs Glaubwürdigkeit bei den anderen Sachsen war, wie Artus vorhergesagt hatte, durch unseren Sieg ernsthaft geschwächt worden. Die Sachsen konnten nicht einsehen, wie dieser Sieg zustande gekommen war, denn Aldwulf hatte den Hohen König in der Falle und war in der Überzahl, und außerdem war er gewarnt worden. Aldwulf hätte uns ja entkommen lassen können. Ossa von Deira beschuldigte Aldwulf dieser Handlung, und seine eigenen Edlen schoben ihm auch die Schuld zu. Seine eigenen Untertanen, die ausgeraubt worden waren und jetzt keine Vorräte mehr hatten, schäumten vor Zorn, gaben Aldwulf allein die Schuld und verließen seine Armee. Die Erntezeit war fast vorüber, und auch Ossas Männer wollten zu ihren Bauernhöfen zurückkehren. Ossa selbst ritt nach bösen Streitigkeiten mit Aldwulf wieder zurück in seine Festung. Der König von Bernicia hatte also nur noch seine eigene Truppe übrig, und die bestand aus wenigen Bruchstücken. Auch er zog sich für den Winter in seine Festung zurück. So war das Land ungeschützt, und Artus griff Bernicia an und raubte es so frei aus, als ob es im Land überhaupt keinen König gäbe. Er vernichtete alle neuen Höfe an der Grenze und nahm Korn und Vieh mit, so daß es ein ganzes Jahr lang für die »Familie« ausreichte. Es blieb sogar noch etwas übrig für Geschenke.

Ich selbst allerdings blieb bei Ogyrfan, bis meine Wunde gut genug verheilt war, um zu reiten. Das dauerte fast einen Monat. Das Gehöft war schön gelegen, und normalerweise wäre ich froh gewesen, daß ich dort meine Zeit verbringen konnte. Das Haus stand in der Nähe des Walls, der sich über die geschwungenen Hügel und Felder wand und auf deren einer Seite er eine Abgrenzung bildete. Ein frischer, schnell fließender Bach strömte an den Häusern vorüber und bewässerte die Weide. Im Süden stieg das Land an, dort waren bewaldete Täler und heidekrautüberzogene Hügel, die mit dem Schatten der Berge verschmolzen. Ogyrfan war ein kraftvoller, intelligenter Mann, der sich den Dienern des Hohen Königs gegenüber unerwartet freundlich zeigte, und Ogyrfan konnte lesen. Er hatte noch nicht einmal etwas gegen die höheren Tributzahlungen einzuwenden, die Artus für angemessen hielt, und er sagte, der Pendragon nähme nur ein paar Kühe, während die Sachsen sie alle nahmen, wenn sie konnten. Das stimmte natürlich, aber eine Wahrheit wie diese hörte man selten von Menschen, die Tribut zahlten. Ogyrfans älteste Tochter, Gwynwyfar, war auch eine angenehme Gesellschaft. Ich hatte eigentlich nie mehr mit einer Frau gesprochen, seit ich Morgas verlassen hatte, denn meiner Mutter wegen hatte ich irgendwie vor allen Frauen Angst. Gwynwyfar brachte mich dazu, anders zu denken. Sie half bei meiner Pflege mit und sorgte auch für die Gesundheit der anderen, und sie kümmerte sich in Vertretung ihres Vaters um den Besitz. Sie war stark genug, um, ohne zu zucken, Gruffyd dem Chirurgen bei der Arbeit zu helfen, und sie war schwach genug, um den Sturm zu fürchten oder über das Lied eines Vogels zu lachen. Gwynwyfar war vielleicht vier Jahre älter als ich; ihr Gesicht umhüllten Massen von tiefrotem, welligem Haar, und sie hatte lächelnde braune Augen. Eine Wärme ging von ihr aus, und sie besaß eine Grazie, die sie schön machte. Sie war auch klug und hatte sogar noch mehr gelesen als ihr Vater. Ich fühlte mich nicht von ihr angezogen, wie ein Mann von einer Frau angezogen wird, aber ihre Wärme berührte mich, berührte eine der Stellen in meiner Seele, die Morgas hatte gefrieren lassen.

Trotz all dieser Dinge war ich ungeduldig. Ich wollte gern weg. Caledvwlch fühlte sich schwer an meiner Seite an, und ich schärfte meinen Speer, bis seine Schneide den Wind verwunden konnte. Ceincaled, der Herr über die anderen Pferde auf Ogyrfans Feldern, rannte am Morgen immer am Zaun entlang und schnaubte weiße Dampfwolken. Er wollte los, nach Rheged, in den Süden, in den Norden, wohin, das spielte gar keine Rolle. Er wollte nur wieder unterwegs sein. Und meine Entscheidung war getroffen.

Endlich kam die Zeit Anfang Dezember, als mein Bein genug verheilt war, daß ich damit reiten konnte. Das Laufen fiel mir allerdings noch immer schwer. Ich schlang mir den Schild über die Schulter, nahm meinen Speer und bestieg Ceincaled. Die meisten anderen Krieger, die auch verwundet gewesen waren, hatten den Hof schon verlassen, und Gruffyd war mit ihnen abgezogen. Ein paar würden noch länger warten müssen. Der Wind war kalt. Er blies von Norden über den Wall und flüsterte von Schnee. Keine gute Jahreszeit zum Reisen. Aber vielleicht würde ich nicht weit reisen müssen. Zuerst nach Osten, um Artus und meinen Freunden meine Entscheidung mitzuteilen, und dann nach Westen, nach Rheged. Oder vielleicht auch nach Norden, dachte ich. Es gab nichts, was mich band. Ich konnte nach Norden gehen, nach Din Eidyn, und dort gab es vielleicht Schiffe, die bereit waren, die Irische See zu bezwingen und mich weiter nach Norden zu bringen, nach Dun Fionn. Nach Hause. Plötzlich überfiel mich das Heimweh, und ich erinnerte mich an meinen Vater und meine Verwandten, an das Schreien der Seevögel über den Klippen, an die hohen Wälle von Dun Fionn und an den Llyn Gwalch an der grauen Nordsee. Lot und mein Clan hatten jetzt bestimmt Berichte von mir, aber sie wußten sicher nicht, was sie denken sollten. Ich hätte eine Botschaft schicken sollen. Morgas würde es wissen, und auch sie stellte einen Grund dar, nach Hause zurückzukehren. Halb an sie gebunden, konnte ich nicht ewig weiterleben, sondern ich mußte mich ihr gegenüberstellen und das Problem lösen. Ja. Nach Norden. Am Piktenland vorüber zu den Inseln der Furcht, meiner Heimat.

»Übermittele dem Kaiser mein Lob und meine guten Wünsche«, sagte mir Ogyrfan. Er war gekommen, um Lebewohl zu sagen, und er zog den Mantel um sich, denn der Wind war kalt.

Ich nickte und grüßte ihn.

»Und ich wünsche dir eine schnelle Reise, Gawain, und achte auch darauf, daß du dein Bein nicht überanstrengst«, fügte Gwynwyfar hinzu. Sie hielt inne und sagte dann lächelnd einen der irischen Sätze, die ich ihr beigebracht hatte. »Slan lead« – lebe wohl.

»Slan lead«, antwortete ich und lächelte zurück. Dann wandte ich Ceincaled der Straße zu. Er tänzelte, warf den Kopf hoch und zerrte an den Zügeln. Er wollte los. Ich rief Ogyrfan und seiner Tochter ein Dankeswort zu und gab dann Ceincaled den Kopf frei. Ich ließ ihn rennen, die Straße hinunter, in den kalten, strahlenden Abend hinein. Wir zogen los, um alle Bande zu durchschneiden, die mich an die »Familie« fesselten.

Und warum sollte ich unglücklich darüber sein? fragte ich mich. Ich bin jung, stark und fähig. Ich habe Ceincaled, ich habe Caledvwlch, und der Herr, dem ich Treue geschworen habe, ist größer als irgendein anderer. Einen Platz bei Artus, nein. Aber ich bin frei, ich bin ein Krieger des Lichts. Und ich gehe nach Hause. Wer könnte sich mehr wünschen?

Ich beugte mich über Ceincaleds Nacken und drängte ihn weiter, und die winterstumpfe Erde rollte hinter mir unter seinen blitzenden Hufen davon.

Es war keine lange Reise. Artus hatte sich nach Norden gewandt und führte einen Überfall an der bernicischen Grenze im mittleren Teil dieses Königreiches durch. Ich überquerte den Hadrianswall und nahm die alte Straße an den Hügeln entlang. Es gibt dort auch eine Römerstraße, die gerader ist. Aber von der alten Straße aus kann man das Land betrachten. Ich folgte ihr den größten Teil des Tages; ich ritt im Trab, und nichts ereignete sich. Gegen Abend begann es zu regnen. Meine Finger froren ein, und der Wind schien mir immer direkt ins Gesicht zu blasen, gleichgültig, wohin die Straße sich wand. Mein Bein begann zu schmerzen, zuerst dumpf, dann bösartig. Als ich den Gipfel eines Hügels erreichte und unter mir das Lager sah, war das ein herrlicher, willkommener Anblick für mich. Die Feuer brannten rotgolden vor dem Schiefergrau der nackten Hügel. In dem dämmrigen Licht konnte ich die Palisaden sehen und eine zusammengedrängte Menge Vieh bei einem Halbkreis von Wagen, die den Sachsen abgenommen worden waren. Ich hielt Ceincaled an und starrte ins Lager hinab. Unten waren die Dungfeuer, und die Männer, die daran saßen, die sangen. Es gab heißes Essen und starken, süßen Met, die Krieger lachten und prahlten von ihren Taten und rissen Witze über die Taten der anderen. Ich wußte, daß es genauso war. Ich war ja ein Teil davon gewesen. Und jetzt war ich da, wo ich auf den Orkneys begonnen hatte, ich beobachtete alles aus der Entfernung.

Sei still, sagte ich mir. Du wirst leicht eine andere Truppe finden.

Und dennoch, wie konnte es eine andere Truppe geben, die der »Familie« ähnlich war, oder einen anderen König wie Artus?

Nun, ich konnte das alles wiederhaben, für diese eine, letzte Nacht. Ich berührte leicht Ceincaleds Flanken, und er begann sich den Weg nach unten zu suchen.

Wir waren nicht mehr als ein paar Fußbreit gekommen, als vor uns eine Gestalt heraussprang und die Arme schwenkte. Ceincaled wich zurück, verdrehte mir das Bein, und ich packte meinen Speer.

»Nein!« schrie die Gestalt. »Häuptling . . . Fürst . . .«

Ich schaute genauer hin und sah, daß es kein Sachse war, der mich aus dem Hinterhalt überfallen wollte. Es war nur eine zerlumpte britische Frau. Eine arme Frau, wenn sie meinte, daß ich wie ein »Fürst« aussah. Ich senkte meinen Speer und hielt Ceincaled an.

»Was gibt's?« wollte ich wissen. Ich wollte endlich ins Lager kommen.

»Fürst, verzeih mir. Ich habe dich auf dem Hügel gesehen, und ich hatte Angst. Aber als du auf das Lager zurittst, da wußte ich, du mußt einer von den Männern des Drachen sein. Deshalb dachte ich mir, ich muß ihn anhalten . . .«

»Wozu?«

Sie kam näher heran und packte meinen Fuß. Sie war etwa Mitte Dreißig, und ihr Haar war grau. Ihr Gesicht zeigte tiefe Falten. Die Frau eines armen Bauern.

»Fürst . . .«

»Was gibt's denn?« fragte ich wieder. »Der Pendragon nimmt keine neuen Diener an, wenn es das ist, was du wissen willst.« Es war unwahrscheinlich, daß sie deshalb in solch einer Nacht hergekommen war, aber möglich war es schon.

»Nein, Fürst. Es geht um meinen Mann. Ich habe gehört, daß es im Lager des Drachen von Britannien ausgebildete Ärzte gibt . . .«

Ich schaute sie mitleidig an. »Ist dein Mann verletzt?«

»Ja, großer Herr. Einige der Sachsen, die der Drache forttreibt, sind zu unserem Haus gekommen und wollten Essen haben. Mein Mann wollte ihnen nichts geben, und sie haben ihn mit der Waffe niedergeschlagen und sind geflohen. Unser Clan kann ihm nicht helfen. Ich habe gehört, daß der Drache fähige Heiler hat . . .«

»Wo ist euer Hof?«

Sie zeigte den steilen Hang des Hügels hinunter, nach Osten. Ich schaute den Westhang hinab zu Artus' Lager, und ich seufzte.

»Wann ist es passiert? Kann man deinen Mann bewegen?«

»Nein, großer Herr. Es war heute, um die Mittagszeit. Die schmutzigen Mörder sind geflüchtet, nachdem sie meinen Mann niedergeschlagen hatten, und sie haben die Pferde mitgenommen. Aber er konnte kein Pferd reiten, er ist zu krank. Und wir haben keine Wagen. Fürst . . .« Sie schüttelte meinen Fuß – »mein Mann ist verletzt. Er wird sterben, wenn ich keinen Arzt finde. Die Ärzte im Lager sagen, sie haben Arbeit zu erledigen und können nicht kommen, und ich müßte meinen Mann zu ihnen bringen. Du hast ein schnelles Pferd. Hilf mir!«

»Nun gut. Zeig mir den Weg zu eurem Hof.«

Sie packte meinen Fuß mit beiden Händen. »Mögen die Götter dich segnen, großer Herr! Möge Christus und alle Götter dich segnen! Es geht dort hinunter, über den Pfad, und dann weiter nach . . .«

»Du mußt mir den Weg zeigen«, wiederholte ich. Pfade auf

dem Land sind unbrauchbar für einen Fremden. »Komm.« Ich streckte die Hand aus. »Mein Pferd kann zwei tragen.«

Sie starrte mich an. »Fürst, ich habe noch nie . . .«

Ich seufzte, saß ab und half ihr hoch – Ceincaled mochte das gar nicht. Er scheute und schnaubte –, und dann saß ich hinter ihr auf. Sie zeigte mir den Weg, und der Pfad war schlecht. Ich brauchte fast eine Stunde, bis ich den Hof erreichte, und die Frau war ungeheuer beeindruckt über die Geschwindigkeit unseres schneckenlangsamen Ritts. Ihre Verwandten warteten schon.

»Aber das ist kein Arzt!« sagte ein alter Mann, der offenbar die Unruhe des ganzen Clans ausdrückte, denn alle nickten und begannen zu murmeln.

»Er ist ein großer Fürst«, sagte die Frau und glitt von Ceincaled herab. »Ich habe ihn auf dem Hügel gefunden, nachdem die Ärzte im Lager schon sagten, sie hätten viele Verwundete zu pflegen und könnten nicht kommen. Er hat ein Pferd, das schnell ist wie der Westwind auf den Bergen« – Ceincaled warf den Kopf hoch und schüttelte den Regen aus der Mähne – »und er will uns helfen, Gwilym zu den Ärzten zu bringen.«

»Gwilym kann nicht transportiert werden«, sagte der alte Mann.

Ich zuckte die Achseln. »Ich habe ein bißchen Ahnung von der Heilkunst. Laßt mich euren Verwandten sehen – und bringt mein Pferd aus dem Regen.«

Sobald ich Gwilym sah, wußte ich, daß es hoffnungslos war. Der sächsische Speer war glatt durch seinen Körper gedrungen, schräg durch die Lungen. Es war ein Wunder, daß er noch immer lebte, aber er würde mit Sicherheit nicht am Leben bleiben.

Die Frau schaute mich hoffnungsvoll an. »Was willst du tun, Fürst?«

Ich schüttelte den Kopf. »Ich glaube nicht, daß ich irgend etwas tun kann.«

Der alte Mann nickte. »Siehst du? Ich habe ja gesagt, zieh den Speer selbst heraus und besorge dir einen neuen Mann, wenn er stirbt. Aber renn nicht im Lager der Krieger herum wie eine Hure.«

Die Frau schaute mich nur an, und in ihren Augen spiegelte sich ihr Schmerz. »Aber du hast doch gesagt . . .«

»Da hatte ich ihn noch nicht gesehen. Männer mit solch einer Wunde sterben gewöhnlich innerhalb einer Stunde.«

»Du hättest ihn darum bitten sollen, einen Chirurgen mitzubringen«, sagte der alte Mann. »Der hier, der nützt uns nichts. Er ist ein Krieger. Was kann der von der Heilkunst wissen?«

»Die Ärzte wollten nicht kommen«, sagte die Frau. »Fürst, er ist mein Mann, er darf nicht sterben! Vielleicht ist es nicht so schlimm, wie du glaubst. Du mußt ihm helfen! Bitte, er ist mein Mann . . .«

Ich betrachtete Gwilym genauer. Er war bewußtlos, und das war sein Glück. Die Wunde sah nicht tödlich aus. Aber das kann man nicht immer genau beurteilen.

»Du mußt ihm helfen!« bettelte die Frau. »Großer Herr, du mußt es wenigstens versuchen!«

»Er kann nichts tun!« schnappte der alte Mann. Im stillen stimmte ich ihm zu, aber die Frau hatte recht. Ich mußte es versuchen.

»Gut. Ich will's versuchen. Bringt mir etwas heißes Wasser, schließt die Tür und heizt das Feuer mehr an.«

Ich versuchte es eine Stunde lang. Ich kämpfte gegen meine Erschöpfung und den Schmerz in meinem Bein und konzentrierte mich auf den Mann. Der Speerschaft, der noch immer in seiner Lunge eingebettet war, hielt ihn am Leben, aber er verlängerte nur seine Lebenszeit und seinen Schmerz. Trotzdem, die Wunde war gerade und sauber, und wenn ich den Speer herausholte, so dachte ich – wenn der andere Lungenflügel nicht verletzt war –, dann lebte er vielleicht. Ich arbeitete. Nach langem Kampf bekam ich das Stück Holz heraus, und eine Weile glaubte ich auch, daß es ging. Aber dann sackte der andere Lungenflügel zusammen und Gwilym starb. Die Frau, die mir geholfen hatte, fühlte, wie sein Herz aufhörte zu schlagen, gerade als er seinen letzten, blutigen Atemzug hustete. Sie packte ihn bei den Haaren und begann ihn darum zu bitten, weiterzuleben. Dann begrub sie ihr Gesicht an seiner Schulter und weinte. Die anderen Frauen des Clans begannen leise zu wimmern, die Kinder heulten und die Männer schrien. Der alte Mann nickte nur und meinte: »Ich hab' ja gesagt, er könnte es nicht.«

Ich fühlte nichts, noch nicht einmal Mitleid. Ich hatte nur den Wunsch, wegzugehen. Ich wusch ein bißchen von dem Blut ab, zog meine Tunika und mein Kettenhemd wieder an und humpelte zur Tür. Niemand sagte ein Wort zu mir, nur einer oder zwei starrten mich haßerfüllt an, denn ihr Verwandter war ja unter meinen Händen gestorben. Ich humpelte eilig hinaus, fand Ceincaled und arbeitete mich über den schmalen Pfad wieder den Hügel hinauf. Als ich Artus' Lager erreichte, waren die Feuer schon niedergebrannt. Mein Bein schmerzte wild, ich war durchweicht und halb erfroren, und ich wünschte mir nichts mehr als ein bißchen starken, warmen Met. Ein Wachposten hielt mich kurz an, aber als er mich erkannte, hieß er mich warm willkommen und fragte mich wegen meines Beines. Ich sagte ihm, es sei verheilt, und ich erzählte ihm auch, wie es den anderen Verwundeten ging. Da ließ er mich durch. Ceincaled wurde abgerieben und blieb haferkauend bei den Palisaden zurück, und ich hinkte zum Hauptfeuer.

Der Willkommen, den mir die Krieger boten, war so begeistert, wie ich es mir nur wünschen konnte. Sie sprangen auf, sie drängten sich um mich herum, sie begrüßten mich leidenschaftlich und fragten nach meinem Bein und warum ich so spät käme. Agravain schenkte mir eine seiner Bärenumarmungen und sagte: »Wirklich, du hast dich jetzt also doch entschlossen, zurückzukehren und dir deinen Met zu verdienen. Willkommen! Hunderttausendmal willkommen zu Hause.«

Ich beantwortete die Fragen, und man gab mir einen Platz neben dem Feuer, etwas Met und etwas Essen. Ich ließ mich dankbar nieder, denn ich war völlig erschöpft. Aber da erst gewahrte ich Artus, der auf der anderen Seite des Feuers mir gegenüber saß. Er sah unwirklich aus im Flimmern der Hitze, und er beobachtete mich kalt. Ich grüßte ihn mit dem Methorn und nahm einen tiefen Schluck.

Artus nickte. »So. Du bist also zurückgekommen, um dir das Versprochene zu holen.«

Mir war nicht danach, meine Entscheidung schon jetzt auszusprechen und den unvermeidlichen Streit auszufechten. Aber es sah so aus, als ob ich es müßte. Ich sah, wie Agravain und mehrere aus seiner Gruppe starr wurden, und ich sah, wie die anderen sie angespannt beobachteten. Ja, es war auf jeden Fall richtig, wenn ich ging.

»Nein, Herr«, antwortete ich ruhig. »Ich bin zurückgekommen, um euch Lebewohl zu sagen. Morgen will ich nach Norden reiten und sehen, ob ich nicht diesen Winter zu den Orkneys zurückkehren kann.«

Agravain zog zischend den Atem ein. »Gawain, was meinst du . . .«

»Was sagst du da?« wollte Artus wissen.

»Was meinst du denn, was du hier eigentlich machst?« fragte Cei wütend.

»Aber Artus hat gesagt, daß er dich akzeptieren will«, meinte Agravain. »Du hast es dir verdient; du hast gewonnen.«

»Artus wird mich akzeptieren, weil er auf ehrenhafte Weise keine andere Wahl hat.« Ich schaute dem Hohen König fest in die Augen.

Der nickte. »Ich streite es nicht ab. Ich habe dein Schwert benutzt, weil ich mußte, und du bist in meinem Dienst verwundet worden. Aber was hoffst du mit diesem Gerede zu gewinnen?«

»Nichts. Jetzt noch nicht.« Ich wünschte mir, daß ich es ihm am nächsten Morgen sagen könnte.

»Du hast dir den Platz bei uns schon tausendmal verdient«, sagte Agravain. »Was soll das heißen, du gehst nach Norden?«

»Ich will nicht akzeptiert werden, nur weil Artus durch seine Ehre dazu gezwungen ist«, sagte ich. »Wenn du willst, dann kannst du ja sagen, ich bin zu stolz dafür.«

»Das verstehe ich überhaupt nicht mehr«, meinte Cei laut.

Seine Stimme war hoch vor Ärger. »Den ganzen Sommer hängst du hier herum und wartest darauf, daß Artus dir einen Platz anbietet. Die Hälfte der Könige in Britannien lehnst du ab. Und jetzt, wo du akzeptiert wirst, da willst du es wieder nicht akzeptieren. Du bist wie ein Falke, der sich große Mühe macht, einen Vogel zu fangen, und der ihn dann nicht frißt. Bei den Hunden von Yffern, die Familie läßt sich so leicht nicht auf die Seite schieben!«

»Willst du denn, daß ich bei euch bleibe? Wenn das der Fall ist, dann bist du wie der gleiche Falke, der den ganzen Sommer versucht, mich zu vertreiben, und dann, wo ich bereit bin . . .«

Cei stierte mich an. »Du beleidigst uns alle, und mich am meisten. Ich hätte nicht übel Lust . . .«

»Was würde das schon nützen?« fragte ich müde. »Wenn wir zu Fuß kämpfen, dann gewinnst du. Wenn wir zu Pferd kämpfen, dann gewinne ich. Jeder weiß das. Wir würden also nichts damit beweisen. Und ich hatte nie vor, dich zu beleidigen. Du bist ein edler, tapferer Mann, und ich wäre ein Narr, wenn ich dich beleidigen wollte.«

Cei zwinkerte, als ob ich ihm eine Ohrfeige verpaßt hätte. »Du bist wahnsinnig.«

Ich zuckte die Achseln. »In der Schlacht ja. – Niemand könnte glauben, daß ich die Familie verlassen will, um eine bessere Truppe zu finden. Es gibt ja keine.«

»Warum willst du dann weg?« wollte Agravain wissen.

»Wenn ich ehrenhaft bleiben will, was kann ich dann anderes tun?«

»Was denkst du damit zu gewinnen?« fragte Artus wieder. »Oder hast du es schon gewonnen? Wirst du jetzt auf die Orkneys zurückkehren und deiner Mutter erzählen, daß der Hohe König von Britannien dir einen Platz in seiner Truppe angeboten hat und daß du diesen Platz ablehnst, wie ein Bauer, der keine faulen Eier kaufen will?« Seine Stimme klang flach, aber sie hatte die Schärfe der kalten Wut.

Mir fiel wieder ein, wie großartig er war, und sein Zorn tat mir weh. Das, verbunden mit meinem Schmerz und meiner

Müdigkeit, zwang mich dazu, deutlicher zu werden, als ich wollte. »Herr«, sagte ich langsam, »ich bin nicht der Diener der Königin der Finsternis. Ich will gehen, weil ich mich dennoch so benommen habe. Ich habe deine Familie geteilt, die Truppe, auf der das Schicksal von Britannien ruht, genau so, wie Morgas sich das gewünscht hätte. Herr, ich kann nicht sagen, daß ich alles verstehe, aber ich werde meinen Herrn, das Licht, nicht betrügen. Es ist einfacher, Hoher König, wenn ich gehe. Du hast mir den Platz jetzt angeboten, und ich habe ihn abgelehnt. Niemand kann sagen, daß du mir unrecht getan hättest, denn es ist mein eigener freier Wille. Die Familie wird wieder zusammenheilen.«

»Aber du bist der beste Reiter der Familie!« sagte Agravain. »Du kannst nicht weg.«

»Ich kann. Und dann werde ich eben der beste Reiter anderswo werden.« Ich schluckte ein bißchen mehr Met und rieb mir mit meiner freien Hand das Gesicht. »Ich werde gehen, und damit basta. Laßt uns von etwas anderem reden.«

Eine lange, lange Minute saßen alle still da und starrten mich an. Ich begann zu essen und versuchte, ihnen nicht in die Augen zu schauen.

Dann durchbrach der Klang einer Harfe die Stille. Ich blickte auf, und Taliesin lächelte mich an. Dann neigte er seinen Kopf über sein Instrument, und die gleichen reinen, hohen Noten zogen sich wie ein silberner Faden durch die Luft. Es war CuChulainns Lied, hörte ich, und es war auch das Lied, das in Lughs Halle gesungen worden war. Es war das starke, klare Lied des Widerstandes, das sich über dem Aufruhr der Schlacht erhob. Der Regen fiel aus der Nacht hernieder und zischte auf den Kohlen des Feuers. Ich hörte der Musik zu, und zum erstenmal verstand ich sie.

Das Lied gab mir die Kraft, die mich den nächsten Tag lang nicht verließ, als ich Ceincaled sattelte, um weiterzureiten. Die »Familie« drängte sich um mich herum und bat mich, nicht zu gehen. Gleichzeitig wünschten mir die Krieger eine gute Reise und gaben mir Geschenke. Artus sah zu. Sein Gesichtsausdruck war unergründlich. Ich hatte ein Packpferd, das ich mit Vorräten und Geschenken belud, die ich in eine Decke eingewickelt hatte. Es tat mir weh, die Krieger anzuschauen, und als ich den Packen auf das braune Packpferd schnallte, mich aufrichtete und das Leitseil nahm, schnürte sich mir die Kehle zu.

In diesem Augenblick kam Gruffyd der Chirurg durch die Menge, und zu meiner Überraschung folgte ihm die Frau der vergangenen Nacht.

»Ärzte kriegen wohl kein Lebewohl, was?« fragte er mich. »Oder hast du Angst, daß ich mir dein Bein ansehe und dir sage, du sollst dich noch eine Woche hinlegen?«

Ich lächelte, ließ das Leitseil fallen, ging zu ihm hinüber und nahm seine Hand. »Selbst wenn du mir sagtest, ich soll mich hinlegen, ich würde trotzdem gehen.«

»Und dein Bein wird dir den ganzen Weg bis zu den Ynysoedd Erch Ärger machen«, sagte er und nickte. »Na, dann spiel doch den Berserker, dann fühlst du's nicht.« Er machte eine Pause und fügte dann mit leiser Stimme hinzu: »Warum gehst du eigentlich?«

»Weil ich muß.«

Die Frau, die die Krieger angestarrt hatte, sagte: »Großer Herr, ich habe nichts verstanden. Wenn ich gewußt hätte, wer du bist, dann hätte ich dich nicht angehalten.«

Ich schaute sie neugierig an. Ich hoffte, daß sie nicht auch noch einen verwundeten Sohn hatte.

Sie richtete sich auf. »Mein Clan ist arm, Fürst, aber wir haben Ehre. Wir lassen diejenigen, die uns eine Freundlichkeit erweisen, nicht ohne Dank abziehen und ohne einen Lohn.« Sie errötete. »Eine Bezahlung kann ich ... würdest du nicht brauchen. Aber du hast meinen Dank, Gawain von den Ynysoedd Erch, und den Dank meines Clans.«

»Aber ich konnte deinem Mann doch nicht helfen«, sagte ich sehr bewegt.

Sie zuckte die Achseln, wischte sich die Augen und antwortete dann: »Du bist gekommen, und du hast es versucht. Das ist viel.«

Gruffyd schaute von ihr zu mir hinüber. »Sie ist gerade hier angekommen und fragte nach einem dunklen Krieger, der hinkt. Einem Krieger, der einen roten Mantel trägt und einen weißen Hengst besitzt. Ich glaube, ich kann mich von letzter Nacht noch an sie erinnern – ist nicht ihr Mann ...«

»Er ist jetzt tot«, sagte ich.

»Speer durch die Lungen«, sagte er. »Mir fällt's jetzt wieder ein. Und du hast versucht, da zu helfen? Das war dumm. Selbst ich hätte da in einem solchen Fall nichts mehr ausrichten können.«

»Sie hat es mir nicht gesagt. Und er hatte noch eine Chance.« Ich wandte mich der Frau zu. »Du ehrst mich allzusehr mit deinem Dank, gute Frau. Ich habe nichts getan, und dein Mann ist gestorben.«

Sie zuckte noch einmal die Achseln und zwinkerte schnell. »Du bist gekommen«, wiederholte sie ruhig. »Ich segne deine Straße, Fürst.« Sie machte verlegen einen Knicks und drehte sich um. Sie zwinkerte noch immer die Tränen zurück. Dann ging sie durch die Menge der Krieger hindurch, ohne sich umzudrehen, und begann ihre lange Wanderung nach Hause.

»Was war denn das?« fragte Agravain.

»Du hast es doch gehört.«

»Sonst nichts? Eine bettelarme Bauersfrau und ein Bauer, der schon so gut wie tot war?«

»Sie ist eine ehrbare Frau«, sagte Artus scharf. »Sie ist meilenweit gewandert, in ein bewaffnetes Lager hinein, um sich für einen Heilversuch zu bedanken. Sie ist eine edle, tapfere Frau!«

Agravain starrte ihn überrascht an. »Herr?« Und dann vergaß er die Frau völlig. »Gawain, ich verstehe das nicht, aber ... bei der Sonne ...« Er wandte den Blick ab. »Paß gut auf dich auf, mein Bruder. Slan lead.«

»Gott sei mit dir«, sagte Bedwyr leise.

»Ich segne deine Straße«, meinte Gruffyd.

Ich nickte ihnen allen zu und drehte mich dann zu Ceincaled um. Der neigte seinen stolzen Kopf, schnaubte mich sanft an und knabberte an meinem Haar. Ich mußte lächeln. Ich streichelte seinen Hals und nahm die Zügel.

»Nein«, sagte Artus plötzlich mit gepreßter Stimme. »Warte.«

Ich ließ die Zügel wieder sinken und drehte mich um. Der Hohe König stand hinter den anderen. Sein Gesicht war bleich. »Warte«, wiederholte er. Ich fragte mich, ob er mir wohl auch eine gute Reise wünschen wollte.

Artus schüttelte wild den Kopf, als ob er verwirrt wäre. »Gawain. Ich will zuerst einen Augenblick allein mit dir sprechen.«

Ich blieb stehen und starrte ihn an. Dann reichte ich Agravain Ceincaleds Zügel. Artus war schon zu seinem eigenen Zelt hinübergegangen, und ich folgte ihm. Wieder war ich vollkommen verwirrt. Ich wußte nicht, was es noch zu reden gab. Vielleicht hatte er noch immer das Gefühl, daß ihn seine Ehre dazu verpflichtete, meinetwegen etwas zu unternehmen. Ja, das war es wohl.

Im Zelt nahm er einen Krug Wein, schenkte langsam zwei Gläser voll und bot mir eines an. Nach einem Augenblick des Zögerns nahm ich das Glas, blieb stehen und starrte Artus an.

»Nimm Platz«, sagte er und zeigte auf einen Stuhl auf der einen Seite des Zeltes. Ich setzte mich hin, und auch er ließ sich auf sein Feldbett sinken. Er nahm einen Schluck Wein, und dann begegneten sich unsere Blicke.

»Es tut mir leid.« Er sagte es mit flacher, ruhiger Stimme.

Ich starrte ihn verblüfft an. »Herr, es ist nicht nötig, daß du dich durch deine Ehre gezwungen fühlst . . .«

»Vergiß das«, sagte er scharf. »Ach, Yffern . . .« Er stand auf, ging ein paar Schritte bis zur Tür, blieb stehen und drehte sich wieder zu mir um. »Ich habe dich falsch eingeschätzt. Ich habe mich sehr geirrt. Und wenn du noch immer den Wunsch hast, einen Platz in meiner Familie einzunehmen, dann soll er dir gehören.«

Ich hatte das Gefühl, als ob der Himmel einstürzte. »Ich verstehe nicht«, sagte ich endlich.

»Am Ufer des Wir, da hast du mich gefragt, ob ich völlig im

dunkeln tappe«, antwortete Artus ruhig. »Und so war es auch. Es ist eine alte Dunkelheit, eine Finsternis, die ich nicht abschütteln kann, wie sehr ich es auch versuche.« Er drehte sich um und begann, im Zelt hin- und herzugehen. Mit starrem, leerem grauen Blick starrte er zu Boden. »Von Anfang an habe ich deinetwegen mit mir selbst gekämpft. Ich hatte von dir gehört, von deinem Ruf, und ich sah keine überraschenden neuen Gründe, dir zu trauen. Aber das war es nicht, was mich dazu gebracht hat, mich gegen dich zu entscheiden. Nein. Ich wußte, du warst meiner Schwester nah gewesen. Du hast in ihrem geheimen Rat gesessen, und beim Himmel, du siehst auch aus wie sie. Das war alles, was ich brauchte, um gegen dich eingenommen zu sein. Und alles, was du danach getan hast, habe ich mir nach meinem Gutdünken zurechtgedreht, um dich in der Finsternis zu halten, zusammen mit meiner Schwester. Aber auch mich habe ich dadurch im dunkeln gehalten. Und dafür sage ich dir jetzt, daß es mir leid tut. Alles, das Töten, die Art, wie du in der Schlacht kämpfst, die Teilung der Truppe, die du verursacht hast, das Pferd, das du meiner Ansicht nach durch einen Bannspruch eingefangen hast – das alles war zweitrangig und spielte viel weniger eine Rolle für mich als der einfache Gedanke: ›Er weiß es.‹ Das hat mich zornig gemacht. Das hat mich mit solchem Schrecken erfüllt, so daß ich dich nicht . . .«

»Aber was soll ich wissen, Herr?«

»Du weißt natürlich über deinen Bruder Bescheid.«

»Über Agravain? Das verstehe ich nicht. Warum . . .«

»Nicht Agravain. Natürlich nicht. Den anderen. Medraut.«

Unsere Blicke begegneten sich wieder. Seiner war hart und gequält, meiner verwirrt. Er stand plötzlich still, während die Härte aus seinen Augen verschwand und sie sich weiteten. Es war ein gerader Blick des Erkennens. Medrauts Blick.

Artus sank wieder auf sein Feldbett und begann zu lachen. Er machte schreckliche, würgende Geräusche, die fast wie Schluchzer klangen. »Du weißt es nicht. Du hast es nie gewußt. Sie hat es dir nie gesagt.«

Ich spürte Kälte in meinem Magen und einen plötzlichen schwarzen Schrecken. Morgas, Artus' Schwester, und Medraut, der wie Artus aussah – warum hatte ich das nicht schon früher gesehen? – und dann, beladen mit Schrecken, die Worte von Morgas' Fluch, der mir wieder einfiel. »Möge die Erde mich verschlingen, möge der Himmel auf mich fallen, möge die See mich überfluten, wenn du nicht stirbst von der Hand deines Sohnes!«

»Oh, beim Licht . . .«, sagte ich.

Artus richtete sich auf und wurde still. »Und jetzt weißt du es.«

Ich sprang auf die Füße. »Herr, wie war das möglich? Ich habe mir gedacht, daß sie dich irgendwie kennt, aber so etwas . . .«

»Ich habe zugestimmt«, sagte Artus mit rauher Stimme. Wieder starrten wir uns einen langen Augenblick an, und dann sagte er: »Ich wußte damals nicht, wer mein Vater war. Ich schwöre es, bei allem, was mir heilig ist. Ich wußte nicht, daß sie meine Schwester war. Sie . . . sie . . .« Er hielt wieder inne. »Sie kam zu mir, draußen vor der Festhalle, als ich zum erstenmal Ruhm in der Truppe ihres Vaters Uther erworben hatte. Sie wohnte in Camlann, während ihr Mann, Lot, einen Feldzug im Norden von Britannien führte. Sie hatte mich herausgesucht, schon vorher, aber damals . . . ich war betrunken, ich war glücklich. Und sie war schöner als eine Göttin. Ich habe mich nur zu einem Ehebruch herabgelassen. Aber ich habe es getan. Und später fragte mich Uther nach meinen Eltern. Ich hatte nicht darüber geredet – man spricht nicht darüber. Aber ich sagte es ihm, und er erinnerte sich an meine Mutter und war erfreut, daß ich sein Sohn war. Als er gegangen war, um es den anderen zu sagen, da fiel mir Morgas wieder ein. Ich rannte zu ihr herüber – ich wollte sie warnen –, und sie« – er stand wieder auf, und er schaute mich nicht an. In Gedanken durchlitt er wieder die Qualen und den Schrecken des Augenblicks, als er entdeckte, daß man ihn zum Inzest verführt hatte – »sie hatte es gewußt, sie hatte es die ganze Zeit gewußt. Sie begrüßte mich als Artus ap Uther, und sie nannte mich Bruder und lachte, und sie sagte, daß sie mein Kind trug. Und seit damals bin ich nicht mehr in der Lage gewesen, auch nur an sie zu denken, ohne daß mir dieser Augenblick einfällt. Und der Gedanke, daß ein anderer es wußte, ihr Sohn, und daß er es vielleicht mit ihr geplant hatte – den konnte ich nicht ertragen. Ich hatte das Gefühl, daß ich dich loswerden mußte, um jeden Preis.«

»Herr«, sagte ich und starrte ihn mit Schrecken und Mitleid an. »Herr . . .«

»Ja, wirklich. Nur – du warst unschuldig, du wußtest es noch nicht einmal.« Er nahm noch einen tiefen Schluck Wein und stellte den Becher hin. Die grauen Augen fixierten mich wieder. »Du hast es nie gewußt, bis ich es dir sagte.«

Ich ging vor ihm auf die Knie. »Mein Herr, ich . . . ich hätte so etwas noch nicht einmal erraten können. Ich verstehe nicht, warum du mich nicht mit Gewalt fortgeschickt hast. Besonders, nachdem ich die Familie geteilt hatte, nachdem ich getötet hatte und dir deine Siege bitter machte. Verzeih mir. Ich . . .«

»Dir verzeihen? Ich bin derjenige, dem verziehen werden muß. Steh auf. In Gottes Namen, steh auf. Sofort.« Auch er erhob sich. »Vor Monaten schon hätte ich sehen müssen, daß du nicht der bist, für den ich dich gehalten habe. Du hast alles ertragen, was der Krieg und ich auf dich gehäuft haben. Du hast dich nicht beklagt. Und du hast als Chirurg gearbeitet. Davon wußte ich nichts, bis Gruffyd es mir sagte, bis er mich anbrüllte, weil ich ungerecht zu dir war. Er hält sehr viel von dir.« Ich starrte den König erschrocken an. Natürlich. Am Tag nach einer Schlacht war Artus immer beschäftigt, aber er besuchte die Verwundeten in der Nacht, wenn ich meinen Wahnsinn ausschlief. »Ich hätte genug gesehen haben müssen, in den Monaten, in denen du mir gefolgt bist. Ich hätte es begreifen müssen. Und ich hätte Bedwyrs Rat trauen müssen. Ich war ja selbst an die Finsternis gebunden. Aber ich habe darauf bestanden, dir Unrecht zu tun. Und dann, in der vergangenen

Nacht, da hast du gesagt, du willst gehen, weil du die Familie nicht teilen willst. Das klang so, als ob du es ernst meintest. Ich sagte mir, du tätest das nur aus Stolz, aber ich konnte mich nicht überzeugen. Ich wußte es. Ich wußte es genau, daß ich mich irrte. Und dennoch konnte ich mich nicht dazu bringen, das vor mir selbst zuzugeben. Ich hätte es mir ausreden können, aber dann kam diese Frau . . .«

»Was?«

»Die Frau, die mit dem toten Mann. Eine edle, ehrenhafte Frau. Aber von niedriger Geburt, nicht reich oder mächtig. Niemand, der der Dunkelheit folgt, hätte sie auch nur zweimal angeschaut. Aber du hast in einer kalten Nacht, mit einer Wunde, die dich geschmerzt haben muß, einen Umweg gemacht. Du wolltest einem Mann helfen, den du nicht kanntest und dem man nicht helfen konnte.«

»Ich wußte ja nicht, daß er so schlimm verwundet war.«

»Aber als du es wußtest, da hast du trotzdem versucht zu helfen. Du hättest keinen Vorteil davon haben können, du konntest nichts gewinnen. Es war sinnlos, aber ehrenhaft und mitleidig. Danach konnte kein Zweifel mehr bestehen. Du warst das, als was du dich die ganze Zeit bezeichnet hattest. Und ich hatte die Rolle eines Narren und eines Tyrannen gespielt.«

Er kam zu mir herüber und legte mir die Hand auf die Schulter. »Ich habe gesagt, es tut mir leid, und ich sage es noch einmal. Vielleicht hast du nicht länger den Wunsch, einen Platz in meinem Dienst einzunehmen. Dennoch glaube ich, da du mir angeboten hast zu gehen, daß es keine weitere Teilung mehr in meiner Truppe gäbe, wenn ich dich bitte, zu bleiben. Und Cei hast du sehr gründlich entwaffnet.« Er grinste plötzlich, wenn auch ziemlich zittrig. Etwas von dem Licht kam wieder in seinen Blick. »Mit Beleidigungen wird Cei fertig, aber nicht damit, daß man ihm sagt, er sei edel und mutig. Ich glaube, er hofft, daß niemand das herausfindet. Und er schafft es auch, wenn er streitsüchtig genug ist.« Artus wurde wieder ernst. »Deshalb – wenn du noch bleiben möchtest« – er suchte nach Worten – »es gibt Arbeit genug zu tun, mehr als genug. Und ich wäre sehr froh, wenn du bliebest.«

Ich schwieg einen Augenblick, und Artus beobachtete mich mit festem Blick, halb hoffend. Seine Hand lag noch immer auf meiner Schulter, fast, als ob er mich prüfen wollte.

»Mein Herr«, sagte ich endlich, »wenn jemand dir Britannien anböte, wenn das Imperium wieder eingesetzt wäre, und du könntest ganz Erin und Kaledonien und außerdem noch Kleinbritannien haben, und die Straßen nach Rom wären offen – würdest du dann annehmen?«

Artus grinste langsam. Dann umarmte er mich linkisch, noch immer fast prüfend, aber ich begriff, daß er nicht mich prüfte, sondern sich selbst. Ich erwiderte seine Umarmung, dann kniete ich nieder und küßte seine Hand und den Siegelring, den er am Finger trug.

»Herr«, sagte ich, »ich habe mir gewünscht, für dich kämpfen zu können, schon lange, lange. Seit damals, als ich erfuhr, daß du für das Licht kämpfst. Und es wäre besser, gegen die Finsternis kämpfend zu sterben, als lange zu leben und Siege zu gewinnen, die keinen Sinn haben. Wie könnte ich mir mehr wünschen? Von jetzt an wird es nur noch Siege geben.«

»Wenn Gott will. Ich glaube, wir haben irgendwie schon Siege gewonnen. Komm.« Er half mir auf die Beine, umarmte mich noch einmal und verließ dann schnell das Zelt.

Die anderen warteten noch immer bei Ceincaled und dem beladenen Packpferd. Sie diskutierten irgend etwas, aber sie hörten sofort auf, als sie Artus und mich kommen sahen. Artus blieb stehen, betrachtete die Pferde und verkündigte dann ruhig: »Ihr könnt dafür sorgen, daß sie wieder abgeladen werden. Gawain ap Lot hat eingewilligt, zu bleiben und mir den Eid zu schwören. Ich habe ihn dazu gedrängt.«

Agravain schaute Cei an, dann Bedwyr, dann mich. Ich nickte. Da stieß er einen Freudenschrei aus. »Gottes Lob, bei der Sonne!« Er umarmte mich, klopfte mir auf den Rücken. »Ich verstehe überhaupt nichts mehr – du änderst deine Meinung, Artus überlegt es sich anders, du überlegst es dir wieder anders –, aber mir soll's recht sein, solange du nicht wieder von vorne anfängst«, sagte er auf irisch. »Und jetzt haben wir wirklich gewonnen«, fügte er auf britisch hinzu, ließ mich los und starrte Cei an.

Cei zuckte die Achseln und beäugte mich. Dann lächelte er plötzlich. »Es ist eine gute Nachricht. Verdammt, du bist wirklich ein Teufel von einem Kämpfer, Vetter.«

Bedwyr schaute von mir zu Artus hinüber, und dann, als Artus auch nickte, lächelte er langsam. »Ich bin froh.«

»Sehr gut«, sagte Artus trocken. »Es freut mich, daß meine Entscheidung euren Beifall findet. Ihr drei könnt Zeugen sein. Ruft mir die anderen, und dann wollen wir die Eide schwören.«

Es war noch immer kalt, und der Wind ließ die Wolken über den dunklen Himmel jagen und flüsterte in den nackten Ästen der Bäume. Die »Familie«, das war ein Spritzer aus Farbe und Licht auf der öden Landschaft, im Kreis versammelt, um Zeuge zu sein. Artus stand vor seinem Zelt, hoch und gerade, und der Wind riß an seinem purpurnen Umhang. Bedwyr stand zu seiner Rechten, Cei zu seiner Linken, und Agravain war daneben. Ich schaute das Bild an, ich hatte den Wunsch, es für immer festzuhalten. Dann ließ ich mich auf ein Knie sinken und zog Caledvwlch. »Ich, Gawain, Sohn des Lot von den Orkneys, schwöre, dem Herrn Artus, dem Imperator von Britannien, dem Drachen der Insel zu folgen. Ich schwöre, für ihn gegen all seine Feinde zu kämpfen, zu ihm zu halten und ihm zu allen Zeiten und an jedem Ort zu gehorchen. Mein Schwert ist sein Schwert, bis zum Tod. Das schwöre ich im Namen des Vaters, des Sohnes und des Geistes, und sollte ich meinen Eid brechen, möge die Erde sich öffnen und mich verschlingen, möge der Himmel zerbrechen und auf mich fallen, möge das Meer sich erheben und mich ertränken. So sei es.«

Artus streckte die Hand nach dem Schwert aus, und plötzlich fiel es mir wieder ein.

»Herr«, begann ich, »das Schwert kann nicht . . .«

Er überhörte mich und nahm mir das Heft aus der Hand. Er

hob die Waffe. Aber der Blitz sprang nicht heraus, wie das bei Cei gewesen war. Statt dessen entzündete sich das Strahlen in ihm, wurde größer und heller, bis es so aussah, als ob Artus einen Stern in den Händen hielt. Und dann sagte er: »Ich, Artus, Imperator der Britannier, schwöre jetzt, Gawain, den Sohn des Lots, an Waffen und Gütern, getreu und in Ehren zu allen Zeiten und an allen Orten zu unterstützen, bis zum Tod. Das schwöre ich im Namen des Vaters, des Sohnes und des Geistes, und wenn ich meinen Eid brechen sollte, möge die Erde sich öffnen und mich verschlingen, möge der Himmel zerbrechen und auf mich fallen, möge die See sich erheben und mich ertränken. Und es ist mein Wunsch, daß dieses Schwert helfen soll, dem Reich Licht zu bringen, Gott stehe mir bei.«

Das Strahlen verschwand wieder aus der Klinge, als er mir mein Schwert zurückgab. Ich stand auf und steckte es in die Scheide.

»Wart ihr Zeugen?« fragte Artus.

»Wir waren Zeugen«, sagten Cei, Bedwyr und Agravain. Und dann trat Agravain mit breitem Grinsen nach vorn und brüllte auf irisch: »Jetzt ist es wirklich geschafft. Du hast gewonnen! Mein Bruder, ich schwöre den Eid meines Volkes, ich bin froh!«

Der Rest der »Familie« blieb nicht weiter hinter ihm.

Ende